MOEWIG THRILLER

Zum Buch

Sam Porter, international bekannter Journalist und Terrorismusexperte, überlebt schwerverletzt einen Anschlag auf den Innenminister eines afrikanischen Landes. Während er sich noch von seinen Verletzungen erholt, treffen sich in den USA führende Vertreter der Rüstungsindustrie zu einer geheimen Sitzung. Sie sehen durch die vor allem vom sowjetischen Ministerpräsidenten verfolgte Abrüstungspolitik die Zukunft ihrer Konzerne gefährdet. Sie beschließen, dieser unheilvollen Entwicklung nicht tatenlos zuzusehen. Kurze Zeit danach kommt ein abrüstungsfreundlicher US-Senator ums Leben, einem anderen werden kompromittierende Fotos zum Verhängnis. Sam Porter, der durch eine beim FBI arbeitende Freundin von diesen Vorfällen erfährt, glaubt nicht an Zufall. Zuerst vermeint er, es mit einer terroristischen Aktionsgruppe zu tun zu haben. Daß es um weit mehr geht, merkt er erst, als er von einem geplanten Attentat auf den sowjetischen Ministerpräsidenten Kenntnis bekommt.

Zum Autor

Hinter dem Pseudonym Ken Rogers verbirgt sich ein hoher deutscher NATO-Offizier.
Im Moewig Verlag ist von ihm bereits erschienen:

Für Allah in den Tod

MOEWIG THRILLER

KEN ROGERS

DAS MOSKAU KOMPLOTT

MOEWIG Band Nr. 2647
Verlagsunion Erich Pabel-Arthur Moewig KG, Rastatt

3. Auflage
Originalausgabe

Umschlagentwurf und -gestaltung: Werbeagentur Zeuner, Ettlingen
Umschlagfoto: dpa
Textbearbeitung: Heike Rosbach
Auslieferung in Österreich:
Pressegroßvertrieb Salzburg Gesellschaft m.b.H.,
Niederalm 300, A-5081 Anif
Printed in Germany 1991
Druck und Bindung: Ebner Ulm
ISBN 3-8118-2647-6

1

»Hallo – *Hallo* – Washington Daily News? – Hier Porter, Tom Porter. Ich rufe aus Shinkolobwe, Zaire, an. – Was? – Nein – Ich kann Sie nicht verstehen. Sprechen Sie lauter. – Ja, richtig, *Zaire*. Geben Sie mir den Chef. – Scheißverbindung!« fluchte Tom Porter. – »Ich kann Sie kaum verstehen. Können Sie zurückrufen? – Augenblick, ich gebe Ihnen die Telefonnummer!« schrie Tom Porter in die Sprechmuschel, während er aus einem Stapel Papier einen Zettel fischte, auf den er die Nummer gekritzelt hatte.

Wütend knallte er den Hörer auf die Gabel und wischte sich mit einem bereits feuchten Handtuch den Schweiß von der Stirn. Die Klimaanlage war ausgeschaltet. Angeblich sollte ein Defekt im Gebläse repariert werden. Die Luft im Zimmer war zum Schneiden. Obwohl er nur Unterhosen und Turnhemd trug, klebte die Wäsche schweißdurchtränkt an seinem Körper. Mißmutig warf er sich aufs Bett. Er konnte jetzt nichts weiter tun, als auf den Rückruf seines Chefs zu warten.

Tom Porter war Reporter bei der Washington Daily News, einer der größten Tageszeitungen der USA. Er war Ende Vierzig und schon seit über fünfundzwanzig Jahren im Geschäft. Phantasie, Intelligenz, analytisches Denkvermögen und jagdhundartige Hartnäckigkeit im Verfolgen einer Spur oder Idee hatten ihn zum fähigsten Reporter seines Blattes werden lassen.

Auf seinem Spezialgebiet, dem internationalen Terrorismus, war er ein allgemein anerkannter und geschätzter Fachmann. Abgesehen von seiner hohen Denkerstirn und den zwei verschmitzt blickenden Augen, war seine Erscheinung unauffällig. Er war mittelgroß, hatte schütteres, dunkles Haar und eine wohlgerundete Taille. Sie zeigte deutlich, daß er die leiblichen Genüsse dieser Welt schätzte.

Zwei Stunden später klingelte das Telefon auf seinem Nachttisch. Die vertraute Stimme von Bob Austin, dem Chefredakteur der Washington Daily News, meldete sich. Diesmal konnte er seinen Chef deutlich verstehen. Tom Porter kam sofort zur Sache.

»Bob, ich komm' am Freitag noch nicht zurück. Ich muß unbedingt hier bleiben, bin einer brandheißen Sache auf der Spur. Es könnte eine Mordsstory werden. Geht das in Ordnung?«

»Worum handelt es sich?« wollte Bob Austin am anderen Ende der Leitung wissen.

»Kann ich am Telefon nicht sagen, aber es hängt mit Ermittlungen zu meinem Spezialthema zusammen. Du verstehst, was ich meine?«

Tom Porter hoffte, sein Chef würde wissen, daß er vom internationalen Terrorismus sprach. Bob Austins Antwort gab ihm recht.

»Ja, ich weiß, was du meinst. Wie lange willst du bleiben?«

»Kann ich noch nicht genau sagen. Ich denke an ein bis zwei Wochen.«

»In Ordnung, aber halte mich auf dem laufenden. Wie steht es mit dem Interview, hattest du Glück?«

»Sicher, es lief besser, als ich dachte. Ich werde den Bericht morgen früh nach Washington telegrafieren.«

»Okay, und viel Erfolg bei der anderen Sache!«

Sowie Tom Porter den Hörer aufgelegt hatte, machte er

sich an die Arbeit. Auf seiner Reiseschreibmaschine tippte er den Bericht über sein Interview mit General Omutu, dem Führer der größten Rebellengruppe in Zaire. Er wußte, er würde bis tief in die Nacht arbeiten müssen, um die Reportage rechtzeitig fertigzustellen. Sein Flug nach Kinshasa ging bereits am nächsten Morgen um elf Uhr zwanzig, und vorher mußte er die Reportage noch nach Washington telegrafieren.

Die Klimaanlage sprang wieder an. Kühle Luft strömte durchs Zimmer. Tom Porter atmete auf.

Während er in dem von Zigarettenqualm in Nebel gehüllten Zimmer rastlos arbeitete, stand am anderen Ende der Stadt eine schlanke Gestalt am Fenster eines Hotelzimmers und blickte nachdenklich in die verregnete Tropennacht. Vor fünf Minuten hatte sie den Telefonhörer aufgelegt. Die Nachricht hatte nur aus wenigen Worten bestanden, aber die ganze Planung über den Haufen geworfen. Fieberhaft suchte die Person nach einer Lösung. Es war ihr klar, sie mußte schnell handeln. Eine so günstige Gelegenheit würde sich so bald nicht mehr ergeben. Nach einer halben Stunde war sie zu einem Entschluß gekommen. Die Person ging zu ihrem Koffer und entnahm ihm etliche Gegenstände, mit denen sie im Badezimmer verschwand. Mit geübten Handgriffen begann sie, ihr Aussehen zu verändern. Nach einer Stunde war sie fertig. Aus dem Spiegel blickte ihr das faltige, müde und schmuddelige Gesicht eines schwarzen Arbeiters entgegen. Die krausen Haare waren ergraut, die Haut von Gesicht und Händen wirkte ungesund, und die Zähne waren mit einem gelbbraunen Belag überzogen. So wie er aussah, würde man sein Alter auf gut sechzig Jahre schätzen.

Zufrieden mit der Verwandlung ging die Person ins Zimmer zurück und zog ein maßgeschneidertes Korsett über ihren schlanken Körper. Es war ein eigenartiges Kleidungsstück, denn an den unterschiedlichsten Stellen waren Taschen verschiedener Größen aufgenäht. Einige dieser Taschen begann sie sorgfältig mit Papier auszustopfen. Sie ließ sich Zeit und überprüfte ihre Figur immer wieder im Spiegel. Schließlich war sie mit ihrem Aussehen zufrieden und schlüpfte in einen blauen Overall. Aus der schlanken Gestalt war ein dicklich wirkender Arbeiter geworden.

Aus einem verschlossenen Koffer holte der Arbeiter eine Sauerstoffflasche, wie sie an Bord von Flugzeugen für die Erste Hilfe benötigt wurde. Vorsichtig schraubte er ein Meßgerät, das einem Manometer zum Verwechseln ähnlich sah, auf die Flasche und legte sie behutsam in eine Werkzeugtasche. Auf der Tasche waren die roten Abzeichen der Zaire Airlines aufgedruckt. Als letztes nahm er eine zierliche Goldkette vom Nachttisch und hängte sie sich um den Hals. Der kunstvoll geschmiedete Anhänger zeigte drei ineinander verschlungene Giftschlangen mit weit aufgerissenen Rachen. Es sah aus, als wollten sie sich jeden Augenblick auf den Betrachter stürzen. Ein brasilianischer Juwelier hatte das Schmuckstück nach einer Vorlage gefertigt, die der grauhaarige Arbeiter in Java erstanden hatte. Der Anhänger war sein Talisman. Solange er ihn am Hals spürte, fühlte er sich beschützt.

Leise öffnete der grauhaarige Arbeiter das Fenster und spähte in die Nacht. Kein Mensch war zu sehen. Entschlossen schwang er sich über das Fensterbrett ins Freie und huschte, sich im Schatten der Sträucher haltend, in eine Nebenstraße, wo ein verbeulter Wagen parkte.

Die Straßen waren zu dieser späten Stunde fast leer, und so brauchte er nicht einmal eine halbe Stunde, um den Flughafen zu erreichen. Ohne Schwierigkeiten gelangte er in den technischen Bereich. Der Posten am Tor warf nur einen flüchtigen Blick auf seine Sicherheitsmarke und ließ ihn passieren. Auf dem Parkplatz stellte er seinen Wagen ab und hängte sich die Werkzeugtasche um.

Vor dem mittleren der drei Hangars stand ein dreistrahliges Düsenflugzeug der Zaire Airlines. Es sollte morgen um elf Uhr zwanzig als Flug 105 von Shinkolobwe über Lubumbashi nach Kinshasa fliegen. Die Kabine war erleuchtet. Wie der Anrufer dem grauhaarigen Arbeiter gesagt hatte, war um diese Zeit nur eine Putzkolonne damit beschäftigt, das Flugzeug zu reinigen. Vor der Tür zur ersten Klasse stand eine fahrbare Treppe. An ihrem Fuß lehnte ein Wachtposten und drehte mit geschickten Fingern eine Zigarette. Seine Maschinenpistole lag neben ihm auf dem Boden.

»Verdammt, ein Wachtposten«, murmelte der grauhaarige Arbeiter und verlangsamte seinen Schritt. Sollte er umdrehen? Noch war es unauffällig möglich. »Unsinn«, sagte er zu sich selbst und ging entschlossen weiter. Der Wachtposten sah ihn fragend an, ohne sich beim Zigarettendrehen stören zu lassen oder die Maschinenpistole aufzunehmen.

»Wartung«, sagte der grauhaarige Arbeiter und hielt den Sicherheitsausweis hoch.

Der Posten warf nur einen flüchtigen Blick auf den Ausweis. »Schon wieder?« fragte er. »War'n doch vor 'ner Stunde erst zwei Mann von euch da.«

»Ich weiß, ist eine zusätzliche Sicherheitsinspektion.

Doppelte Sicherheit, verstehst du? Morgen fliegt doch der Innenminister mit der Maschine, und da sind unsere Leute besonders vorsichtig.«

»Ja, ja, so ist das immer, wenn die großen Bonzen fliegen«, meinte der Wachtposten und deutete mit dem Daumen in Richtung Flugzeug. »Kannst passieren.«

In der Kabine des Flugzeuges waren vier Frauen damit beschäftigt, die Toiletten und die Bordküche zu reinigen. Neugierig sahen sie den grauhaarigen Arbeiter an. Der tat, als würde er die Blicke nicht bemerken. Er stellte seine Werkzeugtasche auf einen Sitz in der ersten Klasse und begann, mit einer Taschenlampe verschiedene Stellen in der Kabine zu prüfen. Schon bald kümmerten sich die Frauen nicht mehr um ihn, sondern schwatzten weiter über die Ereignisse des vergangenen Tages. Als er sicher war, nicht mehr beachtet zu werden, ging er in die erste Klasse zurück. Durch seinen Körper gedeckt, nahm er aus der Werkzeugtasche die Sauerstoffflasche und vertauschte sie mit der Originalflasche, die auf der Hutablage befestigt war. Dann packte er sein Werkzeug zusammen und verließ das Flugzeug. Wenige Minuten später war er in der feuchtwarmen Tropennacht verschwunden.

Durchgeschwitzt, zerschlagen und müde saß Tom Porter in der Abfertigungshalle des kleinen Flughafens von Shinkolobwe. Er wartete auf den Aufruf, die Maschine der Zaire Airlines, Flug 105 nach Kinshasa über Lubumbashi, besteigen zu können. Mürrisch betrachtete er sein Flugticket. In den letzten Stunden schien sich alles gegen ihn verschworen zu haben. Als er einen Platz nach Kinshasa buchen wollte, hatte man ihm am Schalter gesagt, daß nur noch ein

Platz in der ersten Klasse frei sei. Wohl oder übel mußte er das teure Ticket kaufen. Jetzt dachte er an den ganzen Papierkram, den er zu Hause erledigen mußte, damit man ihm die Mehrkosten erstattete. Aber sein Pech hatte schon in der Nacht begonnen. Bis vier Uhr morgens hatte er an seiner Reportage gearbeitet. Als er endlich schlafen gehen wollte, war die Klimaanlage erneut ausgefallen. Innerhalb von Minuten war die Luft so stickig und feucht geworden, daß an Schlaf nicht zu denken gewesen war. Es war zum . . .

»Alle Passagiere des Fluges 105 der Zaire Airlines von Shinkolobwe über Lubumbashi nach Kinshasa werden gebeten, zu Gate fünf zu gehen. Die Maschine steht zum Einsteigen bereit.«

Die Lautsprecheransage riß ihn aus seinen Gedanken. Immer noch mißmutig nahm er seine Tasche und ging zum Gate fünf. Erstaunt stellte er fest, daß die Sicherheitskontrollen diesmal besonders gründlich waren.

In der ersten Klasse waren bis auf die letzte Reihe alle Sitze durch ein rotes Band als reserviert ausgewiesen. Neugierig erkundigte er sich bei der Stewardeß nach dem Grund.

»Ab Lubumbashi fliegt der Innenminister mit uns«, antwortete die Stewardeß.

Interessant, dachte Tom Porter, während er es sich auf seinem Sitz bequem machte. Vielleicht ergibt sich die Gelegenheit zu einem Gespräch. Es würde das Interview mit dem Rebellenführer gut ergänzen. Mit einemmal war seine schlechte Laune wie weggeblasen. In Gedanken begann er, sich ein Konzept für das Gespräch zurechtzulegen.

Kurz vor dem Abflug betrat ein junger Afrikaner die

Kabine. Er trug einen europäisch geschnittenen weißen Anzug. Das schwarze Hemd war am Hals geöffnet. Über seinem linken Arm hing ein durch eine Plastikfolie geschütztes Jackett. Suchend las er die Platznummern über den Lehnen der Sitze. Neben Tom Porter blieb er stehen.

»Bonjour, Monsieur«, grüßte er höflich und schob seine Aktenmappe unter den Sitz. Eine Stewardeß eilte herbei, um ihm das Jackett abzunehmen.

»Danke, vielen Dank, ich mach' das schon«, wehrte der Afrikaner ab und breitete das Jackett sorgfältig auf der Hutablage über ihren Köpfen aus. Daß er dabei das Sauerstoffgerät abdeckte, schien ihn nicht zu stören.

Tom Porter versuchte, teils aus Neugierde, teils aus Langeweile, den jungen Afrikaner in ein Gespräch zu verwickeln. Doch als ihm dieser zwar höflich, aber immer nur einsilbig antwortete, stellte er seine Bemühungen ein. Von Zeit zu Zeit betrachtete er unauffällig seinen Nebenmann. Er konnte nach Tom Porters Schätzung höchstens dreißig Jahre alt sein. Seine Figur war schlank, die Finger waren feingliedrig, und das Gesicht war ebenmäßig geschnitten. Ein schöner Mann, dachte Tom Porter, aber etwas an dem Afrikaner stieß ihn ab. Er konnte nicht sagen, was.

Dem Afrikaner war, während Tom Porter ihn unauffällig musterte, ein kleiner goldener Anhänger aus seinem offenen Hemd gerutscht. Das Schmuckstück erregte Porters Aufmerksamkeit. Nicht, weil es so meisterhaft gearbeitet war, sondern weil der stets neugierige Journalist nicht dahinterkam, was es darstellen sollte. Es dauerte eine Weile, bis er drei ineinander verschlungene Kobras zu erkennen glaubte. Die tödlichen Giftschlangen hatten ihre Rachen weit aufgerissen, so als wollten sie sich jeden

Augenblick auf ihr Opfer stürzen. Der Afrikaner mußte bemerkt haben, daß er beobachtet wurde. Wie beiläufig griff er nach dem Anhänger und schob ihn unter sein Hemd zurück. Tom Porter, dem es wenig ausmachte, in seiner Neugier ertappt worden zu sein, lehnte sich im Sitz zurück und hing seinen Gedanken nach. Er dachte an das geplante Attentat, von dem er durch Zufall im Dschungel gehört hatte. Viel war es nicht, was er wußte. Angeblich gab es in Kinshasa zwei Männer, bei denen alle Fäden zusammenlaufen sollten. Bei ihnen wollte er mit seinen Nachforschungen beginnen.

Die Anzeige »Fasten seatbelt« leuchtete auf. Der Pilot setzte zum Anflug auf Lubumbashi an. Tom Porter drückte seine Zigarette aus und beobachtete durch das Fenster, wie die Maschine zur Landung einschwebte. Noch während das Flugzeug ausrollte, war sein Nebenmann aufgestanden. Umständlich nahm er sein Jackett von der Hutablage. Geck, dachte Tom Porter. Er hatte nicht bemerkt, daß der Afrikaner das Manometer an der Sauerstoffflasche verstellt hatte.

Da die Maschine eine Stunde Aufenthalt hatte, verließ Tom Porter das Flugzeug, um sich im Abfertigungsgebäude die Beine zu vertreten. Er hatte sich gerade in der Cafeteria niedergelassen, als über Lautsprecher bekanntgegeben wurde, daß der Flur 105 nach Kinshasa eine Stunde Verspätung haben würde. Auch gut, dachte er, dann werde ich hier zu Mittag essen, wer weiß, was es an Bord gibt. Ihm machte das Warten wenig aus. Bei seinen vielen Flügen rund um den Globus hatte er gelernt, sich in Geduld zu fassen.

Von seinem Platz in der Cafeteria aus konnte er sehen,

wie ein Schwarm von Sicherheitsbeamten die Maschine bestieg. Er konnte diese Vorsichtsmaßnahme nur zu gut verstehen, denn der Innenminister war das am meisten gehaßte Regierungsmitglied. Ihm unterstand nicht nur die Polizei, sondern auch die gefürchtete Geheimpolizei. Nun, ihm konnten diese zusätzlichen Sicherheitsvorkehrungen nur recht sein, würde doch dadurch der Flug auch für ihn sicherer werden.

Endlich, nach drei Stunden Aufenthalt, wurden die Passagiere aufgefordert, sich ins Flugzeug zu begeben. An der Kabinentür wurde er von einer Stewardeß erwartet. Sie teilte ihm mit, daß sein Platz in der ersten Klasse von der Regierungsdelegation beschlagnahmt worden sei und er leider mit einem Sitz im Heck des Flugzeuges vorliebnehmen müßte. Verärgert sah Tom Porter die Stewardeß an, doch die hob nur bedauernd die Schultern.

»Es tut uns aufrichtig leid, Monsieur Porter, aber wir haben leider keine andere Wahl. Flug 105 ist ausgebucht. Aber wenn Sie Zeit haben, dann können Sie in Lubumbashi auf Kosten der Zaire Airlines übernachten und auf die nächste Maschine warten«, sagte sie.

Tom Porter riß sich zusammen. Er wußte, es hatte wenig Sinn, sich aufzuregen, da weder die Stewardeß noch irgendein anderer Beamter der Fluggesellschaft etwas ändern konnte. In der Hoffnung, wenigstens zu einem Gespräch mit dem Innenminister zu kommen, entschloß er sich für den angebotenen Platz.

Neugierig, wo man seinen Nebenmann aus der ersten Klasse untergebracht hatte, blickte er sich um. Er konnte ihn nicht entdecken. Die Stewardeß, die er fragte, teilte ihm mit, daß der Herr nur bis Lubumbashi geflogen sei.

Tom Porter ließ sich eine Tageszeitung geben und machte es sich bequem. Mit dreieinhalb Stunden Verspätung rollte Flug 105 zum Start. Die Motoren dröhnten auf, und die Maschine gewann an Fahrt. Tom Porter spürte, wie sich die Nase des Flugzeugs langsam von der Startbahn hob.

Plötzlich – ein gewaltiger Krach. Instinktiv preßte er sein Gesicht auf die Knie. Er hörte, wie etwas über seinen Kopf hinwegsauste und sich hinter ihm in die Wand bohrte. Eine ungeheure Detonation hatte die Tür und die Trennwand zur ersten Klasse aus den Angeln gerissen und die einzelnen Teile durch die Kabine geschleudert. Überall kreischten Passagiere vor Angst. Tom Porter fühlte einen Schlag im Rücken. Schmerz schoß durch seinen Körper. Er sah gerade noch, wie fünf Reihen vor ihm die Außenwand aufriß, dann hing er leblos in seinem Sitz. Er nahm nicht mehr wahr, wie das Heck abriß und über die Landebahn geschleudert wurde, hörte nicht, wie die Motoren und Treibstoffbehälter des vollgetankten Düsenflugzeugs explodierten.

2

Es war Ende März. In der Nacht hatte es geschneit, und die Landschaft war unter einer einen halben Meter dicken weißen Matte begraben worden. Gegen Morgen war der Himmel aufgerissen, und der frisch gefallene Schnee reflektierte die Sonnenstrahlen. Der Mann in einem dicken Norwegerpullover spürte ihre wärmende Kraft. Gedankenversunken lehnte er an dem aus Redwood gezimmerten

Geländer der Veranda und blickte auf die weiße Pracht, ohne sie wahrzunehmen. Seine Gedanken waren bei der Geheimkonferenz, die er für heute einberufen hatte. Wieder und wieder fragte er sich: Wie würden die Teilnehmer seinen Vorschlag aufnehmen? Lange hatte er mit sich gerungen, bevor er sich entschlossen hatte, die Herren hierher, in die Einsamkeit, einzuladen. Aber die Lage entwickelte sich immer ungünstiger und verlangte entschlossenes Handeln.

Jeff Candler, Chef der Sicherheitsabteilung der TECHNEX, Mädchen für alles und Vertrauter des Präsidenten, trat auf die Veranda. »Guten Morgen, Sir«, begrüßte er Ronald Valley, den Präsidenten der TECHNEX. »Herrliches Wetter heute morgen. Ideale Flugbedingungen. Es dürfte keine Schwierigkeiten geben. In der Nacht hatte ich noch befürchtet, wir würden eingeschneit.«

Ronald Valley knurrte etwas, das soviel wie einen Morgengruß bedeutete, und fragte seinen Sicherheitschef kurz angebunden: »Alles vorbereitet? Schnee geräumt? Landeplatz markiert?«

»Alles erledigt, Chef. Wann kommen die Herren?«

»Im Laufe des Vormittags. Ich hatte darum gebeten, daß sie bis zum Lunch hiersein möchten.«

Trotz der Sonne begann Ronald Valley zu frösteln. Langsam ging er ins Blockhaus zurück. Jeff Candler folgte ihm.

»Sind alle Absicherungsmaßnahmen ausgeführt worden? Ich will keine Störungen.«

»Selbstverständlich, Chef. Seit heute morgen steht ein Posten an der Zufahrt, und zwei Hundestreifen überwachen das Gelände«, versicherte Jeff Candler.

»In Ordnung. Jetzt laß mich allein.«

Als Jeff Candler die Tür hinter sich zuziehen wollte, hielt er ihn zurück.

»Wenn wir uns nach dem Lunch ins Jagdzimmer zurückgezogen haben, will ich nicht mehr gestört werden. Sorg dafür, daß keiner der Bediensteten in der Nähe des Zimmers herumlungert. Du selbst hältst dich bereit. Es kann sein, daß ich dich brauche. Und jetzt verschwinde.«

Ronald Valley ging ins Jagdzimmer, um sich zu überzeugen, daß alles für die Konferenz vorbereitet war. Der Raum war das Herzstück seines Blockhauses in den Bergen von New Hampshire. Er war gut sechzig Quadratmeter groß und in der Mitte über fünf Meter hoch. Drei starke, rohbehauene Fichtenstämme trugen den Giebelbalken und gaben dem ganz in Holz gehaltenen Raum etwas Ursprüngliches, Rustikales. Die Ostseite beherrschte ein riesiger, aus Feldsteinen gemauerter Kamin, in dem fünf Scheite brannten und eine angenehme Wärme in den Raum abstrahlten. Die Wände waren mit Waffen und vielerlei Jagdtrophäen dekoriert, und über die Holzdielen des Bodens waren Felle selbsterlegter Tiere gebreitet. In der Mitte des Raumes war ein ovaler Tisch aufgestellt worden, um den zehn Stühle standen. Die Bar war aufgefüllt, und Snacks aller Art standen auf den Beistelltischen. Ronald Valley war zufrieden. Die Geheimkonferenz konnte beginnen.

Im Laufe des späten Vormittags trafen die Gäste ein. Sie wurden von ihm begrüßt und auf ihre Zimmer geleitet. Nach dem Lunch versammelten sich die Besucher im Jagdzimmer. Niemand hätte vermutet, daß es sich bei den in Pullover und Freizeithosen gekleideten Männern um die

Chefs der führenden Großunternehmen der Vereinigten Staaten handelte. Die Männer hatten sich trotz konkurrierender Interessen in einem Geheimbündnis zusammengeschlossen, um eine mögliche Wirtschaftskrise von ihren Unternehmen abzuwenden. Pünktlich um ein Uhr bat Ronald Valley die Männer, Platz zu nehmen.

»Meine Herren«, eröffnete er die Konferenz, »ich habe um diese Sondersitzung gebeten, weil ich der Auffassung bin, daß die wirtschaftliche Lage entschlossenes Handeln erfordert. Aber, bevor ich zu dem eigentlichen Thema komme, lassen Sie mich ein paar allgemeine Bemerkungen machen. Ich habe für unsere Zusammenkunft mein Blockhaus gewählt, weil wir hier ungestört und vor unerwünschten Besuchern sicher sind. Es könnte katastrophal für unser Unternehmen werden, wenn die Presse davon Wind bekommen würde, daß sich die führenden Wirtschaftsvertreter der Staaten in regelmäßigen Abständen treffen.«

Zustimmendes Nicken begleitete seine Worte.

»Und nun lassen Sie mich zum eigentlichen Thema unserer Konferenz kommen«, fuhr Ronald Valley fort. »Durch die ständigen Abrüstungsinitiativen des russischen Regierungschefs hat sich für uns eine äußerst ernste Lage ergeben. Unsere Regierung beugt sich immer mehr dem Druck der nationalen, aber auch der internationalen öffentlichen Meinung. So, wie die politische Lage sich zur Zeit entwikkelt, müssen wir damit rechnen, daß die Regierung bereit ist, Abrüstungsabkommen unterschiedlicher Art und Qualität abzuschließen. Was aber bedeutet das für uns? Die Forschungs-, Produktions- und Wartungsaufträge für High-Tech-Rüstungsgüter werden in kaum vorstellbarem Maße zurückgehen.« Ronald Valley machte eine bedeutungsvolle

Pause, bevor er weitersprach. »Und das, meine Herren, auf den für uns so lukrativen Gebieten wie der Kriegführung im Weltraum, den Nuklearwaffen und den chemischen Kampfstoffen. Die Folge wird neben vielen anderen Gesichtspunkten vor allem ein katastrophaler Rückgang unserer Gewinne sein. Und das alles nur, weil ein paar politische Traumtänzer meinen, mit einer friedlichen Politik die Welt regieren zu können. Meine Herren, ich glaube, wir sind uns darüber einig, daß wir Spannungsfelder und Kriege in der Welt brauchen, um unsere Produkte absetzen zu können. Wir müssen, wollen wir weiterhin die führenden Wirtschaftsunternehmen der Staaten, ja der Welt bleiben, mit allen Mitteln verhindern, daß diese unsinnige Friedenspolitik fortgesetzt wird.«

Ronald Valley schwieg und trank einen Schluck Wasser.

Arthur McBain, Präsident der UNIVEC, der schon unruhig auf seinem Stuhl hin und her gerutscht war, nutzte die Gelegenheit und rief: »Sicher, Ron, sicher! Ich glaube, wir alle hier im Raum«, er unterstrich seine Worte mit einer ausladenden Handbewegung, »stimmen deiner Beurteilung zu. Schließlich haben wir uns ja aus diesem Grund zusammengeschlossen. Aber die Frage ist doch, *wie* wollen wir verhindern, daß es zu allgemeinen militärischen Abrüstungen kommt. Soweit ich weiß, sind alle unsere Bemühungen bislang fehlgeschlagen. Ich für meinen Teil kann nur sagen, meine sind fehlgeschlagen!« Arthur McBain betonte jedes einzelne Wort.

»Soll das heißen, Sie konnten die Senatoren nicht umstimmen?« fragte Brian Forster, Chef der Aeronautics Incorporated, erstaunt. »Sie waren doch bei unserem letzten Treffen so siegessicher.«

Arthur McBain hatte sich in seiner ungeduldigen Art nach vorne gebeugt und antwortete: »Sehr richtig, Brian, war ich auch, aber leider hat sich die Sache nicht so entwikkelt, wie ich gehofft hatte.«

»Was, soll das heißen, Sie konnten die Senatoren nicht umstimmen?«

Die Frage kam von Patrick O'Conner, Chef der Firma Chemical Industries Inc. Er war einer von drei Industriellen, die erst vor ein paar Wochen von Ronald Valley angeworben worden waren.

Arthur McBain antwortete: »Ich hatte versucht, die Senatoren für unsere Sache zu gewinnen. Aber am besten, ich erkläre Ihnen, was ich vorhatte. Da Sie erst vor kurzem zu uns gekommen sind, können Sie meine Pläne nicht kennen.

Also, wie Sie sicherlich wissen, haben wir im Senat eine Mehrheit für die geplanten Abrüstungsmaßnahmen, und zwar sind einundfünfzig Senatoren für und neunundvierzig gegen eine solche Sicherheitspolitik. Mein Ziel war es nun, zwei Senatoren in ihrer Meinung umzustimmen. Da ich den letzten Wahlkampf zum Senat in Arkansas und Missouri mit hohen finanziellen Mitteln unterstützt hatte, glaubte ich, ein leichtes Spiel zu haben. Aber die Herren wissen nicht, was sie wollen. Vertrösten mich mit ihren Entscheidungen von Tag zu Tag, jedesmal mit anderen, fadenscheinigen Begründungen. Weder Druck noch Bestechung hat die Herren zu einer eindeutigen Stellungnahme zu unseren Gunsten bewegen können. Ich gehe deshalb davon aus, daß wir auch in Zukunft nicht mit den Senatoren rechnen können. Wir müssen also nach anderen Wegen suchen, um die Abrüstungstendenzen zu stoppen.«

»Sehr richtig«, warf der Präsident der PANTAX, ein bulliger Südstaatler aus Alabama, ein. »Ähnlich wie im Senat stellt sich auch die Situation im Repräsentantenhaus dar. Hier haben wir ein Verhältnis von zweihundertdreißig Stimmen für zu zweihundertundfünf Stimmen gegen die Abrüstungsabkommen. Die Grenzen sind fließend. Eine Beeinflussung von mindestens dreizehn Abgeordneten in unserem Sinne erscheint mir zwar möglich, aber wenig zuverlässig. Nach meiner Meinung bleibt uns nichts anderes übrig, als uns auf Unterstützung aus dem internationalen, insbesondere dem NATO-Bereich zu verlassen.« Der Präsident der PANTAX lehnte sich zurück und sah seine Kollegen Zustimmung suchend an. Eine lebhafte Diskussion begann. Nach einigen Minuten griff Ronald Valley ein.

»Meine Freunde, machen wir uns nichts vor. Wir wissen doch alle, daß in Europa, sehen wir einmal von Frankreich und Italien ab, die Industrie weniger Einfluß auf die Regierungen hat als bei uns. Da aber die Europäer unter einer geradezu manischen Atomkriegsangst leiden, werden die Regierungen alles tun, um abzurüsten. Nein, von dort können wir keine Hilfe erwarten. Eher das Gegenteil. Wir . . .«

Einer der Konferenzteilnehmer unterbrach Ronald Valley ungehalten.

»Keine langen Erklärungen. Wir kennen alle die Lage. Sie haben uns doch sicherlich nicht hierhergebeten, um uns zu sagen, was alles nicht geklappt hat. Also, worum geht's?«

»Sie haben ganz recht, Maurice«, sagte Ronald Valley, dankbar für das Stichwort. »Wie ich eingangs schon sagte, müssen wir etwas tun.«

»Verdammt noch mal, komm zur Sache, Ron!« rief Maurice de Forette ärgerlich.

Ungehalten blickte Ronald Valley ihn an. »Ich wäre gleich darauf zu sprechen gekommen«, sagte er scharf, »also, ich bin der Auffassung, daß nur die Ausschaltung des russischen Regierungschefs Michail Groschenko unser Problem lösen kann.«

Einen Augenblick herrschte verblüfftes Schweigen, dann schienen alle Herren auf einmal sprechen zu wollen. Die Meinungen reichten von »hirnrissig« bis »interessante Option«. Schließlich setzte sich Arthur McBain durch. Mit lautstarker Stimme forderte er Ruhe.

»Lassen Sie Ron erklären, wie er sich das sogenannte Ausschalten vorstellt«, schlug er vor.

»Meine Freunde, mein Plan ist mit wenigen Worten erklärt«, fuhr Ronald Valley fort. »Wir veranlassen, daß auf den russischen Regierungschef ein Attentat verübt wird. Ich gehe davon aus, daß der Reformkurs nach seinem Tod im eigenen Lager zunächst gestoppt ist. Höchstwahrscheinlich wird es zu Machtkämpfen innerhalb der russischen Führung kommen. Wir werden diese Situation ausnutzen und durch gezielte Presseverlautbarungen oder andere Mittel dafür sorgen, daß sich das politische Klima zwischen den Großmächten wieder verschlechtert. Ich denke zum Beispiel daran, daß wir Gerüchte verbreiten lassen, nach denen hohe russische Politiker und Militärs für das Attentat verantwortlich sind – quasi ein Komplott der Moskauer Führungsspitze, verstehen Sie? Wir müssen Mißtrauen säen! Nur auf diesem Boden werden erhöhte Rüstungsanstrengungen erreicht werden können. Wenn Sie mit meinem Plan einverstanden sind, dann schlage ich vor, daß Sie mir alleindie Detailausführung überlassen.«

Der Vorschlag war so ungewöhnlich und hatte die Versammelten so unvorbereitet getroffen, daß sie bis in den späten Abend hinein das Für und Wider diskutierten. Aber selbst dann konnte man sich nicht auf ein gemeinsames Vorgehen einigen. Das lag vor allem daran, daß Arthur McBain einen Gegenvorschlag unterbreitet hatte. Er hielt ein Attentat auf den russischen Ministerpräsidenten für nicht durchführbar. Die personelle Absicherung sei zu perfekt, ein Anschlag könne nicht gelingen, betonte er immer wieder.

»Alles Unsinn!« hatte er in die erregte Debatte gerufen. »Nach meiner Auffassung gibt es nur eine sinnvolle Lösung. Wir müssen zwei Senatoren unschädlich machen und sie durch Männer ersetzen, die unsere, das heißt die Interessen der Industrie vertreten. Nur so können wir diese Abrüstungsspinnereien unterbinden. Außerdem ist ein solches Unternehmen ungleich leichter zu arrangieren als ein Attentat auf den russischen Ministerpräsidenten.«

Aber eine Lösung des Problems brachte der Vorschlag auch nicht. Er führte nur dazu, daß sich die Versammlung in zwei Lager spaltete. Die eine Gruppe unterstützte den Vorschlag Ronald Valleys, während die andere den zweiten Vorschlag favorisierte. Es war schließlich Brian Forster von der Aeronautic Inc., der die Diskussion aus der Patt-Situation brachte.

»Gentlemen«, rief er müde in die immer noch erregte Debatte, »warum fahren wir nicht zweigleisig? Die eine Gruppe kümmert sich um das Attentat auf den russischen Ministerpräsidenten, während die andere Gruppe sich mit der Ausschaltung der zwei Senatoren befaßt. So haben wir die Gewißheit, daß wir unsere Ziele auf jeden Fall erreichen werden.«

Der Vorschlag war so einleuchtend, daß er einstimmig angenommen wurde.

3

Herbert Landowski saß hinter seinem mächtigen Mahagonischreibtisch und betrachtete die Notiz, die ihm seine Sekretärin in die Unterschriftenmappe gelegt hatte. Es war eine ganz gewöhnliche Nachricht. Nur die Ankündigung eines geschäftlichen Besuchs. Nichts, was ihn hätte nachdenklich stimmen müssen. Trotzdem versetzte sie ihn in Unruhe, denn ihr war in einem Geheimkode zu entnehmen, daß ein ganz bestimmter Service von ihm verlangt werden würde. Ein Service, von dem nur ein kleiner Kreis wußte. Der Name John X. Brown gehörte nicht dazu.

Herbert Landowski stand auf und trat an das Fenster seines Büros. Die Arme auf dem Rücken verschränkt, blickte er auf das hektische Treiben, das um diese Zeit in Manhattan herrschte. Er hörte den Straßenlärm nicht, denn sein Büro lag im 23. Stock eines Wolkenkratzers, mitten im Zentrum von New York. Er beobachtete das Treiben unter sich, ohne es wahrzunehmen. Seine Gedanken kreisten um den merkwürdigen Besucher, der gleich erscheinen würde. Sosehr er auch sein Gedächtnis durchforschte, er konnte sich nicht entsinnen, den Namen schon einmal gehört zu haben. Woher aber kannte dieser Mann den Kode? Sollte man hinter sein Geheimnis gekommen sein? War ihm die Polizei oder etwa gar das FBI auf der Spur? Im Geiste ging er die Geschäfte durch, die er in der letzten Zeit abgewickelt hatte. Nein, es war unmöglich. Die Sicherheitsvorkehrungen, die er getroffen hatte, waren wasserdicht. Auch seine Tarnung war perfekt. Hier in der City galt er als erfolgreicher Geschäftsmann, der sein Geld mit der Vermittlung von Immobilien und durch Spekulationen an der Börse verdiente. Auch in Brownville, einem jener vornehmen Vororte von New York, in denen die reichen Geschäftsleute der Stadt ihre Villen hatten, lebte er mit seiner Frau und seiner dreijährigen Tochter wie jeder andere reiche Bürger. Er war ein geachtetes Mitglied im örtlichen Country-Club, nahm aktiv am Kirchenleben teil und unterstützte mit großzügigen Spenden die sozialen Belange der Gemeinde. Je länger er darüber nachdachte, desto überzeugter wurde er, niemand würde hinter dieser respektablen Fassade vermuten, daß sein eigentliches Geschäft der bezahlte Mord war. Ein Geschäft, das ihn in den letzten fünfzehn Jahren zum mehrfachen Millionär gemacht hatte. Auch seine Frau ahnte nicht, woher das Geld stammte, das sie so reichlich in den Einkaufsgeschäften New Yorks unter die Leute brachte.

Hätte jemand Herbert Landowski Mitte der sechziger Jahre prophezeit, womit er einmal sein Geld verdienen würde, er hätte ihn für verrückt gehalten. Damals, als Jurastudent, hatte er aktiv an den Demonstrationen gegen den Vietnamkrieg teilgenommen, war für den Frieden und gegen das Morden marschiert. Man wollte ihn wegen seiner Aktivitäten vom College verweisen, doch er hatte sein Studium allen Widerständen zum Trotz erfolgreich abgeschlossen. Gleich danach wurde er, der überzeugte Pazifist, eingezogen und mußte als Soldat nach Vietnam. Hier hatte die Armee ihn das Töten gelehrt. Zuerst hatte er versucht, seiner inneren Einstellung dadurch treu zu bleiben, daß er in die Luft und nicht auf den Feind schoß. Doch als er sah, wie seine Kameraden neben ihm starben, hatte ihn die Wut gepackt, und er begann, gezielt auf die Menschen auf der anderen Seite zu schießen. Erst zögernd, dann immer besessener. Es war, als wäre er in einen Blutrausch verfallen. Die Schranken, die Erziehung und Überzeugung aufgebaut hatten, waren vom Staat niedergerissen worden. Er begann, Freude am Töten zu empfinden, wurde Spezialist auf diesem Gebiet und erhielt hohe militärische Auszeichnungen dafür. Als er endlich nach Amerika heimkehrte, fand er nicht mehr ins bürgerliche Leben zurück. Er konnte die Zeit in Vietnam nicht mehr abschütteln und fing an, sich nach und nach als Killer an den Meistbietenden zu verdingen. Er hatte keine Gewissensbisse, denn schließlich hatte der Staat ihn zu einem Experten auf diesem Gebiet gemacht. Als er sah, wie lukrativ sich die Arbeit entwikkelte, baute er sie immer weiter aus. Schon bald gehörte er zu den Spitzenkräften dieses Berufszweiges. Als er sich vor Jahren bei einem Unternehmen verletzte, zog er sich aus dem aktiven Einsatz zurück und wurde Vermittler. Das Geschäft ließ sich gut an. Die Nachfrage nach Killern war groß, und sein Name hatte in Fachkreisen einen guten Klang. Das Geld strömte nur so herein, und er baute in New York eine Scheinfirma auf, um seine Einnahmen zu tarnen. Sein Kundenkreis war international, nicht groß, dafür aber finanzkräftig. Wollte jemand seine speziellen Dienste in Anspruch nehmen, so diente ein Kodewort als Erkennungszeichen. Nur sein Kundenstamm kannte es.

Zwar kam es vor, daß ihm ein neuer Kunde von einem alten empfohlen wurde, aber das blieb die Ausnahme. Aus diesem Grund irritierte ihn die Nachricht, die seine Sekretärin notiert hatte. Herbert Landowski wandte sich vom Fenster ab und sah auf die Uhr. Fünf Minuten nach elf. Jetzt müßte der Unbekannte eintreten, dachte er, als seine Sekretärin den Kopf zur Tür hereinsteckte.

»Mister Brown ist hier«, sagte sie.

Herbert Landowski ging zu seinem Schreibtisch und setzte sich. »Bitten Sie ihn herein«, wies er sie an.

Die Sekretärin verschwand, und gleich darauf betrat ein schlanker, mittelgroßer Mann das Büro. In der Hand hielt er einen Aktenkoffer. Selbstsicher schritt der Fremde auf den Schreibtisch zu und nahm unaufgefordert Platz. Nachdem er seine Beine lässig übereinandergeschlagen hatte, sagte er: »Guten Tag, mein Name ist John X. Brown. Ich möchte mit Ihnen ein Geschäft besprechen.«

Herbert Landowski kannte den Mann, der sich John X. Brown nannte, nicht. Prüfend musterte er ihn. Die selbstbewußte Art seines Gegenübers beeindruckte ihn nicht. Ohne seinen Blick von den Augen des Fremden zu wenden, sagte er in unpersönlichem Ton: »Guten Tag, Mister Brown, Sie haben einen recht ungewöhnlichen Termin für dieses Gespräch gewählt. Darf ich fragen, an was für eine Art von Geschäft Sie gedacht haben?«

Der Mann, der sich John X. Brown nannte, hielt Herbert Landowskis forschendem Blick ohne mit der Wimper zu zucken stand.

Nach einigen Augenblicken des Abschätzens antwortete John X. Brown: »Man hat mir gesagt, Sie vermitteln Personal, das sich für besondere Aufgaben eignet.«

Herbert Landowski zuckte bedauernd mit den Schultern. »Es tut mir leid, aber Sie wurden falsch informiert. Ich vermittle Immobilien und kein Personal.« Er erhob sich zum Zeichen, daß das Gespräch für ihn beendet sei.

John X. Brown nahm davon keine Notiz. Ohne seine Haltung zu verändern, fuhr er fort: »Auch nicht, wenn ich an einer elfeinhalb-Zimmer-Villa in Greenboro interessiert bin? Ich glaube, Sie haben eine derartige Villa an der Hand.«

Herbert Landowski setzte sich wieder und musterte sein Gegenüber erneut kritisch. »Woher wissen Sie von dem Villenprojekt? Ich habe es noch nicht öffentlich . . .«

»Das ist unwichtig«, unterbrach ihn John X. Brown. »Ich bin hier, um mit Ihnen ein Geschäft zu machen, und will wissen, ob Sie interessiert sind oder nicht. – Ich bin bereit, dafür gut zu bezahlen – sehr gut zu bezahlen«, fügte er hinzu.

Noch während John X. Brown sprach, hatte sich Herbert Landowski entschlossen, auf das Geschäft einzugehen. Schließlich kannte der Fremde den Geheimkode, und den konnte ihm nur ein Eingeweihter verraten haben.

»Gut, ich bin interessiert. Wenn ich Ihre Wünsche erfüllen kann, kommen wir ins Geschäft. Was wünschen Sie also?« fragte Herbert Landowski.

John X. Browns Gesichtszüge entspannten sich. Forschend sah er sich im Raum um.

»Keine Angst, der Raum ist schalldicht«, sagte Herbert Landowski.

John X. Brown nickte, öffnete seinen Aktenkoffer, entnahm ihm einen Kassettenrecorder und stellte ihn auf den Schreibtisch. Nachdem er eine Kassette mit Rockmusik eingelegt und die Lautstärke so weit aufgedreht hatte, daß man sich gerade noch verständigen konnte, sagte er ironisch: »Ich höre bei meinen Besprechungen gerne Musik.«

Herbert Landowski grinste anerkennend. Die Vorsicht des Fremden gefiel ihm und gab ihm ein beruhigendes Gefühl. Wesentlich freundlicher als bisher antwortete er: »Keine Sorge, unser Gespräch wird nicht aufgezeichnet. Aber kommen wir zur Sache! Was wollen Sie?«

»Ich benötige für eine sehr schwierige Aufgabe einen wirklichen Experten.«

»Killer?«

John X. Brown nickte. »Killer.«

»Wen wollen Sie umbringen lassen?«

»Das werde ich mit dem Killer besprechen.«

Herbert Landowski nickte bedächtig. »Ich kann Ihre Zurückhaltung verstehen, aber ich kann Ihnen nur einen geeigneten Mann empfehlen, wenn ich weiß, um was für eine Aufgabe es sich handelt.«

John X. Brown dachte einen Augenblick nach, bevor er erwiderte: »Ich werde Ihnen den Namen des Opfers nicht nennen. Nur so viel: Der Killer muß eine absolute Spitzenkraft sein, denn das Opfer ist einer der am besten bewachten Männer dieser Welt.«

»Politiker oder Wirtschaftsboß?«

»Politiker.«

»Amerikaner?«

John X. Brown zögerte.

»Wenn Sie es mir nicht sagen wollen – auch gut, nur – dann kann ich Ihnen nicht helfen«, warf Herbert Landowski ein und fügte erklärend hinzu: »Nehmen Sie einmal an, es handelt sich um einen Ausländer und der Anschlag soll im Ausland erfolgen. In diesem Fall nützt es Ihnen wenig, wenn ich Ihnen einen Amerikaner empfehle, der zwar ein Könner auf seinem Gebiet ist, aber noch nie im Ausland gearbeitet hat. Was Sie in so einem Fall bräuchten wäre jemand, der internationale Erfahrungen hat und mehrere Fremdsprachen spricht.«

John X. Brown sah ein, daß Herbert Landowski recht hatte. Trotzdem mißfiel ihm der Gedanke, seinem Gegenüber einen zu tiefen Einblick in das Vorhaben zu geben. Widerstrebend antwortete er schließlich: »Ausländer – mehr werde ich Ihnen nicht sagen.«

Ohne auf die Bemerkung einzugehen, fragte Herbert Landowski weiter: »Gibt es irgendwelche Vorgaben? Ich meine, muß der Auftrag in einer bestimmten Zeit oder an einem bestimmten Ort durchgeführt werden?«

»Nein, es ist noch alles offen. Einzelheiten werden wir mit dem Experten durchsprechen. Wichtig ist nur, daß Sie uns *den* Spitzenmann auf diesem Gebiet vermitteln.«

Herbert Landowski warf ungeduldig ein: »Das sagten Sie bereits. Ich habe verstanden. Ich werde über Ihre Wünsche nachdenken. Rufen Sie mich in zwei Tagen an. Dann werde ich Ihnen sagen, ob ich einen geeigneten Mann vermitteln kann. Aber seien Sie sich darüber im klaren, der Preis wird hoch sein, sehr hoch. Mein Honorar beträgt zwanzig Prozent des vereinbarten Preises, zu zahlen nach Abschluß der Vereinbarung.«

John X. Brown winkte ab und erhob sich. »Machen Sie sich keine Sorgen um den Preis. Ich weiß, daß ich Leistung nicht umsonst bekomme.« Ohne sich zu verabschieden, verließ er das Büro.

In den nächsten zwei Tagen war Herbert Landowski

ausschließlich damit beschäftigt, einen geeigneten Spezialisten zu finden. Die Zahl der Kandidaten wurde durch die Forderung, die John X. Brown gestellt hatte, stark eingeengt. Besonders die Tatsache, daß es sich um einen ausländischen Politiker handelte, machte die Auswahl schwierig. Hinzu kam noch – es mußte sich um einen Spitzenpolitiker handeln, denn sonst hätte sein Kunde nicht so ausdrücklich betont, daß das Opfer scharf bewacht sein würde. Je länger Herbert Landowski nachdachte, desto mehr kam er zur Überzeugung, es gab nur eine Person, die diesen Auftrag ausführen konnte. Auch wenn er ihr noch nie begegnet war und weder ihren Namen, ihren Wohnsitz noch ihre Nationalität kannte, so wußte er doch, sie war auf ihrem Gebiet ein Künstler. Dreimal hatte er in der Vergangenheit mit ihr zusammengearbeitet, und jedesmal hatte sie die schwierigen Aufgaben hervorragend gelöst. Sie war ein Meister der Verkleidung und sprach mehrere Sprachen fließend. Die Person hatte nur einen Nachteil – sie war eine Frau, und das machte sie schwer vermittelbar. Seine Kunden erwarteten in diesem Beruf Männer und konnten sich kaum vorstellen, daß eine Frau besser sein konnte als ihre männlichen Konkurrenten. Herbert Landowski entschloß sich, die Frau John X. Brown zunächst vorzuschlagen und seine Reaktion abzuwarten, bevor er sich mit ihr in Verbindung setzen würde.

Es kam so, wie er vorausgesehen hatte. Als John X. Brown nach zwei Tagen anrief und er ihm die Frau als die Spezialistin vorschlug, lehnte John X. Brown ab. Erst nachdem Herbert Landowski ihm mehr über die Qualitäten dieser Frau erzählt hatte, wurde er nachdenklicher und versprach, sich die Sache noch einmal zu überlegen.

Während Herbert Landowski auf die Entscheidung wartete, unterbreitete Jeff Candler seinem Chef, dem Präsidenten der TECHNEX, den Vorschlag. Genau wie Jeff Candler konnte auch Ronald Valley sich nicht vorstellen, daß eine Frau für diese Aufgabe geeignet sei. Eine Stunde lang diskutierten die beiden Männer über das Vorhaben und kamen dabei wider Erwarten zu der Überzeugung, daß es Gesichtspunkte gab, die gerade eine Frau für eine solche Aufgabe geeignet erscheinen ließen. Schließlich entschied Ronald Valley, daß er sich die Frau zuerst ansehen wolle, bevor er sie engagieren würde. Noch am selben Tag informierte Jeff Candler Herbert Landowski über die Entscheidung.

Für Herbert Landowski kam die Information zu spät, um noch in der gleichen Woche mit der Killerin Verbindung aufzunehmen. Es war zwischen ihnen vereinbart worden, daß er, wenn er eine Aufgabe für sie hatte, eine Anzeige in der Sonntagsausgabe der New York Herald Tribune einrücken lassen sollte. War sie an dem Job interessiert, würde sie sich bei ihm melden.

Am folgenden Montag sandte Herbert Landowski einen Brief mit der Anzeige und einer Geldanweisung über zwei Dollar vierzig für die Gebühren an die Anzeigenabteilung der New York Herald Tribune. Danach blieb ihm nichts anderes übrig, als zu warten.

In der Woche darauf klingelte das Telefon in seinem Büro, und eine unpersönlich klingende Stimme meldete sich.

»Sie haben einen Job für mich.«

Die Worte klangen nicht wie eine Frage, sondern wie eine Feststellung. Herbert Landowski lief bei dem Klang ihrer Stimme ein Schauer über den Rücken. Er wußte nicht warum, aber er hatte Angst vor dieser Frau. »Ja«, beeilte er sich zu antworten.

»Was können Sie mir darüber sagen?«

»Nicht viel. Der Auftraggeber will das Projekt nur mit Ihnen besprechen. Soweit ich verstanden habe, handelt es sich um ein politisches Projekt, bei dem mit großen Schwierigkeiten gerechnet werden muß.«

»Ist das alles?«

»Ja.«

»Gut, sagen Sie Ihrem Kunden, ich bin interessiert. Wenn er meine Mitarbeit wünscht, will ich eine Vorauszahlung von fünfzigtausend Dollar haben. Der Betrag soll mir am zehnten April um zwei Uhr nachmittags im Hotel Züricher Hof in Zürich übergeben werden. Für den Überbringer ist ab neunten April ein Zimmer auf den Namen Charles Hamilton reserviert. Und sagen Sie Ihrem Kunden, ich will keinen Scheck, sondern das Geld in kleinen Scheinen haben. Übernehme ich den Auftrag, wird die Summe mit meinem Honorar verrechnet. Sollte ich, nachdem ich die Einzelheiten des Auftrages kenne, nicht daran interessiert sein, dient der Betrag zur Deckung meiner Unkosten. Einen Termin für eine Zusammenkunft mit Ihrem Kunden arrangiere ich mit dem Geldboten.« Ohne zu fragen, ob er alles verstanden hatte, legte die Sprecherin den Hörer auf.

Herbert Landowski hatte sich während des Gesprächs in aller Eile Notizen gemacht. Er wußte, die Frau würde ihre Worte nicht wiederholen.

Am Montag abend rief Jeff Candler, alias John X. Brown, an. Herbert Landowski teilte ihm die Bedingungen mit. Jeff Candler nahm sie schweigend zur Kenntnis. Als er sie wenig später Ronald Valley erläuterte, fügte er abschließend hinzu: »Sir, wir sollten uns nicht auf solche erpresserischen Forderungen einlassen. Wir sehen das Geld nicht wieder. Sie braucht es nur zu nehmen und damit zu verschwinden. Wir könnten es ihr nicht einmal abjagen, weil niemand die Frau kennt. Sir, ich halte es für . . .«

»Halt den Mund!« unterbrach ihn Ronald Valley herrisch. »Du wirst nach Zürich fliegen und ihr die fünfzigtausend Dollar übergeben. Und dann wirst du herausfinden, wer diese geheimnisvolle Dame ist. Wie du es machst, ist deine Sache. Aber ich will verdammt noch mal wissen, mit wem wir es zu tun haben. Ich kauf' doch keine Katze im Sack.«

4

Gina Nicoletti saß mit untergeschlagenen Beinen auf dem breiten Bett in ihrem Apartment im ersten Stock der Villa Borgense. Vor ihr stand ein Tablett mit einem kargen Frühstück. Ein Glas Orangensaft, ein Toast und etwas Butter war alles, was sie morgens aß. Neben ihr lag ein Stapel Zeitungen. Alle Ausgaben der führenden internationalen Presse waren vertreten. Ihre Hausdame, eine fünfzigjährige, wohlbeleibte Römerin, hatte die Vorhänge zur Seite geschoben, so daß die Morgensonne in das Schlafzimmer flutete. Gina Nicoletti nahm einen Schluck Orangensaft und knabberte lustlos an dem Toast. Nach ein paar Minuten sprang sie aus dem Bett, ging ins Bad und duschte ausgiebig. Dann trat sie vor den Spiegel und musterte sich kritisch. Sie war mit ihrem Spiegelbild zufrieden. Selbst nach einer durchtanzten Nacht und nur vier Stunden Schlaf sah man ihr ihre neununddreißig Jahre nicht an. Jeder, der sie so sähe, würde sie auf Ende Zwanzig schätzen. Ihre ein Meter fünfundsiebzig große Gestalt war gertenschlank und machte einen durchtrainierten Eindruck. Kein Fettpölsterchen war zu erkennen. Prüfend musterte sie ihr Gesicht. Auf ihrer Oberlippe zeigten sich die dunklen Schatten eines Damenbartes, so wie er bei Schwarzhaarigen leicht aufzutreten pflegte. Sie mußte ihn sich abrasieren, denn heute wollte sie nur als Frau auftreten. Ihr Gesicht hatte ihr früher, als sie noch ein junges Mädchen war, viel Kummer bereitet. Zwar war es ebenmäßig geschnitten, aber die Gesichtszüge waren zu kräftig ausgebildet und machten eher einen männlichen als einen weiblichen Eindruck. Aber das, was früher so manche Träne gekostet hatte, war im Laufe der Jahre ihr Kapital geworden. Der eher herbe Gesichtsausdruck erlaubte es ihr, in vielerlei Verkleidungen aufzutreten und ein aufregendes Doppelleben zu führen. Nach außen war sie eine erfolgreiche Fotografin. Ihre Arbeiten wurden in den renommierten Zeitschriften im In- und Ausland abgedruckt. Sie verdiente damit so viel Geld, daß sie ihren zweiten Beruf, ihr zweites Leben, nicht hätte führen müssen. Aber gerade dieses zweite Leben übte eine unheimliche Faszination auf sie aus. Es zog sie an und ließ sie wie eine Droge nicht mehr los. Sie hatte sich dieses Leben gezielt aufgebaut. Warum, das konnte sie heute nicht mehr mit Sicherheit sagen. Den Anstoß hatte ein Maskenball gegeben. Sie hatte sich damals zum erstenmal als Mann verkleidet. Die Verkleidung war so perfekt gewesen, daß selbst ihre engsten Freunde nicht erkannten, wer sich hinter der Maske verbarg. Von da an ging es Schritt um Schritt weiter, bis sie zu dem wurde, was sie heute darstellte. Gina Nicoletti mußte lächeln. Niemand ihrer Freunde vermutete, daß sich hinter der Maske der erfolgreichen Fotografin einer der gefährlichsten professionellen Killer versteckte. In Fachkreisen wurde sie als Spitzenkraft gehandelt. Sie war ein Meister der Verkleidung und konnte mit Feuerwaffen genauso gut umgehen wie mit Sprengstoff oder Gift.

Gina Nicoletti schlüpfte in ihren Morgenmantel und ließ sich wieder auf dem Bett nieder. Versonnen spielte sie mit einem seltsam geformten goldenen Anhänger. Man mußte schon genau hinschauen, um in dem Schmuckstück drei ineinander verschlungene Giftschlangen mit weit aufgerissenen Rachen zu erkennen. Vor Jahren hatte sie sich während eines Einsatzes in Java eine etwa fünf Zentimeter große Holzplastik gekauft. Sie war davon so fasziniert gewesen, daß sie sich von einem brasilianischen Juwelier eine kleine Kopie in Gold anfertigen ließ. Das Schmuckstück war ihr Talisman geworden. Wenn sie ihn am Hals spürte, fühlte sie sich beschützt.

Nach ein paar Augenblicken des Nachsinnens begann sie, die Zeitungen durchzublättern. Ihr Interesse galt weniger den Leitartikeln als den Anzeigen. Nur auf diesem Wege konnten Kunden mit ihr in Verbindung treten. Nach einer Weile legte sie die Zeitungen zur Seite. In der New York Tribune hatte sie gefunden, wonach sie suchte. Es war die Anzeige, die Herbert Landowski in die Sonntagsausgabe hatte setzen lassen.

Gina Nicoletti zog sich an und fuhr in die Innenstadt. Vom Hauptpostamt aus rief sie Herbert Landowski an und teilte ihm ihre Bedingungen mit. Sie hatte die Forderung absichtlich hoch angesetzt, damit der Kunde von vornherein wußte, er hatte es mit einem Spezialisten zu tun. Wenn er ernsthaft interessiert war, würde ihn die Summe nicht abhalten.

Wieder zu Hause wählte sie die Nummer vom Hotel Züricher Hof und reservierte für den neunten April ein Zimmer auf den Namen Charles Hamilton. Sie selbst benötigte keine Hotelunterkunft. Sie hatte in Zürich eine kleine Wohnung. Aber nicht nur dort, sondern auch in Paris, London, Frankfurt und Rio de Janeiro besaß sie unter verschiedenen Namen Apartments. Die Wohnungen dienten ihr als Operationsbasen und als Fluchtstätten.

Am neunten April flog Gina Nicoletti nach Zürich. Am Flughafen nahm sie ein Taxi und fuhr in die Innenstadt. Vor einem Hotel in der Nähe ihrer Wohnung ließ sie sich absetzen, um die letzten Meter zu Fuß zu gehen.

Auch Jeff Candler war inzwischen in Zürich eingetroffen. Seit dem siebten April befand er sich bereits in der Stadt. Zusammen mit Diana, seiner Sekretärin, war er im Hilton abgestiegen. Er wollte die Tage bis zu dem Treffen mit der Unbekannten nutzen, um sich mit der Stadt und dem Hotel Züricher Hof vertraut zu machen. Sein Plan war, die Attentäterin nach der Geldübergabe beschatten zu lassen, um so ihre Identität herauszufinden. Für diese Aufgabe hatte er seine Sekretärin mitgenommen. Sie konnte der Frau unauffällig überallhin, auch in die Toilettenräume, folgen. Er selbst wollte sich im Hintergrund halten und nur im Notfall eingreifen. Aber er war sicher, daß Diana das schaffen würde, denn sie hatte schon wiederholt ähnliche Aufgaben erfolgreich ausgeführt.

Den siebten und achten April nutzte Jeff Candler, um sich mit Diana die Stadt anzusehen. Am neunten April übersiedelte er als Charles Hamilton in den Züricher Hof. In seiner Aktentasche befanden sich fünfzigtausend Dollar in kleinen Scheinen. Das Zimmer, das für ihn reserviert war, lag im ersten Stock, in der Nähe des Fahrstuhls. Nachdem er sein Gepäck im Zimmer abgeladen hatte, nahm er die Aktentasche mit dem Geld und ging zu einer der öffentlichen Telefonzellen in der Halle. Über eine Amtsleitung rief er die Rezeption des Hotels an und reservierte für seine Sekretärin das Zimmer, das dem seinen gegenüber lag. Danach telefonierte er mit Diana, um ihr zu sagen, daß auch sie umziehen konnte. Bereits eine halbe Stunde später traf sie im Züricher Hof ein. Von Jeff Candler, der sich im Foyer aufhielt, nahm sie keine Notiz. Auch als sich beide später im Speisesaal des Restaurants trafen, gaben sie durch kein Zeichen zu erkennen, daß sie sich kannten. Aus Angst beobachtet zu werden, nahmen sie an diesem Abend keinen Kontakt mehr auf. Es war auch nicht notwendig, denn Diana kannte ihre Aufgabe. Sie sollte ein kleines Loch in ihre Tür bohren und die Zimmertür von Jeff Candlers Raum beobachten. Sobald die Frau sein Zimmer verlassen würde, sollte sie ihr unauffällig folgen.

Während Jeff Candler im Hotel auf das Zusammentreffen mit der Unbekannten wartete, traf Gina Nicoletti in ihrer Wohnung die letzten Vorbereitungen. Sie hatte eine Art Korsett, auf dem viele kleine Taschen aufgenäht waren, über ihre nackte Haut gestreift und begann, die Taschen mit Watte auszupolstern. Anschließend löste sie im Waschbecken braune Hautfarbe auf und tupfte sie mit einem Wattebausch auf Gesicht und Hände. Als die Farbe eingetrocknet war, nahm sie aus einem Etui zwei schwarze Kontaktlinsen und setzte sie in ihre Augen ein. Dann ging sie ins Schlafzimmer und suchte aus ihrem Koffer zwei Perücken heraus. Eine davon, es war eine blonde Herrenperücke, legte sie zu den anderen Sachen auf den Nachttisch. Mit der zweiten ging sie ins Badezimmer zurück und zog sie über ihre Haare. Zum Schluß vervollkommnete sie ihr Äußeres mit Make-up. Gina Nicoletti ließ sich dabei Zeit. Immer wieder betrachtete sie sich von allen Seiten im Spiegel. Nach gut einer Stunde war sie mit ihrer Arbeit zufrieden. Sie räumte ihre Utensilien zusammen und verstaute sie im Geheimfach ihres Koffers. Dann reinigte sie Waschbecken und Spiegel. Als sie sicher war, daß selbst ein geschultes Auge keine Spuren ihrer Tätigkeit mehr erkennen konnte, ging sie zurück ins Schlafzimmer und zog sich fertig an. Ein letzter Blick in den Spiegel zeigte ihr, daß die Verkleidung vollkommen war. Ein mittelgroßer, athletisch gebauter Mann schaute sie an. Sein Gesicht war glattrasiert. Die dunklen Schatten an Wangen, Kinn und Hals zeigten einem aufmerksamen Beobachter, daß der Mann einen starken Bartwuchs haben mußte. Das krause, schwarze, an den Schläfen ergraute Haar, die schwarzen Augen und der dunkle Teint gaben ihm das Aussehen eines Nordafrikaners. Sein Alter war schwer zu schätzen. Es mochte zwischen Mitte Vierzig und Anfang Fünfzig liegen.

Gina Nicoletti verließ ihr Apartment und ging zu Fuß in die Innenstadt. Hier nahm sie ein Taxi und fuhr zum Züricher Hof. Pünktlich um zwei Uhr betrat sie das Foyer. Ohne die Anwesenden zu beachten, ging sie zum Empfang und ließ sich die Zimmernummer von Charles Hamilton geben. Mit dem Fahrstuhl fuhr sie in den ersten Stock. Vor

Zimmer 114 blieb sie stehen. Sie drehte den Türknauf. Die Tür war unverschlossen. Ohne anzuklopfen trat sie ein.

Ein Mann war im Zimmer. Er saß in einem Sessel. In seinem Schoß ausgebreitet lag eine Zeitung. Seine rechte Hand hielt er unter der Zeitung verborgen. Neben dem Sessel stand ein lederner Diplomatenkoffer. Als Gina Nicoletti fast lautlos ins Zimmer trat, blickte er auf und sah sie ungehalten an.

»Sie haben sich im Zimmer geirrt, Mister«, fuhr er den vermeintlichen Herrn an. »Verschwinden Sie!«

Gina Nicoletti beachtete seine Worte nicht, sondern schloß die Tür. Ihr Blick glitt flüchtig durch den Raum. Die Tür zum Badezimmer war einen Spalt geöffnet. Sie ging hinüber, zog sie zu und blieb daneben stehen.

Jeff Candler war aufgesprungen. In der Hand hielt er einen kurzläufigen Revolver.

»Verdammt noch mal, was soll das?« rief er wütend. »Machen Sie, daß Sie rauskommen!«

Gina Nicoletti blickte ihn abschätzend an. »Charles Hamilton?« fragte sie. Sie bemerkte, daß er sie irritiert ansah.

»Wer sind Sie?«

»Wenn Sie Charles Hamilton sind, dann bin ich der, mit dem Sie verabredet sind«, antwortete Gina Nicoletti in fließendem Englisch.

»Unmöglich! Ich erwarte eine Frau.«

»Eine Frau?« Gina Nicoletti tat, als würde sie Jeff Candler nicht verstehen. In gleichbleibendem, unpersönlichem Tonfall fuhr sie fort: »Sie irren sich, wie Sie unschwer sehen können. Aber das ist unwichtig. Wie mir Landowski sagte, haben Sie eine Aufgabe für mich.«

Jeff Candler starrte sie noch immer verblüfft an. Er wußte nicht, wie er sich verhalten sollte.

»Nun? Haben Sie einen Kontrakt oder nicht?«

Jeff Candler zögerte. Um Zeit zu gewinnen, sagte er: »Setzen Sie sich.«

Gina Nicoletti nahm Platz. »Haben Sie das Geld bei sich?«

Langsam, er war sich noch immer nicht im klaren, was er tun sollte, nahm er mit der linken Hand den Aktenkoffer und reichte ihn Gina Nicoletti hinüber. Mit seiner rechten Hand hielt er den kurzläufigen Revolver auf den vermeintlichen Nordafrikaner gerichtet.

Gina Nicoletti öffnete den Aktenkoffer, sah die Stapel Dollarnoten, schloß ihn wieder und stellte ihn neben sich. Dann sagte sie und sah dabei Jeff Candler fest in die Augen: »Bevor Sie mir etwas über den Kontrakt mitteilen, beantworten Sie mir eine Frage: Wurde schon mal jemand mit der Aufgabe betraut, für die Sie mich anwerben wollen?«

Jeff Candler sah sie verwundert an. »Nein, natürlich nicht. Was soll die Frage?«

»Das will ich Ihnen sagen«, antwortete Gina Nicoletti. »Ich bin an der Aufgabe nur interessiert, wenn sich noch niemand vor mir daran versucht hat *und*«, sie betonte das letzte Wort besonders, »wenn niemand, solange ich an der Aufgabe arbeite, mit dem gleichen oder einem ähnlichen Auftrag betraut wird. Habe ich mich klar ausgedrückt?«

Ungehalten über ihren Ton knurrte Jeff Candler: »Ich habe Sie verstanden.«

»Gut, wann und wo erfahre ich, um was für einen Auftrag es sich handelt?«

Jeff Candler unterdrückte seine Verärgerung. Ihre selbstsichere Art war nicht ohne Wirkung auf ihn geblieben.

»Wir werden den Auftrag in einer Woche, das heißt am siebzehnten April, in Las Vegas besprechen.«

»Wann und wo genau?«

»Im Hilton, um sechs Uhr abends. Fragen Sie nach John X. Brown. Ich werde ein Zimmer für Sie buchen. Auf welchen Namen soll ich es reservieren lassen?«

Gina Nicoletti verzog ihren Mund zu einem ironischen Lächeln. »Kümmern Sie sich nicht um mich. Ich werde pünktlich dasein.«

»Und wenn etwas Unvorhersehbares passiert, wie kann ich mit Ihnen Verbindung aufnehmen?« wollte Jeff Candler wissen.

»Sie können nicht! Ich werde mich melden. Wollen Sie mir eine Nachricht zukommen lassen, hinterlegen Sie sie beim Empfang im Hilton. Benutzen Sie ein Kodewort, sagen wir«, Gina Nicoletti dachte einen Augenblick nach, »sagen wir Zürich. Und noch etwas, Mister: Ich wünsche nicht, daß mir jemand folgt, wenn ich dieses Zimmer verlasse.«

Ohne Jeff Candler weiter zu beachten, begann sie, das Geld in ihre Aktentasche zu packen.

Jeff Candler fühlte sich durch die abrupte Art seines Gegenübers beleidigt. Er war es nicht gewohnt, so behandelt zu werden. Schließlich war er Chef der Sicherheitsabteilung der TECHNEX und kein Laufbursche. Nur um zu zeigen, daß er sich nicht so abfertigen ließ, rief er gereizt: »Halt, welche Garantie habe ich, daß Sie nicht einfach mit dem Geld verschwinden?«

Gina Nicoletti sah Jeff Candler verächtlich an. »Keine«, sagte sie gleichgültig.

»Aber ich muß . . .«

»Sie müssen überhaupt nichts«, unterbrach ihn Gina Nicoletti scharf. »Wenn Ihr Auftraggeber Angst um sein Geld hat, hätte er Sie nicht schicken sollen.«

Gina Nicoletti stand auf. Ohne Jeff Candler oder den auf sie gerichteten Revolver zu beachten, verließ sie das Zimmer.

Jeff Candler knirschte mit den Zähnen. Unbeherrscht trat er mit dem Fuß gegen den Stuhl, auf dem noch vor wenigen Minuten der Fremde gesessen hatte. So hatte noch niemand gewagt, mit ihm zu reden. Aber er schäumte nicht nur deswegen vor Wut. Es war auch, weil Herbert Landowski ihn falsch informiert und er dadurch ungeeignete Maßnahmen ergriffen hatte. Hätte er gewußt, daß er es mit einem Mann zu tun haben würde, so hätte er für die Beschattungsaufgabe einen seiner Mitarbeiter mitgenommen.

Gina Nicoletti war inzwischen aus dem Fahrstuhl ins Foyer des Hotels getreten. Während sie zur Tür ging, musterte sie unauffällig die Personen, die sich hier aufhielten. Ihr geschulter Blick registrierte jedes Gesicht. Vom Hotel aus ging sie in Richtung Innenstadt. Nach ein paar hundert Metern winkte sie ein Taxi heran. Als sie einstieg, sah sie, wie eine blonde Frau hastig auf ein Taxi zustürzte und einstieg. »Anfängerin«, murmelte sie, denn die Frau hatte noch kurz zuvor am Zeitungsstand in der Nähe der Rezeption gestanden.

Gina Nicoletti ließ sich in die City bringen. Vor einem Kaufhaus stieg sie aus. Aus den Augenwinkeln sah sie, wie auch das andere Taxi in einiger Entfernung hielt und die blonde Frau herauskletterte. Ohne sich zu bemühen, die Frau abzuschütteln, schlenderte sie zum Hauptbahnhof. Vor den Toiletten verharrte sie scheinbar unschlüssig. Auch die blonde Frau war stehengeblieben. Interessiert schien sie den Fahrplan zu studieren. Gina Nicoletti drehte sich um, betrat die Herrentoilette und ging zu einer freien Kabine. Aus ihrer Aktentasche nahm sie eine Flasche mit einer hellen Flüssigkeit und ein paar Wattebäuschchen. Mit geübten Handgriffen rieb sie die braune Farbe von Gesicht und Händen. Dann zog sie sich aus, nahm die Wattepolster aus ihrem Korsett, tauschte die schwarzen Kontaktlinsen gegen blaue aus und wechselte die Perücken. Nachdem sie sich wieder angezogen und den Sakko gegen eine Windjacke vertauscht hatte, holte sie einen Spiegel aus der Aktentasche und prüfte ihr Äußeres. Sie war zufrieden. Aus dem athletischen älteren Nordafrikaner war ein blonder, blauäugiger junger Mann geworden. Gina Nicoletti verstaute Aktentasche, Sakko, Watte und was sie sonst zur Verwandlung benötigt hatte in einer leichten Umhängetasche aus Nylon. Die Tasche über ihre linke Schulter gehängt, verließ sie die Toilette. Sie sah, daß die blonde Frau noch immer vor dem Fahrplan stand und den Ausgang der Herrentoilette beobachtete. Den jungen blonden Mann schien sie nicht zu beachten. Gina Nicoletti ging in Richtung Fernzüge davon und war schon nach wenigen Schritten im Gewühl der Reisenden verschwunden.

Jeff Candlers Sekretärin konnte den Eingang zur Toilette von ihrem Platz am Fahrplan gut einsehen. Sie war sicher, niemand konnte sie verlassen, ohne von ihr bemerkt zu werden. Doch als sie eine halbe Stunde gewartet hatte, wurde sie unruhig. Sollte sie Jeff Candlers Besucher etwa übersehen haben? Unmöglich, sagte sie sich, denn sie hatte ihn durch das kleine Loch in ihrer Zimmertür deutlich gesehen. Aber als der Mann auch nach einer weiteren halben Stunde nicht erschienen war, mußte sie sich eingestehen, daß er unbemerkt an ihr vorbeigeschlüpft war. Wie, das konnte sie sich nicht erklären. Kleinlaut rief sie ihren Chef an.

»Scheiße«, war alles, was er sagte, dann wies er sie an zurückzukommen.

5

Nachdem Gina Nicoletti die Bahnhofshalle verlassen hatte, schlenderte sie durch die Innenstadt und blieb hier und dort vor einem Schaufenster stehen. Nach einiger Zeit begann sie schneller zu gehen und richtete es so ein, daß sie genau dann die Straßen überquerte, wenn die Ampeln auf Rot umsprangen. Schließlich winkte sie ein vorbeifahrendes Taxi heran und ließ sich kreuz und quer durch die Außenbezirke Zürichs fahren. Als sie sicher war, daß ihr niemand folgte, stieg sie aus. Zu Fuß ging sie zum Bankhaus Wallmann und zahlte vierzigtausend Dollar auf ihr Nummernkonto ein. Den Rest behielt sie in bar, um ihre Unkosten zu decken. Von der Bank aus fuhr sie mit einem Bus bis in die Nähe ihres Apartments. Bevor sie den Wohnblock betrat, vergewisserte sie sich noch einmal, daß ihr niemand gefolgt war. Dann eilte sie in ihre Wohnung.

Eine Stunde später befand sie sich bereits wieder auf

dem Weg zum Flughafen, um die Abendmaschine nach Rom zu erreichen.

Drei Tage später verließ sie Rom erneut. Mit einer Alitalia-Maschine flog sie nach Frankfurt. Hier suchte sie den Chefredakteur einer renommierten Zeitschrift auf, um mit ihm über eine neue Fotoreportage zu sprechen. Nachdem Gina Nicoletti so einen Grund für ihren Aufenthalt in Deutschland geschaffen hatte, fuhr sie zu ihrer kleinen Studio-Wohnung in der Nähe des Frankfurter Flughafens. Am nächsten Morgen stand sie früh auf. Aus einem kleinen Safe, der gut getarnt hinter einer Wandlampe lag, nahm sie zwei amerikanische Reisepässe und die dazugehörigen Führerscheine und Kreditkarten. Den Paß, der auf Sharon Fremont lautete und eine blonde, blauäugige Frau Mitte Dreißig zeigte, nahm sie mit ins Badezimmer und stellte ihn aufgeschlagen auf die Ablage über dem Waschbecken. Mit geübten Handgriffen begann sie, sich in die amerikanische Geschäftsfrau aus Chicago zu verwandeln. Um neun Uhr verließ sie die Wohnung und fuhr zum Flughafen. Wohlverborgen im Geheimfach ihres Koffers lagen nicht nur der zweite amerikanische Paß, der auf den Namen Robert E. Hyat lautete, sondern auch alle Gegenstände, die sie benötigte, um in diese Maske zu schlüpfen.

Die Flugscheine für den Flug Lufthansa 450 nach Los Angeles und den Anschlußflug mit Delta Air Lines nach Las Vegas lagen am Schalter für sie bereit. Gina Nicoletti hatte sie bereits von Rom aus auf den Namen Sharon Fremont gebucht. Da sie erster Klasse flog, brauchte sie am Abfertigungsschalter nicht zu warten und hatte noch genügend Zeit, durch den Duty-free-Shop zu bummeln. An einem Zeitungskiosk kaufte sie einen Stapel Zeitschriften, um gegen die Langeweile während des Fluges gerüstet zu sein.

Pünktlich um zehn Uhr vierzig rollte die Maschine zum Start, und schon wenige Minuten später hatten sie das regenverhangene Frankfurt unter sich gelassen. Gina Nicoletti, alias Sharon Fremont, machte es sich in ihrem komfortablen Schlafsessel bequem und begann, in ihren Magazinen zu blättern. Es waren weniger die Artikel als die Fotos, denen sie ihre Aufmerksamkeit widmete. Bei dem planlosen Durchblättern fiel ihr das Porträt eines Mannes auf. Ihr fotografisches Interesse war geweckt. Sie betrachtete das Bild genauer und mußte zugeben, daß es dem Fotografen gelungen war, die persönliche Ausstrahlung des Mannes auf dem Bild festzuhalten. Das Gesicht war schmal, die Stirn hoch und die Augen unter buschigen Augenbrauen halbverdeckt. Trotzdem konnte Gina Nicoletti die Kälte seines Blickes fast körperlich spüren. Sein Kinn war stark ausgeprägt, und um seinen Mund lag ein herrischer, zynischer Zug. Sie konnte sich gut vorstellen, daß dieser Mann keinen Widerstand duldete und in der Verfolgung seiner Ziele über Leichen gehen würde. Gina Nicoletti suchte nach dem Namen des Mannes. Er hieß Ronald Valley und war Präsident der TECHNEX. Neugierig begann sie den Artikel zu lesen. Aber schon nach wenigen Absätzen langweilte er sie. Es war einer jener Artikel, die in der letzten Zeit die Presse beherrschten. Wie so viele andere amerikanische Wirtschaftsführer warnte auch Ronald Valley vor zu viel Vertrauen in die Abrüstungsinitiativen des russischen Ministerpräsidenten. Immer der gleiche Unsinn, dachte Gina Nicoletti und blätterte weiter.

Die Zeit verging, wie bei allen Langstreckenflügen, nur

schleppend. Bewegungsmangel machte sich in den Muskeln bemerkbar, so daß Gina Nicoletti froh war, als sie endlich in Los Angeles landeten. Paß- und Zollkontrolle waren schnell passiert. Niemand hatte an ihren Papieren Anstoß genommen.

In Las Vegas wurde sie von strahlendem Sonnenschein und dreißig Grad Hitze empfangen. Da kaum Luftfeuchtigkeit herrschte, genoß sie die warme und trockene Luft. Sie schaltete die Klimaanlage in ihrem Leihwagen aus und ließ sich den warmen Fahrtwind durch die geöffneten Fenster um die Nase wehen. Vor dem Las Vegas Hilton hielt sie an. Hier hatte sie ein Zimmer bestellt, um den Tag, den sie früher gekommen war, zu nutzen, sich mit den Örtlichkeiten vertraut zu machen. Es war eine reine Vorsichtsmaßnahme, denn mit Schwierigkeiten rechnete sie nicht.

Als Gina Nicoletti in ihrem luxuriösen Zimmer stand, streifte sie ihre Kleider vom Leib und nahm ein ausgiebiges Bad. Der Schweiß und Staub von siebzehn Stunden Reise wurden abgespült. Nachdem sie sich durch einen kurzen, aber tiefen Schlaf erfrischt hatte, fuhr sie in die Lobby, um sich im Hotel umzusehen.

Das Hotel war für ihre Pläne geradezu ideal. Fast ein Dutzend Restaurants, Coffeeshops, Bars, dazu ein Theater und ein weitläufiger Außenbereich mit Tennisplätzen, Spielplätzen und sonstigen Sportanlagen würden ein unauffälliges Untertauchen garantieren. Sie war sicher, jedem Verfolger in diesem Gewirr von Räumen und Menschen entkommen zu können. Besonders günstig war, daß einige der Restaurants und Bars die ganze Nacht geöffnet hatten und somit immer Betrieb im Hotel herrschte.

Gina Nicoletti betrat eine der Bars, um sich bei einem

Cocktail zu entspannen. Die Bar war nur mäßig besetzt. Am Tresen saßen drei Männer. Einer von ihnen kam ihr bekannt vor. Obwohl sie ihn nur von der Seite sah, konnte sie doch deutlich das schmale Gesicht mit der hohen Stirn, den stechend blickenden Augen und dem harten, zynischen Zug um den Mund erkennen. Ihr fiel das Bild ein, das sie während des Fluges in einem Magazin gesehen hatte. Neugierig trat sie näher. Kein Zweifel, es war der Mann. Ronald Valley, erinnerte sie sich, hieß er. Sie nahm einige Barhocker von ihm entfernt Platz und bestellte einen Whisky-sour. Unauffällig beobachtete sie ihn. Gina Nicoletti hatte etwa eine Viertelstunde an der Bar gesessen, als ein Herr den Raum betrat und sich neben den Mann an die Bar setzte. Sie hätte sich vor Überraschung fast verschluckt. Der Herr war kein anderer als der Bote, der ihr in Zürich das Geld übergeben hatte. Die beiden Männer schienen sich zu kennen, denn der Geldbote begann leise auf den anderen einzusprechen. Gina Nicoletti beugte sich vor, um das Gespräch der beiden besser verfolgen zu können. Leider sprachen sie mit so gedämpften Stimmen, daß sie nur Bruchstücke der Unterhaltung verstehen konnte.

»Und?« hörte sie den Mann fragen, der Ronald Valley sein mußte.

»Nichts . . .«

Der Barkeeper hatte sich vorgelehnt, und Gina Nicoletti konnte den Rest des Satzes nicht verstehen.

»Sind Sie sicher, daß ihr ihn nicht übersehen habt?« fragte Ronald Valley.

»Absolut! Wir haben den Flugplatz Tag und Nacht unter . . .«

» . . . Bild, taugt es etwas. Haben es . . . Leute?«

»Das Bild, Sir, ist gut – ich ... aus dem Gedächtnis ... lassen. Täuschend ... könnte eine Fotografie von ihm sein. Schließlich ... in Zürich genau gesehen.«

Ronald Valley machte eine ungehaltene Handbewegung. »Schon gut. Aber ich will nicht noch einmal so eine Pleite erleben wie ...«

»Bestimmt nicht. Wenn er mit dem Flugzeug kommt, dann entwischt er uns nicht. Ich habe meine ... Leute ein ...«

Also doch. Gina Nicoletti war sicher, daß die beiden Männer von ihr sprachen und daß sie entgegen ihrer Forderung versuchten, sie zu beschatten. Wahrscheinlich hatte der Geldbote ein Phantombild von ihr zeichnen lassen. Auch wenn es sie in der Maske eines Mannes, eines Nordafrikaners, zeigte, so konnten die Aktivitäten der Männer zu einem Sicherheitsrisiko für sie werden. Sie mußten um jeden Preis unterbunden werden.

Ronald Valley stand auf und verließ die Bar. Der andere Mann folgte ihm. Auch Gina Nicoletti zahlte und eilte hinaus. Sie wollte vor den Männern an der Rezeption sein. Am Empfang herrschte reger Betrieb. Sie stellte sich so, daß sie den Schlüsselschrank einsehen konnte. Niemand beachtete sie. Gleich darauf kamen die beiden Herren und ließen sich ihre Zimmerschlüssel geben. 513 und 514 konnte sie erkennen. Um möglichst unverdächtig zu erscheinen, falls sie zufällig beobachtet worden war, wartete sie, bis einer der Angestellten frei war, und stellte ihm einige belanglose Fragen über die Spielkasinos von Las Vegas. Dann ging sie auf ihr Zimmer. Hier suchte sie als erstes nach dem Artikel, der ihr im Flugzeug aufgefallen war. Ihr Gedächtnis hatte sie nicht betrogen. Der Mann in der Bar war Ronald Valley, der Präsident der TECHNEX, gewesen.

Für den Rest des Abends blieb Gina Nicoletti in ihrem Zimmer, um nachzudenken. Aus dem, was sie in der Bar gehört hatte, schloß sie, daß Ronald Valley ihr Auftraggeber sein mußte. Aber um was für einen Kontrakt mochte es sich handeln? Wenn Ronald Valley nur einen Konkurrenten beseitigen wollte, dann hätte er sich sicher nicht an sie gewandt. Diese Arbeit hätte ein Killer aus den USA genausogut erledigen können. Das konnte es also nicht sein. Die Aufgabe, die man ihr zugedacht hatte, mußte größer und schwieriger sein. Gina Nicoletti las den Artikel über Ronald Valley mehrmals durch. Ein Gedanke kam ihr beim Lesen. Er war geradezu abenteuerlich. Doch je länger sie darüber nachdachte, desto überzeugter wurde sie, daß ihre Überlegungen doch nicht so abwegig sein konnten. Zufrieden, eine Lösung gefunden zu haben, ging sie zu Bett und war gleich darauf eingeschlafen.

Während des folgenden Tages verbrachte sie die meiste Zeit am Swimmingpool. Ab und zu versuchten Männer mit ihr zu flirten, aber ihre abweisende Miene erstickte die Versuche im Keim. Ihre Gedanken beschäftigten sich ausschließlich mit dem, was sie sich gestern überlegt hatte. Sollte der Auftrag so lauten, wie sie annahm, dann war er Wahnsinn und Herausforderung zugleich. Wie sollte sie sich verhalten? Sollte sie ablehnen? Ihre Vernunft riet ihr dazu. Doch da war auf der anderen Seite die Herausforderung, das Unmögliche zu versuchen. Lange dachte sie darüber nach. Schließlich siegte der Reiz der Herausforderung über die Vernunft.

Am Abend, kurz vor der für die Besprechung festgelegten Zeit, ging sie in die Hotelhalle und rief von einem öffentlichen Fernsprecher den Empfang an. Mit verstellter Stimme fragte sie: »Wurde eine Nachricht für einen Mister Zürich hinterlegt?«

»Einen Augenblick bitte, ich werde nachsehen«, antwortete der Hotelangestellte. Nach einem kurzen Augenblick meldete er sich wieder. »Ja, die Nachricht lautet: Mister Zu-erich«, der Angestellte konnte das »ü« nicht aussprechen, »möchte sich in Zimmer 513 melden.«

Gina Nicoletti bedankte sich, ging zum Fahrstuhl und fuhr in den fünften Stock. Auf die Sekunde genau öffnete sie die Tür zu Zimmer 513 und trat ein.

Ronald Valley und Jeff Candler blickten sie befremdet an. Jeff Candler erhob sich.

»Ich glaube, Ma'am, Sie haben sich im Zimmer geirrt«, sagte er.

»Ich glaube nicht«, erwiderte Gina Nicoletti. »Mein Name ist Zürich.« Sie hatte die Worte ausschließlich an Ronald Valley gerichtet.

Der musterte sie mit anerkennendem Blick, während Jeff Candler erstaunt ausrief: »Ja, verdammt noch mal, wer war denn der Mann, mit dem ich in Zürich gesprochen habe?«

Ohne ihm zu antworten, zog Gina Nicoletti einen Stuhl heran und setzte sich Ronald Valley gegenüber.

»Sie haben einen Auftrag für mich?« fragte sie.

»Einen Augenblick, ich bin . . .«

Gina Nicoletti unterbrach ihn mit einer ungeduldigen Handbewegung und sagte zu Ronald Valley gewandt: »Schicken Sie diesen Mann hinaus. Ich werde nur mit Ihnen verhandeln, und zwar ohne Zeugen.«

Auf Ronald Valleys Lippen zeigte sich ein anerkennendes Lächeln. Jeff Candler wollte aufbrausen, doch Gina Nicoletti ließ ihn erst gar nicht zu Wort kommen.

»Schweigen Sie!« herrschte sie ihn an. »Wenn ich verhandle, dann nur mit dem Auftraggeber, und das ist doch wohl der Präsident der TECHNEX – und«, Gina Nicoletti sah Ronald Valley an, »ich will bei dem Gespräch keine Zeugen haben. Entweder wir sprechen unter vier Augen über die Aufgabe, oder ich verlasse das Zimmer und fahre zurück.«

Bevor Jeff Candler noch eine Bemerkung machen konnte, befahl Ronald Valley: »Gehen Sie!« Die selbstsichere und bestimmte Art der Frau gefiel ihm. Schon die Tatsache, daß sie seinen sonst mit allen Wassern gewaschenen Sicherheitschef an der Nase herumgeführt hatte, sprach für ihre Qualität. Ronald Valley, gewöhnt, Menschen auf den ersten Blick zu beurteilen, kam zu der Überzeugung, diese Frau, wer immer sie auch sein mochte, sei für seine Aufgabe geeignet. Er war bereit, sie zu engagieren.

Als Jeff Candler vor Wut schnaubend und der Dame Rache schwörend den Raum verlassen hatte, fragte Ronald Valley: »Woher wissen Sie, wer ich bin?«

»Das ist meine Sache. Kommen wir zum Kontrakt.«

Ronald Valley ließ sich durch Gina Nicolettis schroffe Art nicht aus der Ruhe bringen. Im Gegenteil, sie amüsierte ihn. »Gut, kommen wir zum Geschäft. Sie wurden mir als einer der besten Experten empfohlen. Ich . . .«

»Ich bin der Beste!« unterbrach ihn Gina Nicoletti.

Ronald Valley überging ihren Einwand und fuhr fort: »Ich will einen führenden Politiker ausschalten lassen. Die

Aufgabe ist schwierig, denn er gehört zu den bestgeschützten Männern der Welt. Trauen Sie sich so eine Aufgabe zu?«

»Wäre ich sonst hier?«

Die selbstbewußte Art der Frau gefiel Ronald Valley immer besser. »Also gut. Ihr Ziel ist Michail Groschenko, der russische Ministerpräsident.« Ronald Valley machte eine Pause. Er erwartete, daß die Frau nun ihre betonte Gelassenheit verlieren würde. Doch er hatte sich geirrt. Fast gleichgültig antwortete Gina Nicoletti: »Ich weiß. Ich übernehme den Kontrakt. Ich verlange fünf Millionen Dollar.«

»Sie wissen . . . was . . . ich verstehe nicht.« Ronald Valley war so perplex, daß es ihm fast die Sprache verschlagen hatte.

Gina Nicoletti wiederholte, was sie gesagt hatte.

Ronald Valley hatte sich schnell wieder in der Gewalt, aber die Frau wurde ihm langsam unheimlich. Entweder war sie allwissend, oder Jeff Candler hatte mehr gesagt, als er ihm befohlen hatte. Wenn das der Fall war, würde es Jeff Candler den Kopf kosten. Um sicherzugehen, fragte er: »Woher wissen Sie, daß der Anschlag Groschenko gilt? Hat Jeff Candler es Ihnen verraten?«

»Jeff Candler? – War das der Mann, der mir das Geld in Zürich übergeben hat?«

»Ja!«

Zum erstenmal kam Leben in die Stimme von Gina Nicoletti. Ihre Augen blitzten, als sie sagte: »Sie sollten Ihre Mitmenschen nicht für dümmer halten, als sie sind. Ihr Geldbote hat mir nichts gesagt. Aber in dem Augenblick, in dem ich Sie gesehen hatte, war mir klar, daß es für Sie nur ein Ziel geben kann, wenn Sie einen Killer meiner Klasse anwerben wollen. Nur wenn Sie Michail Groschenko aus dem Weg räumen, können Sie eine allgemeine Abrüstung verhindern und dafür sorgen, daß Ihre Kasse weiterhin gut gefüllt bleibt. Aber Ihre Motive interessieren mich nicht. Kommen wir zurück zur Sache. Sind Sie mit meinen Bedingungen einverstanden?«

Ronald Valley brauchte nicht zu überlegen. Er war überzeugt, diese Frau konnte die Aufgabe ausführen. »Einverstanden«, sagte er, »aber ich habe eine Bedingung. Sie dürfen von mir keine Unterstützung erwarten und auch keine Verbindung mehr mit mir aufnehmen. Eine Verbindung zwischen dem Attentat und mir oder der amerikanischen Rüstungsindustrie darf es nicht geben. Sie sind völlig auf sich selbst angewiesen. Akzeptieren Sie diese Bedingungen?«

»Ja. Aber da wir gerade bei Bedingungen sind – auch ich habe welche.« Ronald Valley sah sie erstaunt an. Gina Nicoletti achtete nicht darauf. »Auch Sie dürfen nicht versuchen, mit mir Kontakt aufzunehmen. Ich arbeite allein. Völlig allein. Mit den Vorbereitungen beginne ich, sobald die Hälfte des Honorars auf meinem Nummernkonto in der Schweiz eingezahlt ist. Die zweite Hälfte bezahlen Sie, wenn Sie in der Zeitung lesen, daß Michail Groschenko tot ist. Also auch, wenn es so aussieht, als wäre er eines natürlichen Todes gestorben.«

»Einverstanden«, stimmte Ronald Valley zu.

Gina Nicoletti zog einen Zettel aus der Tasche und reichte ihn Ronald Valley. »Hier sind die Angaben über mein Konto.« Dann erhob sie sich und ging zur Tür. Bevor sie das Zimmer verließ, drehte sie sich noch einmal um und sagte: »Und noch etwas. Ich will nicht beschattet werden. Ich hatte es Jeff Candler bereits in Zürich gesagt. Er hat sich nicht daran gehalten. Mir ist in Zürich nachspioniert worden, und man hat versucht, mich hier zu überwachen. Sollte so etwas noch einmal vorkommen, werde ich den Verantwortlichen bestrafen.«

Ronald Valley nickte. »Ich werde veranlassen, daß Ihre Überwachung eingestellt wird.«

Gina Nicoletti drehte sich wortlos um und verließ das Zimmer.

Eine Stunde später schlenderte ein junger Mann, dessen Führerschein auf den Namen Robert E. Hyat ausgestellt war, durch die unteren Räume des Hotels. Er sah, wie Jeff Candler, durch einen mächtigen Philodendron verdeckt, den Eingang des Hotels beobachtete. Zufrieden kehrte er um.

Kurze Zeit später stieg Sharon Fremont aus dem Fahrstuhl, zahlte ihre Rechnung, ließ ihren Mietwagen vorfahren, stieg ein und fuhr, ohne einen Blick in den Rückspiegel zu werfen, davon. An einer Tankstelle hielt sie an und kaufte eine Straßenkarte von Nevada und Kalifornien, dann fuhr sie ein paar Meilen weiter und hielt vor einem kleinen Drive-in-Restaurant. Von ihrem Fensterplatz aus sah sie, wie Jeff Candler einige hundert Meter entfernt in einer Seitenstraße parkte und das Restaurant beobachtete.

Beim Essen studierte sie die Straßenkarte. Als die Abenddämmerung heraufzog, brach sie auf. Sie fuhr in Richtung Las Vegas zurück, bog jedoch bald von der Interstate ab. Die Straße, auf der sie sich nun befand, führte durch die Berge zum Death Valley. Sie war um diese Zeit kaum befahren. Nur weit hinter sich sah sie die Lichter eines Autos, das ihr mit gleichbleibendem Abstand folgte. Es war bereits dunkel, als sie die Berge erreichte. Mit aufgeblendeten Scheinwerfern suchte sie nach einer geeigneten Stelle. Nach einiger Zeit fand sie, wonach sie Ausschau gehalten hatte. Die Straße machte eine scharfe Kurve. Links stiegen die Felsen steil an, und rechts stürzte der Abhang senkrecht in die Tiefe. Nur ein schmaler Schotterstreifen verbreiterte die Straße an der rechten Seite. Gina Nicoletti stellte ihren Wagen quer zur Fahrbahn, so daß kein Fahrzeug mehr passieren konnte. Dann rannte sie zurück und verbarg sich hinter einem Felsbrocken. Sie hörte, wie sich ein Wagen näherte, sah den Lichtschein der Scheinwerfer, dann bog das Auto um die Kurve. Sie hörte, wie die Reifen quietschten, als Jeff Candler voll auf die Bremsen stieg, um nicht in den geparkten Wagen zu fahren. Es stank nach verbranntem Gummi. Die Hinterräder von Jeff Candlers Auto blockierten, und der Wagen rutschte von der Straße auf den Schotterstreifen. Wenige Zentimeter vor dem Abgrund kam er zum Stehen. Die Fahrertür wurde aufgestoßen, und Jeff Candler stemmte sich leichenblaß heraus.

»Ich hatte Sie gewarnt«, hörte er eine weibliche Stimme hinter sich. Er wollte sich herumwerfen, sackte aber mitten in der Drehung mit einem Seufzer zusammen. Ein blitzschneller Handkantenschlag hatte sein Genick getroffen und es wie einen Stock zerbrochen. Er war auf der Stelle tot.

Gina Nicoletti schob den Leichnam hinter das Steuerrad und schaltete das automatische Getriebe auf Drive. Sofort setzte sich das Auto in Bewegung und rollte langsam über die Böschung. Sie hörte, wie es mehrere Male am Hang aufschlug. Dann vernahm sie eine Explosion, und ein greller Feuerschein erhellte die Nacht.

Gina Nicoletti lief zu ihrem Wagen zurück, wendete und fuhr in Richtung Las Vegas davon. Von einer Telefonzelle aus rief sie das Hilton an und ließ sich mit Zimmer 513 verbinden. Ronald Valley meldete sich.

»Sie müssen für immer auf ihren Mitarbeiter Jeff Candler verzichten«, sagte sie und hängte ein. Sie war sicher, Ronald Valley hatte die Warnung verstanden.

Der grinste zufrieden. Sein Plan hatte funktioniert. Die Attentäterin hatte ihm die Aufgabe abgenommen, einen Mitwisser zu beseitigen.

6

»Das ist doch Unsinn!« rief der kleine, bullige Herr und stampfte unwillig mit dem Fuß auf.

Mike Steel, Chef und einziger Mitarbeiter der Steel-Detektivagentur, ließ sich durch nichts aus der Ruhe bringen. Er kannte das aufbrausende Temperament Arthur McBains, des Präsidenten der UNIVEC. Die UNIVEC war eines der führenden amerikanischen Unternehmen in der Weltraumforschung, und Mike Steel hatte für seinen Präsidenten im Laufe der letzten zwanzig Jahre schon viele Aufträge ausgeführt. Alle hatten Maßnahmen erfordert, die am Rande, zumeist aber außerhalb der Legalität gewesen waren. Mike Steel hatte das nicht berührt. Er war skrupellos. Er übernahm jeden Auftrag, sofern er ausreichend Geld brachte. Und darüber konnte er sich bei

Arthur McBain nicht beklagen. Das einzige, was Arthur McBain als Gegenleistung verlangte, war schnelle, diskrete und erfolgreiche Arbeit, und die hatte er bisher geliefert.

Wie immer, wenn der Präsident der UNIVEC eine Aufgabe für ihn hatte, trafen sie sich in einem der großen Hotels San Franciscos oder San Diegos. Für diese Zusammenkunft hatte Mike Steel ein Zimmer in einem Hotel in der Nähe des Flughafens von San Diego gebucht. Der Bericht, den Mike Steel seinem Hauptauftraggeber gerade gegeben hatte, schien diesen in keinster Weise zufriedenzustellen. Arthur McBain war aufgesprungen und lief ärgerlich im Zimmer hin und her. Mit blitzenden Augen sah er auf Mike Steel hinunter.

»Du willst mir doch nicht weismachen, du hättest bei den Senatoren nichts gefunden, was wir hätten ausnutzen können? Unmöglich!« fuhr ihn Arthur McBain an. »Jeder Mensch hat irgendwo Dreck am Stecken. Ich werde dir sagen, warum du nichts entdeckt hast. Du hast schlampig gearbeitet. Ich glaube, ich muß mich nach jemand anderem umsehen. Du scheinst deinen Aufgaben nicht mehr gewachsen zu sein.« Arthur McBain schüttelte wütend den Kopf. »Politiker und keine Leiche im Keller – ich könnte mich totlachen. Ja, glaubst du denn, die Kerle sind Senator geworden, nur weil sie im Kirchenchor gesungen haben?«

Mike Steel zwang sich zur Ruhe, obwohl ihn der ungerechtfertigte Vorwurf ärgerte. Vor über einem Monat hatte ihn Arthur McBain beauftragt, Nachforschungen über Kilian P. Hexter, Senator aus Arkansas, und Agnew S. Sullivan, seinem Kollegen aus Missouri, anzustellen. Er hatte mit allen Schlichen und Tricks gearbeitet, aber außer daß beide Senatoren eifrige Verfechter einer generellen

Entspannungs- und Abrüstungspolitik waren, hatte er nicht viel herausgefunden. Die beiden Politiker schienen tatsächlich eine weiße Weste zu haben.

Mike Steel blickte von seinen Notizen auf. »Sir, so unglaublich es erscheinen mag, aber es ist so, wie ich sagte. Ich habe nichts gefunden, und ich habe überall nachgeforscht. In ihren Heimatorten, ihren Colleges, in Washington, selbst in ihren Kirchengemeinden habe ich Erkundigungen eingeholt. Das Ergebnis – nichts, einfach nichts. Außer vielleicht bei Sullivan. Man munkelt, er habe Weibergeschichten. Aber es scheint nur ein Gerücht zu sein.«

Arthur McBain fluchte und nahm seine Wanderung durchs Zimmer wieder auf, während Mike Steel weitersprach: »Ich kann Ihnen versichern, ich habe alles getan, was ich konnte, aber ich habe nicht einmal den Hauch einer Geliebten gefunden. Entweder ist er sauber, oder er treibt es so diskret, daß man ihm nicht auf die Schliche kommt. Selbst mein Bekannter, er ist Fotograf für so ein Klatschmagazin, hat es nicht geschafft. Während der letzten Wahlen hat er Sullivan sechs Wochen lang auf Schritt und Tritt verfolgt. Nichts. Rein gar nichts.

Und mit Kilian P. Hexter ist es noch schlimmer. Über den werden noch nicht einmal Gerüchte verbreitet. Jeder, mit dem ich sprach, beschrieb mir den Senator als einen Mann mit untadeligem Charakter. Die einzige Marotte, die er hat, ist, daß er überall Nachrichten hört, selbst am Whirlpool und im Scheißhaus soll er ein Radio stehen haben. Aber damit kann man ja wohl nichts anfangen.«

Arthur McBain unterbrach ihn mit einer unwilligen Handbewegung. »Schon gut, schon gut, das hast du mir alles schon gesagt. Schweig jetzt, ich muß nachdenken.«

Er war verärgert. Sein Plan, die beiden Senatoren auszuschalten, die sich am stärksten für eine allgemeine Abrüstung einsetzten, schien sich schwieriger als erwartet zu gestalten. Ursprünglich wollte er die Senatoren durch Erpressung zum Rücktritt zwingen, aber bei den beiden Kandidaten, die er sich als Opfer ausgesucht hatte, schien dieses Vorhaben nicht zu gelingen. Andere Kandidaten für seine Absichten auszuwählen war zwecklos. Er wußte, nur in Arkansas und Missouri war sein Einfluß auf die Partei so groß, daß er sie beeinflussen konnte, Nachfolger für das Senatorenamt zu bestimmen, die die Interessen der Rüstungsindustrie vertraten. Es blieb ihm nichts anderes übrig, er mußte zu drastischen Maßnahmen greifen. Jedenfalls bei Senator Hexter. Bei Sullivan ließ es sich mit etwas Glück vielleicht umgehen. Wann immer er konnte, versuchte Arthur McBain, seine Ziele ohne Mord zu erreichen. Nicht weil er Skrupel hatte, sondern weil bei Mord, auch wenn er noch so gut getarnt war, immer die Gefahr bestand, daß ein Zufall oder ein winziger Fehler die Tat aufdecken konnte. Aber, was sollte er machen? Schließlich standen Milliarden Dollar auf dem Spiel. Gelder, die der Rüstungsindustrie in Form von Forschungsvorhaben, Produktion oder Versorgung verlorengehen würden. Dieses zu verhindern rechtfertigte jedes Mittel.

Mike Steel, der Arthur McBain aufmerksam beobachtet hatte, konnte ihm ansehen, daß er zu einem Entschluß gekommen war. Er sollte sich nicht geirrt haben, denn Arthur McBain nahm wieder Platz und sagte: »Ich habe zwei Aufträge für dich. Ich will, daß die beiden Senatoren unschädlich gemacht werden.«

Mike Steel blickte ihn fragend an.

»Du hast gesagt«, fuhr Arthur McBain fort, »Sullivan soll Weibergeschichten haben. Gut, sorg dafür, daß er kompromittiert wird. Wie, ist deine Sache. Ich will, daß in der Zeitung Bilder erscheinen, die den Senator in eindeutigen Situationen zeigen. Ob sie echt sind oder nicht ist völlig belanglos. Wichtig ist nur, daß Sullivan aufgrund dieser Fotos zurücktreten muß. Habe ich mich klar ausgedrückt?«

»Völlig, Sir.« Mike Steel hielt diese Aufgabe für nicht allzu schwierig.

»Okay, dann zum zweiten Auftrag. Diesen Auftrag wirst du persönlich durchführen, verstanden?«

Mike Steel nickte verwundert. Er konnte sich nicht vorstellen, warum sein Auftraggeber dies so betonte.

»Du wirst«, fuhr Arthur McBain leise fort, »Senator Hexter töten.«

Mike Steel fuhr wie von einer Tarantel gestochen hoch. »Unmöglich, Sir, unmöglich!« rief Mike Steel erregt. »Haben Sie bedacht, was ein Mord an einem Senator für einen Wirbel hervorrufen wird? Da hängt sofort das FBI drin und auch sonst noch alle Sicherheitsdienste. Nein, unmöglich!«

Arthur McBain sah ihn kalt an. »Setz dich und hör zu!« befahl er. »Du wirst den Mord natürlich wie einen Unfall aussehen lassen. Das heißt, du wirst einen Unfall inszenieren. Je gründlicher du bist, desto weniger Nachforschungen werden angestellt werden. Du wirst doch den Auftrag übernehmen – oder?«

»Selbstverständlich, Sir«, beeilte sich Mike Steel zu antworten. Er hatte die Drohung, die in der Frage lag, wohl verstanden. Er kannte Arthur McBain zu gut, um nicht zu wissen, daß er das Ende der Woche nicht erleben würde, wenn er den Auftrag abgelehnt hätte. Ohne zu zögern, würde sich Arthur McBain eines Mitwissers entledigen.

»Ich sehe, wir haben uns verstanden«, sagte Arthur McBain mit einem ironischen Lächeln. Er stand auf, klopfte Mike Steel jovial auf die Schulter und ging.

Mike Steel wartete noch eine Stunde, dann verließ auch er das Hotel. Mit der nächsten Maschine flog er nach Los Angeles zurück. Vom Flughafen aus fuhr er nach Hollywood. In einem der kleineren Filmstudios erkundigte er sich nach Sarah Sherman.

»Sarah ist in Studio B.« Der Pförtner deutete mit dem Daumen auf einen Schuppen an der rechten Seite. »Sie können sie jetzt nicht sprechen. Sie dreht einen Werbespot.«

»Würden Sie ihr bitte sagen, daß ich in Pet's Coffee-shop auf sie warte. Ich muß sie dringend sprechen.«

»Mach' ich, Mister Steel«, antwortete der Pförtner, der den Privatdetektiv von früheren Besuchen her kannte.

Mike Steel hatte etwa dreißig Minuten gewartet, als ein Wagen vorfuhr und Sarah ausstieg. Anerkennend musterte er ihre Figur. Von daher war sie für die Aufgabe geeignet. Den Rest würde sie einstudieren müssen.

Sarah Sherman betrat den Coffee-shop und blickte sich suchend um. Sie war eine große, brünette Frau Mitte Dreißig, mit einer wohlproportionierten Figur und langen, schlanken Beinen. Ihr Gesicht war hübsch, ihre Bewegungen waren aufreizend. Obwohl Sarah sich mit allen ihr zur Verfügung stehenden Mitteln bemüht hatte, Karriere zu machen, war sie immer eine zweitklassige Schauspielerin geblieben. Außer mit einigen kleinen Rollen verdiente sie ihren Lebensunterhalt mit Werbespots oder Sexfilmen.

Auf letzterem Gebiet war sie sogar gut, wie Mike aus eigener Erfahrung wußte.

Als sie den Privatdetektiv entdeckt hatte, steuerte sie mit wiegenden Hüften auf ihn zu. Mike Steel sah es und mußte grinsen. Trotzdem stand er zu ihrer Begrüßung auf und schob ihr galant den Stuhl zurecht. Dann lud er sie zu einem Imbiß ein. Sie lehnte ab, da sie streng diät leben mußte, wenn sie ihre schlanke Figur behalten wollte. Nur zu einem schwarzen Kaffee ließ sie sich überreden.

»Ich hätte einen Job für dich«, sagte Mike Steel, nachdem der Kaffee gebracht worden war. »Bist du in den nächsten Wochen abkömmlich? Es springen für dich fünf Tausender dabei heraus.«

Sarahs Augen leuchteten auf. So viel Geld hatte sie schon seit Jahren nicht mehr auf einem Haufen gesehen. Dieses Engagement würde sie sich unter keinen Umständen entgehen lassen, egal, was sie dafür tun mußte. Um Mike Steel jedoch nicht zu zeigen, wie sehr sie interessiert war, und um so viel Geld wie möglich herauszuhandeln, sagte sie zögernd: »Ich weiß nicht. Ich habe noch ein paar Termine für Werbespots, und dann ist da die Filmrolle. Weißt du, man hat mir die Hauptrolle in einem großen Film angeboten. Die Probeaufnahmen beginnen demnächst.« Sarah machte eine Pause und tat, als würde sie nachdenken. Dann holte sie einen Taschenkalender aus ihrer Handtasche und überprüfte scheinbar ihre Termine.

Blöde Kuh, dachte Mike Steel, der genau wußte, wie nötig sie das Geld brauchte. Da er jedoch weder Lust noch Zeit hatte, auf Sarahs Spielereien einzugehen, sagte er kurz angebunden: »Wenn du keine Zeit hast, dann such' ich mir eine andere. Also, was ist?«

»Ich glaube, ich kann es einrichten«, beeilte sich Sarah zu antworten. »Was muß ich tun?«

»Du sollst einen Senator verführen«, sagte Mike Steel. »Das dürfte dir ja nicht schwerfallen.« Dann erklärte er ihr die Aufgabe.

Nachdem er Sarah verlassen hatte, suchte er Bob Franks auf. Bob war Fotograf und arbeitete hauptsächlich für die Boulevardpresse. Er war Spezialist für Bettgeschichten. Als Bob hörte, wofür Mike Steel ihn engagieren wollte, griff er begeistert zu. Nicht nur, weil es eine Stange Geld einbringen würde, sondern weil er dabei einen Knüller witterte.

Zufrieden fuhr Mike Steel nach Hause. Jetzt begann für ihn der schwerste Teil von Arthur McBains Auftrag, nämlich der Teil, den er selbst auszuführen hatte. Mike Steel dachte lange darüber nach. Aus einem nicht erklärlichen Grund sträubte sich alles in ihm, einen amerikanischen Senator umzubringen. Nicht daß er Angst gehabt hätte, nein, gewiß nicht, schließlich hatte er sich als Killer einen Namen gemacht. Hätte man ihm gesagt, er solle irgendeinen ausländischen Politiker oder einen Wirtschaftsboß töten, er hätte es ohne die geringsten Skrupel gemacht. Aber einen amerikanischen Senator, das war etwas anderes. Er wußte, daß seine Scheu Unsinn war, aber er konnte das brennende Gefühl in der Magengegend nicht verdrängen. Schließlich, wenn auch zögernd, entschloß er sich, entgegen McBains Befehl, einen anderen Killer für die Aufgabe zu engagieren. McBain könne es ja gleich sein, wer den Senator umbringt, sagte er sich und versuchte, damit sein Gewissen zu beruhigen.

Kurz entschlossen fuhr er zu einer Telefonzelle und rief

Herbert Landowski in New York an. Wenn einer ihm helfen konnte, dann war er es. Er kannte Landowski schon seit Jahren und gehörte zu dessen Kundenstamm. Landowski versprach ihm, sich um das Problem zu kümmern und ihn am Abend zurückzurufen. Froh, diesen Auftrag loszusein, genoß er den Nachmittag an seinem Swimmingpool.

Spätabends rief Herbert Landowski an. Er habe schlechte Nachrichten, sagte er. Erst in zwei Monaten hätte er jemanden für ihn. Vorher sei kein qualifizierter Mann frei. Mike Steel fluchte, aber das änderte nichts an der Lage. Er war gezwungen, den Auftrag selbst auszuführen.

Die nächsten Tage und Nächte verbrachte Mike Steel in seinem Bungalow und brütete über eine Lösung nach. Wieder und wieder las er die Notizen durch, die er sich während seiner Nachforschungen über Senator Hexter gemacht hatte. Er entwickelte Ideen, spielte sie durch und verwarf sie wieder. Es war zum Kotzen. Ihm wollte keine Lösung einfallen. Die Schwierigkeiten lagen nicht in der Tat als solcher, sondern in dem Versuch, sie wie einen Unfall aussehen zu lassen.

Am fünften Tag war er am Ende seiner Weisheit. Jedes weitere Nachdenken hatte keinen Sinn mehr. Er mußte erst einmal völlig abschalten. Wie immer, wenn er Abstand von Problemen gewinnen wollte, fuhr er zu einem türkischen Bad nach Pasadena. Hier in der feuchtheißen Luft konnte er sich entspannen. Der Bademeister, der ihn kannte, begrüßte ihn und gab ihm zwei große Badehandtücher. Eines der Tücher um den Leib gewickelt, betrat er die Kabine. Hitze und Dampf verschlugen ihm für Sekunden den Atem. Der Raum war etwa zur Hälfte mit schwitzenden Männern gefüllt. Er sah sie nicht, sondern stand stocksteif, wie geistesabwesend da. Plötzlich drehte er sich um und stürzte hinaus. Er fuhr in seine Kleidung, eilte an dem erstaunten Bademeister vorbei zum Auto und raste nach Hause. Er nahm sich nicht einmal Zeit zum Hinsetzen. Im Stehen wühlte er seine Notizen durch. Dann hatte er gefunden, wonach er gesucht hatte. Erleichtert ließ er sich in einen Sessel fallen. Er wußte, wie er den Senator töten würde.

Die folgenden Tage nutzte er für die Vorbereitungen. Als er alles beschafft hatte, was er für seinen Plan benötigte, flog er nach Memphis, Tennessee. Hier mietete er sich einen Leihwagen und fuhr nach Fayetteville, Arkansas, dem Wohnort von Senator Kilian P. Hexter. Durch seine früheren Ermittlungen wußte er, daß der Senator jedes erste Wochenende im Monat in seiner Villa am Rande von Fayetteville zu verbringen pflegte. Hier traf er sich mit Parteifreunden oder sonstigen für ihn wichtigen Männern aus Politik und Wirtschaft. Es war diese Gewohnheit, auf die Steel seinen Plan aufgebaut hatte.

Einige Meilen von Fayetteville entfernt mietete Mike Steel einen Bungalow in einer Feriensiedlung am Beaver Lake und spielte den erholungsbedürftigen Urlauber. In den umliegenden Städten ließ er bei drei verschiedenen Mietwagenfirmen Autos, die er alle auf dem Parkplatz eines Supermarktes, der Tag und Nacht geöffnet hatte, abstellte. Hier würden geparkte Autos nicht auffallen, da zu jeder Tages- und Nachtzeit Fahrzeuge von Kunden oder vom Personal herumstanden. Mit den verschiedenen Autos begann er den Wohnsitz des Senators zu erkunden.

Die Villa des Senators lag in einem weitläufigen Park

und war im Stil der Ante-Bellum-Häuser des Südens gebaut. Der Park war an drei Seiten mit einem hohen Zaun eingefriedet und grenzte mit der vierten an einen See. Am Zaun waren in Abständen Schilder angebracht, die vor bissigen Hunden warnten. Mit diesen Tieren Freundschaft zu schließen, war seine vordringlichste Aufgabe. Die Hunde, es waren zwei Dobermänner, liefen frei im Park umher und wurden von einer ältlichen Haushälterin und einem Gärtner betreut.

Mike Steel kaufte in einem Supermarkt eine Packung Rindsgulasch und fuhr zur Villa des Senators hinaus. Auf einem Feldweg parkte er seinen Wagen und stieg aus. Er war nur wenige Meter am Zaun des Parks entlang gegangen, als die beiden Dobermänner mit lautem Gekläff herangerast kamen. Er nahm ein paar Fleischstücke und warf sie den Hunden durchs Gitter zu. Dann drehte er sich um und ging zu seinem Wagen zurück. Die Hunde, so konnte Mike Steel sehen, fraßen die Fleischbrocken und sprangen, als sie merkten, daß er keine Gefahr darstellte, wieder davon. Mike Steel wiederholte diesen Vorgang an den nächsten Tagen immer zur gleichen Zeit. Am dritten Tag brauchte er nicht mehr auf die Hunde zu warten. Die klugen Tiere hielten sich bereits in der Nähe des Zaunes auf und wedelten mit ihren Stummelschwänzen. Mike Steel warf ihnen einige Fleischbrocken hin und sprach beruhigend auf sie ein, während die Hunde das Fleisch gierig hinunterschlangen. Am folgenden Tag streckte er zum erstenmal seinen Handrücken durch das Gitter, jeden Augenblick bereit, ihn sofort zurückzureißen, falls die Dobermänner zu beißen versuchten. Doch sie beschnupperten nur die Hand und ließen sich sogar von Mike Steel streicheln. Jetzt änderte Mike Steel sein Verhalten. Er tauchte zu verschiedenen Zeiten, meist während der Abenddämmerung, auf. Die Dobermänner kamen jedesmal ohne wütendes Gebell angerannt und fraßen ihm die Fleischbrocken aus der Hand. Am achten Tag wagte er es endlich, über den Zaun zu steigen. Die Hunde beobachteten ihn argwöhnisch. Sein Herz schlug bis zum Hals, aber er bekämpfte die Angst. Schließlich stand er auf der anderen Seite. Die beiden Hunde einige Meter entfernt. Offensichtlich wußten sie nicht, wie sie sich verhalten sollten. Mike Steel hielt ihnen zwei Fleischbrocken hin. Zögernd, Schritt für Schritt, kamen sie näher, schnappten nach dem Fleisch und fraßen es. Mike Steel streichelte sie dabei. Sie ließen es sich gefallen, ja, er hatte den Eindruck, daß sie die Berührung mochten. Nach zwei weiteren Tagen hatte er die Hunde so weit an sich gewöhnt, daß er im Park umherlaufen konnte, ohne von ihnen gestört zu werden. Sobald sie ihr Fleisch bekommen und er sie gekrault hatte, trollten sie sich von dannen und kamen nur ab und zu wieder zu ihm zurück.

Noch in dieser Nacht unternahm Mike Steel einen Streifzug durch den Park. Hauptsächlich galt es zu erkunden, wie er unbemerkt in das Haus gelangen konnte. Die Hunde kümmerten sich nicht um ihn. Dreiviertel des Hauses hatte er umrundet, ohne eine offene Tür oder ein nicht von innen verriegeltes Fenster gefunden zu haben. »Mist«, fluchte er leise. Damit hatte er nicht gerechnet. Schon überlegte er, was er tun sollte, als er etwas abseits einen hellen Fleck durch die Büsche schimmern sah. Er schlich sich hin. Hinter den Büschen stand ein achteckiges Holzgebäude. Mike Steel öffnete die Tür. Er hätte am liebsten vor Freude einen Luftsprung gemacht, denn er hatte gefunden, wonach er im Hause suchen wollte. An der einen Seite des Raumes befand sich ein riesiger Whirlpool. Ihm gegenüber waren einige Sportgeräte und Ruhebänke aufgestellt. An der Wand, in halber Höhe über dem Whirlpool, war ein kleines Regal angebracht, auf dem ein Radio stand. Das Stromkabel führte zu einer Steckdose, die etwas unterhalb des Regals angebracht war.

Von seinen früheren Ermittlungen wußte er, daß der Senator sich nach der Reise im Whirlpool zu entspannen pflegte.

Mike Steel untersuchte das Gebäude weiter. An der Rückwand, hinter dem Whirlpool, war ein Schuppen angebaut. Hier lagen allerlei Gerätschaften, die für die Reinigung des Pools benötigt wurden. Außerdem konnte man, wie Mike Steel sah, von hier aus den Abfluß des Pools öffnen und schließen. Im Schein seiner Taschenlampe erkannte er, daß der Baderaum vom Geräteschuppen nur durch eine einfache Bretterwand getrennt war. Das Holz der Rückwand war so ausgetrocknet, daß sich an einigen Stellen kleine Spalte zwischen den Brettern gebildet hatten. Mike Steel hatte genug gesehen. Er wußte nun, wie er den Mordanschlag ausführen würde.

Am nächsten Morgen fuhr er zu einem Hobby-Markt und kaufte einen schmalen Federstahl. Dann blieb ihm nichts weiter übrig, als auf das kommende Wochenende, es war das erste im Monat, zu warten.

Am Freitagabend, gleich nach Anbruch der Dämmerung, machte sich Mike Steel auf den Weg. Er parkte seinen Wagen in einem Feldweg und ging zu Fuß zur Villa des Senators. Er kletterte über den Zaun. Die Dobermänner bekamen wie gewohnt ihr Fleisch und kümmerten sich nicht weiter um ihn. Sie wußten, daß es diese Leckerbissen nur einmal gab. Die Villa war hell erleuchtet. Mike Steel mußte einen weiten Umweg machen, um sich dem Badehaus ungesehen nähern zu können. Er erreichte den Geräteschuppen und verschwand darin. Der Baderaum war beleuchtet. Durch die Ritzen zwischen den Brettern drang so viel Licht in den Schuppen, daß Mike Steel sich bewegen konnte, ohne befürchten zu müssen, gegen die Geräte zu stoßen. Er blickte durch eine der Ritzen und sah, daß alles für den Senator vorbereitet war. Ein Stapel Handtücher lag bereit. Auf einem Hocker neben dem Whirlpool lagen fein säuberlich ausgerichtet die Tageszeitungen und ein Rundfunkprogramm. Mike Steel probierte seinen Federstahl aus. Es klappte. Dann setzte er sich in eine Ecke und wartete. Seinen kurzläufigen Colt hielt er schußbereit in den Händen.

Er hatte ungefähr zwei Stunden gewartet, als das schnell näher kommende Knattern eines Hubschraubers die Ankunft des Senators ankündigte. Freudiges Hundegebell zeigte, daß er ausgestiegen war.

Endlich, Stunden später, hörte Mike Steel schlurfende Schritte. Auf dem Leuchtzifferblatt seiner Uhr sah er, daß es ein Uhr war. Ein grauhaariger Mann, groß, schlank, distinguiert, betrat den Baderaum. Bevor er den Bademantel abstreifte, warf er einen Blick auf das Rundfunkprogramm und stellte das Radio ein. Dann stieg er ins Bad und ließ sich von den warmen Wasserstrahlen massieren.

Mike Steel hatte sich lautlos von seinem Platz erhoben und war an die Bretterwand herangeschlichen. Vorsichtig, Millimeter um Millimeter, schob er den Federstahl durch einen Schlitz. Der Senator lag mit geschlossenen Augen im Wasser und genoß die entspannende Wärme. Der Stahl hatte die Rückwand des Radios erreicht. Langsam schob er es nach vorne. Der Senator merkte nichts. Dann gab der Stahl nach. Mike Steel hörte, wie das Radio ins Wasser klatschte. Durch den Spalt in der Wand konnte er erkennen, wie sich der Senator aufbäumte, seine Lippen sich zum Schrei formten und er dann leblos im Wasser zusammensackte. Gleich darauf ging das Licht aus. Das Badehaus lag im Dunkeln. Mike Steel öffnete die Tür, sprang hinaus und eilte davon.

7

Fünf Tage nach der Flugzeugkatastrophe erwachte Tom Porter im Universitätskrankenhaus von Lubumbashi aus dem Koma. An medizinische Geräte angeschlossen, lag er auf der Intensivstation. Er nahm es nicht wahr. Es dauerte noch Tage, bevor er langsam zu begreifen begann, was geschehen war. Die Schwestern hatten striktes Verbot, mit ihm über das Flugzeugunglück zu sprechen. Das einzige, woran er sich erinnern konnte, war, daß er in ein Flugzeug eingestiegen war. Wo, das wußte er nicht. In seiner Erinnerung gähnte ein Loch. Langsam, ganz langsam tauchten bruchstückhaft einzelne Bilder in seinem Gedächtnis auf. Einem Puzzle gleich begann er, Lücke um Lücke in seiner Erinnerung zu schließen. Aber erst als ihn die Ärzte aus der Intensivstation verlegten, wurde ihm der ganze Umfang des Geschehens klar. Von der Stationsschwester erfuhr er, daß an Bord des Düsenklippers eine Bombe explodiert war. Als das Flugzeug, das sich zum Zeitpunkt der Explosion nur wenige Meter über dem Boden befand, auf die Landebahn durchsackte, war das Heck abgerissen und auf den Rasen neben der Landebahn geschleudert worden. Nur die neun Passagiere, die sich in diesem Teil des Flugzeuges befunden hatten, waren gerettet worden. Die anderen Reisenden, einschließlich des Innenministers, waren entweder beim Aufschlag getötet worden oder im Rumpf verbrannt. Die vollen Treibstofftanks waren sofort nach dem Aufprall explodiert und hatten das Flugzeug innerhalb von Sekunden in einen Feuerball verwandelt. Die Feuerwehr hatte keine Chance, den Brand unter Kontrolle zu bringen. Die Schwester sagte Tom Porter, daß er Glück im Unglück gehabt hätte, denn nach Auffassung der Polizei sollte die Bombe während des Fluges explodieren. Nur aufgrund der langen Wartezeit der Maschine in Lubumbashi kam es noch auf der Landebahn zu dem Unglück.

Nach fast vier Monaten wurde Tom Porter aus der Klinik entlassen. Seine inneren Verletzungen, die Rippenbrüche und der Beckenbruch waren verheilt. Bis auf ein Hinken mit dem rechten Bein waren keine Spuren zurückgeblieben. Nur als er im Flughafengebäude von Lubumbashi stand und auf den Abflug seiner Maschine nach Kinshasa wartete, überkam ihn ein bis dahin unbekanntes Angstgefühl. Seine Hände fingen an zu zittern, und Schweißperlen traten auf seine Stirn. Er mußte sich zwingen, das Flugzeug zu besteigen. Auch als er in der Maschine saß, verschwanden die innere Unruhe und das Angstgefühl nicht. Bei jeder Geräuschveränderung fuhr er zusammen. Zum Glück hatte ihm der behandelnde Arzt ein Beruhigungsmittel mitgegeben. Er nahm zwei Tabletten und fühlte sich kurze Zeit später wohler. Der Anschlußflug von Kinshasa nach Rom ging schon bedeutend besser, und Tom Porter hoffte, daß er die Angst vor dem Fliegen bald überwunden haben würde. Von Rom aus telegrafierte er seine Ankunftszeit in Washington an Bob Austin, den Chefredakteur der Washington Daily News.

Als Tom Porter später den Jumbo-Jet der Pan Am nach New York bestieg und zum erstenmal seit Monaten wieder das warme, volltönende Amerikanisch hörte, fühlte er sich so wohl wie schon lange nicht mehr. Es war, als betrete er heimatlichen Boden.

Am Einstieg wurde er von einer Stewardeß angesprochen. »Mister Porter?«

»Ja«, bestätigte er erstaunt die Frage.

»Würden Sie mir bitte Ihren Flugschein zeigen«, forderte sie ihn auf.

Tom Porter langte in die Innentasche seines Jacketts und reichte ihr den Flugschein. Die Stewardeß überprüfte die Daten mit den Angaben, die sie auf einem Zettel notiert hatte.

»Mister Porter, würden Sie mir bitte folgen«, bat sie ihn.

Verwundert ging er hinter ihr her. In der ersten Klasse blieb sie stehen.

»Darf ich Sie bitten, hier Platz zu nehmen«, sagte sie und deutete auf einen Fensterplatz. Bevor Tom Porter sich noch von seiner Verblüffung erholt hatte, erklärte die Stewardeß ihm den Grund.

»Die Washington Daily News hat telefonisch diesen Platz für Sie gebucht, und ich soll Ihnen ausrichten, Ihre Kollegen wünschen Ihnen einen angenehmen Flug.«

Tom Porter war gerührt. Dankbar für so viel fürsorgliches Verständnis, machte er es sich in dem breiten Sessel der ersten Klasse bequem. Doch schon bald spürte er wieder das beklemmende Gefühl. Erst als die Stewardeß ihm einen Cocktail servierte, entspannte er sich etwas.

Der Flug verlief ruhig, und bis auf zwei Angstanfälle überstand ihn Tom Porter gut, was mit auf den ausgezeichneten Service zurückzuführen war. Die meiste Zeit des Fluges blätterte er in Zeitschriften. Glücklich, endlich wieder den American Way of Life zu spüren, wenn auch nur aus Journalen, hatte er sich von der Stewardeß alle verfügbaren Zeitschriften geben lassen. Er studierte alles, vom Leitartikel bis zur Kleinanzeige. Ein Artikel interessierte ihn besonders. Es war eine Fotoreportage über New York, seine Geburtsstadt. Die Bilder waren gut. Künstlerisch sehr effektvoll gestaltet. Über den begleitenden Text mußte er schmunzeln. Er hatte mit dem New York, das er kannte, wenig gemein. Neugierig suchte er nach den Namen der Verfasser. Er fand sie am Ende der Reportage neben den kleinen Porträts der Fotografin und des Reporters. Den Namen der Fotografin kannte er. Sie hieß Gina Nicoletti und war in Fachkreisen sehr bekannt. Von dem Verfasser des Artikels hatte er noch nie etwas gehört. Sein Blick verweilte auf dem Bild der Fotografin. Er wußte nicht warum, aber etwas an der Frau schien ihm bekannt vorzukommen. Sie hatte herbe Gesichtszüge, mochte in den Dreißigern sein und hatte ausdrucksvolle Augen, die von langen Wimpern überschattet wurden. Das ovale Gesicht war von kurzgeschnittenen schwarzen Haaren umrahmt. Um den Hals hing an einer feinen Goldkette ein kleiner Anhänger. Er war halb durch die Bluse verdeckt.

Trotzdem konnte Tom Porter die Köpfe von drei ineinander verschlungenen Schlangen erkennen.

In New York mußte er sich beeilen, um seine Anschlußmaschine nach Washington zu erreichen, denn die Pan Am war mit einer Dreiviertelstunde Verspätung gelandet. Eine Dame vom Bodenpersonal empfing ihn und brachte ihn zur Maschine. Sowie er die Kabine betreten hatte, wurde die Tür geschlossen. Das Flugzeug hatte nur auf ihn gewartet. Eine Stewardeß führte ihn zu seinem Platz. Auch hier hatte seine Zeitung einen Sitz in der ersten Klasse für ihn reserviert.

Der Flug vom Kennedy International Airport zum National Airport Washington war nur kurz. Die Stewardessen waren noch nicht einmal mit dem Servieren der Drinks fertig, als die Maschine bereits zur Landung ansetzte. Der Himmel war wolkenlos, und Tom Porter betrachtete die Skyline der geliebten Stadt. Vergessen war die Flugangst. Ein Glücksgefühl durchströmte ihn. Tränen traten in seine Augen. Verschämt griff er nach seinem Taschentuch. Er hatte sich noch nicht wieder in der Gewalt, als er durch die Fluggastbrücke ins Ankunftsgebäude ging. Was er dort sah, überwältigte ihn aufs neue. Seine Augen wurden feucht. Tränen rannen über seine Wangen. Vor dem Absperrgitter hatte sich eine Gruppe von Menschen versammelt. Auf einem ausgebreiteten Spruchband las er: »Willkommen in der Heimat, Tom!« Blitzlichter flammten auf. Kameraverschlüsse klickten. Er nahm alles nur wie durch einen Schleier wahr. Bob Austin kam auf ihn zu, klopfte ihm auf die Schulter und legte den Arm um ihn. Tom Porter war nicht in der Lage zu sprechen. Nur ein paar Dankesworte vermochte er zu stammeln. Die halbe

Redaktion der Washington Daily News war zu seiner Begrüßung erschienen, und Bob Austin hatte zusätzlich alle Reporter und Journalisten, die mit Tom Porter befreundet waren, über seine Ankunft informiert. Und jeder, der sich loseisen konnte, war erschienen.

Nach diesem überwältigenden Empfang dirigierte Bob Austin Tom Porter zu seinem Wagen, und sie fuhren zur Redaktion der Washington Daily News. Auch hier war alles auf seine Begrüßung vorbereitet. Die Sachbearbeiter, Sekretärinnen, kurz alles, was nicht am Flughafen war, empfing ihn, schüttelte ihm die Hand, beglückwünschte ihn. Als sie endlich Bob Austins Büro erreicht hatten und die Tür hinter ihnen ins Schloß gefallen war, warf er sich in einen Sessel.

»Uff«, war alles, was er sagte.

Bob Austin holte eine Flasche Scotch Whisky aus seinem Schreibtisch und schenkte Tom Porter einen kräftigen Schluck ein.

»Trink das, du bist ja völlig mit den Nerven fertig«, forderte er ihn auf.

Tom Porter trank einen langen Schluck. Er fühlte, wie sich die Wärme des Alkohols in seinem Körper ausbreitete und er ruhiger wurde.

»Danke, das tut gut. Der Empfang hat mich einfach umgehauen.«

Bob Austin grinste.

»Betrachte es als Geburtstagsfeier. Nicht jeder überlebt einen Flugzeugabsturz. Doch nun erzähl, wie ist es dir in den letzten Monaten ergangen?«

Und Tom Porter begann zu erzählen. Er sprach von dem Interview mit General Omutu, dem Flugzeugunglück, dem

Krankenhausaufenthalt. Es tat ihm wohl, endlich einmal in der Muttersprache über die Ereignisse der letzten Monate reden zu können. Bob Austin hörte schweigend zu. Er verstand, daß Tom Porter mit diesem Gespräch seine Erlebnisse aufarbeitete.

Nachdem Tom Porter seinen Bericht beendet hatte, schwiegen beide. Bob Austin ließ ihm Zeit, sich zu sammeln. Schließlich brach er das Schweigen.

»Deinen Bericht über das Gespräch mit General Omutu haben wir ungekürzt veröffentlicht. Du findest den Artikel auf deinem Schreibtisch. Übrigens, was war das eigentlich für eine Spur, der du in Kinshasa nachgehen wolltest? Du erinnerst dich doch? Du hattest mich am Abend vor dem Unglücksflug angerufen.«

»Sicher erinnere ich mich – wie könnte ich das jemals vergessen«, sagte Tom Porter. »Ich hatte damals das Lager der Guerillas aufgesucht. Wo es war, weiß ich nicht. Die Männer, die mich abholten, hatten mir die Augen verbunden und mich in einen Jeep gesetzt. Die Fahrt dauerte mehrere Stunden. Als man mir die Binde von den Augen nahm, befand ich mich in einem Lager mitten im Dschungel. General Omutu war nicht anwesend. Ich mußte warten. Da ich mich frei bewegen konnte, streifte ich durchs Lager und ging schließlich in die Kantine, um mir was zu trinken zu besorgen. Kantine ist ein sehr hochtrabender Ausdruck für das aus rohen Baumstämmen und Ästen zusammengezimmerte Gebäude. Es war mehr so eine Art Unterstand, der mit Blättern bedeckt war. Die Wände bestanden aus halbhohen, geflochtenen Reisigmatten. Da es mir im Inneren der Hütte zu stickig war, nahm ich mein Bier und setzte mich nach draußen. Ich hatte mich mit dem

Rücken gegen die Wand gelehnt und konnte von innen nicht gesehen werden. Nach einiger Zeit hörte ich Stimmen. Sie sprachen Französisch. Ich konnte nicht alles verstehen, denn meine französischen Sprachkenntnisse sind leider nur mittelmäßig. Aber was ich mir aus dem Gespräch zusammenreimen konnte, war für mich höchst interessant. Soweit ich sie verstanden hatte, wurde ein Mordanschlag auf den Innenminister geplant, der bei den Guerilleros wegen seiner Brutalität verhaßt war. Für dieses Attentat sollte ein Berufskiller aus Europa angeworben worden sein. Sie erwähnten zwei Männer, die in Kinshasa alle Fäden in der Hand haben sollten. Wenn ich richtig verstanden hatte, dann handelte es sich bei den Männern um hohe Regierungsbeamte. Bei diesen Männern wollte ich mit meinen Nachforschungen anfangen. Deshalb mußte ich unbedingt in die Hauptstadt fliegen.

Na ja, den Rest kennst du. In die Hauptstadt bin ich nicht gekommen, dafür war ich Augenzeuge des Anschlages.«

»Glaubst du, daß es noch Sinn hat, dem Attentat nachzugehen?« fragte Bob Austin.

Tom Porter schüttelte den Kopf.

»Jetzt, nach vier Monaten? – Nein, ich glaube nicht. Die Spuren dürften längst verwischt sein, es sei denn, ihr habt etwas gehört, das mir weiterhelfen könnte.«

Bob Austin schüttelte den Kopf.

»Bei uns sieht es mager aus. Hier gibt's nichts, was du nicht schon wüßtest. Nach offiziellen Angaben war eine Bombe im Sauerstoffgerät, das sich auf der Hutablage in der ersten Klasse befunden haben soll. Das ist aber auch das einzige, was wir wissen. Vom Täter fehlt jede Spur.

Polizei und Sicherheitskräfte konnten sich nicht erklären, wie die Bombe ins Flugzeug gelangte, denn die Maschine war Tag und Nacht bewacht worden. Wenn es wirklich ein Killer aus Europa gewesen sein soll, dann müßtest du doch herausfinden können, wer es gewesen sein könnte. Schließlich bist du unser Spezialist in Sachen Terrorismus und hast überall deine Verbindungen.«

»Das schon«, sagte Tom Porter nachdenklich. Möglich, daß ich herausfinden könnte, wer der Attentäter ist. Aber was würde uns das nützen? Beweisen können wir damit nichts. Nein, ich glaube, wir sollten die Sache auf sich beruhen lassen.«

»Na gut«, sagte Bob Austin und wechselte das Thema. »Was gedenkst du jetzt zu tun?«

»Zunächst einmal werde ich Urlaub machen.«

»Kann ich verstehen. Wie lange willst du wegbleiben?«

»Zwei Wochen, dachte ich.«

»Geht in Ordnung. Dann sehen wir uns«, Bob Austin blätterte in seinem Kalender, »am Fünfzehnten wieder.«

Nach seinem Gespräch in der Redaktion fuhr Tom Porter in sein kleines Apartment in Arlington und nahm erst einmal ein ausgiebiges Bad. Nachdem er die Erinnerungen der letzten vier Monate von sich abgewaschen hatte, zog er sich an, bestellte ein Taxi und fuhr zu seinem Lieblingsrestaurant nach Georgetown. Er bestellte das größte Steak, das es gab, eine riesige Schüssel Salat und eine Flasche vom besten Rotwein.

8

Der Wind hatte nachgelassen. Die Schaumkronen waren von den Wellenkämmen verschwunden. Die Dünung war ruhiger geworden. Tom Porter war darüber heilfroh. Am Morgen war er bei mäßiger Brise in Reedville ausgelaufen, um nach Solomons zurückzusegeln. Dann aber war der Wind in der Chesapeake-Bay aufgefrischt, und er mußte reffen.

Das war sein Glück gewesen, denn gleich darauf zerriß die Want, und der Mast brach. Er konnte seinem Schutzengel danken, daß die herunterstürzenden Teile ihn nicht verletzt hatten. Nur mit Mühe gelang es ihm, in der aufgewühlten See Mast, Baum und Segel zu bergen und notdürftig an Deck zu verzurren. Vor zwei Stunden hatte es dann endlich begonnen abzuflauen. Die 8-Meter-Yacht lag jetzt wieder ruhiger im Wasser, und Tom Porter brauchte nicht mehr zu befürchten, daß ihm die notdürftig befestigten Teile über Bord gespült würden. Obwohl er hierüber froh war, machte er ein sorgenvolles Gesicht, denn seit kurzem stotterte der 10-PS-Dieselmotor. Er hatte bereits den Tank überprüft, aber der war noch halbvoll.

Plop, plop, plop – Tom Porter stieß einen Fluch aus und sprang in die Kajüte. Er drückte auf den Anlasser, der drehte durch, aber der Motor sprang nicht an. Immer wieder versuchte er es – vergeblich. Als die Batterie schwach wurde, hörte er auf und kletterte in die Plicht zurück. Die Yacht hatte an Fahrt verloren und dümpelte auf dem Wasser. Tom Porter griff nach seinem Fernglas und suchte den Horizont ab, aber weit und breit war kein Boot zu sehen. Alle schienen in einem Hafen oder einer der vielen Buchten Schutz vor dem Sturm gesucht zu haben. Wenn er nicht ein so hoffnungsloser Optimist gewesen wäre, hätte er verzweifeln können. Dieses Jahr stand wirklich unter einem schlechten Stern. Erst überlebte er mit knapper Not einen Flugzeugabsturz, dann, kaum daß er wieder auf den Beinen stand, lag er mit seiner Segelyacht manövrierunfähig in der Mitte der Chesapeake-Bay. Es war zum Kotzen. Dabei hatte sich alles so gut angelassen. Ein Bekannter hatte ihm für die Dauer seines Urlaubs die Segelyacht überlassen, und er hatte sich in den vergangenen zehn Tagen beim Segeln, Faulenzen und Essen prächtig erholt. Gesicht und Arme waren braungebrannt, die Schatten um seine Augen waren verschwunden, und auch die eingefallenen Wangen begannen sich wieder zu runden. Selbst sein Bauch ließ Anzeichen erkennen, daß ihm die herzhafte, heimische Kost bekam.

In kurzen Abständen suchte er mit seinem Fernglas die See ab, in der Hoffnung, ein Boot zu entdecken, das ihm helfen könnte. Nach mehreren vergeblichen Versuchen glaubte er, einen hellen Fleck vor dem grauverhangenen Himmel ausgemacht zu haben. Er stürzte zum Niedergang, griff nach der Leuchtpistole und schoß das Notsignal. Gespannt beobachtete er den hellen Punkt am Horizont. Der Punkt wurde größer, und bald konnte er die Konturen eines Bootes ausmachen. Nach einer weiteren halben Stunde stellte er erleichtert fest, daß man das Signal auf dem Boot gesehen haben mußte, denn es kam mit schäumender Bugwelle auf ihn zu. Wenig später war es in Rufweite.

Ein Mann stand an der Reling und rief durch seine zu einem Trichter geformten Hände: »Haben Sie Probleme?«

»Ja, mein Boot ist manövrierunfähig!« schrie Tom Porter zurück.

Die Motoryacht fuhr einen weiten Bogen und kam an Backbord längsseits.

»Was ist los?« rief der Skipper des Bootes, während drei Männer und eine Frau interessiert das Gewirr von Wanten, Mast und Segel betrachteten.

»Hab'n gebrochenen Mast, und der Motor ist verreckt.«

Der Skipper machte ein mitfühlendes Gesicht. »Schöne Scheiße, was? – Wie sieht's sonst aus? Nehmen Sie Wasser?«

»Nee, sonst ist alles Okay. Ich kann nur nicht mit eigener Kraft weiterfahren!« schrie Tom Porter zurück.

»Sollen wir Sie abschleppen?«

»Ja, ich wär' Ihnen dankbar.«

»Wo ist Ihr Heimathafen?«

»Solomons.«

»Sehr gut, da wollen wir auch hin. Können Sie die Leine übernehmen und festmachen?«

»Klar, werfen Sie sie rüber!« Tom Porter ließ das Ruder los, um die Leine zu fangen.

»Warten Sie!« rief die Frau, die bislang an der Bordwand gelehnt hatte. »Ich komme rüber.«

Die Motoryacht fuhr einen Bogen und kam vorsichtig näher. Die Frau hatte das Ende eines Seiles ergriffen und sprang, sowie die Motoryacht längsseits lag, auf Tom Porters Boot hinüber. Ohne ein Wort zu sagen, kletterte sie über die wirr durcheinander liegende Takelage zum Bug und befestigte die Leine.

»Fertig!« rief sie und gab mit der Hand das Zeichen, daß die Motoryacht anfahren sollte. Der Skipper schob die beiden Gashebel nach vorne, und die Yacht nahm Fahrt auf. Das Seil spannte sich, und das Segelboot folgte der Yacht im Kielwasser. Nachdem die Frau sich überzeugt hatte, daß die Leine fest war und nirgends scheuerte, kletterte sie zu Tom Porter in die Plicht.

»Ich bin Barbara Meriville«, sagte sie und streckte Tom Porter die Hand hin.

»Tom – Thomas Porter«, stellte er sich vor, während er die dargebotene Hand herzlich schüttelte. »Aber bitte nennen Sie mich Tom.«

Barbara Meriville setzte sich Tom Porter gegenüber und fragte: »Treiben Sie schon lange hier herum?«

»Vielleicht zwei Stunden. Der Motor setzte aus. Das mit dem Mast ist schon viel früher passiert«, erwiderte er.

Während Tom Porter sprach, hatte ihn Barbara Meriville aufmerksam gemustert. »Ihr Gesicht kommt mir so bekannt vor«, sagte sie. »Woher könnte ich Sie kennen?«

Tom Porter grinste. »Keine Ahnung, wußte gar nicht, daß ich so bekannt bin.«

»Tom Porter – Tom Porter«, murmelte sie seinen Namen und sah ihn dabei nachdenklich an. Dann schien ihr eingefallen zu sein, woher sie ihn kannte, denn sie fragte: »Sind Sie etwa der Tom Porter, der den Flugzeugabsturz in Afrika überlebt hat?«

»In voller Größe und Schönheit«, antwortete er und fügte mit einem ironischen Lächeln auf den Lippen hinzu: »Und wie Sie sehen, schon wieder in der Sch . . .« Höflich verschluckte er die letzten Buchstaben.

»Wie ist denn das passiert?«

»Eine blöde Geschichte. Aber bevor ich sie erzähle, hole ich uns erst einmal etwas zu trinken. Halten Sie mal das

Ruder!« Tom Porter drückte Barbara Meriville die Ruderpinne in die Hand und verschwand im Niedergang. Nach einiger Zeit tauchte er wieder auf. In jeder Hand hielt er einen großen Becher, aus denen eine dampfende Flüssigkeit einen aromatischen Duft verbreitete.

»Hier, trinken Sie, das wird bei dem Mistwetter unsere Lebensgeister wecken«, forderte er Barbara Meriville auf, während er ihr den Becher in die Hand drückte.

Barbara Meriville roch vorsichtig daran. »Was ist das?« fragte sie skeptisch.

»Grog.«

Barbara Meriville sah ihn verständnislos an und nippte prüfend.

»Sie können es ruhig trinken. Es ist nichts weiter als Rum, heißes Wasser und Zucker. Ich habe das Getränk in Deutschland kennengelernt. Es ist gerade das Richtige für so ein Wetter – wärmt einen schön durch«, erklärte Tom Porter und fügte mit einem verschmitzten Augenzwinkern hinzu: »Ich werde doch den Engel, der mich vor dem drohenden Untergang bewahrt hat, nicht vergiften.«

Amüsiert beobachtete er, wie Barbara Meriville vorsichtig einen größeren Schluck nahm. »Nicht schlecht«, gab sie zu. »Nun erzählen Sie aber, wie das hier passiert ist.« Sie deutete mit ihrer Hand auf die zerbrochene und zerrissene Takelage.

Tom Porter nahm einen kräftigen Schluck und berichtete dann von seinem Mißgeschick. Er tat es in der ihm eigenen, humoristisch-ironischen Weise, die Barbara Meriville immer wieder zum Lachen brachte.

Beide waren sich auf Anhieb sympathisch und unterhielten sich so angeregt, daß die Rückfahrt wie im Flug verlief.

Als sie in die Bucht von Solomons einliefen und den Hafen voraus sahen, bedauerten sie, daß die Fahrt schon zu Ende war.

Nachdem das Segelboot am Liegeplatz vertäut war, lud Tom Porter den Skipper, der für die Hilfe kein Geld annehmen wollte, zusammen mit seiner Crew zum Abendessen ein. Doch der Skipper lehnte dankend ab. Sie müßten noch am Abend nach Washington zurückfahren, sagte er. Tom Porter machte ein betroffenes Gesicht. Als er jedoch hörte, daß Barbara Meriville nicht mitfuhr, weil sie ein paar Tage Urlaub am Meer machen wollte, hellte sich seine Miene auf. Er nutzte die Gelegenheit und verabredete sich mit ihr zum Essen. Während Barbara Meriville mit den anderen zum Liegeplatz der Motoryacht weiterfuhr, suchte Tom Porter eine Reparaturwerkstatt für Segelyachten auf und beauftragte sie, den Schaden zu reparieren. Er selbst hatte nicht die geringste Lust, seinen Urlaub mit solchen Arbeiten zu verbringen.

Pünktlich um halb sieben stand er mit seinem Wagen vor Barbara Merivilles Motel. Er brauchte nicht zu warten. Sowie sie sein Auto vorfahren sah, trat sie aus ihrem Zimmer und begrüßte ihn mit einem herzlichen Lächeln. Tom Porter ließ seinen Blick anerkennend über ihre schlanke Gestalt gleiten. Das helle Kleid stand ihr gut. Es betonte wirkungsvoll ihre wohlproportionierte Figur und ließ den sonnengebräunten Teint ihrer Haut voll zur Geltung kommen. So duftig gekleidet wirkte sie jünger als an Bord der Yacht, wo sie Jeans und Pullover getragen hatte. Tom Porter schätzte sie auf Ende Dreißig. Wie schon heute morgen, so faszinierte ihn auch jetzt wieder ihr Gesicht. Es war nicht im eigentlichen Sinne schön, dafür spiegelte es ihre ganze Persönlichkeit wider. Die gerade Nase, der feste Mund und das energische Kinn zeugten davon, daß diese Frau willensstark, entschlußfreudig und durchsetzungsfähig war. Im Gegensatz hierzu standen ihre braunen Augen. Obwohl sie klar und fest blicken konnten, wirkten sie, sobald Barbara Meriville sich nicht beobachtet fühlte, eher versonnen und nachdenklich.

Tom Porter hatte sich schon den ganzen Tag gefragt, was sie für einen Beruf haben mochte. Seinen Versuchen, es zu erfahren, war sie immer geschickt ausgewichen.

Als Barbara Meriville merkte, welchen Eindruck sie auf ihn gemacht hatte, trat ein erfreutes Lächeln auf ihr sonst ernstes Gesicht. Sie hakte sich bei ihm ein und sagte herzlich: »Los, Tom, laß uns fahren! Ich hab' einen Mordshunger.«

Tom Porter hielt ihr, ganz Kavalier, die Wagentür auf. Das Restaurant, das er ausgesucht hatte, war ein bekanntes Fischrestaurant. Da Tom Porter telefonisch einen Tisch bestellt hatte, brauchten sie nicht zu warten, sondern wurden gleich zu ihrem Platz geführt. Der mit halbhohen Wänden in mehrere kleinere, verschieden eingerichtete Bereiche unterteilte Speisesaal war gedämpft beleuchtet. Eine wohltuende, entspannende Atmosphäre umfing sie. Die kleinen Öllampen auf den Tischen verbreiteten gerade so viel Licht, daß sie die Speisekarte lesen konnten. Da Barbara Meriville bereits erkannt hatte, daß Tom Porter, was Essen anbelangte, Fachmann war, überließ sie ihm die Zusammenstellung des Menüs. Sie sollte es nicht bereuen. Porter hatte gut gewählt, die Gerichte waren exzellent zubereitet und der Wein hervorragend.

Während des Essens war Tom Porter ein schlechter

Gesellschafter. Er gab sich ganz dem Genuß der Speisen hin. Barbara Meriville störte ihn nicht. Sie nahm die Gelegenheit wahr, um den Mann, den sie erst seit ein paar Stunden kannte, zu beobachten. Ihr erster Eindruck hatte sie nicht getäuscht. Dieser mittelgroße, korpulente Mann mit seiner hohen Denkerstirn und den intelligenten Augen, die so listig und verschmitzt blicken konnten, gefiel ihr ausnehmend gut. Vor allem sein ausgeprägter Hang zum Humor zog sie an. Tom Porter war ihr kein Unbekannter. Sie hatte schon viel von ihm gehört und gelesen. Sie wußte, daß sein Interesse dem internationalen Terrorismus galt. Im In- und Ausland war er als Fachmann auf diesem Gebiet anerkannt, und sie wußte, daß gemunkelt wurde, seine Verbindungen reichten bis in die terroristische Szene.

»Nun, zu welchem Ergebnis bist du gekommen?« Tom Porter hatte sich entschlossen, auf das »Sie« zu verzichten.

Barbara Meriville fuhr aus ihren Gedanken hoch. »Bitte?« fragte sie verwundert.

Tom Porters Augen sprühten vor Lachen, als er ernst erwiderte: »Beim Essen gibt man sich ganz dem Genuß seines Futters hin und betreibt keine Charakterstudien. Dazu ist der Kaffee da.«

»Entschuldige, ich dachte, du würdest es nicht merken«, sagte sie verlegen.

»Nicht merken, du bist gut! Deine durchbohrenden Blicke haben mich so nervös gemacht, daß mir der ganze Appetit vergangen ist«, sagte er und schob demonstrativ seinen Teller von sich.

Auch Barbara Meriville lachte. »Davon merkt man aber wenig. Das einzige, was ich sehe, sind blankpolierte Gräten.«

Tom Porter grinste, entgegnete aber nichts, sondern winkte den Kellner heran und bestellte zwei Kaffee. Als das dampfende Getränk vor ihnen stand, sagte er: »So, jetzt ist es Zeit, um die Neugierde zu befriedigen. Erzähl dem neugierigen Journalisten alles über dich. Fang am besten kurz vor deiner Geburt an.«

Barbara Meriville blickte ein wenig nachdenklich zu Tom Porter hinüber. »Da gibt es nicht viel zu erzählen. Mein Leben ist wie das vieler Mädchen aus bürgerlichem Hause verlaufen. High-School, danach College, Studium abgebrochen und geheiratet, vier Jahre später geschieden, dann wieder aufs College, um das Studium zu beenden, anschließend gearbeitet. Keine Kinder.«

Tom Porter grinste breit. »Danke für den Auszug aus deiner Polizeiakte. Eigentlich wollte ich eine mit den blumigen Worten einer Frau vorgetragene Lebensbeichte. Aber ich sehe, ich muß dir wohl Fragen stellen. Also, was hast du studiert?«

»Angefangen habe ich mit Philosophie und Geschichte. Nach einigen Semestern bin ich auf Jura umgestiegen.«

»Und was treibst du jetzt? Bist du Rechtsanwältin?«

»Nein, ich bin bei der Polizei.«

»So, so, Polizei«, sagte Tom Porter gedehnt. »Dann lag ich ja mit meiner Bemerkung gar nicht so schlecht. Darf man fragen, wo du bei der Polizei arbeitest?«

»Ich bin beim FBI.« Etwas zögernd fügte sie hinzu: »Um genau zu sein, ich bin die Leiterin des Dezernats für Bekämpfung von Terrorismus und Bandenkriminalität.«

Tom Porter pfiff durch die Zähne. »FBI, meine Hochachtung.« Dann sah er sie erstaunt und fragend zugleich an. »Ich dachte, Jeff Franklin ist der Leiter des Dezernats.«

Barbara Meriville schüttelte den Kopf. »Er war es. Vor zwei Monaten habe ich ihn abgelöst.«

»Komisch, daß ich nie etwas von dir gehört habe. Ich kenne sonst die meisten, die sich mit diesem Gebiet befassen.«

»Liegt vielleicht daran, daß ich bislang in Los Angeles war«, sagte Barbara Meriville und begann, über die einzelnen Stationen ihres beruflichen Werdegangs zu berichten.

Es war bereits kurz vor Mitternacht, als Tom Porter Barbara Meriville zu ihrem Motel zurückbrachte. Er hatte sich schon lange nicht mehr so gut unterhalten. So chaotisch der Tag begonnen hatte, so bilderbuchmäßig war er zu Ende gegangen.

Tom Porter hielt Barbara Meriville die Tür zu ihrem Zimmer auf. Ein rotes Lämpchen neben dem Zimmertelefon blinkte pausenlos. »Für dich liegt eine Nachricht beim Empfang«, sagte er und deutete auf das Licht. »Besser, du rufst gleich an. Ich rauche solange draußen eine Zigarette.«

Es dauerte eine ganze Weile, bis Barbara Meriville aus ihrem Zimmer kam. »Es war meine Dienststelle«, sagte sie zu Tom Porter. Sie legte ihre Arme auf seine Schultern und fuhr mit leiser, bedauernder Stimme fort: »Ich muß sofort nach Washington zurück. Senator Hexter ist in seinem Wohnsitz in Fayetteville tot aufgefunden worden. Es tut mir leid, aber ich kann nicht anders.«

Tom Porter war sofort hellwach. Von einer Sekunde zur anderen war aus dem romantischen Liebhaber wieder ein sensationshungriger Journalist geworden. Vergessen war die Vorfreude auf eine Nacht zu zweit.

»Hexter – Hexter, ist das nicht diese Friedenstaube aus Arkansas?«

»Friedenstaube? Was meinst du damit?«

»Na ja, ich meine den Senator, der sich so kompromißlos für eine weltweite Abrüstungs- und Entspannungspolitik einsetzt.«

»Könnte sein, ich weiß das nicht genau, ich interessiere mich nicht sonderlich für Politik. Er war einer der beiden Senatoren aus Arkansas«, sagte Barbara Meriville.

»Dann ist er's«, erwiderte Tom Porter bestimmt. Sein schnell arbeitender Verstand sagte ihm, daß sich hier eine günstige Gelegenheit für eine Story bot. Man würde nicht die Leiterin des Dezernats für Terrorismus und Bandenverbrechen einschalten, wenn nicht ungewöhnliche Verdachtsmomente vorlägen. Er brauchte sich also nur an Barbara Merivilles Fersen zu heften, um die Informationen aus erster Hand zu bekommen. Dadurch würde er einen Wissensvorsprung vor seinen Kollegen haben. Kurz entschlossen sagte er deshalb: »Weißt du was – ich komme mit.«

Barbara Meriville sah ihn prüfend an und meinte dann: »Wenn du nur mit willst, weil du dir Stoff für einen Artikel erhoffst, muß ich dich enttäuschen. Soweit ich informiert wurde, sieht es nach einem Unfall aus. Ich muß nur hin, weil es sich um einen Senator handelt, der noch dazu ein Freund des Präsidenten war. Ich bin nur Beobachter, mehr nicht.«

Tom Porter sah sie skeptisch an. Er glaubte ihr nicht ganz und blieb darum bei seinem Entschluß.

»Wie du willst«, sagte Barbara Meriville, »ich fahre in einer Stunde.«

Tom Porter verabschiedete sich und raste zu seinem Motel zurück. Hier griff er zum Telefon und wählte die Nummer der Washington Daily News. Als sich der diensttuende Redakteur meldete, sagte er: »Hier spricht Tom Porter. Nehmen Sie eine Nachricht für den Chef auf. Ich diktiere: ›Senator Hexter tot. Fliege mit Leiterin Dezernat VI des FBI nach Fayetteville, Arkansas. Gruß Tom.‹«

Am nächsten Tag gegen zwei Uhr nachmittags kamen sie in Fayetteville an. Während Barbara Meriville den Leiter der Ermittlungen aufsuchte, fuhr Tom Porter zur Villa des verstorbenen Senators hinaus. Hier mischte er sich unter den Schwarm von Reportern, die das Eingangstor zur Villa belagerten. Viel konnte er von seinen Kollegen nicht erfahren. Villa und Park waren von Polizisten und Sicherheitsbeamten hermetisch abgeriegelt. Keinem Reporter war Zutritt gewährt worden. Die einzige Information, die sie von einem offiziellen Polizeisprecher erhalten hatten, besagte nur, daß der Senator eines natürlichen Todes gestorben war. Angeblich hatte er, während er sich in seinem Whirlpool entspannte, ein Radio zu bedienen versucht. Dabei mußte es ihm aus der Hand gerutscht und ins Wasser gefallen sein. An den Folgen eines elektrischen Schlages, den er dabei bekommen hatte, war er gestorben.

Auch als Tom Porter am späten Abend Barbara Meriville wiedersah, konnte er nichts anderes erfahren.

Zwei Tage lang durchstreifte Tom Porter Fayetteville, sprach mit Nachbarn, Kaufleuten, Polizisten und der lokalen Presse, ohne daß sich das Bild geändert hätte. Da er nicht mehr annahm, daß sich noch etwas Spektakuläres ereignen würde, beschloß er, nach Washington zurückzufliegen. Auf der Rückfahrt von der Villa des Senators zu seinem Hotel legte er beim Red Rooster einen Stopp ein. Er wollte hören, was es in dieser Gerüchteküche Neues gab. Der Red Rooster war ein Speiselokal mit angeschlossener Bar, in der sich die von überall her eingefallenen Reporter trafen und die aktuellsten Nachrichten austauschten. Als er die Bar betrat, herrschte eine erregte Stimmung. Tom Porter ging zum Tresen, um den sich eine Traube von Journalisten drängte.

»Was ist denn los?« fragte er den neben ihm stehenden Reporter der Los Angeles Times.

»Ja, hast du noch nicht die neueste Nachricht gehört? Hank vom Cronicle hat sie vor einer halben Stunde über Telefon bekommen.«

»Nee, was gibt's?«

»Ein Fotograf hat Senator Sullivan mit einer Nutte im Bett erwischt.«

»Sullivan? Der? Kann ich mir nicht vorstellen!« Tom Porter konnte es nicht glauben. Er kannte den Senator und wußte, daß dieser ein harmonisches Familienleben führte. Er fügte deshalb skeptisch hinzu: »Das klingt mir verdammt nach einer Ente.«

»Ist aber keine. So ein Klatschmagazin in Los Angeles, ich glaube, es heißt Society News, soll Fotografien veröffentlicht haben, die den Senator mit der Nutte nackt im Bett zeigen.«

Tom Porter wollte es nicht glauben. Während er mit seinem Nachbarn noch über den Fall diskutierte, wurde ihm plötzlich die ganze Tragweite der Situation bewußt. Sollte der Senator wegen dieser Affäre zurücktreten, dann hatte das ungeahnte Auswirkungen auf die Abrüstungspolitik des Präsidenten. Neben Senator Hexter war Sullivan der zweite Senator gewesen, der sich mit seiner ganzen Persönlichkeit für eine weltweite Entspannungs- und Abrüstungspolitik eingesetzt hatte. Wenn die Nachfolger der beiden Senatoren nicht die gleiche politische Richtung wie ihre Vorgänger verfolgen würden, dann hatte der Präsident innerhalb von zwei Tagen die Mehrheit für seine Politik im Senat verloren. Interessante politische Optionen konnten sich daraus entwickeln. Er eilte ins Motel zurück, um seine Gedanken in einem Artikel niederzulegen. Noch in der Nacht gab er ihn telefonisch an seine Zeitung durch.

Inzwischen waren fast zwei Wochen seit den Ereignissen um Senator Sullivan vergangen. Der Senator hatte seinen Rücktritt erklärt. Tom Porter saß wieder an seinem Schreibtisch im Büro der Washington Daily News und ging den Alltagsgeschäften nach. Auf seinem Tisch lag ein Stapel Zeitungen, die er durchblätterte. Plötzlich stutzte er. Eine kurze Meldung in der Los Angeles Times hatte sein Interesse erregt. Er griff zum Telefon.

»Kann ich Sie einen Augenblick sprechen?« fragte er, als sich Bob Austin, der Chefredakteur, gemeldet hatte. Die Antwort mußte positiv ausgefallen sein, denn Tom Porter sprang auf und eilte mit riesigen Schritten davon.

Nur eine Viertelstunde brauchte er, um den Chefredakteur von seinen Überlegungen zu überzeugen, dann ging er zur Sekretärin und sagte: »Ich fliege nach Los Angeles. Buch einen Flug für mich.«

9

Die für Senator Sullivan so kompromittierenden Fotografien anzufertigen, war leichter gewesen, als Sarah Sherman und Bob Franks angenommen hatten. Das war allerdings weniger Sarahs als Bob Franks Verdienst. Er wußte genau, wie man so einen Einsatz anpacken mußte. Schließlich hatte er nicht nur eine langjährige Erfahrung im Umgang mit Prominenten, sondern auch ähnliche Aufträge wiederholt ausgeführt. Unter seiner Anleitung mußte Sarah erst einmal die Gewohnheiten des Senators studieren. Vor allem zwang er sie dazu, sich intensiv mit moderner Malerei, insbesondere mit der Epoche des Impressionismus, zu befassen. Von Mike Steel wußte er, daß der Senator ein Bewunderer dieser Kunstrichtung war und daß er, wann immer sich ihm die Gelegenheit bot, die in Washington neu eröffnete Ausstellung über französischen Impressionismus besuchte. Auf diese Liebhaberei des Senators hatte er seinen Plan aufgebaut.

Bob Franks war ein eiserner Lehrmeister. Jeden Tag kontrollierte er Sarah Shermans Wissen und ließ sie, wenn sie ihr Pensum nicht geschafft hatte, bis in die Nacht hinein pauken. Als er überzeugt war, daß sie ausreichende Kenntnisse besaß, um sich mit dem Senator über dieses Thema unterhalten zu können, begann Phase zwei ihres Einsatzes.

Dezent gekleidet besuchte Sarah die Ausstellung und gab sich ganz dem angeblichen Kunstgenuß hin. Es dauerte nicht lange, und sie kam mit dem Senator ins Gespräch. Natürlich drehte sich die Unterhaltung ausschließlich um die Malerei des Impressionismus. An den nächsten Tagen trafen sie sich immer wieder in der Galerie. Jedesmal schien es, als wären diese Treffen zufällig. Mit der Zeit wurden ihre Gespräche intensiver und persönlicher. Jetzt hielt Bob Franks die Zeit für gekommen, die letzte Phase seines Planes einzuleiten. Bei ihrem nächsten »zufälligen« Treffen erzählte Sarah Sherman dem Senator, daß sie einen Monet gekauft habe. Im Laufe des Gespräches fragte sie ihn, ob er das Bild auf seine Echtheit prüfen könnte. Der Senator, der sich für einen Experten auf diesem Gebiet hielt und außerdem ein leidenschaftlicher Verehrer von Monet war, sagte zu. Wie verabredet besuchte er zwei Tage später heimlich ihre Wohnung. Sie hatten es so abgesprochen, um unnötige Publicity zu vermeiden. Die Wohnung, in der sie sich trafen, hatte Bob Franks eigens zu diesem Zweck gemietet und entsprechend einrichten lassen. Es war kostspielig gewesen, aber wie Mike Steel ihm gesagt hatte, spielte Geld keine Rolle. Nur der Erfolg zählte.

Sarah Sherman zeigte sich ganz als aufmerksame Gastgeberin. Nach dem zweiten Cocktail holte sie das Bild. Auf den ersten Blick erkannte er es als eine Fälschung. Seine Verwunderung darüber, daß Sarah, von deren Kunstverstand er mehr gehalten hatte, auf den Schwindel hereingefallen war, konnte er nicht mehr ausdrücken. Er griff sich plötzlich an den Kopf und sackte zu Boden. Das Betäubungsmittel in seinem Cocktail hatte schnell und zuverlässig gewirkt. Als der Senator Stunden später erwachte, befanden sich Bob Franks und Sarah Sherman bereits auf dem Weg nach Los Angeles.

Sofort nachdem er in seinem Apartment angekommen war, begann Bob Franks die Bilder, die er in Washington fotografiert hatte, zu entwickeln. Sarah Sherman saß währenddessen in seinem Wohnzimmer und blätterte gelangweilt in einigen Magazinen. Bob Franks hatte sie aus der Dunkelkammer geworfen, weil sie ihn durch ihr fortwährendes Geschnatter in seiner Konzentration störte und ihm auf die Nerven ging. Am liebsten hätte er sie nach Hause geschickt, aber Sarah hatte darauf bestanden zu warten. Sie wollte wissen, wie die Bilder geworden waren, um dann sofort ihr Honorar zu kassieren.

Etwa zur gleichen Zeit saß Mike Steel in einem Schaukelstuhl am Swimmingpool seines Bungalows in Pasadena. Er war rundherum zufrieden. Nachdem es ihm gelungen war, ungesehen aus dem Park der Villa des Senators Hexter zu gelangen, war er noch zwei Tage in seinem Ferienbungalow am Beaver Lake geblieben. Gespannt hatte er die polizeilichen Untersuchungen verfolgt. Als am Ende des dritten Tages die amtliche Untersuchungskommission zu dem Schluß kam, daß Senator Hexter aufgrund eines zwar tragischen, aber selbstverschuldeten Unfalls gestorben war, hatte er aufgeatmet. Froh über seinen Erfolg war er nach Los Angeles zurückgeflogen und hatte sich stolz bei Arthur McBain gemeldet. Jetzt lagen fünfzigtausend Dollar sicher verwahrt im geheimen Safe in seinem Keller.

Das Klingeln des Funktelefons neben seinem Stuhl riß ihn aus seinen Gedanken. »Hallo«, meldete er sich.

»Mike Steel?« fragte eine ihm bekannte Stimme.

»Am Apparat.«

»Hier Bob, ich hab' was für dich. Willst du es sehen?«

»Ja, wann?«

»Sofort. Ich komme rüber.«

»Okay«

Eine Dreiviertelstunde später hörte Mike Steel, wie ein Wagen die Auffahrt zu seinem Haus herauffuhr. Dann klingelte es. Mike Steel stand auf und öffnete die Tür. Vor ihm stand Bob Franks mit einem braunen Umschlag in der Hand.

»Komm rein!« forderte Mike Steel ihn auf. Er führte

Bob Franks in sein Arbeitszimmer und fragte: »Nun, was hast du für mich?«

Bob Franks ging zum Schreibtisch, öffnete den Umschlag und breitete etwa zwanzig Fotografien auf der Arbeitsplatte aus. Grinsend fragte er: »Na, zufrieden?«

Mike Steel beugte sich über die Bilder. Er glaubte seinen Augen nicht zu trauen. Bild für Bild nahm er in die Hand. »Mensch, Bob, die sind ja einsame Spitze!« rief er bewundernd. Alle Fotos zeigten Senator Sullivan in eindeutigen Liebesposen. »Wie habt ihr das geschafft?«

»Berufsgeheimnis«, antwortete Bob Franks. »Es war gar nicht so schwer. Wenn Sarah auch sonst ein blödes Weib ist, im Bett ist sie einsame Klasse.«

Mike Steel schob die Fotos zusammen und sah Bob Franks an. »Wird die Society News die Bilder bringen?«

»Na klar. So einen Knüller lassen die sich nicht entgehen. Ich hab' schon mit dem Chefredakteur gesprochen. Wenn ich ihm die Bilder heute noch bringe, erscheinen sie bereits in der morgigen Ausgabe.«

»Gut, veröffentlicht sie.«

»In Ordnung. Und wie sieht es mit dem Rest des Honorars aus?«

»Bekommt ihr morgen«, versicherte ihm Mike Steel. »Ich ruf' dich an.«

Bob Franks sammelte die Fotos ein und machte sich auf den Weg zur Redaktion. Er war zufrieden. Das war endlich mal ein Bombengeschäft. Gleich zweimal würde er kassieren. Einmal von Mike Steel und dann noch von der Redaktion.

Mike Steel hatte gewartet, bis Bob Franks abgefahren war, und dann die Geheimnummer von Arthur McBain gewählt. Als er am anderen Ende der Leitung die wohlvertraute Stimme seines Auftraggebers hörte, meldete er: »Die zweite Sache ist erledigt. Ich habe die Bilder. Sie sind erstklassig.«

»Reichen sie aus?«

»Vollkommen. Sie werden morgen veröffentlicht.«

Für einen Augenblick herrschte Schweigen. Dann sagte Arthur McBain mit einer keinen Widerspruch duldenden Stimme: »Ich will keine Zeugen. Sorg dafür.«

Noch bevor Mike Steel antworten konnte, hatte Arthur McBain aufgelegt. Aber er wußte auch so, was von ihm erwartet wurde. Sobald die Bilder in der Society News veröffentlicht waren, würde man wie ein Heuschreckenschwarm über Bob Franks und Sarah Sherman herfallen. Nicht nur Reporter und Polizei, sondern auch die Sicherheitskräfte des Senators und selbstverständlich der ehemalige Senator selber. Wo auch immer sich Bob Franks und Sarah Sherman verstecken mochten, man würde sie aufstöbern und mit Fragen bombardieren. Es würde nicht lange dauern, bis Sarah sich verplappert hätte und der ganze Schwindel auffliegen würde. Er hatte keine andere Wahl. Die beiden mußten verschwinden, und zwar bevor die Bilder veröffentlicht waren. Schon im ureigensten Interesse mußte er schnell handeln. Mike Steel wußte auch schon, wie. Er hatte die Methode schon einmal angewandt, als er einen Auftrag für Herbert Landowski auszuführen hatte. Damals hatte sie funktioniert. Es gab keinen Grund, warum nicht auch diesmal alles nach Wunsch gehen sollte.

Wieder griff Mike Steel zum Telefon. Bob Franks meldete sich sofort.

»Wie sieht's aus? Warst du schon in der Redaktion?« fragte Mike Steel.

»Ja, alles erledigt. Es klappt, wie ich gesagt hatte. Morgen ist die Bombe auf der Straße.«

»Sehr gut. Kannst du heute noch zu mir kommen? Ich habe den Rest eures Honorars hier.«

»Klar, ich komm' rüber«, antwortete Bob Franks erfreut.

»Bring auch Sarah mit. Ihr könnt ja mit einem Wagen kommen. Wir begießen euren Erfolg, und ihr braucht dann nicht beide mit besoffenem Kopf zu fahren«, schlug Mike Steel vor.

»Okay! Mach' ich. Sarah sitzt sowieso noch bei mir. Wann soll'n wir da sein?«

»Kommt so gegen acht Uhr. Ich muß vorher noch etwas besorgen. Bis dann!« Mike Steel legte den Hörer auf und sah auf die Uhr. Er hatte bis acht nur eine Stunde Zeit. Das war verdammt knapp, und er ärgerte sich, daß er die beiden nicht für neun Uhr bestellt hatte. Aber jetzt war es zu spät, und er mußte halt sehen, daß er bis zu ihrer Ankunft fertig wurde.

Bereits zehn Minuten vor acht trafen Bob Franks und Sarah Sherman bei ihm ein. Die Vorfreude auf die große Summe, die sie bekommen würden, ließ beide nicht länger warten. Mike Steel begrüßte sie mit einer bei ihm seltenen Herzlichkeit. Er führte sie ins Arbeitszimmer. Für jeden von ihnen hatte er ein Bündel Dollars sichtbar auf den Schreibtisch gelegt. Sarah stürzte sich sofort auf das Geld und begann es nachzuzählen. Bob und Mike sahen sich an und lächelten geringschätzig.

»Was wollt ihr trinken?« fragte Mike Steel. »Ich habe Bourbon, Scotch, Gin, Wodka oder Cognac.« Er mußte seine Frage wiederholen, bevor Sarah ihm antwortete.

»Ist mir egal. Hauptsache, es ist was Alkoholisches«, antwortete sie ungeduldig.

»Und du, Bob?«

»Gib mir 'nen Bourbon on the Rocks.«

Während Mike Steel zur Bar ging und aus den vorbereiteten Flaschen einschenkte, war auch Bob Franks an den Schreibtisch getreten und mit dem Zählen des Geldes beschäftigt. Aber selbst wenn er Mike Steel beobachtet hätte, hätte er nicht erkennen können, daß die Flaschen, aus denen Mike Steel die Gläser füllte, zu einem Teil mit purem Alkohol aufgefüllt waren.

Mike Steel kam mit den Gläsern zurück. »Na, dann auf euren Erfolg«, sagte er, hob sein Glas und nahm einen langen Zug. Bob und Sarah taten es ihm gleich. Dann forderte Mike Steel die beiden auf, ihm ins Wohnzimmer zu folgen und von dem Unternehmen zu berichten. Während Bob Franks, immer wieder unterbrochen von Sarah, über ihren Einsatz prahlte, sorgte Mike Steel dafür, daß die Gläser ständig gefüllt waren. Nach etwa einer Stunde begann Sarah auf dem Sofa einzuschlafen. Auch Bob Franks merkte die Wirkung des Alkohols. Seine Zunge war schon schwer geworden, und die Augenlider fielen ihm immer wieder zu. Er versuchte dagegen anzukämpfen, doch nach einer weiteren halben Stunde lag auch er, die Beine weit von sich gestreckt, schnarchend im Sessel. Jetzt kam Leben in Mike Steel. Er ging nach draußen und fuhr Bob Franks Wagen in die Garage. Dann schleppte er die Volltrunkenen zum Auto und wuchtete sie auf die Rücksitze. Nachdem er das Geld wieder in dem Geheimsafe im Keller verschlossen hatte, ging er zum Auto zurück und fuhr mit seiner Ladung in Richtung Berge davon.

Er kannte diesen Teil der Rocky Mountains wie seine Westentasche und wußte, wo er sich seiner Ladung entledigen konnte. Kurz bevor er die Stelle erreicht hatte, gab er Gas und trat gleich darauf die Bremse voll durch. Die Räder blockierten, und der Wagen rutschte so über den Asphalt, daß deutliche Bremsspuren zurückblieben. Zentimeter vor dem Abgrund brachte er den Wagen zum Stehen.

Er stieg aus, zog Bob Franks vom Rücksitz und klemmte ihn hinter das Lenkrad. Es war eine mühsame Arbeit, denn der volltrunkene Mann ließ sich nur schwer in die richtige Position bringen. Mit Sarah Sherman hatte er weniger Probleme. Als er sie auf den Beifahrersitz verfrachtet hatte, schaltete er das automatische Getriebe auf Drive. Der Wagen setzte sich in Bewegung und stürzte gleich darauf dreißig Meter in die Tiefe. Mike Steel verwischte seine Spuren und machte sich zu Fuß auf den Heimweg. Sollte jemand das Autowrack finden, so mochte die Polizei ruhig die Leichen untersuchen. Sie würde nie darauf kommen, daß es sich bei dem Unfall um ein Verbrechen handelte. Das einzige, was sie finden würden, waren zwei Volltrunkene, die anscheinend die Gewalt über das Fahrzeug verloren hatten und in den Abgrund gestürzt waren.

Nach acht Stunden Marsch war er wieder zu Hause. Als erstes griff er zum Telefon. »Auftrag ausgeführt«, meldete er.

»Sehr gut«, lobte Arthur McBain. »Miete für morgen ein Hotelzimmer im Holiday Inn in San Diego. Ich habe einen neuen Auftrag für dich«, befahl er. Dann lehnte er sich in seinem Sessel zurück und überdachte zufrieden die Lage.

Alle seine Vorhaben waren wie geplant ausgeführt worden. Mike Steel hatte sich wieder einmal als ein zuverlässiges, präzises Werkzeug erwiesen. Je öfter Arthur McBain in den letzten Tagen über die Geheimkonferenz in Ronald Valleys Landhaus nachgedacht hatte, desto mehr war er zu der Überzeugung gelangt, daß nur einer den Karren aus dem Dreck ziehen konnte. Und dieser eine war er, Arthur McBain. Er hatte seine Aufgabe erfolgreich abgeschlossen. Michail Groschenko aber lebte noch. Was immer Ronald Valley auch versucht haben mochte, es hatte nicht funktioniert, jedenfalls bis jetzt nicht. Nun war es an der Zeit, daß er die Sache in die Hand nahm. Sein Entschluß stand fest. Morgen würde er Mike Steel beauftragen, den russischen Regierungschef umzubringen.

10

Gina Nicoletti war, nachdem sie Las Vegas mit dem Leihwagen verlassen hatte, nach Los Angeles gefahren und von dort nach Washington weitergeflogen. Hier durchstöberte sie alle großen Buchhandlungen und kaufte, was sie an Material über Michail Groschenko, den russischen Ministerpräsidenten, finden konnte. In der Library of Congress ließ sie sich stapelweise Zeitungsausschnitte und Artikel kopieren. Den Berg von Unterlagen, der sich in ihrem Hotelzimmer stapelte, packte sie schließlich zu einem Paket zusammen und sandte ihn postlagernd nach Frankfurt.

Von Washington aus flog sie als Robert E. Hyat verkleidet über London und Paris nach Deutschland. Überall, wo sie Station machte, kaufte sie alles, was sie an Unterlagen über Michail Groschenko finden konnte. Als sie alle Pakete in ihrer Wohnung in Frankfurt ausgepackt hatte, verfügte sie über die umfassendste Informationssammlung, die es im Westen über Michail Groschenko gab. Jedenfalls soweit es sich um öffentlich zugängliches Material handelte.

Mit der ihr eigenen Gründlichkeit begann sie, die Publikationen zu sichten. Sie legte zwei Stapel an. Der eine, der größere, umfaßte hauptsächlich politische Informationen, während der andere, der für sie wichtigere, Daten über sein Leben enthielt. Mit diesem Stapel fing sie an. Tag und Nacht studierte sie das Material, markierte sich wichtige Stellen, schnitt sie aus und sammelte sie in einem gesonderten Ordner. Sie schlief nur, wenn ihr vor Müdigkeit die Augen zufielen. Ihr Konsum an Zigaretten und Kaffee war gewaltig. Ab und zu verließ sie die Wohnung, um sich bei einer Imbißstube etwas zu essen zu kaufen. So lebte sie vierzehn Tage lang, dann hatte sie den Papierberg durchgearbeitet. Der Ordner mit den für ihre Planungen wichtigsten Daten war halbvoll. Am Ende der zweiten Woche schnürte sie das nicht mehr benötigte Material zu mehreren kleinen Bündeln zusammen. Dann besorgte sie sich einen Leihwagen und verließ Frankfurt. Ihr Ziel war der Spessart. Hier wollte sie ein paar Tage ausspannen. Auf dem Weg dorthin ließ sie die nicht mehr benötigten Unterlagen in mehreren Altpapiercontainern verschwinden. Im Spessart mietete sie sich in einer kleinen, abgelegenen Pension ein. Die ersten zwei Tage verbrachte sie ausschließlich mit Schlafen und Wandern. Erst als sie sich von den Strapazen des Studiums erholt hatte und ihr Kopf wieder klar war, nahm sie auf ihren Wanderungen den Ordner mit den wichtigen Informationen über Michail Groschenko mit. An einsam gelegenen Plätzen ließ sie sich nieder und studierte mitten im Grünen erneut die Ausschnitte aus Büchern, Zeitschriften und Zeitungen. Bald war ihr Wissen über den Mann, den sie töten sollte, so umfangreich, daß sie glaubte, ihn wie einen guten Freund zu kennen.

Bei ihrem Studium war ihr eines klargeworden, die Aufgabe, die sie übernommen hatte, war noch schwieriger, als sie gedacht hatte. Michail Groschenko wurde von einem derart guten Netz von Sicherheitsmaßnahmen geschützt, daß es unmöglich erschien, dieses Netz zu durchbrechen. Nur wenn man bereit war, sein eigenes Leben zu opfern, gab es Chancen, ihn zu ermorden. Aber dazu war Gina Nicoletti selbstverständlich nicht bereit. Und noch etwas war ihr bewußt geworden. Die Möglichkeit zu einem Attentat bestand überhaupt nur, wenn sich Michail Groschenko auf einem Staatsbesuch im westlichen Ausland befand. Zwei solche Besuche waren in diesem Jahr geplant. Der erste Mitte Juni in England und der zweite Ende August in den USA. Wo sollte sie zuschlagen? Wo bestanden die besten Aussichten auf Erfolg? Wo gab es die größten Chancen, zu entkommen? Lange dachte sie auf ihren Wanderungen darüber nach, wog sorgfältig alle Für und Wider ab und kam zu dem Ergebnis, es mußten die USA sein. England wäre ihr zwar lieber gewesen, denn sie kannte die britische Metropole wie ihre Heimatstadt Rom, aber die Zeit für die notwendige Vorbereitung war zu kurz.

Nach sechs Tagen verließ sie die Pension und fuhr nach Frankfurt zurück. Sie verwandelte sich wieder in Gina Nicoletti und flog mit der nächsten Maschine nach Rom.

Hier ging Gina Nicoletti sofort an die weitere Planung des Attentats. Ideen wurden entwickelt und wieder verworfen. Jede Detailplanung scheiterte daran, daß ihre Kenntnisse über die geplanten Absicherungsmaßnahmen zu gering waren. Es wurde immer deutlicher, sie mußte in die Vereinigten Staaten, um sich diese Informationen zu beschaffen. Parallel zu ihren Überlegungen studierte sie täglich die Weltpresse. Manchmal schnitt sie einen Artikel aus und ergänzte damit ihren Ordner mit den Unterlagen über Michail Groschenko. Sie las von dem Tod des Senators Hexter und wenig später von dem Rücktritt des Senators Sullivan, ohne daß es sie sonderlich interessiert hätte. Erst als sie, mehr durch Zufall als beabsichtigt, Tom Porters Artikel über die Folgen des Rücktritts des Senators las, wurde sie nachdenklich. Zwei Senatoren, die die Abrüstungspolitik des Präsidenten vertraten, fielen innerhalb von einer Wochen aus und stellten damit den Erfolg dieser Politik in Frage. Ein Zufall? fragte sie sich. Möglich, aber ein sehr merkwürdiger Zufall. Sollte vielleicht mehr dahinterstecken? Sollte etwa Ronald Valley versuchen, sein Ziel auf diesem Wege zu erreichen? Wenn ja, warum hatte er dann zweieinhalb Millionen Dollar auf ihr Nummernkonto in der Schweiz eingezahlt? Nein, es erschien ihr wenig wahrscheinlich, daß das von Ronald Valley ausging. Wenn aber nicht er, wer war es dann? Sollte es vielleicht doch nur einer dieser möglichen, eigenartigen Zufälle sein, die es im Leben immer wieder gab? Sie mußte es herausfinden. Sie mußte die Wahrheit wissen. Es war wichtig für sie – lebenswichtig. Wenn es kein Zufall war, dann waren die Anschläge dilettantisch geplant. Dilettantisch, weil sie zwangsläufig zu dem Schluß führen mußten, zu dem auch der Schreiber des Artikels gekommen war. Und von dort zu der Annahme, daß die Ausfälle der Senatoren geplant waren und möglicherweise noch andere Anschläge folgen konnten, war es nur ein kleiner Schritt. Vielleicht waren noch andere Aktionen in Vorbereitung. Wenn ja, dann mußte sie sie unterbinden, damit ihre eigenen Pläne und ihre eigene Sicherheit nicht gefährdet würden.

Kurz entschlossen griff sie zum Telefon und buchte einen Platz für die Maschine nach Rio de Janeiro. Hier wollte sie sich in Robert E. Hyat verwandeln und dann nach New York weiterfliegen. Sie mußte sich Gewißheit verschaffen, und sie wußte auch, wer ihr dabei zu helfen hatte.

Gegen elf Uhr betrat Herbert Landowski sein Büro in Manhattan.

»Hi, Susan«, begrüßte er seine Sekretärin. »Irgend etwas Neues?«

Susan blickte auf und lächelte ihren Chef an. »Ja, Sir, ein Herr war heute morgen hier und wollte sie unbedingt sprechen. Er ließ sich nur schwer abweisen. Erst als er sicher war, daß Sie nicht in Ihrem Büro waren, ging er. Er sagte, er würde um sechs wiederkommen, und Sie möchten unbedingt auf ihn warten. Es sei sehr dringend.«

Herbert Landowski blickte seine Sekretärin unwillig an. Es ärgerte ihn, daß jemand es wagte, über seine Zeit zu verfügen. Ungehalten fragte er: »Hat er gesagt, was er will?«

»Nein, Sir, er wollte das nur mit Ihnen besprechen.«

»Wie hieß er?«

»Robert E. Hyat. Er hat seine Geschäftskarte hiergelassen.« Susan reichte ihm eine Visitenkarte. »Wir haben ihn nicht in unserer Kundenkartei, ich habe schon nachgesehen«, fügte sie hinzu.

Herbert Landowski betrachtete die Karte. Der Name sagte ihm nichts. »Und er hat nicht gesagt, was er will?« fragte er noch einmal.

»Nein, Sir, nur, daß es sehr dringend sei.«

»Okay! Sonst noch was?«

»Nein, Chef, sonst war nichts.«

Herbert Landowski ging in sein Büro und begann den Stapel Post, den ihm seine Sekretärin auf den Schreibtisch gelegt hatte, durchzusehen. Aber er war nicht richtig bei der Sache. Seine Gedanken beschäftigten sich mit dem mysteriösen Besucher. Zuerst hatte er sich vorgenommen, nicht auf den Herrn, der sich Hyat nannte, zu warten. Dann aber siegte seine Neugier, und er blieb.

Pünktlich um sechs Uhr öffnete sich die Tür zu seinem Büro, und ein schlanker, mittelgroßer Herr trat ein. Herbert Landowski erhob sich und ging dem Besucher entgegen.

»Mister Hyat?« fragte er.

Der Ankömmling musterte ihn mit einem unangenehm durchdringenden Blick. »Ja«, antwortete er.

»Sie wollen mich sprechen?«

»Ja.« Wieder antwortete Gina Nicoletti alias Robert E. Hyat einsilbig.

»Sie sagten meiner Sekretärin, es sei wichtig. Sie haben Glück gehabt, daß ich gewartet habe. Normalerweise empfange ich um diese Zeit keine Besucher mehr.«

Gina Nicoletti beachtete seine Worte nicht, sondern fragte: »Sind wir allein?«

»Selbstverständlich«, antwortete Herbert Landowski

ungehalten. Das Benehmen des Fremden ärgerte ihn, und er nahm sich vor, den Besuch so schnell wie möglich zu beenden. Was immer auch der Besucher wollte, ihn interessierte es nicht mehr.

»Dann schließen Sie die Tür ab. Ich will nicht, daß uns jemand stört«, befahl Gina Nicoletti.

»Was erlauben Sie sich«, fuhr er den Fremden an. »Wenn es Ihnen hier nicht paßt, dann scheren Sie sich zum Teufel. Was denken Sie sich eigentlich? Sie kommen hier herein, sagen nicht, was Sie wollen, sondern führen sich auf, als könnten Sie hier befehlen. Für meinen Teil ist der Besuch beendet. Verschwinden Sie!« Herbert Landowski funkelte den Fremden wütend an. Als dieser keine Anstalten machte zu gehen, trat er drohend auf ihn zu.

Gina Nicoletti ging wortlos zur Tür und drehte den Schlüssel herum. Dann sah sie den aufgebrachten Herbert Landowski mit kaltem Blick an. »Ich will von Ihnen wissen, wer hinter dem Tod von Senator Hexter steckt, wer verantwortlich für die Abdankung des Senators Sullivan ist und wer das Flittchen und diesen Fotografen, der die kompromittierenden Aufnahmen gemacht hat, ermordet hat.«

Herbert Landowski durchfuhr es, als wäre er von einer Tarantel gebissen worden. »Wie . . . was . . . woher wissen . . .«, stotterte er. Das ungute Gefühl, das er seit dem Eintritt des Fremden verspürt hatte, verwandelte sich plötzlich in Angst.

»Setzen Sie sich!« befahl Gina Nicoletti. »Ich kenne Ihren wahren Beruf. Ich weiß, daß Sie Killer vermitteln.«

Schweißperlen traten auf Herbert Landowskis Stirn. »Wer sind Sie?« fragte er und wischte sich mit einem Taschentuch über das Gesicht.

»Ich bin der, dem Sie für eine Vorauszahlung von fünfzigtausend Dollar einen Kontrakt vermittelt haben.«

»Sie?« würgte Herbert Landowski hervor. Ein kalter Schauer lief über seinen Rücken.

»Beantworten Sie meine Frage!«

Herbert Landowski riß sich zusammen. »Ich weiß nicht, wovon Sie sprechen.«

»Dann finden Sie es heraus! In zwei Tagen will ich den oder die Verantwortlichen wissen«, sagte Gina Nicoletti mit einer Stimme, die Herbert Landowski erschauern ließ.

»Ich kann Ihnen wirklich nichts sagen. Ich weiß nicht mehr, als in den Zeitungen gestanden hat«, beteuerte Herbert Landowski. Er wußte, er befand sich in einer katastrophalen Lage. Würde er verraten, daß Mike Steel hinter der Ermordung des Senators stand, und würde Steel herausfinden, daß er ihn verraten hatte, dann war er ein toter Mann. Auf der anderen Seite aber war sein Gegenüber noch weit gefährlicher und unberechenbarer als Mike Steel. Nur wenn er so tat, als wüßte er nichts, glaubte Herbert Landowski sich halbwegs aus der Affäre ziehen zu können.

Gina Nicoletti kümmerte sich nicht weiter um ihn, sondern ging zur Tür und schloß sie auf. Bevor sie das Büro verließ, wandte sie sich noch einmal an Herbert Landowski. »Zwei Tage, denken Sie daran. Und noch etwas: Betrachten Sie es als wohlgemeinten Rat. Geben Sie Ihren Beruf auf. Sie haben zuviel Angst, und Angst ist gefährlich.« Mit diesen Worten zog sie die Tür hinter sich zu.

Für ein paar Augenblicke saß Herbert Landowski wie gelähmt in seinem Stuhl. Gina Nicoletti hatte recht gehabt. Er hatte Angst. Angst vor der Mörderin, deren wahre Identität er nicht kannte, von der er aber wußte, daß sie gnadenlos jeden töten würde, der ihre Sicherheit gefährden konnte. Er holte eine Flasche Whisky aus dem Schreibtisch und goß sich ein Glas halbvoll. Mit einem Zug trank er es leer. Die Wärme, die sich in seinem Magen ausbreitete, tat ihm wohl und beruhigte ihn etwas. Er dachte nach, was er tun sollte, aber eigentlich kannte er die Lösung schon. Er würde Mike Steel verraten, und er würde versuchen herauszufinden, ob es einen Drahtzieher für den Skandal um Senator Sullivan und den Tod des Fotografen und der Schauspielerin gab. Herbert Landowski zog das Telefon zu sich heran und begann zu telefonieren, aber jeder, mit dem er sprach, versicherte ihm, daß er nichts mit diesen Fällen zu tun hätte. Spät in der Nacht kam er zu der Überzeugung, es gab keine Hintermänner.

Nachdem Gina Nicoletti das Büro von Herbert Landowski verlassen hatte, war sie in Richtung Broadway davongeschlendert. Von Zeit zu Zeit blieb sie vor Schaufenstern stehen und musterte anscheinend interessiert die Auslagen. Tatsächlich aber beobachtete sie die Passanten, die auf beiden Seiten der Straße den Bürgersteige entlangströmten. Als sie sicher war, daß Herbert Landowski sie nicht verfolgen ließ, ging sie zu einer Telefonzelle und warf eine Münze ein. »Russels Informationsdienst«, meldete sich eine männliche Stimme.

»Smith«, antwortete Gina Nicoletti. »Ich habe Ihnen heute morgen fünfhundert Dollar durch einen Boten bringen lassen. Haben Sie die Informationen, die ich dafür haben wollte?«

»Ja, Mister Smith, es war sehr schwierig in der kurzen Zeit . . .«

»Vergessen Sie Ihre Schwierigkeiten«, unterbrach sie ihn grob, »geben Sie mir nur die Ergebnisse.«

»Wie Sie wünschen. Herbert Landowski wohnt in 23008 Adams Drive, Brownville, New York. Das Haus liegt auf einem dreitausend Quadratmeter großen, parkartig angelegten Grundstück. Es besteht aus drei Stockwerken mit vier Eingängen. Ein Haupteingang, ein Eingang vom Garten, einer von der Terrasse und einer durch die Garage. Herbert Landowski ist verheiratet und hat eine dreijährige Tochter.«

»Wohnt außer ihm noch jemand im Haus?«

»Ja, ein Kindermädchen im Haus und ein Gärtner über der Garage.«

»Wo hält sich Landowski abends gewöhnlich auf?«

»In der Regel bleibt er mit seiner Frau zu Hause. Morgen abend dürfte er allerdings im Country-Club sein. Man feiert dort das jährliche Frühlingsfest.«

»Wo befindet sich das Zimmer der Tochter?«

»Es liegt an der Südseite im ersten Stock.«

»Wo schläft das Kindermädchen?«

»Weiß ich nicht, das konnte ich in der kurzen Zeit nicht herausbringen.«

Gina Nicoletti hängte ein. Sie hatte genug gehört. Mehr brauchte sie nicht, um Herbert Landowski zu zeigen, wie gefährlich es sein würde, wenn er ihre Forderungen nicht erfüllte.

Sie winkte ein Taxi heran und ließ sich zum Flughafen bringen. Dort mietete sie einen Leihwagen, holte ihr Gepäck aus dem Schließfach und machte sich auf den Weg nach Brownville. In einem Motel außerhalb des Ortes nahm sie ein Zimmer.

Kurz vor Einbruch der Abenddämmerung fuhr sie am nächsten Tag in die Nähe von Herbert Landowskis Villa. Sie suchte sich einen Platz, von dem aus sie das Haus beobachten konnte, ohne selbst bemerkt zu werden. Gegen neun Uhr sah sie, wie Herbert Landowski und seine Frau in einem Auto davonfuhren. Beide trugen Abendkleidung. Gina Nicoletti wartete bis Mitternacht, bevor sie ihr Versteck verließ. Über ihre Hände hatte sie dunkle Handschuhe gestreift, und ihr Gesicht wurde von einer schwarzen Maske verdeckt. Geschmeidig schwang sie sich über den Zaun und huschte zum Haus. Durch die Terrassentür konnte sie in das hell erleuchtete Wohnzimmer sehen. Eine ältere Frau saß in einem Schaukelstuhl und starrte in den Fernseher. Das Kindermädchen, dachte Gina Nicoletti und schlich zur Tür, die vom Garten aus in das Haus führte. Mit einem Dietrich hatte sie die Tür in wenigen Sekunden lautlos geöffnet. Sie schlüpfte hindurch und befand sich in einer geräumigen Küche. Eine Tür, die anscheinend zum Treppenhaus führte, stand einen Spalt offen und ließ genügend Licht in die Küche fallen, so daß Gina Nicoletti sich orientieren konnte. Leise schlich sie zur Tür und trat in den Flur. Der dicke Teppichboden schluckte das Geräusch ihrer Schritte, als sie die Treppe in den ersten Stock emporeilte. Lautlos öffnete sie die Türen zu den Zimmern, die auf der Südseite des Hauses lagen. Schon bei der zweiten hatte sie Glück. Ein kleines Mädchen lag, einen Teddybären im Arm haltend, im Bett und schlief. Gina Nicoletti ließ die schwarze Nylontasche, die sie über ihrer Schulter getragen hatte, auf den Boden gleiten und holte eine Spritze heraus. Das Mädchen bewegte sich unruhig, als die Nadel in ihren Arm fuhr. Vorsichtig hob Gina Nicoletti das

Kind aus dem Bett und legte es in die Nylontasche. Dann hängte sie sich die schwere Tasche um die Schultern und machte sich auf den Rückweg. Ohne bemerkt zu werden, gelangte sie aus dem Haus und zu ihrem Wagen.

Nach einer halben Stunde Fahrt hatte sie ihr Motel erreicht. Sie holte das betäubte Kind aus der Tasche und legte es aufs Bett. Dann wählte sie die Nummer des Country-Clubs und ließ Herbert Landowski ans Telefon rufen. Als sie seine Stimme hörte, sagte sie: »Hyat. Wissen Sie, wer ich bin?«

»Ja.«

»Hören Sie mir genau zu. Ich wiederhole meine Worte nicht. Fahren Sie auf dem Highway 21 sechs Meilen nach Süden. Sie werden dort das Three Oak Motel finden. In Zimmer 15 liegt Ihre Tochter. Sie lebt. Aber denken Sie daran, daß sich das schnell ändern kann, wenn ich morgen nicht die gewünschte Auskunft erhalte.« Ohne eine Antwort abzuwarten, hängte sie ein.

Wie angekündigt, rief sie Herbert Landowski am nächsten Tag an.

»Haben Sie die Information?«

»Ja«, antwortete Herbert Landowski hastig. »Für alle drei Fälle ist Mike Steel verantwortlich. Er wohnt in Pasadena, Los Angeles, 25066 Mountain View.« Ohne Skrupel schob er Mike Steel auch die anderen Taten in die Schuhe. Daß er dabei den Richtigen getroffen hatte, konnte er nicht wissen, aber die Angst um das Leben seiner Tochter hatte ihm keine andere Wahl gelassen.

Der Abend war angenehm warm. Eine leichte Brise hatte die Hitze des Tages vertrieben. Wer immer Zeit hatte, verbrachte diese Stunden im Freien. Auch Mike Steel hatte sich am Rand seines Swimmingpools in einem Schaukelstuhl niedergelassen. Neben ihm stand ein Glas mit eisgekühltem Gin-Tonic. In seinem Schoß lag ein Buch, in dem er bis vor kurzem gelesen hatte. Das Titelbild zeigte ein Porträt Michail Groschenkos. Mike Steel hatte die Augen geschlossen. Er dachte nach. Es waren immer die gleichen Fragen, die ihn seit Tagen beschäftigten. Wie sollte er den Auftrag, den ihm Arthur McBain erteilt hatte, ausführen? Wie konnte er Michail Groschenko töten? Es war zum Verrücktwerden. So intensiv er auch nachdachte, ihm wollte noch nicht einmal die kleinste Idee einfallen.

Ein schwaches Geräusch schreckte ihn aus seinen Gedanken. Es hatte geklungen, als wäre ein trockener Ast zerbrochen. Obwohl das Geräusch viele Ursachen haben konnte, hatte er plötzlich ein seltsames Brennen im Magen, das er immer verspürte, wenn er sich in Gefahr befand. Alle Sinne angespannt, lauschte er in die Stille. Nichts. Schon glaubte er sich geirrt zu haben, als er wieder ein leises Rascheln hörte. Es war, als würden sich Zweige aneinander reiben. Er erhob sich langsam, reckte und streckte sich, so als wollte er nur seine steif gewordenen Glieder dehnen. Unter seinen Augenlidern hervor beobachtete er die Büsche. Er sah den Schatten eines Menschen, der sich zwischen zwei Rhododendronbüschen versteckt hielt. Scheinbar ziellos ging er ein paar Schritte auf und ab und näherte sich dabei immer mehr den Sträuchern. Plötzlich machte er einen Satz, griff zu, erwischte Stoff und riß ihn nach vorn. Ein schlanker junger Mann wurde auf die Betonplatten vor dem Swimmingpool geschleudert. Aus einer Rißwunde am Hals sickerte Blut. Ein abgebrochener Ast hatte ihn, als er nach vorne gestürzt war, am Hals gestreift und ihm dabei ein feines Goldkettchen vom Hals gerissen.

Mit einem Sprung stand Mike Steel neben dem schlanken jungen Mann. In seinen Augen funkelte kalte Mordgier.

»Wer bist du?« herrschte er ihn an. Als der junge Mann nicht sofort antwortete, stieß er ihm den Fuß so gezielt in die Nierengegend, daß sich der Mann vor Schmerz aufbäumte. »Nun?«

Der junge Mann verlagerte sein Gewicht auf die nicht schmerzende Seite. Die rechte Hand preßte er gegen die Stelle, die Mike Steels Fuß getroffen hatte.

»Du willst nicht reden? Nun gut.« Wieder hob Mike Steel seinen Fuß und stieß nach der Nierengegend des Mannes. Der Fuß erreichte sein Ziel nicht. Blitzschnell hatte der junge Mann das Bein gepackt und zu sich herangerissen. Mike Steel verlor das Gleichgewicht und stürzte. Wie eine Feder schnellte der junge Mann hoch. Aber auch Mike Steel war aufgesprungen, um sich auf den Eindringling zu werfen. Der junge Mann drehte sich wie ein Stierkämpfer zur Seite. Mike Steels Fäuste schlugen ins Leere. Er schoß herum, aber mitten in der Drehung traf ihn die Außenkante eines rechten Fußes am Kopf. Er wurde nach hinten geschleudert. Benommen richtete er sich auf und griff erneut an. Ein scharfer Handkantenschlag traf seine Halsschlagader. Er schwankte. Dann stürzte er besinnungslos in den Swimmingpool.

Der junge Mann holte tief Luft und massierte seine

schmerzende rechte Seite. Als er sich etwas erholt hatte, trat er an den Rand des Swimmingpools. Mike Steel trieb leblos mit dem Gesicht nach unten im Wasser. Der junge Mann wartete, bis er überzeugt war, daß Mike Steel tot war, dann ging er ins Haus und durchsuchte die Zimmer. Im Büro fand er einen Stapel Literatur über Michail Groschenko. Jetzt war er sicher, daß ihm Herbert Landowski den richtigen Mann genannt hatte. Er ging auf die Terrasse zurück und verwischte die Spuren des Kampfes und seine Fußspuren im Gebüsch. Das feine goldene Kettchen mit dem seltsam geformten Anhänger, der so aussah, als hätten sich drei Giftschlangen ineinander verschlungen, übersah er.

Auf dem gleichen Weg, den er gekommen war, verließ der junge Mann den Garten. Ungesehen gelangte er zu seinem Auto. Erst als er im Motel angelangt war, bemerkte er den Verlust des Anhängers. Sofort fuhr er zurück, um das kostbare Stück zu suchen. Vergeblich. Sein Talisman blieb verschwunden. Das änderte all seine Pläne. Er mußte zurück nach Rom, um sich Ersatz zu beschaffen.

11

Drei Tage nach dem Mord an Mike Steel traf Tom Porter in Los Angeles ein. Es war die Zeitungsnotiz über den Tod des Privatdetektivs gewesen, die ihn veranlaßt hatte, unverzüglich nach Kalifornien zu fliegen. Durch seine Kontakte zu den Angehörigen der kriminellen Szene war ihm bekannt, daß die Detektivagentur nur als Tarnung diente.

In Wirklichkeit, so hatten ihm seine Informanten erzählt, verdiente er seinen Lebensunterhalt als Killer oder mit anderen Aufträgen, die zumeist außerhalb des Gesetzes lagen. Natürlich gab es dafür keine Beweise. Aber es gab Gerüchte – überzeugende Gerüchte. Als Tom Porter von dem mysteriösen Tod Mike Steels gelesen hatte, gab es für ihn kein Halten mehr. Er mußte hinfliegen. Vielleicht ließen sich Hinweise auf Steels wirklichen Beruf finden. Wäre er erfolgreich, so hätte er den Stoff für eine interessante Story gefunden. Mit diesem Argument hatte er auch Bob Austin, seinen Chefredakteur, überredet, ihm die nötigen Reisekosten zu bewilligen.

Am Flughafen nahm er einen Leihwagen und fuhr zum örtlichen Büro der Washington Daily News. Das Büro lag im zwölften Stock eines Hochhauses mitten in der Innenstadt. Sehr zentral, dafür aber war während der Geschäftszeiten im weiten Umkreis kein Parkplatz zu finden. Tom Porter, der das wußte, bemühte sich erst gar nicht, nach einer Parklücke zu suchen, sondern fuhr gleich auf die Stellfläche, die für die Angestellten der Außenstelle angemietet war. Jeder Platz war belegt. Ohne sich darum zu kümmern, daß er die anderen Fahrzeuge blockierte, stellte er seinen Wagen mitten in der Auffahrt ab. Aus seinem Notizbuch riß er ein Blatt heraus und schrieb darauf: »Bin bei Petrelli.« Den Zettel steckte er unter einen Scheibenwischer. Mit dem Fahrstuhl fuhr er in den zwölften Stock und ging zum Büro der Washington Daily News. Die Dame, die hinter einem Schreibtisch saß, der eine Art Empfang darstellen sollte, blickte auf.

»Hi, Shirley, immer noch in dieser Klapsmühle?« begrüßte er sie. »Ist der Boß da?«

Ohne den Kopfhörer des Diktiergerätes aus dem Ohr zu nehmen oder die Geschwindigkeit, mit der sie den Schreibautomaten bearbeitete, zu verringern, lächelte sie Tom Porter an und deutete mit dem Kopf in Richtung Glastür. »Ja, ich glaube, er wartet schon auf dich«, sagte sie und wandte ihre ganze Aufmerksamkeit wieder dem Bildschirm zu.

Tom Porter ging zu einer Glastür am Ende des Ganges. Ohne anzuklopfen trat er ein. Malcolm Petrelli, ein kleiner, quirliger Mann Ende Fünfzig, saß hinter einem ramponierten Holzschreibtisch, auf dem sich kreuz und quer Papier stapelte. Tom Porter mußte lächeln. So lange er Petrelli kannte, hatte sein Schreibtisch noch nie anders ausgesehen. Akten waren für ihn ein Fremdwort. Alles, was er für wichtig hielt, deponierte er auf seinem Schreibtisch. Als Malcolm Petrelli hörte, wie die Tür aufging, blickte er über die Störung ungehalten auf. Sowie er jedoch Tom Porter sah, sprang er auf und eilte mit ausgestreckten Armen auf ihn zu.

»Mensch, Tommy, ich freu' mich, dich zu sehen«, begrüßte er seinen Freund mit aufrichtiger Herzlichkeit. »Wäre gerne am Flugplatz gewesen, um dich mit zu empfangen, als du aus Afrika zurückkamst. Ging leider nicht. Fand keinen Grund für die Spesenabteilung. Du kennst doch diese Tintenpisser? Rücken keinen Cent raus. Na ja, macht nichts. Froh, daß du wieder da bist. Setz dich. Bist wohl wieder 'ner Story auf der Spur. Gut, wenn ich helfen kann, tu' ich's.« Die Worte sprudelten nur so aus ihm heraus, während er Tom Porters Hände schüttelte.

Tom Porter befreite sich lachend, nahm einen Stoß Zeitungen von einem Stuhl und setzte sich. »Gut, daß du nicht am Flughafen warst. Das war vielleicht ein Empfang. Ich wurde richtig rührselig und hab' wie ein Schloßhund geheult. Trotzdem vielen Dank, Mal, daß du kommen wolltest«, erwiderte Tom Porter. »Nun erzähl aber, wie sieht's bei dir hier aus? Ich war ja schon lange nicht mehr hier. Gibt's viel Neues?«

Petrelli hob in einer verzweifelten Geste beide Hände.

»Immer der alte Trott. Hektik! Hektik! Hektik! Aber lassen wir das. Du wolltest Informationen. Deine Sekretärin hat die Fragen durchgegeben. Ich hab' sie hier irgendwo.« Malcolm Petrelli kramte zwischen den Papieren herum. Schließlich fand er eine handgeschriebene Notiz. »Hier ist sie. Also hör zu! Zur ersten Frage: Mike Steel ist in seinem Swimmingpool ertrunken, das steht definitiv fest. Man hat in seinen Lungen Wasser mit der gleichen chemischen Zusammensetzung wie der des Pools gefunden.

Zu Frage zwei: Obwohl nicht alle Punkte einwandfrei geklärt wurden, glaubt die Polizei, daß Steel eines natürlichen Todes gestorben ist. Zwar hatte Steel Schürfwunden am Arm und Blutergüsse an Kinn und Hals. Da man aber weder im Haus noch auf der Terrasse Kampfspuren gefunden hat, glaubt die Polizei, daß Steel unglücklich gestolpert ist, dabei am Beckenrand aufschlug, das Bewußtsein verlor und in den Pool stürzte.

Frage drei: Mike Steel ist hier kaum bekannt. Aufträge schien er nur spärlich bekommen zu haben. Jedenfalls war die Kundenkartei, die die Polizei gefunden hat, recht mager. Das heißt natürlich nichts, aber in der Kürze der Zeit habe ich nicht mehr herausfinden können. In der Nachbarschaft kannten ihn die meisten nicht.

Soweit zu deinen Fragen. Warum interessierst du dich eigentlich so für diesen Steel?«

Tom Porter war über die Antworten enttäuscht. Er hatte mehr erwartet, aber er zeigte seine Enttäuschung nicht, denn er kannte Malcolm Petrelli zu gut. Wenn der eine Story wittern würde, würden ihn keine freundschaftlichen Gefühle davon abhalten, sie als erster zu veröffentlichen. Tom Porter beantwortete seine Frage deshalb ausweichend.

»Weißt du, Steel hat mir manchmal die eine oder andere Information zukommen lassen. Du weißt doch, ich arbeite an einem Buch über den internationalen Terrorismus. Er hatte mich vor ein paar Tagen angerufen und mir gesagt, er hätte wieder etwas für mich. Als ich dann von seinem Tod las, wurde ich natürlich neugierig. Weißt du, wer sich jetzt um das Haus kümmert? Ich würde es mir gerne einmal ansehen.«

Malcolm Petrelli sah Tom Porter mißtrauisch an. So ganz glaubte er die Erklärung nicht. Da er aber gerade selbst bis über beide Ohren mit Recherchen zu einer vielversprechenden Story beschäftigt war, bohrte er nicht weiter nach, sondern sagte nur: »Das Haus hat die Polizei unter Verschluß. Sie versuchen immer noch, Verwandte von Steel zu finden.«

»Wie sind deine Verbindungen zur Polizei?« wollte Tom Porter wissen.

»Gut, warum?«

»Meinst du, du könntest es arrangieren, daß ich einen Blick ins Haus werfen könnte?«

Malcolm Petrelli rieb sich nachdenklich das Kinn, dann sah er Tom Porter mit seinen flinken Augen an. »Wenn ich das für dich arrangiere, dann mußt du für mich etwas in Washington erledigen.«

Tom Porter grinste. Das war typisch Petrelli – keine Leistung ohne Gegenleistung. »Okay, Mal, mach' ich. Was ist es?«

»Erzähl' ich dir später. Jetzt versuche ich erst mal, ob ich dich ins Haus kriege.« Malcolm Petrelli langte zum Telefon und wählte die Nummer. Wie Tom Porter seinen Worten entnehmen konnte, sprach er mit einem Lieutenant von der Polizei. In seiner schnellen, abrupten Art redete er auf den Beamten ein. Es dauerte eine ganze Weile, bis Malcolm Petrelli den Hörer auflegte und zu Tom Porter sagte: »Du kannst dich in Haus und Garten umsehen. Ein Beamter der Polizei von Pasadena wird dich begleiten.«

»Und wann kann ich das Haus besichtigen?«

»In zwei Stunden erwartet dich der Beamte dort.«

»Ausgezeichnet! Vielen Dank, Mal! Wie lange brauche ich von hier?«

»'ne knappe Dreiviertelstunde.«

»Okay, dann mach' ich mich gleich auf den Weg. Nochmals vielen Dank für deine Hilfe!« Tom Porter stand auf. »Wenn du was von mir brauchst, übermorgen bin ich aller Wahrscheinlichkeit nach wieder in Washington. Du weißt ja, wo du mich finden kannst. – So long!«

Da Tom Porter einen Stadtplan im Auto hatte, hatte er keine Schwierigkeiten, das Haus in der Mountain View zu finden. Ein Streifenwagen stand in der Auffahrt. Als Tom Porter seinen Leihwagen dahinter parkte, stieg ein uniformierter Polizist aus.

»Tom Porter?« fragte er.

»Ja.«

»Können Sie sich ausweisen?«

Tom Porter nickte, holte seinen Führerschein aus der Tasche und reichte ihn dem Beamten.

»In Ordnung«, sagte der Polizist und gab den Führerschein zurück. »Lieutenant Hopkins hat erlaubt, daß Sie sich im Haus umsehen dürfen. Gehen wir!«

Nachdem er das Siegel entfernt und die Haustür aufgeschlossen hatte, ließ er Tom Porter eintreten.

Stickige heiße Luft schlug ihnen entgegen. Die Klimaanlage war abgestellt. Der Polizeibeamte machte sich auf die Suche nach dem Thermostat, während Tom Porter sich im Zimmer umsah. An der einen Wand stand eine Sitzgarnitur mit zwei Sesseln und einem Couchtisch. Gegenüber befand sich ein Kamin, der von Bücherborden eingerahmt war. Bis auf ein paar zerlesene Taschenbücher waren die Regale leer. Er ging hinüber und sah sie sich an. Es waren zumeist billige Kriminal- oder Science-fiction-Romane. An der Wand rechts neben dem Kamin stand ein Farbfernsehgerät, die aufgeschlagene Fernsehzeitung zeigte das Programm vom fünfundzwanzigsten Mai. Da Tom Porter selbst nicht genau wußte, wonach er suchte, sah er sich nur interessiert um. Vielleicht erregte irgend etwas seine Aufmerksamkeit und gab ihm einen Ansatzpunkt, dem er nachgehen konnte.

Er hörte, wie ein Motor ansprang, und gleich darauf drang ein kühler Luftzug ins Zimmer. Der Polizeibeamte hatte den Schalter für die Klimaanlage gefunden. Tom Porter ging weiter durchs Haus. Es war ein typischer Mittelklasse-Bungalow mit einem Wohnzimmer, zwei Schlafzimmern, wovon eines als Büro eingerichtet war, einer Küche mit Eßplatz und zwei Bädern. Das einzige Ungewöhnliche an dem Haus war, daß es über einen Keller verfügte. Tom Porter nahm sich vor, ihn als letztes zu durchstöbern.

Als er das Zimmer, das Mike Steel als Büro benutzt hatte, betrat, fielen ihm drei Bücher auf, die neben dem Schreibtisch am Boden lagen. Er bückte sich und nahm das oberste hoch. »Michail Groschenko, sein Leben und Wirken«, las er. Verwundert sah er sich die anderen an. Alle befaßten sich mit dem russischen Ministerpräsidenten. Verblüfft fragte er sich, was ein Mann wie Mike Steel mit solchen Büchern anfing. Nach dem, was er im Wohnzimmer gesehen hatte, schien er sich nur für Trivialliteratur zu interessieren. Nachdenklich schaute Tom Porter sich weiter um. Aber weder hier noch in den anderen Räumen fand er etwas, das auf die eigentliche Tätigkeit Mike Steels hingewiesen hätte. Enttäuscht trat er auf die Terrasse. Hier war alles so belassen worden, wie es die Polizei vorgefunden hatte. Auf dem kleinen Tisch neben dem Schaukelstuhl stand noch ein halbvolles Glas mit einer hellen Flüssigkeit. Tom Porter roch daran. Gin-Tonic, stellte er fest. Selbst das Buch, in dem Mike Steel gelesen haben mochte, lag noch aufgeschlagen auf dem Tisch. Tom Porter drehte es um, so daß er den Titel lesen konnte. Wieder ein Buch über Michail Groschenko. Was sollte das bedeuten? Tom Porter konnte sich keinen Reim darauf machen. Nachdenklich setzte er sich in den Schaukelstuhl, in dem noch vor einigen Tagen Mike Steel gesessen hatte. Sein Blick schweifte durch den Garten, streifte das Gebüsch, das sich an die Stirnseite des Swimmingpools anschloß. Vereinzelte Strahlen der tiefstehenden Sonne fielen zwischen die Sträucher und ließen etwas aufblitzen. Tom Porter sah genauer hin, aber er konnte nicht erkennen, was es war. Neugierig stand er auf und ging zu der Stelle. Es dauerte eine Weile, bis er die Ursache gefunden hatte. Es war der Verschluß einer Halskette. Er zwängte sich durch die Rhododendren und bückte sich, um den Verschluß aufzuheben. Er zog eine feine Goldkette unter dem Laub hervor. An ihrem Ende hing ein Anhänger. Verdutzt starrte er auf das Schmuckstück. Drei kleine, goldene, ineinander verschlungene Giftschlangen starrten ihn mit weit aufgerissenen Rachen an. Er war sicher, er hatte sie schon einmal gesehen. Aber wo? Er trat auf die Terrasse zurück und versuchte sich zu erinnern. Eine ganze Weile stand Tom Porter regungslos am Swimmingpool und starrte geistesabwesend ins Wasser. Dann blickte er plötzlich auf. Der Neger – richtig, der Neger, der auf dem unglücklichen Flug von Shinkolobwe nach Kinshasa neben ihm gesessen hatte.

Das heißt, er war ja nur bis Lubumbashi geflogen, fiel ihm wieder ein. Was für ein seltsamer Zufall. Tom Porter wußte nicht, was er davon halten sollte. Dieser so seltsam stilisierte Anhänger war gewiß kein Schmuckstück, das in Massen hergestellt wurde. Er betrachtete es genauer. Nein, unmöglich. Es war Handarbeit, hochqualifizierte Handarbeit. Um das zu erkennen, brauchte man kein Fachmann zu sein. Aber wie gelangte es in den Garten von Mike Steel? Plötzlich fiel ihm ein, daß er diesen Anhänger noch einmal gesehen hatte, und zwar auf dem Flug von Rom nach New York, in einer Zeitschrift.

»Haben Sie etwas gefunden?«

»Wie . . . Äh . . . Oh, entschuldigen Sie, Officer.« Die Stimme des Polizisten, der auf die Terrasse getreten war, hatte Tom Porter aus seinen Gedanken gerissen. »Nein, habe mir nur überlegt, wie Mike Steel hier wohl verunglückt ist«, log er.

»Sind Sie fertig?«

»Ja, Officer, ich bin fertig. Sagen Sie dem Lieutenant, ich bedanke mich dafür, daß ich mich hier umsehen durfte. Leider habe ich nicht gefunden, wonach ich suchte.«

Tom Porter und der Beamte verließen das Haus. Weder er noch die Polizei hatten den versteckten Wandsafe mit den fünfzigtausend Dollar entdeckt.

Stunden später saß Tom Porter im Flughafen-Restaurant und wartete auf den Abflug seiner Maschine nach Washington. Plötzlich schlug er auf den Tisch. »Natürlich – Gina Nicoletti, die Fotografin!« rief er so laut, daß die anderen Gäste erstaunt zu ihm hinüberblickten.

12

Unrasiert und müde kam Tom Porter am nächsten Morgen in Washington an. Trotzdem fuhr er nicht nach Hause, um sich frisch zu machen, sondern gleich in die Redaktion der Washington Daily News. Er hatte versucht, während des Fluges zu schlafen, aber zu viele Gedanken waren ihm durch den Kopf gegangen und hatten ihn nicht zur Ruhe kommen lassen. Das Auftauchen des seltsamen Anhängers in Mike Steels Garten beschäftigte ihn.

Als Tom Porter den großen Redaktionssaal betrat, waren die meisten Schreibtische noch unbesetzt. Nur einige Reporter der Nachtschicht saßen an ihren Plätzen. Die meisten würden erst in zwei Stunden erscheinen, und dann würde es im Saal wie in einem Irrenhaus zugehen. Man bedurfte schon eines dicken Felles und einer eisernen Konzentration, um hier kreativ arbeiten zu können. Tom Porter hatte beides. Er brauchte diese Atmosphäre. Hier, in dem Gewirr von Stimmen, Schreibmaschinengeklapper, Telefongeklingel, hektischem Hin-und-her-Rennen und dem kurzen Frage-und-Antwort-Spiel kamen ihm die besten Einfälle.

Tom Porter warf seine Reisetasche auf den Schreibtisch, eilte zum Fahrstuhl und fuhr in den Keller. In diesem Teil der Redaktion befand sich das Archiv der Zeitung. Nahezu alles, was gedruckt erschien, wurde hier fotografiert und auf Mikrofilmen gespeichert. Um diese Morgenstunde waren die Räume bis auf einen Reporter der Nachtschicht leer. Max, der Archivar, begrüßte Tom Porter in seiner freundlichen, väterlichen Art. Max war der dienstälteste Angestellte der Redaktion. Er war bereits weit über siebzig und hätte schon längst pensioniert sein müssen, aber er wollte nicht. Für ihn war die Zeitung seine Welt. Mit fünfzehn Jahren hatte er als Laufbursche begonnen und sich dann im Laufe der zurückliegenden fünfundvierzig Jahre bis zum Archivar hochgearbeitet. Da die Hektik eines normalen Arbeitstages ihm inzwischen zu anstrengend geworden war, übernahm er die Nachtschichten. In dieser Zeit konnte er in seinen geliebten Zeitungsausschnitten nahezu ungestört schnüffeln, lesen und das meiste in seinem phänomenalen Gedächtnis abspeichern. Schon wegen dieses Gedächtnisses hätte man Max nicht entlassen können. Wann immer jemand ein Problem hatte, etwas suchte, einen Artikel oder eine Information, war Max der erste Ansprechpartner. Meistens konnte er helfen.

Tom Porter setzte sich auf den Schreibtisch und ließ die Beine baumeln. »Max«, sagte er, »ich suche einen Artikel. Ich hab' ihn während meines Rückflugs von Rom nach New York in einem Magazin gelesen. Ich weiß aber nicht mehr, in welcher Illustrierten er stand und wovon er handelt. Irgend so eine Fotoreportage. Der Fotograf war eine Frau. Ich glaube, sie hieß Gina Nicoletti. Kannst du den Artikel für mich finden?«

Max brauchte nicht lange zu überlegen. »Gina Nicoletti – die kenn' ich. Ist eine italienische Fotografin, und zwar eine sehr gute. Macht viel Fotoreportagen über Städte, Länder, Menschen usw. Wann hast du den Artikel gelesen?«

»Am zweiten Mai.«

Max dachte einen Augenblick nach. »Ich glaube, ich weiß, welchen Artikel du meinst. Wart einen Moment, ich bin gleich zurück.«

Nach wenigen Minuten kam Max wieder. In der Hand hielt er eine Ausgabe von American Heritage. »Hier, ich glaube, das ist der Artikel, den du suchst.« Max hielt Tom Porter die aufgeschlagene Zeitschrift hin.

Tom Porter nahm die Zeitschrift und blätterte den Artikel durch. Am Ende entdeckte er das Porträt von Gina Nicoletti. Er hatte sich nicht geirrt. Auch wenn die Bluse den Anhänger halb verdeckte, so konnte er doch die drei ineinander verschlungenen Schlangen mit den weit geöffneten Rachen erkennen. Zufrieden sagte er zu Max: »Ja, das ist er Artikel, den ich suche. Kannst du mir einen Abzug von dem Foto der Frau machen?«

Max nahm die Zeitschrift und verschwand. Kurz darauf kam er mit einer Kopie wieder. Tom Porter prüfte sie.

Plötzlich kam ihm ein Einfall, und er fragte: »Sag mal, Max, hast du schon einmal so ein Schmuckstück gesehen?« Tom Porter hielt Max den Abzug mit dem Bild von Gina Nicoletti hin und deutete auf den Anhänger.

Max holte eine Lupe aus der Schublade und betrachtete das Bild lange und eingehend. »Ein ungewöhnliches Stück«, meinte er schließlich. »Wirklich, ganz ungewöhnlich.«

Tom Porter langte in seine Jackentasche und holte den Anhänger heraus, den er in Mike Steels Garten gefunden hatte. »Hier hast du ein anderes Exemplar. Es sieht genauso aus«, sagte er und legte das Schmuckstück neben das Bild.

Max pfiff erstaunt. »Donnerwetter, wo hast du das denn her?«

»Ich habe es im Garten eines Toten gefunden, von dem ich glaube, daß er ein Killer war«, antwortete Tom Porter.

Max sagte nichts. Mit einem Vergrößerungsglas verglich er den Anhänger auf dem Bild mit dem Schmuckstück, das vor ihm lag. »Phantastisch! Die beiden Anhänger gleichen sich wie ein Ei dem anderen. Man könnte meinen, es wäre ein und derselbe.«

Tom Porter nickte. »Verblüffend, nicht? – Aber hast du so ein Schmuckstück schon einmal gesehen?«

Max dachte lange nach, bevor er zögernd sagte: »Ich weiß nicht, kann sein, kann auch nicht sein. Laß mir Zeit, ich werde darüber nachdenken.«

»Okay, ruf mich an, wenn du etwas hast.« Tom Porter ließ den Anhänger in die Tasche gleiten und ging zur Tür.

Sein nächster Weg führte zu einem renommierten Juwelier in die Innenstadt. Die Auskünfte, die er auf seine

Fragen erhielt, bestätigten nur seine eigenen Annahmen. Der Juwelier schätzte den Wert des Stückes auf etwa zehntausend Dollar. Wie Tom Porter angenommen hatte, war es Handarbeit. Nach Meinung des Juweliers war das Stück ein Original, von dem es sicherlich keine Duplikate gab. Die Frage, wo das Schmuckstück hergestellt worden war, konnte er nicht mit Sicherheit beantworten. Das Motiv dürfte asiatischen Ursprungs sein, aber die Fertigungstechnik sei eher südamerikanisch, hatte er gesagt.

Als Tom Porter in die Redaktion zurückkam, lag ein Zettel auf seinem Tisch. »Max anrufen«, hatte jemand darauf geschrieben. Tom Porter wählte sofort die Nummer vom Archiv. Die Dame vom Tagdienst meldete sich.

»Ist Max noch da?« fragte er.

»Ja«, antwortete die Dame. »Er schmökert schon den ganzen Morgen in alten Zeitungen. Augenblick, ich rufe ihn.«

Gleich darauf meldete sich Max. »Nicht verzagen, Mäxchen fragen!« rief er fröhlich. »Ich glaube, ich habe was für dich. Ich mußte schon daran denken, als du mir das Schmuckstück zeigtest. Die drei Schlangen haben mich darauf gebracht. Inzwischen habe ich auch den Artikel gefunden, an den ich dachte. Also hör zu. Ein gleiches Motiv, wie es das Schmuckstück darstellt, trugen die ›Kobras‹.«

»Die was?«

»Die ›Kobras‹, so nannte sich ein Geheimbund, der in den zwanziger Jahren Java unsicher machte. Er erregte damals viel Aufsehen. Ähnlich wie die Mau-Mau in Kenia, so hatte sich auch dieser Bund zum Ziel gesetzt, alle Weißen von der Insel zu verjagen. Sie überfielen hauptsächlich nachts abgelegene Plantagen und ermordeten alles, was weiß aussah. Als Amulett, Geheimbundzeichen, oder wie du es sonst nennen willst, trugen sie einen Anhänger um den Hals, der drei ineinander verschlungene Giftschlangen mit weit aufgerissenen Rachen darstellte. Anscheinend wollten sie damit zeigen, daß sie immer bereit waren, sich auf ihre Opfer zu stürzen. Einzelheiten kannst du in dem Artikel finden. Ich schick' ihn dir rauf.«

»Besten Dank, Max! Das nächste Bier geht auf meine Rechnung.« Tom Porter legte auf. Nachdenklich lehnte er sich in seinem Stuhl zurück. Wie es seine Gewohnheit war, hatte er die Füße auf den Schreibtisch gelegt. Da kam ihm eine Idee. Sollte etwa dieser Geheimbund noch existieren oder wieder ins Leben gerufen worden und für Mike Steels Tod verantwortlich sein? Das würde eine tolle Geschichte geben. Im Geiste sah er schon die Überschrift »Javanischer Geheimbund mordet in den USA«. Aber wie paßte Gina Nicoletti in dieses Bild, oder der Neger? Fragen, auf die er keine Antwort fand. Ihm wurde klar, er mußte versuchen, noch mehr über diesen mysteriösen Geheimbund zu erfahren. Kurz entschlossen stand er auf.

»Ich bin in der National Library!« rief er der Sekretärin zu.

Die National Library mit ihren über zwanzig Millionen Büchern und mehr als dreißig Millionen Manuskripten von Broschüren war das Informationszentrum der Hauptstadt. Wenn es über ein Thema gedruckte Unterlagen gab, dann hier. Tom Porter fühlte sich in der Bibliothek wie zu Hause, denn er gehörte, wie viele seiner Kollegen, zu den regelmäßigen Besuchern dieses geballten Zentrums an Wissen. An einem freien Computerterminal nahm er Platz und ließ sich alle verfügbaren Informationen über den Geheimbund der »Kobras« ausdrucken. Es war eine ansehnliche Liste in- und ausländischer Presseartikel. Er strich auf dem Computerausdruck alle Angaben aus, die ihn nicht interessierten oder die er wegen fehlender Sprachkenntnisse nicht lesen konnte. Mit der so gekürzten Liste ging er zu einer Bibliothekarin und ließ sich die auf Mikrofilmen gespeicherten Artikel geben. Da Sichtgeräte in ausreichender Zahl zur Verfügung standen, konnte er gleich mit dem Studium beginnen. Obwohl er darin geübt war, ganze Seiten beim Lesen nur zu überfliegen und dabei trotzdem das Wichtigste zu erfassen, benötigte er zur Durchsicht des Materials mehrere Stunden. Er las von den nächtlichen Überfällen der »Kobras«, den grausamen Morden und den Verstümmelungen der Toten, den Regierungsmaßnahmen, die kaum weniger brutal waren, und viele andere Details. Aber im Grunde sagten ihm die Artikel nicht mehr, als er ohnehin schon wußte. Einen Hinweis darauf, daß ein solcher Geheimbund noch existierte, fand er nicht. Enttäuscht packte er alles zusammen und gab es der Bibliothekarin zurück.

Als Tom Porter die National Library verließ, blickte er auf die Uhr. Es war das erste Mal, seit er in den frühen Morgenstunden in Washington angekommen war.

»Verdammt!« fluchte er, als er sah, wie spät es war. Er hatte über seinen Nachforschungen völlig vergessen, Barbara Meriville anzurufen und sich mit ihr für den Abend zu verabreden. Sicherlich hatte sie sich längst gefragt, warum er sich in den letzten Tagen nicht gemeldet hatte. Er hielt nach einem Telefon Ausschau und wählte ihre Nummer.

»Hallo, Babs«, sagte er mit reumütiger Stimme. »Kannst

du dich noch an den armen, nur knapp dem Seemannstod entgangenen Journalisten erinnern?«

Barbara Merivilles Stimme klang freudig überrascht, als sie antwortete: »Tom? Du? Wo hast du denn gesteckt? Ich dachte schon, du hättest mich vergessen.«

»Natürlich nicht, Babs«, beteuerte er, »wie kannst du so etwas nur denken? Ich mußte nach Los Angeles. Scheine einer tollen Story auf der Spur zu sein. Hast du heute noch Zeit? Ich würde dich gerne wiedersehen.«

»Wo steckst du denn jetzt?«

»Ich ruf' von der National Library aus an.«

Barbara Meriville zögerte einen Augenblick lang mit der Antwort. Dann sagte sie jedoch: »Gut, komm – aber nur, wenn du mir alles über deine Story erzählst.«

»Ich komme! Bis gleich!« rief Tom Porter erfreut und legte auf.

Eineinhalb Stunden später traf er bei Barbara Meriville ein. Er war noch schnell in seine Wohnung gefahren, hatte sich rasiert und geduscht. Auf dem Weg zu ihrem Apartment hatte er bei einem Delikatessenladen, der rund um die Uhr geöffnet war, gehalten und eine Flasche französischen Champagner gekauft.

Auch Barbara Meriville hatte sich umgezogen. Sie hatte ihr bequemes Hauskleid gegen einen verführerischen Hosenanzug vertauscht. Tom Porter, der ganz den reuigen Sünder spielte, wurde lachend verziehen. Der Abend verlief interessant und harmonisch. Bei Kerzenlicht und eisgekühltem Champagner erzählte Tom Porter von seinen Erlebnissen, Überlegungen und Schlußfolgerungen. Barbara Meriville, die sich auf dem Sofa ausgestreckt und ihren Kopf auf Toms Beine gelegt hatte, hörte aufmerksam zu. Sie mußte wiederholt lachen, denn Tom Porter würzte seine Erzählung mit so vielen ironischen und humorvollen Bemerkungen, daß es ihr unmöglich war, ernst zu bleiben. Als er mit seinem Bericht zu Ende war, richtete sich Barbara Meriville auf und sah ihn skeptisch an. »Und du meinst, daß hinter dem Tod von Mike Steel mehr stecken könnte als ein unglücklicher Zufall?« Die Zweifel in ihrer Stimme waren nicht zu überhören.

»Aber sicher, Babs, überleg doch mal. Zuerst sehe ich den geheimnisvollen Anhänger im Flugzeug in Afrika. Wenig später explodiert die Maschine, und der Innenminister von Zaire kommt um. Dann sehe ich den Anhänger wieder. Und auch diesmal ist ein Toter dabei im Spiel. Das kann doch kein Zufall sein. Nein, ich glaube, daß ich auf die Spur einer weltweit operierenden Bande gekommen bin. Vielleicht ist es sogar der gleiche Geheimbund, der in den zwanziger Jahren Java unsicher machte. Vielleicht ist es aber auch eine neue Terror-Organisation, die sich diese Figur zu ihrem Symbol ausgesucht hat, weil sie ebenso lautlos und tödlich zuschlägt wie die ›Kobras‹. Ich weiß es nicht. Aber ich versichere dir, Babs, ich werde es herausfinden.«

Barbara Meriville schüttelte lachend den Kopf. »Tom, Tom, du bist und bleibst ein Phantast. Du kannst doch nicht hinter jedem Unfall gleich ein Geheimnis wittern. Sicher, ich will gar nicht bestreiten, daß auf den ersten Blick alles mysteriös aussieht. Aber daraus gleich einen weltweit operierenden Geheimbund oder eine Terror-Organisation zu machen, ist denn doch zu weit hergeholt. Was soll denn Mike Steels Tod in Amerika mit dem Attentat auf den Innenminister von Zaire zu tun haben?

Außerdem mißt du diesem Zeichen – Schlangen sagtest du, nicht? – viel zuviel Bedeutung bei. Wenn es damals so einen Geheimbund gab, dessen Mitglieder dieses Amulett trugen, dann gibt es sicher noch zig solcher Anhänger. Vielleicht hat sich ein Goldschmied auf solche Schmuckstücke spezialisiert und verkauft sie zu Dutzenden an reiche Touristen. Wäre doch möglich, oder etwa nicht?

Nein, Tom, ich glaub', du steigerst dich da in etwas hinein.«

Tom Porter ließ sich durch Barbara Merivilles Worte nicht beirren. »Ich glaube, du irrst dich, Babs«, entgegnete er, von seiner Annahme überzeugt. »Von diesem Schmuckstück gibt es bestimmt nicht viele Exemplare. Vergiß nicht, das Amulett, welches die Eingeborenen trugen, war aus Teakholz; das Exemplar, das ich habe, ist aus purem Gold und mit echten Diamanten besetzt. Der Juwelier, dem ich das Schmuckstück zeigte, hat seinen Wert auf zehntausend Dollar geschätzt.

Und was Mike Steel angeht, denk bitte daran, er war Privatdetektiv und höchstwahrscheinlich ein professioneller Killer. Er könnte bei seiner Arbeit auf Informationen über die Organisation gestoßen oder ihr ins Gehege gekommen sein. Möglichkeiten gibt es genug.«

Barbara Meriville war weit davon entfernt, überzeugt zu sein. »Wenn es so einen ominösen Geheimbund wirklich geben sollte«, erwiderte sie, »dann hätten wir beim FBI sicher längst davon gehört, und ich kann dir versichern, wir haben nichts davon gehört.«

»Das heißt ja nun nicht viel«, antwortete Tom Porter und lächelte nachsichtig.

»Na gut, aber wie paßt diese italienische Fotografin in

dein Bild? Ist sie etwa auch Mitglied dieses Geheimbundes? So weit ich dich verstanden habe, ist sie sehr erfolgreich in ihrem Beruf.«

Tom Porter zuckte die Schultern und sagte kleinlaut: »Ich weiß es nicht. Ich weiß es wirklich nicht.«

Barbara Meriville und Tom Porter diskutierten bis in die Nacht, ohne daß einer den anderen überzeugen konnte.

Obwohl Tom Porter in den letzten dreißig Stunden kaum geschlafen hatte, wachte er bereits um fünf Uhr morgens wieder auf. Der goldene Anhänger, der Geheimbund, die italienische Fotografin hatten ihn selbst im Traum noch verfolgt und ihn nur unruhig schlafen lassen. Tom Porter drehte sich auf den Rücken und überdachte die Lage. Nach einer Weile richtete er sich auf und glitt aus dem Bett. Eine kalte Dusche erfrischte ihn und brachte vor allem wieder Ordnung in sein Gedankengewirr. Auf Zehenspitzen schlich er ins Schlafzimmer zurück und zog sich an. Barbara Meriville schlug die Augen auf. »Was machst du?« fragte sie schlaftrunken.

»Ich fahre nach Rom. Ich will mit Gina Nicoletti über den Anhänger sprechen. Schlaf weiter, Darling.«

»Dummkopf«, murmelte Barbara Meriville zärtlich und war gleich darauf wieder eingeschlafen.

Es war so, wie Tom Porter gesagt hatte. Er hatte sich entschlossen, das Geheimnis des Anhängers zu lüften. Die einzige Person, die ihm dabei weiterhelfen konnte, war Gina Nicoletti. Allerdings mußte er vorher noch eine Hürde überwinden, und diese Hürde war Bob Austin, der Chefredakteur der Washington Daily News. Nur wenn er ihm seine Überlegungen verkaufen konnte, würde er nach Rom fliegen können. Er nutzte deshalb die Zeit bis zum

Eintreffen des Chefredakteurs, um sich einen Schlachtplan zurechtzulegen. Sowie Bob Austin sein Büro betreten hatte, meldete sich Tom Porter bei ihm an. Es wurde ein langes Gespräch, aber er hatte Erfolg. Er durfte fliegen. Allerdings mußte er eine zusätzliche Aufgabe übernehmen. Da der Auslandskorrespondent für Südeuropa erkrankt war, sollte er über die Tagung der NATO-Außenminister, die übermorgen in Rom begann, berichten.

Zu seinem großen Ärger nahm die Berichterstattung ihn so in Beschlag, daß er Gina Nicoletti erst nach Beendigung der Konferenz besuchen konnte. Mit einem Taxi ließ er sich in die Via Torgazzo bringen. Vor einem altehrwürdigen Portal hielt das Taxi an. Tom Porter stieg aus. Er öffnete die schwere Holztür und stand in einem geräumigen Treppenhaus. Es war ganz in hellem Marmor gehalten. Alles wirkte vornehm und teuer. Rechter Hand hing eine Bronzetafel, auf der die Namen der Bewohner eingraviert waren. »Signora Nicoletti, 1. Stock«, las er. Tom Porter stieg die Treppe empor. Es gab nur eine Tür. Er klingelte. Eine stämmige, grauhaarige Frau öffnete.

»Was wünschen Sie?« fragte sie auf italienisch.

Obwohl er die Sprache nicht verstand, konnte er sich denken, was sie gemeint hatte. »Ich möchte Signora Nicoletti sprechen«, antwortete er.

Die Frau sprudelte etwas auf italienisch hervor, auf das er sich keinen Reim machen konnte. Deshalb wiederholte er noch einmal: »Signora Nicoletti, bitte.«

Wieder antwortete die Frau mit einem Schwall von Worten.

Während Tom Porter überlegte, wie er sich der Frau verständlich machen könnte, kam ein junger Bursche die

Treppe hochgesprungen. Er mußte die letzten Worte der Frau gehört und auch Tom Porters hilfloses Gesicht gesehen haben, denn er blieb stehen und fragte in verständlichem Englisch: »Kann ich Ihnen helfen, Signore?«

Dankbar drehte sich Tom Porter zu ihm um. »Vielen Dank! Ich möchte Frau Nicoletti besuchen. Die Frau hier scheint mich nicht zu verstehen. Leider spreche ich kein Italienisch.«

Der junge Mann lachte, sprach mit der Frau und sagte dann zu Tom Porter: »Signora Nicoletti ist nicht da. Ihre Haushälterin sagt, sie ist vor ein paar Tagen nach Rio de Janeiro geflogen.«

»Würden Sie bitte die Haushälterin fragen, wann Signora Nicoletti zurückkommt«, bat Tom Porter den jungen Mann.

Wieder sprachen die beiden einige Augenblicke lang miteinander. Dann sagte der junge Mann: »Die Haushälterin weiß es nicht. Es kann einen Monat dauern, es kann auch mehrere Monate dauern. Signora Nicoletti will in Brasilien eine Fotoreportage zusammenstellen und danach vielleicht noch andere Staaten in Südamerika besuchen.«

Tom Porter bedankte sich höflich für seine Hilfe und ging. Er war enttäuscht. Nun mußte er einen anderen Weg ausfindig machen, um an die gewünschten Informationen zu kommen. Er hielt ein vorbeifahrendes Taxi an und ließ sich in die Innenstadt bringen. In einem Straßencafé bestellte er einen Espresso. Nach der zweiten Tasse war er zu einem Entschluß gekommen. Er warf ein paar Münzen auf den Tisch und ging. Da er einen Stadtplan von Rom bei sich trug, machte er sich zu Fuß auf die Suche nach dem Hauptpostamt. Hier füllte er ein Telegrammformular aus und adressierte es an den Chefredakteur der Washington Daily News.

»Gina Nicoletti in Rom nicht angetroffen. Sie ist nach Rio geflogen. Ich folge ihr. Tom«, schrieb er.

13

Gina Nicoletti stand in der Schlange von Passagieren, die sich vor dem Schalter der Paßkontrolle am Londoner Flughafen gebildet hatte. Unruhig trat sie von einem Bein aufs andere. Sie war nervös, weil sie gleich dem Beamten in der Kabine ihren gefälschten Paß zeigen mußte. Das beklemmende Gefühl, das sie verspürte, war fehl am Platz, denn sie war schon oft als Robert E. Hyat von London weitergeflogen oder unter diesem Namen hier gelandet, aber seit sie ihren Talisman verloren hatte, fühlte sie sich unsicher und schutzlos.

Sie passierte die Personenkontrolle ohne die geringste Beanstandung. Trotzdem war sie erst erleichtert, als sie sich in ihrer Wohnung wieder in Gina Nicoletti zurückverwandelt hatte. Auf dem Flug von London nach Rom gewann sie ihre alte Ruhe und Kaltblütigkeit wieder. Dennoch führte ihr erster Weg, nachdem sie ihre Wohnung in der Via Torgazzo erreicht hatte, zu dem versteckten Wandsafe im Schlafzimmer. Sie stellte die Kombination ein, öffnete den Safe und holte eine braune Holzschachtel heraus. Beinahe feierlich hob sie den Deckel ab. Vor ihr lag eine etwa fünf Zentimeter große Figur. Aus feinpoliertem und geöltem Teakholz blickten sie drei ineinander verschlungene Kobras mit weit aufgerissenen Rachen an. Sie nahm die Figur aus der Schachtel und hängte sie sich um den Hals. Das kühle Holz berührte ihre Haut. Sie erschauerte und spürte, wie ein Gefühl von Kraft und Zuversicht sie überkam. Sie trat vor den Spiegel. Die Figur wirkte groß und klobig an ihrem Hals. Das war ein Nachteil, ein großer Nachteil, denn sie konnte sie deshalb nicht unter jeder Verkleidung tragen. Sie brauchte wieder eine Verkleinerung, so wie es der Anhänger, den sie verloren hatte, gewesen war. Sobald wie möglich würde sie nach Rio de Janeiro fliegen, wo der Goldschmied lebte, der die verlorengegangene Miniatur angefertigt hatte. Aber zunächst galt es noch, in Rom einige Vorbereitungen zu treffen.

Die folgenden Tage verbrachte Gina Nicoletti fast ausschließlich in der Universitätsbibliothek. Sie durchforschte alle Zeitungen und Zeitschriften der letzten Jahre nach Artikeln, die sich mit Staatsbesuchen fremder Regierungschefs in den USA befaßten oder den amerikanischen Präsidenten auf Reisen im Ausland zeigten. Besonders konzentrierte sie sich auf das Gipfeltreffen des amerikanischen Präsidenten mit Michail Groschenko vor zwei Jahren. Alles, was sie interessierte, nahm sie mit ihrer Kleinbildkamera auf. Am Abend des dritten Tages hatte sie mehrere belichtete Filmrollen in ihrer Dunkelkammer liegen. Unverzüglich begann sie, die Filme zu entwickeln und Abzüge herzustellen. Bald war ihr Schreibtisch mit Bildern, die die Regierungschefs bei den verschiedensten Amtshandlungen zeigten, übersät. Aber Gina Nicoletti interessierte sich nicht für die Staatsmänner. Ihre Aufmerksamkeit galt den Männern im Hintergrund. Den Männern, die die Aufgabe hatten, die Regierungschefs zu schützen. Bild für Bild nahm sie sich vor, verglich sie untereinander und kreiste Gesichter mit farbigen Filzstiften ein. Dann ordnete sie sie entsprechend den Markierungen in verschiedene Stapel. Die Fotografien, die sie nicht mehr benötigte, es war mehr als die Hälfte, verbrannte sie im Kamin. Von den Personen, die sie gekennzeichnet hatte, begann sie nun Vergrößerungen anzufertigen. Zehn Großaufnahmen lagen schließlich vor ihr. Nach Gesichtsausdruck, Haarschnitt, Kleidung und Haltung mußten sie amerikanische Sicherheitsbeamte sein. Drei Bilder sortierte sie aus. Sie erschienen ihr am wichtigsten, denn sie zeigten Männer, die nur bei dem amerikanisch-russischen Gipfeltreffen, dem Besuch des israelischen Staatschefs und bei dem Treffen mit dem ägyptischen Präsidenten zu sehen waren. Bei diesen Männern wollte sie beginnen. Doch zuvor mußte die Miniatur beschafft werden.

Mit vier gefälschten Pässen im Geheimfach ihres Koffers verließ Gina Nicoletti Rom. Zehn Stunden später saß sie in einem Mietwagen und quälte sich durch den chaotischen Verkehr von Rio de Janeiro. Sie kannte die Stadt gut und konnte deshalb die Straßen meiden, die zu dieser Morgenstunde verstopft waren. Auf Nebenstraßen gelangte sie zu ihrem Apartment in der Rua Trinidade. Nach einem erfrischenden Bad verkleidete sie sich und fuhr zur Rua Antonia. Hier hatte vor zehn Jahren Juan Hermandes, der Juwelier, gearbeitet. Sie hoffte inbrünstig, daß seine Werkstatt dort noch immer existierte.

Da die Rua Antonia am anderen Ende der Stadt lag, benötigte Gina Nicoletti über eine Stunde für die Fahrt. Sie parkte ihren Wagen auf einem bewachten Parkplatz und legte den Rest des Weges zu Fuß zurück. Das Geschäftshaus, in dessen Erdgeschoß Juan Hermandes seine kleine Goldschmiede gehabt hatte, sah noch genauso aus, wie sie es in Erinnerung hatte. Niemand hatte sich in der Zwischenzeit die Mühe gemacht, die Spuren des Verfalls zu beseitigen oder auch nur aufzuhalten. Die Farbe war längst verblichen und der Putz an vielen Stellen abgebröckelt. Gina Nicoletti schob die dicke Holztür auf und trat in ein halbdunkles, modrig riechendes Treppenhaus. Drei Türen führten zu Büros, wie sie an den Firmenschildern erkennen konnte. Eine vierte Tür am Ende des Ganges war mit starken, verrosteten Eisenstangen geschützt. Hinter dieser Tür hatte der Juwelier seine Werkstatt gehabt. Gina Nicoletti drückte auf einen Knopf, der offenbar als Klingel diente. Nichts rührte sich. Sie versuchte es mehrere Male. Nichts. Schon wollte sie gehen, als sie schlurfende Schritte hörte. Eine kleine Klappe in der Tür öffnete sich, und zwei dunkle, stechende Augen musterten sie argwöhnisch.

»Senhor Hermandes?« fragte Gina Nicoletti.

»Si, was wünschen Sie?« Die Stimme des Mannes hinter der Klappe klang brüchig und alt.

»Ich habe mir vor Jahren bei Ihnen ein Schmuckstück anfertigen lassen und möchte, daß Sie mir ein neues machen.«

Wieder ließ er seinen Blick mißtrauisch über Gina Nicolettis Gestalt gleiten. Dann blickte er den Gang hinunter, um zu sehen, ob sie allein war. Als der Mann überzeugt zu sein schien, daß von ihr keine Gefahr drohte, sagte er: »Einen Augenblick.«

Die Klappe wurde geschlossen, und Gina Nicoletti hörte, wie die Tür entriegelt wurde. Ein kleiner, höchstens einen Meter sechzig großer und bis auf die Knochen abgemagerter Mann stand im Türrahmen und schaute prüfend den Gang entlang, bevor er auch das Eisengitter aufschloß. Sein Gesicht war so faltig und ledrig, daß Gina Nicoletti das Gefühl hatte, eine lebende Mumie stünde vor ihr. Nur seine Augen wirkten jung und lebhaft. Während der Mann die Tür hinter ihr sorgfältig verriegelte, sah sich Gina Nicoletti mit einem schnellen Blick um. Der Raum war winzig. Die ganze Einrichtung bestand aus einem wackeligen Tisch, einem ebenso altersschwachen Stuhl und einem Regal, das noch nie ein Staubtuch gesehen hatte. An den Wänden hingen vergilbte Poster brasilianischer Landschaften. Alles wirkte heruntergekommen und ärmlich. Aber Gina Nicoletti wußte, das war nur Tarnung. Die Werkstatt, die hinter der Tür an der rechten Wand lag, war auf das modernste eingerichtet, und Juan Hermandes war ein wohlhabender, wenn nicht reicher Mann.

Gina Nicoletti holte das Etui mit der hölzernen Figur aus ihrer Tasche, legte es auf den Tisch und ließ den Deckel aufschnappen.

»Sie haben mir vor Jahren hiervon eine Miniatur angefertigt. Sie war so groß.« Gina Nicoletti zeigte mit Daumen und Zeigefinger, wie lang die Miniatur gewesen war. »Ich brauche noch einmal so ein Exemplar.«

Der Juwelier nahm das Amulett aus dem Etui und betrachtete es gründlich. Zu Gina Nicolettis Erstaunen sagte er nach einer Weile: »Ja, ich kann mich erinnern, so ein Stück angefertigt zu haben. Wann war es in etwa?«

»Es war vor zehn Jahren.«

»Einen Augenblick, bitte.« Juan Hermandes schlurfte durch die Tür in seine Werkstatt. Er hatte ihr keinen Stuhl angeboten. Er wußte wohl, daß der Stuhl nicht einmal ihr

Gewicht tragen würde. Nach einer halben Stunde kam er zurück.

»Es ist so, wie ich sagte, Senhora Nicoletti, ich habe die Gußform von damals gefunden. Ja, ich kann Ihnen das gleiche Stück noch einmal anfertigen.«

Es war, als würde ihr ein Stück Eis den Rücken herunterrutschen. Der Narr mußte damals ihren Namen auf die Gußform geschrieben haben. Sie konnte kaum glauben, daß sie die Dummheit begangen hatte, das Schmuckstück unter ihrem richtigen Namen zu bestellen. Nun blieb ihr nichts anderes übrig, als aus diesem Fehler die Konsequenzen zu ziehen. Ohne sich etwas anmerken zu lassen, fragte sie: »Bis wann können Sie das Stück fertig haben?«

Der Juwelier wiegte nachdenklich seinen Kopf. »Vierzehn Tage werde ich wohl brauchen«, sagte er.

Gina Nicoletti öffnete ihre Handtasche und legte fünf Päckchen mit je zehn Hundertdollarscheinen auf den Tisch. »Ich gebe Ihnen fünf Tage. Heute haben wir Mittwoch, am Sonntagabend um zehn Uhr hole ich das Schmuckstück ab.«

»Aber ich . . .«

»Ich habe nicht mehr Zeit. Können Sie es bis dahin fertig haben oder nicht?« unterbrach ihn Gina Nicoletti.

Juan Hermandes blickte gierig auf das Geld. »Gut, ich werde es fertig haben«, ging er auf ihre Forderung ein, denn er befürchtete, daß Gina Nicoletti ihren Auftrag zurückziehen könnte. »Es kostet Sie aber noch einmal zehntausend Dollar.«

Gina Nicoletti nickte nur und drehte sich um. Juan Hermandes öffnete ihr die Tür und ließ sie hinaus.

Die Zeit bis Sonntag verbrachte Gina Nicoletti hauptsächlich in ihrer Wohnung. Nur zum Essen ging sie aus. Es galt jetzt, einen Detailplan für den Anschlag auszuarbeiten. Dabei stieß sie auf scheinbar unüberwindbare Schwierigkeiten. Alle Pläne, die sie entwarf, scheiterten immer wieder daran, daß sie keinen sicheren Rückzug nach der Tat garantierten. Schließlich gab sie auf. Ohne genaue Informationen über die Absicherungsmaßnahmen der Gipfelkonferenz war jeder Versuch, das Attentat zu planen, zum Scheitern verurteilt. Diese Informationen zu beschaffen mußte ihre vordringlichste Aufgabe sein.

Am Sonntag um acht Uhr abends machte sie sich fertig und fuhr zu Juan Hermandes. Einige Straßen von dem Gebäude entfernt, in dem seine Werkstatt lag, parkte sie den Wagen und ging zu Fuß weiter. Als sie an der Tür mit den Eisenstäben klingelte, wurde ihr sofort geöffnet. Juan Hermandes mußte bereits auf sie gewartet haben. Auf dem wackeligen Tisch lagen zwei Schachteln. In der einen befand sich die Figur aus Teakholz. Die andere öffnete Juan Hermandes.

»Hier, ist es nicht ein Meisterwerk geworden?« fragte er stolz.

Gina Nicolettis Herz schlug höher. Der Juwelier hatte nicht übertrieben. Es war ein Meisterwerk. Sie nahm eine feine Goldkette aus ihrer Handtasche und befestigte die Miniatur daran. Ihre Finger zitterten leicht, als sie die Kette um den Hals legte. Sie spürte das kühle Metall auf ihrer Haut. Ein seltsames Gefühl von Sicherheit und Glück durchströmte sie. Es dauerte nur wenige Sekunden, dann hatte sie sich wieder in der Gewalt.

»Bringen Sie mir die Gußform!« befahl sie dem Juwelier.

»Aber, was soll das . . .«

»Die Gußform!« Ihre Stimme klang kalt und schneidend.

Juan Hermandes brummte einen Protest vor sich hin, schlurfte aber davon und kam gleich darauf mit der Gußform zurück. Gina Nicoletti sah, daß ihr Name auf der Form eingeritzt war. Sie nahm sie ihm aus der Hand und ließ sie in ihre Tasche gleiten. Dann legte sie zehn Bündel zu je tausend Dollar auf den wackeligen Tisch. Gierig griff er danach. Gina Nicoletti langte noch einmal in die Tasche. Der Juwelier bemerkte es und sah auf. Erstaunen weitete seine Augen. Dann sackte er mit einem Loch genau über der Nasenwurzel tot zusammen. Gina Nicoletti nahm das Geld vom Tisch und steckte es zusammen mit der rauchenden Pistole in die Tasche. Ohne sich weiter um den Toten zu kümmern, verließ sie das Zimmer und ging zu ihrem Auto. Daran, daß der Mord schon bald entdeckt werden könnte, verschwendete sie keinen Gedanken. In einer Stadt, die für ihre hohe Kriminalitätsrate berüchtigt war, war die Chance, daß der Mord aufgeklärt würde, gleich Null. Hier hatte die Polizei noch Schwierigkeiten, nur mit der Registrierung der Verbrechen auf dem laufenden zu bleiben. Wenn sich der Täter durch Dummheit nicht selbst entlarvte, würde er kaum entdeckt werden.

Am Tag darauf reiste sie als Robert E. Hyat verkleidet in die USA. In Atlanta legte Gina Nicoletti einen Zwischenaufenthalt ein. Zwei Tage blieb sie hier, um sich alles, was sie für weitere Verkleidungen benötigen würde, zu beschaffen. Danach flog sie zu ihrem eigentlichen Ziel, nach Washington.

Als erstes mußte sie ein möbliertes Apartment finden, von dem aus sie ungestört operieren konnte. Zu diesem Zweck kaufte sie die lokalen Tageszeitungen und studierte die Annoncen. Schon am zweiten Tag hatte sie Glück. In einem vornehmen Apartmentkomplex in Arlington war eine Dreizimmerwohnung freigeworden. Da sie die Kaution und Miete für vier Monate im voraus zahlte, konnte sie sofort einziehen. Als sie sich eingerichtet und den Kühlschrank mit Lebensmitteln und Getränken aufgefüllt hatte, war es zu spät geworden, um noch mit ihrem Plan zu beginnen. Sie beschränkte sich deshalb auf eine Erkundungsfahrt durch die Stadt. Ihre Aufmerksamkeit galt dabei besonders dem Weißen Haus und dem Sitz des FBI.

Am nächsten Morgen hatte sie noch vor Bürobeginn ihren Beobachtungsposten, als Tourist verkleidet, bezogen. In der Tasche ihrer Windjacke steckten die Fotografien der drei Männer, die sie in Rom als besonders wichtig eingestuft hatte. Nach und nach strömten Männer und Frauen durch eine Seitentür ins Weiße Haus. Gina Nicoletti musterte die Gesichter der Ankommenden und verglich sie mit den Fotografien. Sie hatte kein Glück. Die Gesuchten waren nicht dabei. Um zehn Uhr stellte sie ihre Beobachtung ein, um sie erst gegen Feierabend wieder aufzunehmen. Als sie auch am Tag darauf keinen Erfolg hatte, verlagerte sie ihre Aufmerksamkeit auf das FBI-Gebäude. Hier glaubte sie am Morgen des dritten Tages einen der Männer auf den Fotografien erkannt zu haben. Am Nachmittag gegen drei Uhr hatte sie in der Nähe des FBI-Hauptquartiers erneut Posten bezogen. Von ihrem Wagen aus konnte sie den Parkplatz einsehen, der für die Beamten reserviert war. Am liebsten wäre sie dichter herangefahren, aber sie fürchtete, daß sie dem Polizisten, der die Einfahrt bewachte, auffallen könnte. Zwei Stunden mußte sie warten. Dann sah sie einen roten Buick auf die

Pennsylvania Avenue einbiegen. Auf dem Beifahrersitz saß der Mann von heute morgen. Gina Nicoletti ließ ihren Wagen anrollen und folgte dem Buick dichtauf. Erst als sie auf den Shirley Memorial Highway in Richtung Süden einbogen, vergrößerte sie den Abstand und sorgte dafür, daß sich immer zwei oder drei Fahrzeuge zwischen ihnen befanden. Nach einer Dreiviertelstunde fuhr der rote Buick bei der Ausfahrt Springfield vom Highway ab. Gina Nicoletti folgte. Der Wagen fuhr noch etwa zwei Kilometer auf einer vierspurigen Straße und bog dann in eine Wohnsiedlung ein. Einfamilienhäuser säumten die Straße. Vor einem Bungalow hielt der rote Buick, und der Beifahrer öffnete die Tür und stieg aus. Zwei kleine Mädchen kamen aus dem Haus gelaufen. Gina Nicoletti rollte vorbei. Im Rückspiegel sah sie, wie die Mädchen den Mann umarmten. Schade, dachte sie, denn ein verheirateter Mann schied zunächst für ihre Pläne aus.

Tag für Tag überwachte sie morgens und nachmittags abwechselnd in unterschiedlichen Verkleidungen das Weiße Haus oder das FBI, ohne daß sie einen der beiden anderen Männer entdeckt hätte. Enttäuscht beschloß sie schließlich, ihre Nachforschungen abzubrechen und sich die notwendigen Informationen bei dem Mann im roten Buick zu beschaffen. Bevor sie jedoch mit ihm Kontakt aufnehmen wollte, mußte sie erst noch mehr über ihn in Erfahrung bringen. Vor allem mußte sie feststellen, wo seine Schwachstellen lagen. Sie begann mit ihren Nachforschungen in den Restaurants, die in der Nähe des FBI-Hauptquartiers lagen. Am zweiten Tag um die Mittagszeit wollte sie gerade eines der Fast-Food-Restaurants betreten, als ein Mann herauskam, den sie schon einmal gesehen zu haben glaubte. Ein schneller Blick auf die Fotos sagte ihr, daß sie sich nicht geirrt hatte. Der Mann ging zu einem roten Porsche, der an der Straße geparkt war, und stieg ein. Gina Nicoletti drehte um und eilte zu ihrem Wagen. Sie sah gerade noch, wie der rote Porsche in die Hauptstraße einbog. Ohne sich an Verkehrsregeln zu halten, flitzte sie hinterher. Die Fahrt ging in Richtung Innenstadt. Beim Weißen Haus fuhr der Fahrer des Porsches auf den Parkplatz, der für die Bediensteten reserviert war. Er stieg aus und verschwand durch den Seiteneingang im Gebäude. Gina Nicoletti suchte sich einen geeigneten Platz und wartete. Ihre Geduld wurde auf eine harte Probe gestellt. Erst um acht Uhr abends sah sie den Mann wieder. Er ging zu seinem Porsche und fuhr in westlicher Richtung davon. Gina Nicoletti folgte dichtauf. Nach einiger Zeit überquerten sie den Potomac River. Kurz bevor sie die Ausfahrt zur Zollabfertigung des Dulles International Airport erreichten, bog der rote Porsche ab und fuhr auf dem Madison Boulevard nach Norden weiter. Vor einem roten Gebäude, das wie eine Scheune aussah, bremste er plötzlich. Gina Nicoletti befürchtete schon, er habe sie entdeckt. Ohne die Geschwindigkeit zu verringern, fuhr sie an ihm vorbei. Im Rückspiegel sah sie, daß er auf dem Parkplatz vor der roten Scheune hielt. »Red Barn« konnte sie lesen. Der Name stand in dicken Leuchtschriftlettern über der Tür. Gina Nicoletti wendete ihren Wagen und rollte zurück. Sie parkte neben dem Porsche und notierte sich, bevor sie dem Mann in die Scheune folgte, die Nummer des Autos.

Als Gina Nicoletti das Lokal betrat, blieb sie ein paar Augenblicke an der Tür stehen, damit sich ihre Augen an das Halbdunkel im Saal gewöhnen konnten. Die »Red

Barn« war ein typisches Western-Lokal. Es bestand nur aus einem einzigen großen Raum, in dessen Mitte auf einem Podium eine Country-Band spielte. Sie hatte die Verstärker voll aufgedreht, so daß der Lärmpegel Gina Nicoletti fast körperlich weh tat. Vor dem Podium befand sich eine kleine Tanzfläche. Die Zuhörer, die an kleinen Tischen um die Kapelle herumsaßen, schien der Lärm nicht zu stören. Im Gegenteil, sie klatschten mit ihren Händen zum Takt der Musik oder grölten begeistert die bekannten Stellen der Lieder mit. Da die Masse des Publikums Jeans und breitrandige Cowboy-Hüte trug, konnte sie den Mann im Anzug leicht ausmachen. Er hatte an der Bar Platz genommen. Der Hocker neben ihm war frei. Gina Nicoletti schlenderte durch die Tischreihen zur Bar.

»Entschuldigen Sie«, fragte sie den Herrn im Anzug, »ist der Platz frei?«

Der Mann nickte.

Gina ließ sich vom Barkeeper ein Bier geben. Sie trank aus der Dose, wie es hier üblich war, und tat, als würde sie der Musik lauschen. Nach einiger Zeit wandte sie sich wieder an den Mann neben sich. »Klasse-Band, nicht?«

Der Herr im Anzug blickte zu ihr herüber. »Yeah, wirklich gut. Die beste, die ich in der Stadt kenne.«

»Ja, ich bin ganz erstaunt, wie gut sie ist. Dachte, nur wir in Nashville könnten richtig Country-Musik machen. Aber diese . . .« Gina Nicoletti ließ den Satz unvollendet, um dem Herrn im Anzug Gelegenheit zu geben, an ihre Worte anzuknüpfen.

»Sie sind aus Nashville?« Er sah sie ungläubig an. »Sie sprechen aber keinen Tennessee-Dialekt.«

»Stimmt, ich bin aus Boston, lebe aber jetzt in Nashville

– übrigens, mein Name ist Bob, Bob Martens«, stellte sich Gina Nicoletti in der Hoffnung vor, daß auch der andere seinen Namen nennen würde.

»Jim Fox«, antwortete er.

Gina Nicoletti speicherte den Namen sofort in ihrem Gedächtnis. Für eine Weile schwiegen beide. Dann nahm Gina Nicoletti den Faden wieder auf. »Kommen Sie oft hierher, Jim?«

»Wenn ich in Washington bin, beinahe jeden Abend. Der Schuppen liegt direkt auf meinem Heimweg. Und was soll ich alleine zu Hause? Viel zu langweilig.«

»Sie Glücklicher! Ich kann mir so etwas nur leisten, wenn ich auf Geschäftsreise bin«, antwortete Gina Nicoletti. »Zu Hause würde mir meine Alte schön was erzählen.«

»Kann ich verstehen«, sagte Jim Fox mitfühlend. »Ich war auch mal verheiratet. Jetzt bin ich geschieden.«

Gina Nicoletti lächelte zufrieden. Sie hatte ihr Opfer gefunden.

14

Jim Fox hatte sich in seinem Stuhl zurückgelehnt und studierte ein Dokument, das ihm seine Sekretärin vor einer Viertelstunde gebracht hatte. TOP SECRET stand in dikken roten Buchstaben auf jeder Seite. Es war die erste detaillierte Agenda für den Besuch des russischen Ministerpräsidenten Michail Groschenko. Bis der Staatsbesuch vorüber war, würde diese Agenda noch etliche Male geändert werden. Aber das war er gewöhnt, und es störte ihn wenig. Wichtig war, daß er endlich den ersten Entwurf bekommen hatte, denn dieser war die Grundlage für seine weitere Arbeit.

Niemand, der Jim Fox nicht gut kannte, wäre auf den Gedanken gekommen, daß er der Leiter der Sicherungsgruppe im Weißen Haus war. Man hätte ihn eher für einen Angestellten im mittleren Management eines großen Industrieunternehmens halten können. Er sah aus wie der typische Durchschnittsamerikaner, war etwa einen Meter achtzig groß und kräftig gebaut. Sein Gesicht war glattrasiert und wirkte fleischig. Das schwarze Haar trug er kurz geschnitten. Wie viele Amerikaner versuchte er, sich durch tägliches Joggen und gelegentliches Handballspielen körperlich in Form zu halten. Auch in seinem beruflichen Werdegang unterschied er sich nicht von anderen Amerikanern. Er war in einer Kleinstadt im Mittleren Westen aufgewachsen und zur Schule gegangen. Nach dem High-School-Abschluß hatte er am William-Steam-College Wirtschaftswissenschaften studiert. Mit zwanzig Jahren hatte er geheiratet, und zwei Jahre später, nach Abschluß des Studiums, hatte er bei einer kleineren Firma als Kaufmann angefangen. Da ihn die Büroarbeit langweilte, hatte er bald wieder gekündigt und sich zum Polizeidienst gemeldet. Diese Arbeit lag ihm, und innerhalb von wenigen Jahren hatte er es bis zum Captain gebracht. Dann, vor etwa zehn Jahren, bot sich für ihn die Chance, in den Sicherheitsdienst des Weißen Hauses überzuwechseln. Er hatte die Gelegenheit ergriffen und war nach Washington gegangen. Seine Frau hatte diesen Wechsel nicht mitgemacht und sich scheiden lassen. Ihr Entschluß war für ihn nicht überraschend gekommen, denn sie hatten sich schon seit langem auseinandergelebt. Ja, der Dienst in Washington war für ihn eine gute Gelegenheit gewesen, von seiner Frau und aus Kansas City wegzukommen. Wie schon die Arbeit bei der Polizei, so gefiel ihm auch die neue Aufgabe ausnehmend gut. Nur drei Jahre war er im aktiven Personenschutz eingesetzt gewesen, dann hatte man ihm die Stelle des stellvertretenden Leiters der Sicherungsgruppe angeboten. Zwei Jahre später ging sein Vorgänger in Pension, und er war zum Leiter dieser Gruppe ernannt worden. Sein Verantwortungsbereich umfaßte im wesentlichen zwei Aufgaben. Zum einen war er für den Schutz des Präsidenten und des Vizepräsidenten zuständig, zum anderen oblag ihm die Koordination aller Absicherungsmaßnahmen für Staatsbesuche. Im Rahmen dieser Tätigkeit mußte er die Aktionen von Polizei, FBI, Sicherungsgruppe und der Sicherheitskräfte des jeweiligen ausländischen Landes aufeinander abstimmen. Eine Aufgabe, die bei den zum Teil mimosenhaften, eifersüchtig auf ihre Selbständigkeit bedachten Dienststellen viel Fingerspitzengefühl von ihm verlangte und großen Zeitaufwand erforderte. Aber das letztere machte ihm nicht viel aus. Jim Fox lebte für seine Aufgabe. Private Interessen hatte er keine, und geheiratet hatte er auch nicht wieder. An Gelegenheiten hatte es nicht gefehlt, aber er wollte sich nicht binden, wollte frei sein. Das jedenfalls war die Begründung, die er seinen Freunden und Kollegen zu geben pflegte. In Wirklichkeit gab es andere Gründe. Gründe, die er unter allen Umständen geheimhalten mußte. Würden seine Vorgesetzten davon Kenntnis erhalten, würde er unweigerlich mit Schimpf und Schande aus dem Dienst gejagt werden. Er hatte sexuelle Bedürfnisse, die eine normale Frau nicht befriedigen konnte. Nur in abartigen, brutalen Liebesspielen fand er körperliche und seelische Befriedigung. Im Sexualrausch machte er auch vor Tieren nicht halt. Um seinen Leidenschaften ungestört nachgehen zu können, hatte er alle erdenklichen Sicherheitsmaßnahmen ergriffen. Außerhalb Washingtons, auf dem Lande, hatte er unter falschem Namen eine abgelegene Farm gekauft. Eine Frau bewirtschaftete sie, aber das war nicht ihre eigentliche Aufgabe. Sie war es, die ihn mit perversen Spielen in Ekstase brachte oder ihm, wenn er danach verlangte, Tiere zuführte. Tiere, die später auf der Farm vergraben wurden. Die Frau wurde dafür fürstlich belohnt, und er wußte, sie würde schweigen, denn sie war ähnlich veranlagt wie er.

Jim Fox blickte auf die Uhr. Es war zwanzig nach vier. Es blieben ihm also nur noch zehn Minuten, die Agenda für den Besuch des russischen Regierungschefs durchzulesen. Wie Jim Fox aus Erfahrung wußte, würde Oberst Kustow von der russischen Botschaft pünktlich auf die Minute erscheinen. Oberst Kustow hatte an der Botschaft die gleiche Funktion inne wie er im Weißen Haus. Er hatte sich angemeldet, um mit ihm einen ersten Gedankenaustausch über die Sicherheitsvorkehrungen für den Staatsbesuch zu führen. Bis das Gipfeltreffen vorüber war, würde es noch viele solcher Besprechungen geben, und jedesmal würden sich die Wünsche und Forderungen der russischen Seite ändern. Obwohl alle Beteiligten wußten, was sie zu tun hatten, würden es schwierige und arbeitsreiche Monate werden, darüber war sich Jim Fox im klaren.

Pünktlich um vier Uhr dreißig klopfte es an die Tür, und seine Sekretärin meldete: »Oberst Kustow, Sir.«

Der Mann, der eintrat, trug Zivil. Er war mittelgroß und untersetzt. Mit seiner hohen Stirn und den intelligent blikkenden Augen machte er eher den Eindruck eines Wissenschaftlers als eines Soldaten. Jim Fox kannte ihn gut. Sie hatten schon öfter zusammengearbeitet und sich gegenseitig schätzen gelernt. Das einzige, was Jim Fox an Oberst Kustow störte, war seine unterschwellige, ironische Art, bei der man nicht wußte, wie man seine Bemerkungen auffassen sollte.

Mit ausgestreckten Händen kam Oberst Kustow auf Jim Fox zu. »Guten Tag, Jim, ich hoffe, Sie haben die Niederlage der Washington Rangers inzwischen überwunden«, begrüßte er Jim Fox in akzentfreiem Oxford-Englisch. Aus früheren Unterhaltungen kannte er die Vorliebe von Jim Fox für amerikanischen Football und wußte, daß Jim ein Anhänger der Washington Rangers war. Leider hatten sie am Sonntag hoch verloren.

»Guten Tag, Boris, nett Sie mal wiederzusehen«, antwortete Jim Fox freundlich und schüttelte die dargebotenen Hände. Auch er redete den Oberst mit Vornamen an. Nicht weil er ihm freundschaftlich verbunden, sondern weil es eine amerikanische Sitte war, Gleichgestellte mit Vornamen anzusprechen. Jim Fox ließ Oberst Kustows Hand los und wies auf eine Sesselgruppe. »Bitte, Boris, nehmen Sie doch Platz. Darf ich Ihnen einen Drink oder einen Kaffee anbieten?«

»Ich glaube, ein Jack Daniels könnte mich beflügeln.«

Jim Fox drehte sich zu seiner Sekretärin um, die noch wartend in der Tür stand. »Bringen Sie uns zwei Gläser, etwas Eis und die Flasche, Helen.« Dann wandte er sich wieder Oberst Kustow zu und sagte mit übertrieben sorgenvoller Stimme: »Es ist schon ein Jammer mit den Rangers. Sie haben einen so starken Angriff, wenn nur ihre Verteidigung besser wäre. Aber bis zur Super-Bowl ist es ja noch lange hin. Und dieses Jahr gewinnen sie bestimmt. Da wette ich mit Ihnen um jeden Preis.«

»Abgemacht«, entgegnete Oberst Kustow und hielt Jim Fox die Hand hin. »Einen Kasten Jack Daniels gegen einen Kasten Krimsekt.«

»Okay«, erwiderte Jim Fox und schlug ein.

Beide Männer unterhielten sich über die Vorzüge und Nachteile der verschiedenen amerikanischen Football-Mannschaften, bis die Sekretärin mit dem Whisky kam und sie sich eingeschenkt hatten. Als die Sekretärin den Raum verlassen hatte, wurde Oberst Kustow ernst, und er fragte: »Hatten Sie schon Gelegenheit, den ersten Entwurf der Agenda für den Besuch unseres Ministerpräsidenten zu lesen?«

Jim Fox nickte. »Flüchtig, ich habe ihn erst kurz, bevor Sie kamen, bekommen.«

»Er ist diesmal ziemlich umfangreich, nicht?«

»Das kann man wohl sagen«, bestätigte Jim Fox. »Er wird uns noch viel Kopfzerbrechen machen.«

»Genau so sehe ich es auch. Deshalb wollte ich Sie auch so schnell wie möglich sprechen. Ich wollte Sie auf einige Besonderheiten dieses Besuches aufmerksam machen, damit Sie sie von vornherein bei der Planung der Sicherheitsmaßnahmen berücksichtigen können.«

»Eine gute Idee, obwohl ich sicher bin, daß wir die Problematik des Besuches voll erkannt haben und in unseren Plänen berücksichtigen werden«, sagte Jim Fox selbstbewußt.

»Sicher, Jim, sicher.« Um Oberst Kustows Lippen spielte ein feines, ironisches Lächeln. »Das bezweifle ich in keiner Weise.« Er hatte die Worte so betont, daß Jim Fox nicht wußte, ob er sie ernst meinte oder nicht. »Was ich mit meiner Bemerkung ausdrücken wollte ist«, fuhr Oberst Kustow wieder in normalem Ton fort, »daß Michail Groschenko anders ist als seine Vorgänger. Er liebt das Bad in der Menge, wenn ich einen so vulgären Vergleich gebrauchen darf. Er bringt es fertig und läßt seine Limousine anhalten, um mit den Menschen am Straßenrand zu sprechen, und das wird uns große Probleme bereiten. Im Gegensatz zu Ihnen haben wir es in unserem System leichter. Wir lassen nur solche Leute als Zuschauer zu, derer wir absolut sicher sind«, fügte er ironisch hinzu.

Jim Fox ließ sich durch Oberst Kustows Bemerkung nicht beeindrucken. Sicher, die Aufgabe würde nicht einfach sein, aber letztlich auch nicht schwieriger, als wenn sie den israelischen Ministerpräsidenten schützen mußten. Im Gegensatz zu dem Besuch von Michail Groschenko war bei ihm ständig mit Anschlägen zu rechnen. Deshalb sagte Jim Fox in seiner selbstsicheren Art: »Natürlich haben Sie recht, Boris. Aber diese spontanen Halts machen mir keine Kopfzerbrechen, die kann kein Attentäter nutzen, sofern wir überhaupt mit einem zu rechnen haben.«

»Das ist nicht das Problem, Jim.« Aus Oberst Kustows Stimme war jede Verbindlichkeit gewichen. Kalt und fordernd sprach er weiter: »Da unser Ministerpräsident es liebt, mit Menschen zu sprechen, müssen wir damit rechnen, daß er es bei jeder Phase seines Besuches tun wird. Das heißt auf den Fahrten zu den einzelnen Plätzen, die er besuchen wird, auf den Pressekonferenzen, während des

Besuches der Universität, im Kongreß und während der Besichtigung der Industriekonzerne. Gerade die Besuche der Universität und der Konzerne machen mir Kopfzerbrechen. Hier dürfte es für einen möglichen Attentäter, und ich schließe im Gegensatz zu Ihnen einen Anschlag nicht aus, relativ leicht sein, an den Ministerpräsidenten heranzukommen. Michail Groschenko können wir nicht, wie sonst üblich, durch einen Kordon von Sicherheitsbeamten schützen. Dieses Problem sollten Sie bei Ihren Planungen berücksichtigen.«

»Sicher, Boris, das ist uns klar. Auch wenn die Absicherungspläne noch nicht mit den beteiligten Dienststellen abgestimmt sind – schließlich fangen wir ja gerade erst an –, werden wir in etwa so vorgehen, wie wir es bei dem Besuch des israelischen Ministerpräsidenten gemacht haben.«

»Und das wäre?«

»Alle Personen, die sich in den Sälen, Räumen und Werkstätten befinden, werden vor Betreten eingehend auf Waffen untersucht. Das gleiche gilt für die Gebäude, Toiletten usw. Es wird keinen Winkel geben, der nicht vorher mit der Lupe abgesucht wurde. Außerdem werden alle Werkzeuge, die als Waffen verwendet werden können, eingeschlossen. Darüber hinaus werden überall Sicherheitsbeamte eingeschleust und die Studenten, Arbeiter oder wer es sonst sein mag vor Ort überwacht. Sie sehen, Boris, wir haben Ihre Probleme und Bedenken bereits berücksichtigt.« Jim Fox konnte einen überheblichen Ton in seiner Stimme nicht verbergen.

Auf Oberst Kustows Lippen lag wieder dieses feine, ironische Lächeln, als er antwortete: »Wunderbar, Jim, dann ist ja meine Mission für heute erfüllt. Wir werden uns ja sicher noch des öfteren unterhalten. Vielen Dank für den Whisky. Das nächste Mal sehen wir uns dann bei mir.« Oberst Kustow erhob sich und reichte Jim Fox zum Abschied die Hand.

Sowie der Oberst gegangen war, setzte sich Jim Fox wieder hinter seinen Schreibtisch. Es gab noch viel zu tun. Für morgen um zehn Uhr war die erste Konferenz angesetzt, auf der über die personellen und materiellen Maßnahmen beraten werden sollte. Da es zu seinem Aufgabenbereich gehörte, die Besprechung zu leiten, mußte er für die zu erwartenden strittigen Punkte Lösungsvorschläge erarbeiten.

Um zehn Uhr abends hatte er es endlich geschafft. Er schob die Unterlagen zusammen und schloß sie in seinem Panzerschrank ein. Dann verließ er das Büro und fuhr nach Hause. Bei der »Red Barn« hielt er an, um sich wie immer, wenn er bis spät in die Nacht gearbeitet hatte, bei einem Bier zu entspannen. Der Saal war gut gefüllt, aber sein Stammplatz an der Bar war noch frei. Er steuerte darauf zu und setzte sich. Der Barkeeper schob ihm unaufgefordert eine Dose Bier hin. Er brauchte nicht zu fragen, er kannte die Wünsche seiner Stammkunden.

»Danke, Sam«, sagte Jim Fox, nahm einen tiefen Schluck und wandte sich der Band zu.

Eine Frau schlenderte durch den Saal und sah sich suchend nach einem Platz um. Zögernd trat sie an die Bar. Da alle Hocker besetzt waren, blieb sie neben Jim Fox stehen. Der Duft ihres Parfüms stieg in seine Nase und erregte ihn. Ein seltsames Gefühl überkam ihn. Er kannte es. Ohne sein Bier auszutrinken, stand er auf, warf dem erstaunten Barkeeper zwei Dollarnoten auf den Tresen und ging. Bei einer Telefonzelle machte er halt und wählte eine Nummer. Schon nach wenigen Worten hängte er ein und fuhr nach Hause. Aber er ging nicht in seine Wohnung, sondern stellte nur den Porsche in die Garage und fuhr gleich darauf mit seinem Jeep wieder los.

Die Fahrt führte aus der Stadt hinaus. Bald hatte er auch die letzten Wohngebiete hinter sich gelassen. Nach einer Stunde bog er von der asphaltierten Straße ab und fuhr in einen schmalen Schotterweg. Häuser waren nicht mehr zu sehen. Ab und zu passierte er Einfahrten, die zu kleinen Farmen führten. Nach einer weiteren halben Stunde hatte er sein Ziel erreicht. Ein kleines Farmhaus lag versteckt hinter einer Buschgruppe, so daß es vom Schotterweg aus nicht zu sehen war. Es war stockfinster. Nur das Licht, das aus einem Fenster schien, erhellte etwas den Vorplatz. Jim Fox fuhr den Jeep hinters Haus und klingelte an der rückwärtigen Tür. Sofort wurde sie geöffnet, und Jim Fox trat ein. Eine stämmige Frau in den Vierzigern begrüßte ihn. Bis auf ein ledernes Korsett, das ihre prallen Brüste frei ließ, und schwarze, lange Strümpfe, die mit Strumpfhaltern am Korsett befestigt waren, war sie nackt. Jim Fox betrachtete sie mit gierigen Blicken. Wortlos riß er sich die Kleider vom Leib und zog die sich scheinbar sträubende Frau hinter sich her. Das Zimmer, in das er sie schleppte, war gedämpft beleuchtet, so daß die roten Wände, der rote Teppichboden und das rote Bett geradezu gespenstisch wirkten. Ein Eindruck, der durch die verschiedensten Folterwerkzeuge noch vertieft wurde. Jim Fox warf die Frau brutal aufs Bett. Dann ging er zur Tür, verriegelt sie und kam mit gemeinem Blick auf sie zu.

Die Frau, die ihm gefolgt war, wußte, jetzt hatte sie etwa zwei Stunden Zeit, bevor Jim Fox die Farm wieder verlassen würde. Seit zwei Wochen war sie Jim Fox in verschiedenen Verkleidungen wie ein Schatten gefolgt, hatte ihn nur aus den Augen gelassen, wenn er in seinem Büro im Weißen Haus oder in seinem Apartment war. Am fünften Tag hatte sie von der Farm und deren Zweck erfahren.

Die Frau hielt ihren Wagen in einer Ausbuchtung des Schotterweges an. Aus dem Handschuhfach nahm sie eine schwarze Maske, die nur Mund und Augen frei ließ, und dunkle Handschuhe. Dann hängte sie sich eine kleine Tasche, in der sich ihre Kamera befand, über die Schulter. Geräuschlos schlich sie zum Farmhaus. Vor dem Zimmer, das Jim Fox als Folterkammer diente, stoppte sie. Selbst durch die geschlossenen und verhängten Fenster war das lustvolle Stöhnen der beiden noch zu hören. Immer, wenn Jim Fox das Weiße Haus in der Frühe betreten hatte, war sie hier herausgefahren und hatte sich, sobald die Frau die Farm verlassen hatte, mit dem Gelände vertraut gemacht. Sie hatte die Stelle gefunden, wo die Tiere vergraben worden waren, die die Spiele in der Folterkammer nicht überlebt hatten.

Die Frau holte zwei Sauggummis aus der Tasche, preßte sie leise gegen die Scheibe und zog sie nach außen. Kein Geräusch war zu hören, denn sie hatte das Fenster beim letztenmal, als die Frau zum Einkaufen gefahren war, für ihre Zwecke vorbereitet. Vorsichtig, Millimeter um Millimeter, schob sie den Vorhang zur Seite und steckte das Objektiv ihrer Kamera durch die Öffnung. Die Kamera summte. Weder Jim Fox noch die Frau hörten es. Beide stöhnten vor Ekstase. Als der Film voll war, zog die Frau die Kamera zurück. Sie war überzeugt, daß die Bilder gut geworden sein mußten, denn sie hatte einen Spezialapparat mit einem Spezialfilm verwendet. Leise hob sie die Scheibe wieder hoch, preßte sie in den Rahmen und klemmte sie fest. Unbemerkt verließ sie die Farm.

15

Gina Nicoletti schlüpfte in einen bequemen Morgenmantel, nahm dann den Film aus der Kamera und ging damit ins Badezimmer. Hier hatte sie eine behelfsmäßige Dunkelkammer eingerichtet. Sie ließ sich Zeit. Wichtig war, daß sie präzise und gründlich arbeitete. Als der Morgen graute, war sie fertig. Vierundzwanzig Bilder lagen vor ihr. Auf jedem konnte man deutlich Jim Fox und seine Partnerin in verschiedenen abartigen Liebesposen sehen. Kritisch wählte sie einige Abzüge aus. Die restlichen Fotografien verbrannte sie im Kamin. Danach brühte sie einen starken Kaffee auf und setzte sich in einen Schaukelstuhl. Das würzige Aroma des Kaffees stieg ihr in die Nase und regte sie zum Nachdenken an. Genußvoll schlürfte sie das heiße Getränk. Mit geschlossenen Augen ließ sie die Ereignisse der letzten Tage Revue passieren. Nach anfänglichen Schwierigkeiten war alles nach Plan verlaufen. Daß sie bei ihren Nachforschungen auf den Chef der Abteilung »Absicherung« im Weißen Haus gestoßen war, war ein Glücksfall gewesen und wurde von ihr als gutes Omen für das Gelingen ihres Auftrages betrachtet. Aber es gab noch viel zu tun, denn sie stand ja erst am Anfang der Vorbereitungen. Ihre Gedanken konzentrierten sich auf den nächsten Schritt. Eine Frage drängte sich auf. War es sinnvoll, Jim Fox schon jetzt zu erpressen? Möglich wäre es. Aber wie konnte sie sicher sein, daß die Informationen, die er ihr liefern würde, auch stimmten? Es würde fatale Folgen für sie haben, wenn die Angaben unvollständig oder fehlerhaft waren. Lange dachte sie nach. Schließlich kam sie zur Überzeugung, daß es besser wäre, noch mehr Material über Jim Fox zu sammeln, bevor sie mit ihm Verbindung aufnahm. Sowie sie zu einem Entschluß gekommen war, kreisten ihre Gedanken auch schon um die Ausführung. Doch der Körper verlangte nach seinem Recht, und Gina Nicoletti schlief ein.

Erst am Abend wachte sie wieder auf. Sie streckte sich und massierte ihre steifen Glieder. Dann machte sie sich für einen Besuch der »Red Barn« fertig. Es war acht Uhr abends, als sie dort eintraf. Noch waren nur wenige Plätze besetzt. Von Jim Fox war nichts zu sehen. Das hatte sie auch nicht erwartet. Wenn er heute überhaupt kommen würde, dann sicherlich erst viel später. Gina Nicoletti setzte sich an die Bar. Über die Lehne des Hockers, auf dem Jim Fox zu sitzen pflegte, hängte sie ihre Jacke, so daß es aussah, als wäre der Platz besetzt.

Gina Nicoletti mußte lange warten. Sie hatte sich schon mit dem Gedanken abgefunden, daß Jim Fox nicht mehr kommen würde, als er kurz nach elf den Saal betrat. Schnell nahm sie die Jacke von der Hockerlehne. Jim Fox kam zielstrebig auf die Bar zu und setzte sich auf seinen Stammplatz. Im Gegensatz zu früheren Besuchen hatte er eine Aktentasche bei sich, die er nicht aus den Händen legte. Der Barkeeper hatte wie immer eine Dose Bier zu ihm hinübergeschoben. Auch Gina Nicoletti ließ sich ein neues Bier geben. Sie achtete darauf, daß es die gleiche Marke war wie die, die Jim Fox trank. Unauffällig beobachtete sie den Mann an ihrer Seite. In einem Augenblick, in dem seine Aufmerksamkeit auf die Band gerichtet war, ließ sie schnell vier Schlaftabletten in ihre Dose fallen. Wie unbeabsichtigt schob sie die Dose mit ihrem Arm dicht an die von Jim Fox heran. Als sie gleich darauf nach ihrem Bier griff, hatte sie die Dose von Jim Fox in der Hand. Er hatte es nicht bemerkt. Gina Nicoletti wartete, bis Jim Fox das vertauschte Bier ausgetrunken hatte. Dann zahlte sie und verließ die »Red Barn«. Sie ging zu ihrem Auto und fuhr in Richtung der Apartments, in denen Jim Fox wohnte, davon. An der Ecke, an der die Straße zu den Apartments abzweigte, lag ein kleines Shopping-Center mit einem Schnellimbiß. Gina Nicoletti parkte ihren Wagen vor dem Restaurant und ging hinein. Sie bestellte ein Sandwich und einen Becher Kaffee. In einer Nische am Fenster nahm sie Platz und beobachtete die Straße. Nach einer Dreiviertelstunde sah sie den roten Porsche vorbeifahren. Sie wartete noch eine Stunde und verließ dann das Lokal. In der Nähe von Jim Fox' Apartment parkte sie ihren Wagen und ging zu Fuß weiter.

Das Apartment lag im Erdgeschoß. Über der Tür brannte eine Lampe. In der Wohnung war kein Licht zu sehen. Gina Nicoletti hatte auch nicht damit gerechnet. Die vier Schlaftabletten zusammen mit dem Alkohol mußten längst ihre Wirkung gezeigt haben. Gina Nicoletti blickte sich um. Kein Mensch. Die Wohnanlage lag wie ausgestorben da. Aus der Tasche ihrer Jacke zog sie einen Dietrich. Ein leises Knacken, und die Tür sprang auf. Gina

Nicoletti schlüpfte hinein und zog die Tür hinter sich zu. Soweit sie im Dunkeln erkennen konnte, befand sie sich in einem Wohnzimmer. Eine offene Tür auf der anderen Seite des Raumes führte in einen Gang. Lautes Schnarchen drang an ihr Ohr. Sie huschte durch das Wohnzimmer in den Flur. Das Schnarchen kam aus einem Raum an der rechten Seite. Die Tür stand offen. Sie sah hinein. Auf dem Bett lag, noch völlig bekleidet, Jim Fox. Die Aktentasche, die er in der »Red Barn« nicht aus der Hand gelegt hatte, lag auf dem Boden.

Gina Nicoletti trat an das Bett und leuchtete ihm mit ihrer Taschenlampe ins Gesicht. Jim Fox schlief tief und fest. Nicht einmal, als sie ihn in die Seite stieß, rührte er sich. Gina Nicoletti nickte zufrieden und begann mit einer gründlichen Durchsuchung des Apartments. Es war ein typischer Junggesellenhaushalt. Überall lagen Kleidungsstücke herum, die Küche machte einen kaum benutzten Eindruck, und auf dem Schreibtisch stapelten sich Briefe, Rechnungen und Dokumente. Gina Nicoletti blätterte sie durch, ohne etwas zu finden, das sie interessiert hätte. Als letztes nahm sie sich die Aktenmappe vor. Sie war versperrt, aber es dauerte nur wenige Minuten, bis sie beide Schlösser mit einem Dietrich geöffnet hatte. Außer den üblichen Utensilien wie Sicherheitsausweis, Schreibetui etc., fiel vor allem ein roter Faltordner auf. TOP SECRET war mit dicken Buchstaben aufgestempelt. Gespannt nahm Gina Nicoletti den Ordner heraus und schlug ihn auf. Ihr Herz machte einen Freudensprung. Vor ihr lag die Agenda für den Besuch des russischen Ministerpräsidenten und das Protokoll einer Besprechung über die geplante Absicherung.

Gina Nicoletti ging mit den Unterlagen zum Eßtisch. Ohne die Unordnung auf dem Tisch zu verändern, begann sie Blatt für Blatt zu fotografieren. Dann legte sie alles wieder sorgfältig in die Aktentasche, verschloß sie und brachte sie zu der Stelle zurück, wo sie sie gefunden hatte. Jim Fox schnarchte noch immer vor sich hin. Ohne sonderlich leise zu sein, überprüfte sie noch einmal alle Zimmer und verließ dann das Apartment. Sowie sie wieder in ihrer Wohnung in Arlington war, begann sie die Aufnahmen zu entwickeln.

Am folgenden Tag schlief sie bis Mittag. Anschließend ging sie in ein nahe gelegenes Restaurant und aß eine leichte Mahlzeit. Danach beschäftigte sie sich für den Rest des Tages mit dem Studium der Unterlagen und überdachte die Marschroute für den Abend. Gegen acht Uhr schob sie die Papiere zusammen und verstaute sie im Geheimfach ihres Koffers. Es war Zeit, sich für den entscheidenden Besuch bei Jim Fox fertig zu machen. Sie zwängte sich in ihr hautenges Korsett und stopfte die verschiedenen Taschen mit Watte aus. Dann färbte sie sich Gesicht, Hände und Haare. Zum Schluß polsterte sie ihre Wangen mit zwei Plastikformen aus und vervollständigte ihr Werk mit Schminke, Tusche und Puder. Als sie fertig war, sah sie aus wie ein älterer stämmiger Neger. Es war die gleiche Verkleidung, die sie damals in Zaire getragen hatte, als sie die Bombe in das Flugzeug des Innenministers schmuggelte. Nach einem letzten prüfenden Blick in den Spiegel verließ sie ihre Wohnung.

Ihr Weg führte sie an der »Red Barn« vorbei. Den roten Porsche von Jim Fox konnte sie nicht auf dem Parkplatz entdecken. Sie fuhr weiter. Vor seinem Apartment parkte sie. Aus dem Wohnzimmer schien Licht. Gina Nicoletti stieg aus und drückte auf die Klingel. Es dauerte einen Augenblick, dann öffnete sich die Tür, und Jim Fox stand mit Polohemd und Shorts bekleidet im Türrahmen. Erstaunt sah er den grauhaarigen Neger an.

»Was wollen Sie?« fragte er, ungehalten über die späte Störung.

»Ich möchte mit Ihnen sprechen«, antwortete Gina Nicoletti mit verstellter, rauher Stimme.

»Unsinn!« entgegnete Jim Fox ärgerlich und machte Anstalten, die Tür zu schließen. Aber Gina Nicoletti hatte schnell ihren Fuß dazwischengestellt.

»Was soll das? Nehmen Sie sofort den Fuß weg oder . . .« Jim Fox beendete den Satz nicht. Er riß wütend die Tür auf, um den Neger den Eingang hinunterzustoßen.

Bevor Jim Fox sein Vorhaben ausführen konnte, sagte sie schnell: »Lassen Sie das! Ich will mit Ihnen über Ihre kleine Farm sprechen.«

Mitten in der Bewegung hielt Jim Fox inne. Alles Blut war aus seinem Gesicht gewichen. »Was . . . war d . . .das?« stotterte er.

»Ich meine die Farm, die Sie von Zeit zu Zeit besuchen.«

Jim Fox hatte sich schnell wieder gefangen. Zwar war er immer noch bleich, doch seine Stimme klang fest, als er die Tür offenhielt und sagte: »Was soll das? Ich weiß nicht, wovon Sie sprechen.«

Gina Nicoletti sah ihn kalt an. »Unsinn! Ich kenne Ihr Geheimnis. Aber vielleicht ist es besser, wenn wir drinnen darüber sprechen.«

Jim Fox trat zur Seite. »Kommen Sie rein!« forderte er sie auf.

Gina Nicoletti trat ins Wohnzimmer. In der linken Hand trug sie einen Aktenkoffer. Die rechte Hand hatte sie in die Jackentasche ihres Blousons gesteckt. Ohne eine Aufforderung abzuwarten, ging sie zu einem Sessel und nahm Platz. Dann zog sie die rechte Hand aus der Tasche und richtete eine kleine Browning-Pistole auf das Herz von Jim Fox.

»Setzen Sie sich und behalten Sie die Hände in Ihrem Schoß, so daß ich sie sehen kann!« befahl sie.

Jim Fox nahm ihr gegenüber Platz. »Was wollen Sie von mir?« Seine Stimme zitterte, als er sprach.

Gina Nicoletti ließ mit der linken Hand die Schlösser des Aktenkoffers aufspringen und holte einen Umschlag hervor. Ohne Jim Fox auch nur für den Bruchteil einer Sekunde aus den Augen zu lassen, warf sie ihm den Umschlag hinüber. »Sehen Sie sich die Bilder an!«

Jim Fox öffnete den Umschlag und zog die Bilder heraus. Gina Nicoletti sah, wie seine Hände zitterten. Seine Wangen wurden wachsbleich. Wie gelähmt starrte er auf die erste Fotografie, so als könnte er nicht glauben, was er sah.

»Sehen Sie sich ruhig alle an«, sagte Gina Nicoletti sarkastisch. »Die Aufnahmen sind gut gelungen. Vielleicht keine Meisterwerke, aber schön scharf und überzeugend, oder finden Sie nicht?«

Mechanisch wie eine Marionette legte er ein Bild nach dem anderen zur Seite. Was er sah, versetzte ihm einen Schock. Wenn es überhaupt noch möglich war, so gab ihm die letzte Aufnahme den Rest. Sie zeigte die erste Seite des TOP-SECRET-Dokumentes, das er gestern mit nach Hause genommen hatte.

»Wo . . . her . . . haben . . . Sie . . . das«, stammelte er.

Gina Nicoletti beachtete ihn nicht, sondern sagte leidenschaftslos: »Und nun zu meinen Wünschen. Sie sind der Leiter der Abteilung ›Absicherung‹ im Präsidialamt des Weißen Hauses. Ich will von Ihnen alles über die geplanten Schutzmaßnahmen für den Besuch von Michail Groschenko wissen. Und zwar alles – jedes Detail.«

Jim Fox ließ durch keine Regung erkennen, daß er Gina Nicoletti verstanden hatte. Bewegungslos starrte er auf die Fotografien.

»Haben Sie mich verstanden?«

Keine Antwort.

Gina Nicoletti stand auf und ging zur Bar, wo sie bei ihrer nächtlichen Durchsuchung eine Flasche Whisky gesehen hatte. Sie schenkte ein Wasserglas halbvoll und stellte es vor Jim Fox auf den Couchtisch.

»Trinken!«

Für einen Augenblick sah es so aus, als hätte er sie nicht gehört, doch dann langte er langsam, wie im Zeitlupentempo, zum Glas. Mit einem einzigen langen Schluck trank er es aus. Gina Nicoletti sah, wie wieder Farbe in seine bleichen Wangen kam.

»Also noch einmal«, wiederholte sie und nahm Jim Fox die Bilder aus der Hand, »ich will von Ihnen wissen, wie Michail Groschenko während seines Besuches geschützt wird. Haben Sie mich verstanden?«

Jim Fox nickte mechanisch.

»Und?«

»Ich . . . ich . . . werde Ihnen nichts . . . nichts sagen.« Die Worte kamen leise und schleppend aus seinem Mund.

Gina Nicoletti lachte verächtlich. »Reden Sie keinen Unsinn! Wenn Sie meinen Wünschen nicht nachkommen, werden diese Bilder und noch ein paar andere in den Morgenausgaben aller Zeitungen erscheinen.« Gina Nicoletti sah, wie sich Jim Fox langsam erholte und seine Muskeln anspannte. »Kommen Sie nicht auf dumme Gedanken«, warnte sie. »Ich bin ein Meisterschütze und würde Ihnen beim ersten Anzeichen eines Angriffes oder einer unbedachten Bewegung die Eier zerschießen. Das nur als Warnung. Und nun zur Sache! Ist die Agenda, die Sie gestern in der Tasche hatten, gültig?«

Jim Fox nickte. Er war völlig gebrochen.

»Und das Protokoll? Stellt es den letzten Stand dar?«

Wieder nickte Jim Fox.

»Wer ist für den persönlichen Schutz von Michail Groschenko verantwortlich? Die Amerikaner oder die Russen?«

Mechanisch antwortete Jim Fox: »Die Russen. Wir sichern das Umfeld.«

»Und wie sichern Sie das Umfeld?«

Jim Fox antwortete nicht sofort. Gina Nicoletti konnte sehen, wie er mit sich kämpfte.

»Nun?« drängte Gina Nicoletti. Jim Fox gewann allmählich seine Fassung wieder. »Was haben Sie vor?«

»Das hat Sie nicht zu interessieren. Beantworten Sie meine Fragen!«

Jim Fox sah Gina Nicoletti zum erstenmal direkt an, als er antwortete: »Wenn Sie einen Anschlag planen, können Sie ihn vergessen. Die Absicherungsmaßnahmen sind wasserdicht. Sie hätten nicht einmal die Chance, auch nur eine Waffe zu ziehen, ohne entdeckt zu werden.«

»Lassen Sie das meine Sorge sein. Erzählen Sie mir, welche Sicherheitsmaßnahmen getroffen werden.« Dann fügte sie drohend hinzu: »Und vergessen Sie nicht, daß die Bilder sofort an die Presse gehen, wenn Sie mir eine falsche Auskunft geben. Ich hoffe in Ihrem eigenen Interesse, daß Sie mich verstanden haben.«

Jim Fox nickte. Er wußte, daß er keine andere Chance hatte, als mit dem Neger zu kooperieren. »Fast alle Sicherheitsmaßnahmen, die wir treffen werden, stehen im Protokoll. Ich nehme an, Sie haben es gelesen.« Als Gina Nicoletti keine Antwort gab, fuhr er fort: »Darüberhinaus werden alle verdächtigen Personen bereits vor dem Staatsbesuch überprüft und wenn erforderlich in Sicherheitsverwahrung genommen. Außerdem werden an allen taktisch wichtigen Punkten, das heißt an den Fahrstrecken, auf dem Fabrikgelände, in der Universität Sicherheitsbeamte und Scharfschützen postiert sein. Zusätzliche Sicherheitskräfte werden sich unter die Zuschauer mischen. Nicht einmal eine Maus hätte eine Chance, unbemerkt an unseren Präsidenten oder an den russischen Ministerpräsidenten heranzukommen.«

Gina Nicoletti hatte gehört, was sie hören wollte. Die Frage nach den Absicherungsmaßnahmen hatte sie nur gestellt, um zu sehen, ob Jim Fox bereit war, ihr die Wahrheit zu sagen. Schon beim Lesen des Protokolls war sie zur Überzeugung gelangt, daß nur ein Wahnsinniger versuchen konnte, Michail Groschenko mit einer Schußwaffe zu ermorden. Und wahnsinnig war sie nicht. Für sie war das sichere Entkommen nach dem Attentat noch wichtiger als das Attentat selbst. Soweit sie es bis jetzt beurteilen konnte, gab es nur eine Möglichkeit, den Anschlag auszuführen, und das war während eines offiziellen Dinners. Über die Sicherheitsmaßnahmen bei diesen Veranstaltungen gab das Protokoll nur wenig Auskunft. Sie mußte hierüber mehr erfahren und fragte deshalb: »Wie sehen die Sicherheitsvorkehrungen bei den offiziellen Banketten aus? Zum Beispiel bei dem Dinner in der Universität und bei der PANTAX.«

»Diese Vorkehrungen sind noch nicht im Detail festgelegt worden«, antwortete Jim Fox.

»Dann sagen Sie mir, wie sie in etwa aussehen werden.«

»Das weiß ich nicht.«

»Machen Sie sich nicht lächerlich!« fuhr ihn Gina Nicoletti an. »Sie sind Leiter der Sicherungsgruppe und damit der verantwortliche Koordinator für alle Maßnahmen. Sie werden mir doch wohl sagen können, welche Vorkehrungen in der Regel getroffen werden. Also los, Mann, sprechen Sie!«

Jim Fox hatte seinen Schock überwunden. »Verdammt noch mal, ich weiß es nicht. Ich kann nur sagen, wie ich glaube, daß die Sicherungsmaßnahmen aussehen könnten«, stieß er wütend hervor. Fieberhaft suchte er nach einer Möglichkeit, sich auf den verfluchten Nigger zu stürzen, aber der gab ihm keine Chance.

»Dann sagen Sie das!« forderte Gina Nicoletti ihn mit schneidender Stimme auf. Ihr war nicht entgangen, daß Jim Fox immer störrischer wurde.

»Genau wie bei allen anderen Veranstaltungen werden auch bei den Banketten Sicherheitsbeamte unter die Gäste gemischt. Alle Gäste werden vor Betreten des Saales auf Waffen untersucht.«

»Alle Gäste?«

»Alle, mit Ausnahme der hohen Politiker. Die Gästeliste wird außerdem so früh festgelegt, daß bereits jeder einzelne von ihnen im voraus von uns überprüft worden ist. Auch in der Küche wird das Personal von unseren Männern überwacht.«

»Wie sieht es mit dem Bedienungspersonal aus?«

»Auch das wird von uns vorher eingehend auf politische Zuverlässigkeit überprüft. Außerdem werden drei Schichten eingeteilt, von denen nur eine kurz vorher für den Einsatz ausgewählt wird. Alles Personal wird vor Betreten des Arbeitsbereiches gründlich untersucht. Und wenn ich sage gründlich untersucht, dann meine ich das auch. Da kann keiner auch nur eine Stecknadel unbemerkt einschmuggeln.«

»Wie steht es mit den Einrichtungen der Säle? Ich meine Tische und Stühle usw. Wird neu eingerichtet, oder greift man auf das vorhandene Mobiliar zurück?«

»Es wird das vorhandene Mobiliar genommen. Aber machen Sie sich keine Hoffnungen, daß daran etwas manipuliert werden könnte. Alles wird vorher millimetergenau auf Sprengkörper untersucht. Das gleiche gilt auch für alle anderen Gegenstände, die sich in den Räumen befinden, wie Blumen, Bilder, Anrichten usw.«

Wenn Gina Nicoletti über das Gehörte enttäuscht war, weil sie keinen Ansatzpunkt für einen Anschlag finden konnte, so ließ sie es sich nicht anmerken. Sie erhob sich, die Pistole auf das Herz von Jim Fox gerichtet.

»Hier, das können Sie als Andenken an unsere Unterhaltung behalten«, sagte sie und warf Jim Fox die Bilder in den Schoß. »Für heute habe ich genug gehört. Wenn ich mehr Informationen brauche, melde ich mich. Und glauben Sie nicht, daß Sie mir dadurch entkommen könnten, daß Sie sich eine andere Wohnung nehmen oder auf Dienstreise gehen. Erstens finde ich Sie, wo immer Sie sich verstecken würden, und zweitens werde ich die Bilder, sollte ich Sie tatsächlich nicht finden, sofort an die Presse schicken.

Bleiben Sie sitzen!« befahl Gina Nicoletti, als Jim Fox Anstalten machte aufzustehen. »Ich finde den Weg zur Tür allein.«

Als Gina Nicoletti eine Stunde später in ihrem Apartment stand, fertigte sie als erstes ein kurzes Gedächtnisprotokoll von dem Gespräch an. Erst danach begann sie sich zu demaskieren.

Wieder wurde es eine lange Nacht für sie. Mit starkem Kaffee hielt sie sich wach. Stunde um Stunde entwickelte sie Pläne, spielte sie durch und verwarf sie wieder. Wie schon beim letztenmal scheiterten sie immer wieder daran, daß sie keine sichere Fluchtmöglichkeit garantierten. Schließlich brach sie ihre Arbeit ab und legte sich schlafen. Nach fünf Stunden war sie wieder auf den Beinen und ging noch einmal alle Optionen der vergangenen Nacht durch. Es war weit nach Mitternacht, als sie endlich aufstand und sich streckte. Sie hatte die Lösung gefunden.

16

»Mensch, Tommy, was machst du denn hier?«

Verblüfft drehte sich Tom Porter in seinem Sitz um. »Mich laust der Affe, Andy, du? Ich denke, du bist in

Indien. Komm, setz dich.« Tom Porter klopfte mit der Hand auf den freien Sitz neben sich.

Andrea Andretti, Journalist und Schriftsteller aus Rom und guter Bekannter von Tom Porter, ließ sich in den Sitz fallen.

Tom Porter betrachtete den kleinen, drahtigen Mann mit einem herzlichen Lächeln. »Mensch, Andy, wo hast du denn gesteckt? Ich wollte dich in Rom besuchen, aber du warst nicht da, und niemand konnte mir sagen, wo du dich rumtreibst. Nach Auskunft deines Nachbarn solltest du dich in Indien befinden.«

»Da war ich auch. Bin erst vorgestern zurückgekommen. Es tut mir aufrichtig leid, daß ich dich in Rom verpaßt habe«, antwortete Andrea Andretti. Er schlug seinem Freund auf die Schulter. »Du kannst dir gar nicht vorstellen, wie überrascht ich war, als ich dich hier in der Maschine nach Rio sah. Das müssen wir feiern.« Er drückte auf den Knopf für die Bedienung. Als die Stewardeß kam, sagte er: »Bringen Sie uns bitte zwei Flaschen Rotwein.«

»Du trinkst doch noch immer Rotwein?« fragte er Tom Porter.

»Aber sicher!«

Als der Wein vor ihm stand, hob Andrea Andretti sein Glas. »Auf einen unterhaltsamen Flug, Tommy.«

»Zum Wohl, Andy.« Tom Porter kaute den Wein genußvoll. »Ein guter Tropfen.« Dann fragte er neugierig: »Wenn du erst vorgestern nach Hause gekommen bist, was machst du denn heute schon wieder hier?«

»Ließ sich nicht ändern, Tommy. Du weißt doch, wie das ist. In Indien wurde ich länger aufgehalten, als ich geplant hatte, und meine Verabredung in Brasilia konnte und wollte ich nicht rückgängig machen. Ich hab' dir doch erzählt, daß ich an einem neuen Buch über die Indianer am Amazonas arbeite. Ein Völkerkundler von der Universität Brasilia will mir dabei helfen. Er ist eine Kapazität auf seinem Gebiet. Er kann mir sehr nützlich sein. Ich darf ihn nicht verärgern. Was macht übrigens dein Buch? Hast du es schon veröffentlicht?«

»Noch nicht. Ich komm' nicht so recht weiter. Die Arbeit in der Redaktion nimmt mich zu sehr in Anspruch. Ich hätte es so machen sollen wie du, nur noch freiberuflich tätig sein.«

»Hab' ich dir doch gesagt. Schmeiß den ganzen Kram hin und arbeite an deinem Buch. Du schreibst doch daran, oder?«

»Sicher, wann immer ich Zeit habe.«

»Und was willst du in Rio?«

Tom Porter überlegte, wie er Andrea Andretti sein Vorhaben erklären konnte, ohne zuviel zu verraten. »Ich fliege nach Rio, um jemanden zu sprechen. Eine Landsmännin von dir. Sie heißt Gina Nicoletti.«

»Nicoletti? Die Fotografin? Meinst du die?«

»Ja, die meine ich.«

»Ist sie denn nicht in Rom?«

Tom Porter schüttelte den Kopf. »Leider nicht. Sie ist, kurz bevor ich sie in Rom aufsuchen konnte, nach Rio geflogen. Jetzt hoffe ich, sie dort zu treffen.«

»Willst du sie etwa anheuern?« fragte Andrea Andretti überrascht. »Mußt ja 'ne Stange Geld haben, wenn du sie dir leisten kannst. Aber wenn ich dir einen Rat geben darf, laß die Finger von ihr.«

»Wieso?«

»Sie ist zu unzuverlässig. Hält keine Absprachen ein.«

»Wie meinst du das?«

»Wie ich es gesagt habe. Ich hatte ihr im Winter angeboten, mit mir zusammen eine Reportage über Indien zu machen. All diesen Kram mit den Sikhs, du weißt schon. Zuerst war sie auch interessiert. Dann, kurz nach Neujahr, bekomme ich einen Anruf von ihr, und sie sagt kurz und schmerzlos ab. Ich konnte mir dann innerhalb einer Woche jemand anderen suchen. Du kannst dir wohl vorstellen, wie sauer ich war.«

»Hat sie denn gesagt, warum sie nicht mehr wollte?« Tom Porter hatte die Frage weniger aus Interesse als aus Teilnahme gestellt.

»Hat mir nur gesagt, sie könne nicht, weil sie einen dringenden Auftrag übernehmen müßte und erst Ende Januar wieder in Rom sein würde. – Was hast du?«

Tom Porter hatte sich so plötzlich aufgerichtet, daß er Wein über seine Hose schüttete. »Sie war nicht in Rom? Hatte sie dir gesagt, wohin sie mußte?« fragte er und versuchte seine Erregung zu unterdrücken.

»Nein, nicht daß ich wüßte. Aber warum interessiert dich das so?«

»Ach nichts, ich . . . ich hatte nur selber versucht, sie im Januar zu erreichen«, log Tom Porter. Die Mitteilung, daß Gina Nicoletti auf Reisen war, als das Attentat auf den Innenminister von Zaire erfolgte, hatte ihn völlig unvorbereitet getroffen. War es Zufall, oder steckte mehr dahinter? Auf jeden Fall versprach das Gespräch mit Gina Nicoletti interessant zu werden. Um Andrea Andretti, der seine Antwort nicht geschluckt hatte und ihn mißtrauisch von der

Seite ansah, auf andere Gedanken zu bringen, fragte er: »Wo, meinst du, würde die Nicoletti in Rio absteigen? Ich hatte keine Zeit mehr, mich nach ihrem Hotel zu erkundigen.«

»Nur im teuersten«, antwortete Andrea Andretti spontan.

»Wie lange willst du denn in Brasilia bleiben?« wechselte Tom Porter das Thema.

»Ich weiß noch nicht. Vielleicht eine Woche, vielleicht etwas länger.«

Die beiden Männer unterhielten sich so angeregt über ihre Arbeit, Projekte und Pläne, daß die Zeit wie im Fluge verging und sie überrascht waren, als sich die Maschine zum Anflug auf Rio de Janeiro senkte. Nachdem sie Paß- und Zollkontrolle hinter sich gebracht hatten, verabschiedete sich Tom Porter von seinem Freund und begab sich mit seinem Gepäck zu den wartenden Taxis. Sofort wurde er von den Fahrern mit echt südländischer Lebhaftigkeit bestürmt. Tom Porter achtete nicht auf die Angebote, die man ihm zurief. Er hatte sich bereits einen Taxifahrer ausgesucht und steuerte auf ihn zu. Der untersetzte Brasilianer nahm ihm das Gepäck ab und fragte: »Wo darf ich Sie hinbringen, Senhor?«

»Ich suche ein ruhiges, sauberes Hotel, das nicht zu teuer ist und möglichst zentral liegt. Können Sie mir eins empfehlen?« antwortete Tom Porter.

»Si, si, Senhor. Ich kenne eins. Gutes Hotel, sehr sauber, gutes Essen.« Der Taxifahrer tat, als würde er sich voller Genuß die Finger abschlecken.

»Na dann los«, sagte Tom Porter und stieg ein. »Ich werde es mir ansehen.«

Der Taxifahrer hatte nicht zuviel versprochen. Das Hotel lag in einer Seitenstraße zwischen Altstadt und Copacabana. Von außen sah es zwar etwas schäbig aus, aber innen wirkte alles sauber. Ein Papagei saß neben dem Empfang auf einer Stange und empfing den neuen Gast mit lautem Geschimpfe. Er schien als Hausglocke zu dienen, denn gleich darauf trat eine mächtige Matrone in die Halle. Um ihre Hüften hing eine befleckte Schürze. Anscheinend war sie gerade dabeigewesen, das Mittagessen vorzubereiten. Der Taxifahrer sagte ihr einige Worte auf portugiesisch, die sie lebhaft beantwortete.

»Sie hat ein Zimmer für Sie, Senhor«, sagte er zu Tom Porter gewandt. »Es ist ganz ruhig. Es liegt zum Hof hinaus.«

Tom Porter bedankte sich mit einem großzügigen Trinkgeld. Der Taxifahrer grinste anerkennend und holte eine ehemals weiße Geschäftskarte aus seiner Hosentasche. »Wenn Sie ein Taxi brauchen, rufen Sie diese Nummer an und verlangen Sie Pepe. Ich fahre Sie, wohin Sie wollen«, sagte er und drückte Tom Porter die Karte in die Hand.

Die Matrone nahm einen Schlüssel vom Brett und stieg ächzend die Treppe hinauf. Tom Porter folgte ihr. Am Ende des Ganges blieb sie stehen und hielt die Tür auf.

»Ihr Zimmer, Senhor«, sagte sie.

Der Raum war einfach eingerichtet, aber sauber. Das Fenster zeigte auf einen halbverwilderten Garten. Vom Verkehrslärm war kaum etwas zu hören. Tom Porter war zufrieden. Das Haus machte auf ihn eher den Eindruck einer Pension als eines Hotels. Nachdem er sich durch ein Bad erfrischt hatte, legte er sich aufs Bett und war gleich darauf eingeschlafen.

Ein dröhnender Gongschlag riß ihn aus seinen Träumen. Er krabbelte aus dem Bett und sah nach, was der Lärm zu bedeuten hatte. Die dicke Matrone klärte ihn auf. »Der Speisesaal ist jetzt geöffnet. Wollen Sie essen?«

Tom Porter lehnte ab. Nach der langen Sitzerei und den reichhaltigen Mahlzeiten im Flugzeug hatte er noch keinen Appetit. Außerdem wollte er die Zeit nutzen, um Gina Nicoletti zu finden. Er langte in seine Hosentasche und holte die Karte heraus, die ihm der Taxifahrer gegeben hatte.

»Darf ich mal telefonieren?« fragte er.

»Selbstverständlich, Senhor«, antwortete die Matrone und schob den Apparat zu ihm hinüber.

Tom Porter wählte die Nummer, die auf der Karte stand. Eine weibliche Stimme meldete sich.

»Haben Sie einen Fahrer, der Pepe heißt?« fragte er.

»Si, Senhor, soll er für Sie fahren?«

»Ja, sagen Sie ihm, er soll mich abholen. Senhor Porter im Hotel Tropicana.«

»Pepe wird sofort kommen«, versicherte die Dame.

Tom Porter brauchte nicht lange zu warten. Schon nach fünfzehn Minuten fuhr ein Taxi vor, und Pepe stieg aus. Mit einem breiten Grinsen begrüßte er ihn. »Wohin darf ich Sie fahren?« fragte er, als Tom Porter eingestiegen war.

»Kann ich dich für den Rest des Tages mieten?«

»Si, Senhor.«

»Und was kostet mich der Spaß?«

Pepe nannte den Preis. Tom Porter lachte. »Viel zuviel«, lehnte er ab. Dann begannen beide, um den Fahrpreis zu feilschen. Schließlich wurden sie handelseinig.

»Und wohin soll es nun gehen?« wollte Pepe wissen.

Tom Porter holte aus seiner Brieftasche das Porträt von Gina Nicoletti, das er von Max bekommen hatte.

»Ich muß diese Dame finden«, sagte er zu Pepe und zeigte ihm das Bild. »Sie ist hier in irgendeinem Hotel abgestiegen. Ich weiß aber nicht in welchem. Wahrscheinlich ist nur, daß es sich dabei um ein Luxushotel handeln dürfte. Ich nehme an, du kennst diese Hotels.«

Pepe pfiff durch die Zähne. »Dann sind wir aber ein paar Tage unterwegs, Senhor.«

»Macht nichts. Fangen wir mit den teuersten an. Vielleicht haben wir ja Glück und finden die Dame schnell.«

»Okay, Senhor«, sagte Pepe und schoß davon.

Den ersten Versuch starteten sie im Hilton. Pepe fuhr bis vor das Portal und ließ Tom Porter aussteigen. Die beiden Polizisten vor dem Eingang beachteten ihn kaum. Tom Porter schritt durch die riesige Eingangshalle zum Empfang. Es herrschte reger Betrieb, so daß er eine Weile warten mußte, bevor sich ein Angestellter an ihn wandte.

»Womit kann ich Ihnen dienen, Senhor?« fragte er höflich.

»Ich bin mit Senhora Nicoletti hier verabredet. Würden Sie mich bitte anmelden«, forderte ihn Tom Porter auf.

»Welche Zimmernummer bitte?« wollte der Angestellte wissen.

»Weiß ich leider nicht«, erwiderte Tom Porter.

»Einen Augenblick, Senhor.«

Der Angestellte sah auf die Liste mit der Zimmerbelegung. Zweimal überflog er sie und sagte dann bedauernd: »Tut mir leid, aber eine Senhora Nicoletti wohnt nicht bei uns.«

Tom Porter tat überrascht. »Das ist unmöglich. Sie hatte

mich doch gebeten, sie hier zu treffen. Sollte sie etwa schon wieder abgereist sein? Würden Sie bitte noch einmal nachsehen und mir sagen, wann sie das Hotel verlassen hat?« Tom Porter schob eine Fünfdollarnote über den Schalter, die der Angestellte blitzschnell verschwinden ließ.

»Ich werde nachsehen«, sagte er und ging. Als er wiederkam, konnte Tom Porter schon an seinem Gesichtsausdruck erkennen, daß Gina Nicoletti hier nicht abgestiegen war.

In den folgenden Stunden fuhr ihn Pepe von einem Luxushotel zum anderen, überall, wo er fragte, erhielt er die gleiche negative Antwort. Enttäuscht ließ er sich zu seinem Hotel zurückfahren. Während der Rückfahrt hatte Pepe eine Idee.

»Was meinen Sie, Senhor, soll ich mal bei meinen Kollegen nachfragen? Vielleicht hat ja einer von ihnen die Dame vom Flugplatz zum Hotel gefahren.«

»Ein guter Gedanke. Das könnte uns auf die Spur bringen«, stimmte Tom Porter zu.

»Dann brauche ich aber das Bild.«

Tom Porter holte das inzwischen stark zerknitterte Porträt aus der Brieftasche und reichte es Pepe. »Verlier es aber nicht. Ich brauch' es noch«, sagte er.

Pepe nickte und ließ es in der Brusttasche seines Hemdes verschwinden. »Morgen, gegen Mittag, melde ich mich wieder.«

»In Ordnung, ich warte auf dich.«

Pepe brauste davon.

Tom Porter ging in den Speiseraum. Die Sucherei hatte ihn hungrig und durstig gemacht. Er bestellte sich ein saftiges Steak mit den üblichen Beilagen und nach einigem

Zögern eine Flasche Rotwein. Zu seinem Erstaunen waren sowohl das Essen als auch der Wein ausgezeichnet. Das Fleisch war so zart, daß er es fast mit der Gabel schneiden konnte. Er genoß seine Mahlzeit. Zwar war er enttäuscht, daß seine Suche bis jetzt erfolglos gewesen war, aber das tat seinem Appetit keinen Abbruch. Er tröstete sich mit dem Gedanken, daß Pepe wahrscheinlich mehr Glück haben würde.

Am nächsten Tag gegen ein Uhr meldete sich Pepe wieder. Er zuckte bedauernd mit den Schultern. »Ich habe alle gefragt, die mit ihrem Taxi während der letzten Wochen am Flughafen waren, als die Alitalia-Maschine aus Rom ankam. Aber keiner hat die Frau gefahren.«

Tom Porter kratzte sich enttäuscht am Kopf. »Da kann man nichts machen, Pepe. Jetzt gibt es nur noch eine Möglichkeit, ich muß bei den Leihwagenfirmen am Flughafen nachfragen. Irgendwie muß sie ja in die Stadt gekommen sein, und mit einem öffentlichen Bus ist sie garantiert nicht gefahren.«

Tom Porter fuhr mit Pepe zum Flughafen. Hier ging er von Leihwagenagentur zu Leihwagenagentur. Aber niemand konnte sich an Gina Nicoletti erinnern. Erst bei der letzten schien er Glück zu haben. Ein Angestellter glaubte sich an eine Frau, die so ausgesehen haben könnte wie die Dame auf dem Bild, zu erinnern. Tom Porter half seinem Gedächtnis mit einem Zehndollarschein auf die Sprünge. Der Angestellte blätterte die abgelegten Unterlagen durch.

»Wie, sagten Sie, hieß die Dame?« fragte er.

»Gina Nicoletti«, antwortete Tom Porter.

»Ja, richtig, hier haben wir den Vertrag. Sie hat den Wagen am Mittwochmorgen ausgeliehen.«

»Hat sie ihn noch?«

»Bitte?« Der Angestellte hatte Tom Porter nicht verstanden.

»Ich meine«, erklärte Tom Porter, »hat sie ihn schon zurückgegeben oder nicht?«

Der Angestellte sah erneut auf den Vertrag. »Der Wagen wurde wieder zurückgegeben«, teilte er Tom Porter mit.

Tom Porter bedankte sich und ging. Sein Ziel waren die Schalter der Fluggesellschaften. Er wollte herausfinden, wohin Gina Nicoletti geflogen war. Nur durch großzügige Trinkgelder konnte er die Angestellten dazu bewegen, in ihren Computerdaten nachzusehen. Vergebens. Gina Nicoletti hatte mit keiner Linie Rio verlassen. Tom Porter war enttäuscht, aber es half nichts. Sie schien sich in Luft aufgelöst zu haben. Ihm blieb nichts anderes übrig, als unverrichteter Dinge nach Washington zurückzufliegen.

17

Seit über einer Woche war Tom Porter wieder in Washington, und er war noch keinen Schritt weitergekommen. Zwar war er mehr denn je davon überzeugt, einer großen Sache auf der Spur zu sein, aber beweisen konnte er nichts. Und was ihn noch mehr ärgerte war, daß er nicht einmal sagen konnte, um was für eine Sache es sich handelte. Hinzu kam, daß er das Gefühl hatte, einen wichtigen Hinweis übersehen zu haben. Aber welchen? Zum x-ten Male ließ er die Erlebnisse der letzten Wochen Revue passieren.

Ohne Erfolg. Sosehr er sich auch anstrengte, es blieb bei den bekannten Fakten. Da war der Tod Mike Steels, eines Mannes, von dem angenommen wurde, daß er ein Berufskiller gewesen war. Dann das Schmuckstück, das er im Garten des Toten gefunden hatte und das in den zwanziger Jahren die Mitglieder eines javajanischen Geheimbundes getragen hatten. Und drittens gab es Gina Nicoletti, eine erfolgreiche internationale Fotografin. Sie paßte überhaupt nicht in das Bild. Wenn seine Informationen stimmten, dann war sie durch ihre Arbeiten eine reiche Frau geworden. Was hatte sie mit den Ereignissen der letzten Monate zu tun? Sie mit dem Tod von Mike Steel in Verbindung zu bringen, schien absurd zu sein. Und trotzdem, ihr Name tauchte immer wieder auf, wenn er die Situation analysierte. Sie trug den gleichen Anhänger, wie er ihn bei dem Neger im Flugzeug gesehen und wie er ihn im Garten von Mike Steel gefunden hatte. Sie war während des Attentats auf den Innenminister von Zaire im Januar dieses Jahres nicht in Rom, sondern auf Reisen gewesen. Sie war es, deren Spur sich in Rio in Luft aufgelöst hatte. Je länger er darüber nachdachte, desto überzeugter wurde er, daß Gina Nicoletti in der einen oder anderen Weise mit den Vorfällen in Verbindung stand. Aber wie?

Tom Porter kratzte sich nachdenklich am Kopf. Wie immer er die einzelnen Fälle betrachtete, es konnte nur eine logische Erklärung geben. Es mußte eine internationale terroristische Organisation existieren, die für das Attentat in Zaire und für Mike Steels Tod verantwortlich war. Daß der Privatdetektiv eines natürlichen Todes gestorben war, glaubte er nicht. Vielleicht hatte man Mike Steel getötet, weil er der Terror-Organisation Konkurrenz machte. Vielleicht hatte er auch im Sold dieser Organisation gestanden und einen Auftrag nicht erfolgreich ausgeführt. Gründe für seine Ermordung konnte er sich genug vorstellen.

Bei seinen Überlegungen trat ein Gedanke immer mehr in den Vordergrund. Was wäre, wenn Mike Steel wirklich ein Konkurrent gewesen war? Wenn er aus dem Weg geräumt wurde, weil er ein Unternehmen gefährdet hatte? Würde das nicht bedeuten, daß ein solches Unternehmen noch immer in Vorbereitung war? Ein Unternehmen, das möglicherweise in den Staaten stattfinden würde?

Tom Porter nahm sich vor, seinen Verdacht Barbara Meriville mitzuteilen. Sie, als Leiterin des Dezernats Terrorismus im FBI, hatte allein die Möglichkeiten, diesem Verdacht nachzugehen. Nur – Barbara Meriville war nicht in Washington. Sie war auf Dienstreise und würde erst in ein paar Tagen zurückkommen. Notgedrungen mußte er warten und konnte damit auch nicht der Frage nachgehen, wie Gina Nicoletti in das Bild hineinpaßte. Die Antwort interessierte ihn brennend, aber um sie zu finden, mußte er nach Rom. Nur dort glaubte er Informationen erhalten zu können, die ihm bei der Beantwortung der Frage weiterhelfen konnten.

Drei Tage später. Tom Porter saß im Büro des Chefredakteurs und erläuterte ihm seinen Verdacht. Bob Austin hörte interessiert zu. Er stimmte mit Tom Porter überein, daß sich hier ein Stoff für eine sensationelle Story bot.

Bob Austin hatte Tom Porter gerade die Reise nach Rom genehmigt, als die Sekretärin den Kopf zur Tür hereinstreckte und sagte: »Entschuldigen Sie, Chef, ein Telefongespräch für Tom. Eine Barbara Meriville vom FBI ist am Apparat. Wollen Sie das Gespräch annehmen, oder soll ich ihr sagen, Sie rufen zurück?«

»Ich komme!« rief Tom Porter hastig, und zu Bob Austin gewandt sagte er: »Entschuldige, Bob, ich muß Barbara unbedingt sprechen. Ich versuche sie schon seit Tagen zu erreichen. Bin gleich zurück.«

Er hastete zu seinem Schreibtisch. »Hallo, Babs, ich bin froh, dich wieder zu hören. Bist du in Washington, oder rufst du von auswärts an?«

»Hi, Tom, schön, so enthusiastisch begrüßt zu werden. Ich bin in unserem Mutterhaus. Wollte nur mal sehen, ob du schon von deiner Reise zurück bist. Wie geht's dir?«

»Danke der Nachfrage. Mir geht's bestens. Ich will wieder nach Rom fliegen, möchte dich aber vorher unbedingt sprechen. Hast du Zeit? Ich lade dich zum Essen ein.«

Barbara Merivilles Stimme klang enttäuscht, als sie antwortete: »Schade, daß du schon wieder weg mußt. Ich hatte gehofft, wir könnten ein paar Abende zusammen verbringen. Was willst du denn so dringend mit mir besprechen?«

»Das würde ich dir lieber persönlich sagen«, entgegnete Tom Porter.

»Okay, hol mich um zwölf Uhr ab. Ich warte am Haupteingang auf dich.«

»Vielen Dank, Babs. Ich werde pünktlich da sein«, versprach er und legte auf.

Um zwölf Uhr fuhr Tom Porter vor das FBI-Hauptquartier. Barbara Meriville wartete schon und trat, sowie sie den leuchtend roten Sportwagen sah, an die Straßenkante. Tom Porter stoppte und hielt ihr von innen die Tür auf. »Schön wie immer«, begrüßte er sie. »Steig ein!«

»Alter Schmeichler! Auch wenn es gelogen ist, es klingt gut«, erwiderte sie mit einem Lachen auf den Lippen. Tom Porter wollte scheinbar empört aufbegehren, wurde jedoch rigoros unterbrochen. »Bevor du weiter Unsinn redest, sag mir lieber, wohin du mich zum Essen entführst. Hoffentlich ist es ein vernünftiger Ort. Ich habe, ob du es glaubst oder nicht, einen Mordshunger.«

»Was hältst du von Charly's Crab? Die sollen zur Zeit ein exzellentes Fisch-Buffet haben«, sagte Tom Porter, während er den Wagen in den fließenden Verkehr steuerte.

»Klingt gut«, stimmte Barbara Meriville zu. Sie wußte, wenn es um Essen ging, konnte sie dem verfressenen Tom Porter blindlings vertrauen.

Während des Essens war Tom Porter schweigsam. Seine ganze Aufmerksamkeit galt dem köstlichen Mahl. Barbara Meriville störte ihn nicht, obwohl sie gespannt war, was er ihr so Wichtiges zu sagen hatte.

Als Tom Porter seine Serviette beiseite gelegt hatte, sah er Barbara Meriville an. »Gut war's, nicht?«

Barbara Meriville nickte zustimmend. Dann fragte sie neugierig: »Weswegen wolltest du mich denn sprechen?«

Tom Porter schob den Teller zur Seite und beugte sich vor. Mit ernster Miene sagte er: »Ich habe mich in den vergangenen Tagen intensiv mit den Ereignissen der letzten Zeit befaßt, und mir sind dabei so einige Gedanken gekommen, die du unbedingt wissen solltest – beruflich, meine ich. Also hör zu! Du weißt doch, daß ich dieses Schmuckstück, diese drei ineinander verschlungenen Kobras, gefunden habe?«

»Sicher, ich erinnere mich. Du hattest auch so eine wilde Theorie. Nahmst an, es sei das Symbol eines uns unbekannten Geheimbundes«, erwiderte Barbara Meriville und lächelte Tom Porter nachsichtig an. »Du weißt, ich stand und stehe dieser Theorie auch heute noch zurückhaltend gegenüber.«

Tom Porter ließ sich weder durch ihre Worte noch durch den spöttischen Ton irritieren, sondern fuhr fort: »Nun, gerade dieser Verdacht hat sich weiter verstärkt. Ich bin mir ziemlich sicher, eine uns bislang unbekannte Terror-Organisation plant einen Anschlag. Und zwar hier in den Staaten.«

»Aber, Tom . . .«

»Verzeih, daß ich dich unterbreche«, entschuldigte er sich, »aber laß mich erst erklären, warum ich zu dieser Überzeugung gekommen bin, bevor du etwas sagst.«

Tom Porter berichtete Barbara Meriville alles, was er seit ihrem letzten Zusammentreffen erlebt hatte und zu welchen Schlußfolgerungen er gekommen war. Zum Schluß sagte er: »Du mußt doch einsehen, Babs, daß nur so alles einen Sinn ergibt.«

Barbara Meriville hatte aufmerksam zugehört. Zwar war das spöttische Lächeln um ihren Mund verschwunden, aber der skeptische Blick war noch da. »Tom, nun hör mir einmal gut zu, und bitte versteh mich nicht falsch. Was ich sage, ist nicht gegen dich persönlich gerichtet. Aber ich glaube nicht an diese Terror-Organisation oder diesen Geheimbund, wie du es auch immer nennen magst. Sicher, deine Überlegungen haben etwas für sich, aber wenn es so eine Terrorgruppe geben würde, dann hätten wir im FBI schon längst etwas davon gehört. Aber wir haben nicht. Nicht den leisesten Hinweis gibt es bei uns. Als du mir letztes Mal von deiner Theorie erzählt hattest, habe ich in meiner Abteilung nachprüfen lassen, ob du recht haben könntest. Das Ergebnis war negativ. Ich habe auch in Pasadena angerufen und mit dem Beamten gesprochen, der den Tod von Steel untersucht hatte. Er ist der Überzeugung, daß Steels Tod ein Unfall war.«

Tom Porter unterbrach Barbara Meriville ungeduldig. »Weiß ich, Babs, weiß ich alles. Aber siehst du denn nicht die Unstimmigkeiten? So einen Anhänger im Wert von zehntausend Dollar verliert man doch nicht einfach so, ohne daß der Besitzer danach forschen würde. Aber das hat er meines Wissens nicht getan. Jedenfalls nicht nach dem Tod von Mike Steel. Dann denk an den Neger in Zaire! Auch er trug so einen Anhänger, und wenige Stunden später erfolgte das Attentat. Wenn du nicht an eine internationale Terror-Organisation glaubst, wie erklärst du dir denn das alles?«

»Ich gebe ja zu, daß es merkwürdige Vorfälle sind«, antwortete Barbara Meriville beschwichtigend, »aber könnten es nicht auch einfach Zufälle sein, in die du zuviel hineininterpretierst?«

»Zufälle! Daß ich nicht lache! Immer, wenn man zu faul ist, sich Gedanken zu machen, dann sagt man, es wären Zufälle, und man ist aus dem Schneider. So einfach kann man sich das nicht machen.« Tom Porter war über Barbara Merivilles mangelnde Bereitschaft, sich seinen Schlußfolgerungen anzuschließen, verärgert und gab sich keine Mühe, das zu verbergen.

»Dann sag mir bitte mal, was ich deiner Meinung nach tun soll!« sagte Barbara Meriville pikiert.

Ärgerlich fuhr er sie an: »Verdammt noch mal, den Verdacht ernst nehmen und der Sache nachgehen.« Er hatte die Worte kaum ausgesprochen, als ihm sein Ton auch schon leid tat. Er griff nach Barbara Merivilles Hand und drückte sie sanft. »Entschuldige, ich wollte dich nicht kränken. Ist mir nur so herausgerutscht. Aber ich bin halt von meinen Schlußfolgerungen überzeugt.«

Barbara Meriville unterdrückte die spitze Bemerkung, die ihr auf der Zunge lag, und sagte versöhnlich: »Schon gut, Tom, ich kann dich ja verstehen, aber ich kann so einem vagen Verdacht nicht nachgehen. Wir haben dazu weder Personal noch Zeit. Du kannst dir nicht vorstellen, was der Besuch von Groschenko für zusätzliche Arbeit macht.«

Tom Porter war bei ihren letzten Worten aufgefahren. »Sag das noch mal!« Mit der flachen Hand schlug er sich gegen die Stirn. Ihm war plötzlich eingefallen, was er die ganze Zeit übersehen hatte. »Ich Hornochse! Ich Idiot! Ich Rindvieh! Das ist es, was mir nicht einfallen wollte. Es lag vor meinen Augen, und ich war zu blind, es zu sehen«, stöhnte er.

Barbara Meriville sah ihn an. »Spinnst du jetzt völlig, oder was hast du?«

»Keine Sorge, Babs, du brauchst keinen Klapsmühlenarzt zu rufen, ich bin völlig normal!« rief er fröhlich und lachte sie an. »Du hast mich mit deinen Worten auf die richtige Fährte gebracht. Ich könnte dich küssen.«

Barbara Meriville lehnte sich zurück, denn Tom Porter war zuzutrauen, daß er es in aller Öffentlichkeit tun würde. Irritiert fragte sie: »Ich? – Ich hab' doch nur gesagt, daß wir wegen des Besuchs von Michail Groschenko bis über den Kopf in Arbeit stecken.«

»Genau das ist es ja. Ich hab' dir doch gesagt, ich nehme

an, daß hier in Amerika ein Anschlag geplant wird. Jetzt weiß ich auch, auf wen.«

»Du meinst . . .«

»Genau«, unterbrach er Barbara Meriville. »Kannst du dich daran erinnern, daß ich dir sagte, ich hätte bei Mike Steel einen Haufen Bücher über Michail Groschenko gefunden? Bücher, die er niemals gelesen hätte, wenn es nicht einen ganz bestimmten Grund dafür gegeben hätte. Die ganze andere Lektüre, die ich bei ihm gesehen hatte, war der reinste Schund. Und weißt du, was ich weiter glaube? Steel wurde umgebracht, weil er den ›Anhänger-Leuten‹ ins Gehege kam.« Tom Porters Augen sprühten vor Eifer, als er Barbara Meriville erwartungsvoll ansah.

Für eine ganze Weile schwieg Barbara Meriville. Sie war zu überrascht, um zu antworten. Auf den ersten Blick hatten Toms Worte etwas Bestechendes, Überzeugendes an sich. Auf der anderen Seite aber gab es zu viele Annahmen, auf die sich seine Theorie stützte. Und dann, wenn so ein Anschlag wirklich geplant wäre, dann hätte eine so hervorragend funktionierende Behörde wie das FBI längst von der Sache Wind bekommen, und genau das war nicht der Fall. Auch wenn Toms Worte etwas Faszinierendes an sich hatten, so blieb sie doch skeptisch und antwortete zurückhaltend. »Eine wirklich interessante Theorie, die du da entwickelst.«

»Ja, Mensch, Babs, siehst du denn nicht, nur so kann es sein!« rief Tom Porter leidenschaftlich.

»Möglich, daß du recht hast. Ich werde darüber nachdenken. Aber jetzt entschuldige mich.« Barbara Meriville sah auf ihre Armbanduhr. »Ich muß zurück ins Büro. Bin schon spät dran.«

Während der Rückfahrt bedrängte Tom Porter Barbara Meriville weiter, ohne sie jedoch überzeugen zu können. Vor allem ihr Glaube an die herausragenden Eigenschaften des FBI hielt sie davon ab.

Bob Austin reagierte auf Tom Porters Theorie ganz anders als Barbara Meriville. Er konnte sich der zwingenden Logik nicht entziehen und stellte Tom Porter von allen laufenden Arbeiten frei, damit er sich ganz auf den »Fall Groschenko«, wie er es nannte, konzentrieren konnte.

Als Barbara Meriville ihr Büro betrat, warteten bereits mehrere Mitarbeiter im Vorzimmer auf sie, und auf ihrem Schreibtisch stapelte sich die Vormittagspost. Die Hektik des Tages nahm sie wieder in Anspruch, so daß sie das Gespräch mit Tom Porter vergaß. Hätte er dies gewußt, er wäre nicht so ohne weiteres nach Rom geflogen, sondern hätte sich weiter bemüht, Barbara Meriville von seinem Verdacht zu überzeugen. Bei aller Begeisterung für eine Story, war er doch Realist genug, um zu wissen, daß er zwar die Pläne für ein Attentat aufdecken konnte, aber es verhindern, das vermochte er nicht. Dazu war allein das FBI in der Lage.

Zwei Tage nach seinem Gespräch mit Barbara Meriville landete Tom Porter in Rom. Andrea Andretti holte ihn vom Flugplatz ab. Tom Porter hatte ihn von Washington aus angerufen und ihn um Hilfe gebeten. Andrea Andretti hatte sofort zugesagt. Zusammen fuhren sie zu seiner geräumigen Wohnung. Ohne den Protest von Tom Porter zu beachten, sagte er: »Nun laß den Unsinn, solange du in Rom bist, wohnst du selbstverständlich bei mir. Ich hab' Platz genug. Basta.«

Nach einigem Sträuben willigte Tom Porter ein. Als sie

wenig später in dem behaglichen Wohnzimmer bei einem Begrüßungsschluck saßen, sagte Andrea Andretti: »So, Tom, nun erzähl, wie ich dir helfen kann. Auf das, was du mir am Telefon gesagt hast, konnte ich mir keinen Reim machen.«

Tom Porter wies seinen Freund in die Lage ein, ohne dabei zu verraten, daß es bei seinen Nachforschungen möglicherweise um die Entlarvung eines Attentats auf Groschenko ging. Er schloß mit den Worten: »Und deshalb, Andy, will ich herausfinden, wann Gina Nicoletti nicht in Rom war.«

Sein Freund sah ihn nachdenklich an. »Auch wenn du mir natürlich nur die Hälfte gesagt hast, was ich verstehen kann, helfe ich dir. Allerdings unter einer Bedingung.«

»Und die wäre?« fragte Tom Porter.

»Wenn du aus diesen Nachforschungen eine Story machst, dann will ich sie auch haben, und zwar bevor sie veröffentlicht wird.«

Tom Porter dachte nicht lange nach. Er wußte, er brauchte Andy, um an die gewünschten Informationen zu gelangen. Also mußte er auch dafür bezahlen. »Einverstanden«, sagte er deshalb, »du erhältst mein Manuskript ein paar Stunden, bevor es in unserer Zeitung erscheint. Okay?«

»Ja. Nun laß uns überlegen, wie wir am besten an die Informationen kommen. Ich halte es für unklug, wenn wir offiziell Erkundigungen einziehen. Ich meine, wenn wir zu den Verlagen gehen, mit denen Gina Nicoletti zusammenarbeitet. Das könnte zuviel Staub aufwirbeln.«

»Das sehe ich auch so«, stimmte Tom Porter zu. »Ich dachte, wir könnten die Haushälterin befragen. Ich nehme jedenfalls an, daß die Nicoletti eine hat, denn als ich sie damals besuchte, öffnete mir eine Frau, dick, über fünfzig, die Tür.«

»Eine Möglichkeit. Am besten, ich sehe mir die Frau einmal alleine an. Dich könnte sie wiedererkennen und mißtrauisch werden.«

»Okay, Andy, ich verlaß mich ganz auf dich. Aber vergiß nicht, ich brauch' die Daten von den letzten fünf bis sechs Jahren.«

Noch am gleichen Tag machte sich Andrea Andretti auf den Weg in die Via Torgazzo. Tom Porter vertrieb sich die Zeit mit einem Bummel durch Rom. Bei jeder anderen Gelegenheit hätte er es genossen, aber jetzt machte ihn das Warten kribbelig. Er war gereizt, weil er wegen seiner mangelhaften italienischen Sprachkenntnisse selbst keine Nachforschungen anstellen konnte. Als sein Freund am Abend endlich in die Wohnung zurückkehrte, bestürmte er ihn sofort mit Fragen.

»Wie war's? Hast du was erreichen können? Was hat sie gesagt? Erzähl!«

»Nun laß mich erst einmal Luft holen«, antwortete Andrea Andretti. »Mix mir einen Gin-Tonic, während ich mir etwas Bequemeres anziehe.« Als er wenig später in einem Polohemd und einer leichten Leinenhose das Wohnzimmer betrat, ließ er sich in einen Sessel fallen und wartete, bis ihm Tom Porter das gewünschte Getränk gebracht hatte. Langsam und genüßlich nahm er einen Schluck. »Das tut gut«, sagte er und stellte zufrieden das Glas auf den Tisch. »Nun zu dir, Tom, ich habe leider nichts erreicht. Die Haushälterin ist ein wahrer Zerberus. Zwar habe ich mich mit ihr längere Zeit unterhalten, weißt du, ich habe ihr erzählt, daß ich eine Serie über die Lebens- und Arbeitsbedingungen von Hauspersonal schreibe und deshalb viele Hausangestellte interviewen muß –, aber erfahren habe ich über ihre Herrin nichts. Zugeknöpft wie eine Auster war sie. Dabei führt sie während der Abwesenheit von Gina Nicoletti ein Haushaltsbuch. Wenn wir das in die Hände kriegen könnten, hätten wir genau die Informationen, die wir bräuchten.«

»Mist!« fluchte Tom Porter. »Gab es denn keine Möglichkeit, an das Haushaltsbuch heranzukommen?«

»Keine. Der Zerberus war mißtrauisch und hat mich keinen Augenblick aus den Augen gelassen. Ich habe alle Register meines Charmes gezogen. Nichts zu machen.« Andrea Andretti schüttelte bedauernd den Kopf.

Beide Männer schwiegen. Während Tom Porter ungeduldig im Zimmer auf und ab ging, nippte Andrea Andretti nachdenklich an seinem Gin-Tonic. Schließlich war es Tom Porter, der das Schweigen brach.

»Ob wir da nachts eindringen könnten?«

Andrea Andretti sah ihn entsetzt an. »Bist du verrückt? Du kannst doch nicht so einfach in eine Wohnung einbrechen. Wie stellst du dir das vor? Wenn man uns entdecken würde, landen wir unweigerlich hinter Gittern. Nein, Tom, ohne mich! Und überhaupt glaube ich nicht, daß wir Erfolg hätten. Erstens schläft der Zerberus in der Wohnung. Zweitens ist da ein widerlicher Kläffer von Hund, und drittens dürfte die Nicoletti bei dem Geld, das sie hat, eine Alarmanlage eingebaut haben. Nein, schlag dir diese idiotische Idee aus dem Kopf.«

»Schon gut, schon gut, war ja nur ein Gedanke«, beschwichtigte Tom Porter seinen Freund.

»Vergiß es!«

Wieder nahm Tom Porter seine ruhelose Wanderung durchs Zimmer auf. Und wieder brach er nach einiger Zeit das Schweigen.

»Vielleicht können wir etwas über die Post herausbringen«, schlug er vor. »Ich könnte mir vorstellen, daß Gina Nicoletti, wenn sie für längere Zeit von Rom abwesend ist, ihre Briefe postlagernd aufbewahren läßt, damit nicht jemand in ihrer Post herumschnüffelt. Was meinst du?«

Andrea Andretti sah Tom Porter zweifelnd an. »Ich weiß nicht so recht. Ich könnte mir allerdings vorstellen, daß sie gerade möchte, daß die Haushälterin die Post durchsieht, damit nichts Wichtiges anbrennt«, gab er zu bedenken.

»Schon möglich«, erwiderte Tom Porter, »aber hast du eine andere Idee, wie wir an die Informationen herankommen können?«

»Nein.«

»Könntest du dann auf der Post einmal nachfragen?«

»Na ja, versuchen kann ich's ja«, stimmte Andrea Andretti wenig überzeugt zu.

Als die Post am nächsten Morgen öffnete, waren sie die ersten, die die Schalterhalle betraten.

»Warte solange hier, während ich mich erkundige«, forderte Andrea Andretti seinen Freund auf. Tom Porter brauchte nicht lange zu warten. Schon nach einer Viertelstunde kam sein Freund mit strahlendem Lächeln wieder.

»Du hattest recht«, sagte er. »Sie läßt tatsächlich ihre Post hier lagern. Hätte ich nicht gedacht.«

»Und, hast du sonst noch etwas erfahren?« drängte Tom Porter seinen Freund. »Oder schmeißen sie etwa die Unterlagen weg, wenn sie nicht mehr benötigt werden?«

»Keine Sorge, Tom«, beruhigte ihn Andrea Andretti, »du bist hier in Italien. Wir schmeißen doch nichts weg. Jedes Stückchen Papier wird irgendwo in irgendeinem Ordner fein säuberlich abgeheftet. Was meinst du, wie viele Aktenberge in den Kellern unserer Behörden vor sich hinmodern.«

»Wäre zu schön, um wahr zu sein. Aber wie kommen wir an die Informationen heran?«

»Kein Problem. Kostet dich natürlich Schmiergeld. Wieviel ist dir die Sache wert?«

»Ich würde schon einige Dollar springen lassen«, erwiderte er vage. »Wie viele wären denn angemessen?«

»Hundert Dollar, vielleicht etwas mehr«, schätzte Andrea Andretti.

»Okay!«

»Gut, dann werde ich mich um die Informationsbeschaffung kümmern. Wir sehen uns heute abend.«

Wieder blieb Tom Porter nichts anderes übrig, als sich den Tag mit Warten zu vertreiben. Eine Beschäftigung, die er auf den Tod haßte. Aber diesmal sollte sich das Warten lohnen. Als Andrea Andretti zurückkam, konnte er Tom Porter mitteilen, daß sie die gewünschten Daten in drei Tagen erhalten würden.

Aus den drei Tagen wurden allerdings acht, und auch der Preis erhöhte sich um fünfzig Dollar, dafür aber bekam Tom Porter die gewünschten Angaben. In gut leserlicher Handschrift waren neunzehn Zeiträume aufgeführt, in denen die Post für Gina Nicoletti aufbewahrt worden war. Tom Porter war glücklich. Noch am selben Abend buchte er einen Flug nach Washington.

In seiner Wohnung nahm er sich nicht einmal Zeit, seine

Sachen auszupacken, sondern eilte gleich ins Arbeitszimmer. Voller Spannung verglich er die Angaben auf dem Zettel mit den Daten, die er für sein Buch über den Terrorismus gesammelt hatte.

»Also doch«, murmelte er und lehnte sich erleichtert und zufrieden zugleich zurück.

18

Tom Porter griff zum Telefon und wählte Barbara Merivilles Dienstnummer. Ihre Sekretärin war am Apparat.

»Hier Tom Porter. Ich möchte Mrs. Meriville sprechen. Es ist wichtig.«

»Tut mir leid, Mister Porter, aber Mrs. Meriville ist in einer Besprechung.«

»Können Sie mir sagen, wann sie zurück sein wird?«

»Das kann ich leider nicht, aber zwei Stunden wird es mindestens noch dauern.«

»Gut, ich werde in zwei Stunden beim FBI sein. Sollte Mrs. Meriville früher kommen, sagen Sie ihr bitte, daß ich sie unbedingt sprechen muß und vorbeikomme.«

»Werde ich ausrichten, Mister Porter«, versicherte die Sekretärin.

Zwei Stunden später meldete sich Tom Porter an der Wache des FBI. Ein Besucherausweis lag für ihn bereit, und eine Sicherheitsbeamtin eskortierte ihn in den zweiten Stock, in dem die Abteilung für Terrorismus und Bandenkriminalität untergebracht war. Barbara Merivilles Büro lag ganz am Ende des Ganges. Als die Sicherheitsbeamtin

Tom Porter in das Vorzimmer der Abteilung führte, stand Barbara Meriville bei der Sekretärin und wies sie in verschiedene Dokumente ein.

»Hi, Tom«, begrüßte sie ihn flüchtig, »ich bin gleich fertig. Geh schon in mein Büro.«

Zum erstenmal betrat Tom Porter Barbara Merivilles Dienstzimmer. Neugierig blickte er sich um. Bis auf zwei persönliche Bilder und einige Grünpflanzen deutete nichts darauf hin, daß hier eine Frau residierte. Alles war sachlich, nüchtern und in dem typischen Stil aller Regierungsbüros eingerichtet. Der Schreibtisch und die Stühle sahen abgenutzt und ein wenig schäbig aus.

»Da kannst du mal sehen, wie ihr Steuerzahler eure Beamten hausen laßt«, sagte Barbara Meriville spöttisch, als sie Tom Porters abschätzenden Blick sah.

»Du hast recht, Babs, so darf die führende Kraft des FBI nicht untergebracht sein. Ich werde sofort einen geharnischten Artikel darüber schreiben«, stimmte Tom Porter ihr mit todernster Miene zu.

»Ich sollte dich beim Wort nehmen.« Barbara Meriville lachte, wurde aber sofort wieder ernst. »Kommen wir zur Sache, Tom! Ich habe nur wenig Zeit, muß gleich weg. Weswegen wolltest du mich so dringend sprechen?«

Tom Porter zog einen Stuhl heran und setzte sich. »Du erinnerst dich doch an meinen Verdacht hinsichtlich Gina Nicoletti. Ich . . .«

»Du meinst die Sache mit dem Anhänger?« unterbrach Barbara Meriville ihn.

»Ja, ich . . .«

»Mein Gott, Tom, nicht schon wieder! Entschuldige, aber mir schwirrt der Kopf von so vielen anderen Dingen, daß ich mich unmöglich damit beschäftigen kann.« Als sie Tom Porters gekränkten Gesichtsausdruck sah, fügte sie schnell hinzu: »Bitte sei nicht gleich eingeschnappt, aber ich habe mit dem Besuch von Michail Groschenko so viel zu tun, daß ich nicht weiß, was ich zuerst erledigen soll.«

Tom Porter ließ sich durch ihre Worte nicht besänftigen. Er war sichtlich verärgert. Ihm wollte es nicht einleuchten, daß sich ein Beamter in Barbara Merivilles Position so offensichtlich gegen die Fakten sträuben konnte. Er überlegte, ob er das Gespräch nicht abbrechen und gehen sollte. Doch die Vernunft siegte. Wenn tatsächlich ein Anschlag auf Michail Groschenko geplant war, und davon war er spätestens seit heute mittag überzeugt, dann besaß nur das FBI die Mittel und Möglichkeiten, das Attentat zu verhindern. Er unterdrückte deshalb seinen Ärger und sagte so ruhig und sachlich wie möglich: »Nun vergiß für ein paar Minuten deine vorgefaßte Meinung und das, was ich dir in der Vergangenheit gesagt habe, und hör mir zu. Bist du danach immer noch nicht überzeugt, werde ich dieses Thema nie mehr anschneiden. Okay?«

»Okay!«

Tom Porter zog einen zusammengefalteten Zettel aus seiner Jackentasche. »Also hör zu«, begann er, »du weißt von meinem Verdacht über die mögliche Existenz eines Geheimbundes und über Gina Nicolettis denkbare Verwicklung mit dieser Organisation. Nun, ob es einen Geheimbund gibt oder nicht, darüber bin ich mir nicht mehr so sicher. Sicher dagegen bin ich, daß ich Gina Nicoletti bislang falsch bewertet habe. Ich hielt sie zunächst für eine Randfigur. In der Zwischenzeit mußte ich jedoch feststellen, daß sie die Hauptperson zu sein scheint. Das heißt, ich bin davon überzeugt, sie ist ein Profikiller, und zwar einer von der allerersten Sorte, denn sonst hättest du oder auch ich schon etwas von ihr gehört. Da wir das nicht haben, unterstreicht es ihre Klasse.« Tom Porter machte eine Pause. Als Barbara Meriville sich nicht äußerte, reichte er ihr den zusammengefalteten Zettel. »Hier der Beweis. Lies!«

Barbara Meriville faltete den Zettel auseinander und betrachtete die Angaben. »Und was sollen die Daten beweisen?« fragte sie verständnislos aufblickend.

Tom Porter sah sie verwundert an. Er konnte nicht verstehen, daß sie die Bedeutung der Daten nicht sofort begriff. Er beugte sich zu ihr hinüber. »Ups, ich hab' den verkehrten Zettel mitgebracht«, entschuldigte er sich. Er hatte in der Eile den falschen Zettel eingesteckt. Das Blatt mit den Informationen, die er für Barbara Meriville zusammengestellt hatte, mußte er auf seinem Schreibtisch liegengelassen haben. »Macht nichts«, sagte er, »ich erkläre dir die Spalten. Also paß auf. Die erste Spalte zeigt die Zeiträume, an denen Gina Nicoletti während der letzten sechs Jahre nicht in Rom war. Wie du siehst, war das neunzehnmal der Fall. Die zweite Spalte zeigt das Datum, an dem ein prominenter Politiker oder Wirtschaftsführer ums Leben gekommen ist. Das war neunmal der Fall, und jedesmal war Gina Nicoletti am Todestag der Männer nicht in Rom. Was aber die Sache noch deutlicher macht, ist die Tatsache, daß Gina Nicoletti stets zwei bis vier Tage nach dem Todesfall wieder in Rom auftauchte.

So, und jetzt sag nur nicht wieder, das seien alles Zufälle.«

Tom Porters Worte hatten ihren Eindruck auf Barbara

Meriville nicht verfehlt. Nachdenklich spielte sie mit dem Bleistift in ihrer Hand. Schließlich blickte sie auf und sah Tom Porter an.

»Und, was hältst du davon, Tom?«

»Das will ich dir sagen. Ich glaube, Gina Nicoletti plant einen Anschlag auf den russischen Regierungschef.«

Barbara Meriville sagte kein Wort. Sie starrte auf den Zettel mit den Zahlenreihen. Tom störte sie nicht. Ihm war klar, sie mußte diese Worte erst verdauen.

Eine ganze Weile saß Barbara Meriville regungslos da, dann griff sie zum Telefon. Wie er aus ihren Worten entnehmen konnte, sprach sie mit ihrem Vorgesetzten. Als sie den Hörer aufgelegt hatte, wandte sie sich an Tom Porter. »Hast du Zeit? Ich möchte, daß du das, was du mir erzählt hast, meinem Chef, Mister Perrish, berichtest.«

»Selbstverständlich, Babs«, stimmte Tom Porter freudig zu. Endlich schien sich etwas zu bewegen.

Mr. Perrish, ein intelligent aussehender älterer Herr mit lebhaften Augen, hörte Tom Porters Bericht aufmerksam zu. Nicht ein einziges Mal hatte er ihn unterbrochen, um Fragen zu stellen. Als Tom Porter geendet hatte, sah er Barbara Meriville an und fragte: »Wieso haben wir davon keine Kenntnis?«

Barbara Meriville zuckte mit den Schultern. »Weiß ich nicht, Sir. Wir haben über Gina Nicoletti auch nicht die Spur eines Hinweises in unseren Akten. Es muß so sein, wie Tom gesagt hat. Wenn sie eine Mörderin ist, was natürlich noch nicht bewiesen ist, dann muß sie Spitzenklasse sein. Wenn sie den Anhänger nicht verloren hätte, vorausgesetzt, es ist ihr Anhänger, dann wüßten wir heute noch nichts von ihr.«

»Nicht gerade ein Ruhmesblatt für uns«, sagte Mr. Perrish ernst und fügte hinzu: »Ich will, daß Mister Porters Verdacht unverzüglich überprüft wird. Sie sind mir dafür verantwortlich. Ich will Ergebnisse, schnelle Ergebnisse. Übergeben Sie alle Routinearbeiten an Ihren Stellvertreter. Stellen Sie ein Team zusammen, das sich ausschließlich mit der Fahndung nach dieser Nicoletti befaßt. Aber sorgen Sie dafür, daß die Ermittlungen absolut geheim bleiben. Sollte etwas an die Öffentlichkeit dringen, könnte es katastrophale Folgen haben. Haben Sie mich verstanden?«

»Ja, Sir.«

»Gut, noch Fragen?«

»Nein, Sir.«

»Dann an die Arbeit!«

Mr. Perrish war aufgestanden und reichte Tom Porter die Hand. »Ich danke Ihnen«, sagte er und fügte nach kurzem Zögern hinzu: »Ich erwarte, daß Ihr Blatt in dieser Phase der Ermittlungen nicht über den Fall berichtet.«

Tom Porter wiegte bedenklich den Kopf. »Das kann ich nicht versprechen. Diese Entscheidung liegt beim Chefredakteur. Aber ich könnte mir vorstellen, daß er mit sich reden lassen würde, wenn Sie mir gestatten, an den Ermittlungen teilzunehmen.« Tom Porter wußte, seine Worte waren glatte Erpressung, aber Beruf war Beruf.

»Einverstanden«, sagte Mr. Perrish. Er wußte, er hatte keine andere Wahl.

Sowie sie das Büro verlassen hatten, brachte Barbara Meriville Tom Porter zur Wache zurück und verabschiedete sich kurz angebunden. Sie war verärgert. Verärgert über sich selbst, weil sie Toms Ideen nicht ernst genommen hatte. Aber auch, weil ihr Chef genehmigt hatte, daß Tom

Porter an den Ermittlungen teilnehmen konnte. Sie sah darin einen Eingriff in ihren Verantwortungsbereich. Hinzu kam noch etwas anderes. Es war ihr Verhältnis zu Tom Porter. Anfänglich hatte sie geglaubt, ihn zu lieben. Dieses Gefühl war jedoch, je häufiger er sie mit seinen Überlegungen, Annahmen und Verdächtigungen konfrontiert hatte, abgestorben. Sicher, sie sah in ihm immer noch einen guten Freund, aber Liebe oder gar sexuelles Verlangen verspürte sie nicht mehr. Sie mußte die Situation klären. Das war wichtig für sie, denn ohne klare Verhältnisse konnte sie mit ihm nicht zusammenarbeiten.

Zurück in ihrem Büro schob sie alle Gedanken an Tom Porter von sich und wurde wieder ganz zur nüchternen Leiterin ihrer Abteilung. Im Vorbeigehen beauftragte sie ihre Sekretärin: »Bitten Sie Mister Marksman zu mir. Er möchte sofort kommen. Dann sagen Sie Clovis, Bill, Fred und Ruth Bescheid, daß ich sie in einer halben Stunde sprechen möchte.« Henry Marksman, ihr offizieller Vertreter, erschien schon nach wenigen Minuten.

»Wo brennt's denn?« fragte er Barbara Meriville, als er sich lässig in einen Stuhl niederließ.

»Wir haben von Perrish einen neuen Auftrag bekommen. Es besteht der Verdacht, daß ein Anschlag auf den russischen Ministerpräsidenten geplant ist.«

Henry Marksman pfiff bedeutungsvoll durch die Zähne.

Barbara Meriville beachtete es nicht, sondern fuhr fort: »Du wirst ab sofort alle Routinearbeiten übernehmen. Ich muß mich ausschließlich mit diesem Fall befassen. Ich werde dazu eine Sondergruppe aus Clovis, Bill, Fred und Ruth bilden. Die Sache unterliegt zur Zeit absoluter Geheimhaltung.«

»Okay, was ist zu tun?«

»Nichts, was du nicht schon weißt. Du mußt nur zusätzlich zu den Routinearbeiten noch die Fälle übernehmen, an denen ich gearbeitet habe.« Barbara Meriville schob ihrem Stellvertreter einen Stapel Akten hin. Dann erläuterte sie ihm den Stand der Ermittlungen.

Als Henry Marksman eine halbe Stunde später ihr Büro verließ, warteten bereits die vier Mitglieder der neuen Sondergruppe im Vorzimmer.

»Kommt rein und nehmt Platz!« forderte sie sie auf.

Die vier nahmen Platz und sahen sie erwartungsvoll an. Trotz der kurzen Zeit als Leiterin des Dezernats hatte Barbara Meriville bereits alle schätzen gelernt und war sicher, daß sie für die Aufgabe, die vor ihnen lag, die besten Beamten ihres Dezernats ausgewählt hatte. Zwar würde die Zusammenarbeit in diesem Team nicht immer leicht sein, dafür hatten die vier zu unterschiedliche Charaktere und Erfahrungen, aber gerade dies, so hoffte Barbara Meriville, würde der Arbeit immer wieder neue Impulse geben.

Der Senior im Team war Clovis Handle. Er hatte letzte Woche seinen fünfzigsten Geburtstag gefeiert und gehörte dem FBI seit dreißig Jahren an. Er war der erfahrenste unter den vier Beamten und hätte selbst längst Abteilungsleiter sein können, wenn er nicht jeden Schreibtischjob rigoros abgelehnt hätte. Da er finanziell unabhängig war, spielte die mit einer Beförderung verbundene Gehaltserhöhung für ihn keine Rolle.

Etwas jünger, nämlich Ende Dreißig, war Bill Rander. Er war erst vor zwei Jahren vom Morddezernat in die Abteilung für Terrorismus- und Bandenbekämpfung gekommen. Ihm eilte der Ruf voraus, daß er bislang jeden Fall gelöst habe.

Die beiden jüngsten Mitglieder in der Runde waren Fred Washburn und Ruth Patterson. Beide waren nach Abschluß der Universität zum FBI gegangen. Barbara Meriville hatte sie ausgewählt, weil sie noch voller Ehrgeiz waren und jede Chance nutzen würden, um sich zu bewähren. Was ihnen an Erfahrung fehlte, machten sie durch Eifer wett. Sie sollten den Gegenpol zu den beiden erfahrenen, aber auch schon abgestumpfteren und kritischeren Beamten bilden.

Als Barbara Meriville ihre Einweisung beendet hatte, setzte eine lebhafte Diskussion ein. Clovis Handle ergriff als erster das Wort. »Verdammt weit hergeholt, das Ganze«, sagte er kritisch. »Mag ja sein, daß die Nicoletti ein Killer ist, was es allerdings noch zu beweisen gilt, aber wegen ein paar Büchern gleich auf ein Attentat zu schließen, kommt mir reichlich überzogen vor.«

»Aber möglich wär's«, warf Fred Washburn eifrig ein. Er war von der Aufgabe, die auf ihn zukam, fasziniert.

»Das schon«, sagte Bill Rander, »aber wenn ich Barbara richtig verstanden habe, dann ist die einzige Verbindung zwischen Nicoletti und dem Privatdetektiv dieser ominöse Anhänger, und der einzige Hinweis auf ein geplantes Attentat sind die Bücher über Groschenko, die bei Steel gefunden wurden. Alles andere ist pure Spekulation. Und ich muß Clovis zustimmen. Wer hieraus ableiten will, Nicoletti plane ein Attentat auf Groschenko, der braucht schon einen Haufen Phantasie.«

Ruth schüttelte heftig ihren Kopf und warf ein: »Ich glaube, wir zäumen die Pferde vom Schwanz her auf. Wenn wir davon ausgehen, daß ein Attentat auf Groschenko geplant ist und dazu ein Killer angeheuert wurde, dann müssen wir doch zuallererst herausfinden, wer der oder die Auftraggeber sind. Alles andere ist zweitrangig. Selbst wenn wir die Nicoletti finden und nachweisen können, sie bereite einen Anschlag vor, dann haben wir damit den Anschlag noch nicht vereitelt. Ein Werkzeug kann ersetzt werden. Den Auftraggeber müssen wir finden.«

»Sehr richtig! Ich stimme Ruth bei!« rief Fred. »Nur der Auftraggeber hilft uns weiter.«

»Nun mal sachte mit den jungen Pferden!« rief Clovis, den Eifer der beiden dämpfend. »Ihr habt recht und auch wieder nicht. Unterstellen wir für den Augenblick einmal, Gina Nicoletti plane tatsächlich ein Attentat auf Groschenko. In diesem Falle ist es das wichtigste, die Attentäterin auszuschalten. Der Auftraggeber kommt erst in zweiter Linie. Warum? Ganz einfach. Ein Attentat dieser Größenordnung bedarf gründlichster Vorbereitung. Jedes Detail muß stimmen. Der Fluchtweg muß so gründlich, ja ich möchte sagen, noch gründlicher vorbereitet werden, als die Tat selbst. Eine solche Vorbereitung kostet Zeit, viel Zeit. Außerdem gibt es nur wenige Berufskiller, die die geistigen Fähigkeiten besitzen, eine solche Aufgabe zu planen und auszuführen. Fassen wir also den Täter, dann ist das Attentat zunächst vereitelt. Bevor ein neuer Killer gefunden ist und dieser seinen Plan ausgearbeitet hat, wird viel Zeit vergehen, und das bedeutet, ein zweiter Anschlag kann nicht mehr in den USA stattfinden.«

»Was uns zu den Fragen bringt: Wann? Wer? Wie? Wo?« warf Bill ein.

»Ich denke, wer ist klar!« rief Fred spontan.

Bill schüttelte den Kopf. »Ich dachte mehr an, wer steckt dahinter, denn ich stimme Ruth zu. Auch den Auftraggeber müssen wir finden, sonst ist das Attentat nur aufgeschoben und nicht aufgehoben. Clovis mag zwar recht haben, aber wer sagt uns, daß nicht zwei Attentäter auf Groschenko angesetzt worden sind?«

»Auf jeden Fall wissen wir, wann und wo das Attentat erfolgen wird.« Es war wiederum Fred Washburn, der die Bemerkung gemacht hatte. »Wir müssen davon ausgehen, der Anschlag wird in den Staaten stattfinden, und zwar während des Gipfeltreffens im August. Wenn das nicht der Fall wäre, dann ginge uns der ganze Kram sowieso nichts an.«

»Zwar kurzsichtig gedacht, aber ich stimme Fred zu«, sagte Clovis.

»Und was ist mit dem Wie und Wer?« kam Bill auf seine Fragen zurück.

Es war wieder Fred, der antwortete. »Das Wie kann doch nur bedeuten, Sprengstoff oder Handfeuerwaffen.«

»Richtig, aber deine Worte ›doch nur‹ dürften eine zarte Untertreibung sein. Hast du dir schon mal überlegt, wie viele Möglichkeiten es gibt, mit diesen beiden Mitteln ein Attentat auszuführen?« fragte Clovis ironisch, den Freds vorlaute Art störte.

Bevor Fred antworten konnte, griff Barbara Meriville ein. Sie hatte sich absichtlich aus der Diskussion herausgehalten, um ihren Mitarbeitern Gelegenheit zu geben, ihre Meinungen darzulegen. Damit sich die Diskussion nicht ins Nebensächliche verlor, griff sie ein. »Ich denke, es wurde alles vorgebracht, was zu diesem Zeitpunkt gesagt werden kann. Bei unseren Überlegungen dürfen wir uns nicht in

Spekulationen verlieren. Sie bringen uns nicht weiter. Im Gegenteil, sie führen uns nur in Sackgassen. Unsere Hauptaufgabe ist es, da stimme ich mit Clovis überein, zunächst den Attentäter oder die Attentäterin zu finden. Alles andere ist zweitrangig.«

»Und wie, schlägst du vor, sollen wir verfahren?« wollte Clovis wissen.

Barbara Meriville hatte sich die Vorgehensweise bereits während der Diskussion zurechtgelegt und konnte deshalb ohne zu zögern antworten. »Wir werden wie folgt vorgehen: Zuerst müssen wir feststellen, ob Gina Nicoletti wirklich die Attentäterin ist, für die sie gehalten wird. Das heißt, wir werden überprüfen, ob sie sich überhaupt zu dem Zeitpunkt von Mike Steels Tod in den Staaten aufgehalten hat. Diese Aufgabe wirst du übernehmen, Clovis. Setz dich mit der Einwanderungsbehörde zusammen und überprüfe alle Daten der Personen, die während der fraglichen Zeit in die Staaten eingereist sind.« Als sie sah, wie Clovis nachsichtig lächelte, sagte sie: »Entschuldige, du weißt natürlich selbst, wie du vorgehen mußt.« Dann wandte sie sich an Bill Rander. »Du setzt dich mit den kanadischen Behörden in Verbindung. Es könnte ja sein, daß sie über Kanada eingereist ist.

Du, Fred, nimmst mit den brasilianischen Behörden Kontakt auf. Ich will wissen, wo sich Gina Nicoletti zur Zeit aufhält und ob sie und, wenn ja, wie sie das Land verlassen hat.

Und du, Ruth, überprüfst noch einmal Mike Steels Tod. Ich will wissen, ob ein Mord mit hundertprozentiger Sicherheit ausgeschaltet werden kann. Gleichzeitig überprüfst du die Hotels, Motels usw. in Los Angeles und

Umgebung, ob die Nicoletti zur Todeszeit von Steel dort abgestiegen war. Du kannst zur Unterstützung unser dortiges Büro heranziehen.« Barbara Meriville sah ihre Mitarbeiter an, die sich bis auf Clovis Notizen gemacht hatten. »So, das wär's für heute. Habt ihr noch Fragen?«

Alle schüttelten den Kopf.

»Dann viel Glück! Wir sehen uns am Freitag zu einer weiteren Besprechung wieder.«

Barbara sah den Mitarbeitern nach, als sie das Zimmer verließen. Augenblicklich konnte sie nicht mehr tun. Die Aufträge waren erteilt, die Jagd konnte beginnen.

19

Gina Nicoletti stand trotz des heißen Sommerwetters vor dem Kamin und warf Blatt für Blatt in die Flammen. Sie vernichtete die Notizen, die sie sich im Laufe der letzten vierundzwanzig Stunden gemacht hatte. Sie benötigte sie nicht mehr, denn sie wußte jetzt, wie sie das Attentat auf Michail Groschenko durchführen würde. Damit war die Vorbereitungsphase natürlich noch nicht abgeschlossen. Im Gegenteil, sie begann jetzt erst richtig. Die Idee mußte in ein Konzept umgesetzt werden, und daraus wiederum war ein Operationsplan zu entwickeln. Ein Berg von Arbeit lag noch vor ihr, aber das Fundament war gelegt. Von jetzt an konnte sie gezielt planen.

Sie hatte lange gebraucht, bis sie eine Lösung für das Problem gefunden hatte, wie sie nach dem Attentat unentdeckt entkommen konnte. Jetzt, da sie die Lösung kannte, erschien sie ihr einfach. Sie würde Michail Groschenko vergiften, und zwar mit einem Gift, das erst nach Stunden wirken würde. Die Zeitspanne von der Einnahme des Giftes bis zu seiner Wirkung würde reichen, um unerkannt zu entkommen.

Bevor Gina Nicoletti sich an diesem Abend zur Ruhe begab, überlegte sie, was als nächstes getan werden mußte. Sie kam zu dem Schluß, daß Herbert Landowski für sie die größte Gefahr darstellte. Seine offensichtliche Angst machte ihn zu einem unberechenbaren Risiko. So wie er Mike Steel preisgegeben hatte, würde er auch sie verraten. Ihn zu töten, mußte deshalb ihre vordringlichste Aufgabe sein. Als zweites galt es, das Gift zu beschaffen, und hierzu mußte sie noch einmal nach Brasilien. Um keine Zeit zu verlieren, wollte sie beide Aufgaben miteinander verbinden.

Zwei Tage später landete Robert E. Hyat, alias Gina Nicoletti, in New York. Noch vom Flughafen aus rief sie in Herbert Landowskis Büro an. Die Sekretärin fragte nach ihren Wünschen.

»Ich möchte Mister Landowski in einer dringenden Angelegenheit sprechen«, antwortete Gina Nicoletti.

»Mit wem spreche ich?« wollte die Sekretärin wissen.

»Robert Smith.« Gina Nicoletti nannte den ersten Namen, der ihr einfiel.

»Es tut mir leid, Mister Smith«, bedauerte die Sekretärin, »aber Mister Landowski ist nicht da.«

»Wann erwarten Sie ihn zurück?«

»In drei Wochen. Mister Landowski ist heute morgen nach Europa geflogen. Kann ich etwas für Sie tun?«

Gina Nicoletti unterdrückte einen Fluch. »Nein, vielen

Dank, ich werde mich wieder melden, wenn Mister Landowski zurück ist«, erwiderte sie mit erzwungener Höflichkeit und legte auf.

Sie schäumte innerlich vor Wut. Wäre sie nur einen Tag früher geflogen, dann hätte sie Herbert Landowski noch erledigen können. Nun mußte sie unverrichteter Dinge nach Brasilien fliegen.

Da ihre Maschine nach São Paulo erst am übernächsten Tag flog, blieb ihr nichts anderes übrig, als eine Ruhepause einzulegen. Obwohl der Zeitverlust sie ärgerte, tat ihr die Entspannung gut. Als sie sich am späten Nachmittag des zweiten Tages zum Kennedy Airport bringen ließ, fühlte sie sich frisch und voller Tatendrang.

In São Paulo mietete sie sich am Flughafen einen Leihwagen und fuhr in Richtung Westen davon. Ihr Ziel war San Jose, eine kleine Stadt, die gut achthundert Kilometer westlich von São Paulo in der Nähe der Grenze zu Paraguay lag. Es war ein ärmlicher Ort. Außer den Geschäften, in denen die Bewohner der umliegenden Ranches das Notwendigste kaufen konnten, gab es nur noch einige Cantinas und zwei kleine Hotels.

Als Gina Nicoletti etwa die Hälfte der Strecke zurückgelegt hatte, bog sie von der gut ausgebauten Überlandstraße ab und fuhr in einen schmalen Feldweg. Sie parkte ihren Wagen so, daß er von der Straße aus nicht gesehen werden konnte. Aus dem Geheimfach ihres Koffers nahm sie einige Dinge, mit deren Hilfe sie sich in einen ältlichen Brasilianer verwandelte. Als sie mit ihrer Verkleidung zufrieden war, vertauschte sie ihren amerikanischen Reisepaß mit einem brasilianischen Ausweis und Führerschein. Beide Dokumente waren auf den Namen Jaime Torres ausgestellt. Zum Schluß streifte sie einen zerschlissenen, ramponiert aussehenden Überzug über ihren Koffer. Aus dem eleganten Amerikaner Robert E. Hyat war ein etwas schäbig wirkender Vertreter für landwirtschaftliche Geräte geworden. Daß sie die portugiesische Sprache mit einem starken Akzent sprach, würde nicht weiter auffallen, da es in Brasilien viele Auswanderer gab, die die Sprache ähnlich schlecht oder noch schlechter als sie beherrschten.

Spät am Abend erreichte Gina Nicoletti San Jose. Die Geschäfte hatten bereits geschlossen, und nur aus einer Cantina drang laute Musik auf die Straße. Der Ort wirkte im Schein der spärlichen Straßenbeleuchtung noch heruntergekommener als am Tage. Vor dem größeren der beiden Hotels hielt Gina Nicoletti an und stieg aus. Im Gegensatz zu den meisten anderen Häusern sah es ordentlich und gepflegt aus. Es gehörte einem deutschen Ehepaar, das vor zwanzig Jahren nach Brasilien ausgewandert war und sich hier niedergelassen hatte. Gina Nicoletti kannte das Hotel schon von früheren Besuchen und wußte, daß es hier saubere Zimmer und eine gute, deftige Küche gab.

Am nächsten Morgen war sie bereits früh auf den Beinen. Nach einem ausgezeichneten Frühstück brach sie auf. Mit ihrem Wagen fuhr sie weiter in Richtung Grenze. Mit jedem Kilometer wurde die Straße schlechter. Bald war es nur noch ein holpriger Feldweg. Sie kam nur langsam voran. Tief eingedrückte Reifenspuren zwangen sie immer wieder im Schritt zu fahren. Manchmal mußte sie aussteigen und sich auf den Boden legen, um zu prüfen, ob ihr Fahrzeug das Hindernis passieren würde, ohne mit der Ölwanne aufzusitzen.

Nach vier Stunden Fahrt erreichte sie endlich ihr Ziel.

Vor ihr lag das aus Feldsteinen erbaute Herrenhaus einer Ranch. Eine breite, mit Fliegengitter verkleidete Veranda zog sich um das Gebäude. Zwischen den abseits gelegenen Stallungen spielten einige Kinder. Sonst war außer dem weißhaarigen Herrn, der auf der Veranda saß, niemand zu sehen. Gina Nicoletti parkte ihren Wagen und stieg die Stufen zur Veranda empor. Der weißhaarige Herr tat, als beachte er den Ankömmling nicht. Gina Nicoletti ließ sich durch die scheinbare Gleichgültigkeit nicht täuschen. Sie kannte den Herrn und wußte, wie gefährlich er war. Sicher hatte er sie längst kritisch gemustert und abgeschätzt.

»Guten Tag, Senhor Vallez«, begrüßte sie ihn.

Raimondo Vallez saß in einem Rollstuhl. Eine Decke lag über den bewegungsunfähigen Beinen. Er mochte sechzig Jahre alt sein, war einen Meter achtzig groß und sehr hager. Als er Gina Nicoletti ansah, lag ein verächtlicher, zynischer Ausdruck um seinen Mund, der noch durch die große, knöcherne Hakennase und die beiden stechenden Augen verstärkt wurde. Raimondo Vallez erwiderte Gina Nicolettis Gruß nicht.

»Wer sind Sie? Was wollen Sie?« fragte er barsch. »Wenn Sie was verkaufen wollen, ich brauche nichts.«

»Mein Name ist Jaime Torres – Sie brauchen ihn sich nicht zu merken, er ist falsch. Ich will nichts verkaufen, ich will etwas kaufen«, antwortete Gina Nicoletti ruhig und setzte sich in einen Schaukelstuhl ihm gegenüber.

Zwei wütende Augen funkelten sie an. »Wer hat Ihnen erlaubt, sich zu setzen? Scheren Sie sich zum Teufel! Ich verkaufe nichts.« Um Gina Nicolettis Lippen spielte ein ironisches Lächeln, als sie antwortete: »Zum Teufel scheren? Das brauche ich nicht. Da bin ich schon.«

Statt sich über die Beleidigung aufzuregen, sah er den ärmlich gekleideten Fremden, der sich Jaime Torres nannte, mit seinen stechenden Augen forschend an. Er hatte das Gefühl, als sei er ihm schon einmal begegnet. Das mußte er sein, denn woher sollte der Fremde sonst seinen Spitznamen kennen? Nur wenige wußten, daß er früher unter diesem Decknamen gearbeitet hatte. Man hatte ihm diesen Namen gegeben, weil er bei seinen Raubzügen gnadenlos sein Ziel verfolgte. Jeden, der sich ihm in den Weg stellte, brachte er bedenkenlos um. Egal, ob es ein Freund oder ein Polizist war. Den Decknamen hatte er nicht mehr benutzt, seit er seine Verbrecherlaufbahn abrupt beenden mußte. Bei einem Feuergefecht mit der Polizei war er schwer verwundet worden. Zwar hatten ihn seine Komplizen bei ihrer Flucht mitgenommen und zu einem Arzt gebracht, doch die Verletzungen waren so schwer, daß er querschnittsgelähmt blieb. Gezwungenermaßen hatte er sich aus seiner »aktiven Tätigkeit«, wie er es nannte, zurückziehen müssen. Von dem Geld seiner Raubzüge hatte er sich diese Ranch in der Nähe der Grenze zu Paraguay gekauft. Unter dem Deckmantel eines erfolgreichen Viehzüchters führte er nun von hier aus einen regen Waffenhandel. Aber nicht nur Waffen, sondern alles, was legal nicht zu beschaffen war, konnte man über ihn beziehen. Seine Preise waren hoch und mußten in amerikanischen Dollars bezahlt werden, aber dafür waren seine Leistungen auch gut.

Gina Nicoletti blickte ihn spöttisch an, während er sie abschätzend musterte. Sie sah, er war irritiert. Ihr bestimmtes Auftreten, das so gar nicht zu ihrer Verkleidung paßte, schien nicht ohne Wirkung geblieben zu sein.

»Nun«, fragte sie, »sind Sie bereit, mit mir ins Geschäft zu kommen?«

»Zum Teufel mit Ihnen! Verschwinden Sie!« Er griff zu einer Glocke, die auf dem Tisch stand, und läutete.

»Auch nicht, wenn ich drei Bullen kaufen will?« Es war das Kodewort, das ihm zeigen mußte, sie gehörte zum Kreis seiner Kunden.

Ein stämmiger, untersetzter Brasilianer war auf die Veranda getreten. Seiner breitgeschlagenen Nase nach mußte er früher Boxer gewesen sein.

»Was gibt's, Boß?« fragte er den Mann im Rollstuhl.

»Gleich«, gab Raimondo Vallez zurück, ohne seine Augen von Gina Nicoletti zu nehmen. »So, Sie wollen drei Bullen kaufen. Was für welche?« fragte er lauernd.

»Zwei schwarze und einen braunen.«

Raimondo Vallez drehte sich in seinem Rollstuhl um und rief dem Brasilianer zu: »Ist gut, ich brauche dich nicht mehr!« Dann wandte er sich wieder Gina Nicoletti zu und fragte wesentlich freundlicher: »Was brauchen Sie?«

»Ich brauche ein Gift. Ein langsam wirkendes Gift.«

»Wie langsam soll es wirken?«

»Die Wirkung darf erst nach mehreren Stunden einsetzen, muß dann aber absolut tödlich sein.«

»Sie wollen das Gift für einen Menschen, nehme ich an?«

»Ja«, bestätigte Gina Nicoletti.

»Wie soll es dem Opfer beigebracht werden? Mit einer Spritze, im Getränk oder im Essen?«

»Das steht noch nicht fest. Wahrscheinlich in einem Getränk oder im Essen.«

»Das bedeutet, es muß farb-, geruch- und geschmacklos sein.«

»Natürlich.«

»Können Sie das Gift problemlos den Getränken oder Speisen beimischen? Ich meine, können Sie es ungestört vermengen?«

Gina Nicoletti schüttelte den Kopf. »Im Gegenteil. Es muß unter schärfster Überwachung passieren. Die Person, die die Tat ausführt, muß damit rechnen, ständig kontrolliert zu werden. Bevor sie den Tatort betreten kann, wird sie aller Wahrscheinlichkeit nach gezwungen sein, sich einer Leibesvisitation zu unterziehen.«

»Hm«, brummte Raimondo Vallez und dachte eine Weile nach. Dann fragte er: »Bestehen schon Pläne, wie das Gift zum Tatort geschmuggelt werden soll?«

»Nein«, antwortete Gina Nicoletti, »das hängt unter anderem davon ab, welche Menge Gift benötigt wird und in welchem Behälter es transportiert werden kann.«

Wieder starrte Raimondo Vallez nachdenklich vor sich hin. Schließlich sah er auf und sagte: »Ich könnte Ihnen, wenn Sie wollen, einen Vorschlag machen. Dazu muß ich aber wissen, ob der Täter ein Mann oder eine Frau ist.«

Gina Nicoletti zögerte einen Augenblick, bevor sie antwortete. Ihr ging die Frage schon zu weit. Ihre Sicherheit hing davon ab, daß sie unerkannt blieb. Deshalb antwortete sie ausweichend: »Wahrscheinlich eine Frau. Es könnte aber auch ein Mann sein.«

Raimondo Vallez schüttelte den Kopf. »Es ist natürlich Ihre Sache, was Sie mir mitteilen wollen und was nicht. Aber bedenken Sie, ich kann Ihnen nur helfen, wenn Sie mir meine Fragen beantworten.«

Gina Nicoletti sah ein, daß er recht hatte, und sagte deshalb: »Es wird eine Frau sein.«

»Und wie schnell benötigen Sie das Gift?«

»In spätestens zwei Wochen.«

Raimondo Vallez zögerte, überlegte eine Weile und sagte dann: »Das wäre zu schaffen. Jetzt zum Preis. Ich verlange zehntausend Dollar Anzahlung. Bei Lieferung für das Gift noch einmal zehntausend Dollar und für die Schmuggelhilfe ebenfalls zehntausend.«

Ohne mit der Wimper zu zucken, öffnete Gina Nicoletti die Aktenmappe und entnahm ihr zehn Bündel zu je tausend Dollar und legte sie auf den Tisch.

Raimondo Vallez machte keine Anstalten, das Geld nachzuzählen. Noch nie hatte einer seiner Kunden versucht, ihn zu betrügen.

»Wo kann ich Sie erreichen?« fragte er Gina Nicoletti, die sich bereits erhoben hatte.

»Sie können mich nicht erreichen. Ich werde in vierzehn Tagen wieder hier sein. Und noch etwas, lassen Sie mich von niemandem verfolgen. Es wäre sein und Ihr Tod.«

Gina Nicoletti hatte die Worte fast gleichgültig ausgesprochen, aber gerade dadurch wurden sie zu einer nicht mißzuverstehenden Warnung.

Gina Nicoletti fuhr, ohne sich nach möglichen Verfolgern umzusehen, nach San Jose zurück. Sie war überzeugt, wenn Raimondo Vallez sie beschatten lassen wollte, hatte er längst Vorkehrungen dafür getroffen. Wenn überhaupt, dann mußte sie in San Jose mit Spitzeln rechnen. Als sie Stunden später die Stadt erreichte, sah sie sich sorgfältig nach möglichen Beobachtern um. Sie konnte niemanden entdecken und war schließlich sicher, daß sie nicht überwacht wurde.

Gina Nicoletti verbrachte die Nacht im Hotel und fuhr

am Morgen nach São Paulo zurück. Auf der Rückfahrt hielt sie und verwandelte sich wieder in Robert E. Hyat. In São Paulo gab sie den Mietwagen ab und schlüpfte unbemerkt in die Damentoilette des Flughafens. Wenig später kam sie als Gina Nicoletti heraus. Von einem Taxi ließ sie sich in das exklusivste Hotel von São Paulo bringen. Für die nächsten vierzehn Tage würde das ihr Stammquartier sein. Von hier aus wollte sie durch São Paulo und Umgebung streifen, um Bilder für eine Fotoreportage zu schießen. Das gehörte zum Aufbau ihres Alibis.

Zwei Wochen später, fast zur gleichen Tageszeit, fuhr sie wieder in den Hof der Ranch. Raimondo Vallez saß wie gewöhnlich in seinem Rollstuhl auf der Veranda. Als Gina Nicoletti, die sich in Jaime Torres verwandelt hatte, zu ihm trat, wies er mit einer Handbewegung auf den Schaukelstuhl, der ihm gegenüber stand.

»Sie sind pünktlich. Sehr gut«, begrüßte er sie.

Gina Nicoletti nahm Platz und fragte ebenso kurz: »Haben Sie die Sachen?«

Raimondo Vallez griff zur Glocke und läutete. Gleich darauf trat der Brasilianer mit der breitgeschlagenen Nase auf die Veranda. In der Hand trug er ein Kästchen, das er vor Raimondo Vallez auf den Tisch legte. Unaufgefordert ging er ins Haus zurück. Raimondo Vallez öffnete das Kästchen und entnahm ihm drei kleine Plastikampullen, in denen sich eine klare Flüssigkeit befand. Die Ampullen hatten die Stärke einer dickeren Kugelschreibermine und waren mit einer Kappe verschlossen.

»In jedem dieser Fläschchen befindet sich genug Gift, um zwei Menschen zu töten«, sagte er und schob die Ampullen zu Gina Nicoletti hinüber. »Das Gift wirkt je nach Menge nach vier bis sieben Stunden. Die Wirkung ist absolut tödlich.«

»Garantieren Sie das?« fragte Gina Nicoletti.

Raimondo Vallez verstand die Drohung, die in dieser kurzen Frage lag. Statt einer Antwort griff er zur Glocke. Als der Brasilianer vor ihm stand, befahl er: »Hol ein Schwein und binde es vor der Veranda an!« Der Brasilianer befolgte kommentarlos seinen Befehl. Als das Schwein mit einem Strick am Geländer der Veranda festgebunden war, fragte er Gina Nicoletti: »Wollen Sie es ausprobieren?«

Wortlos nahm Gina Nicoletti einen Apfel aus der Schale, die auf dem Tisch stand. Mit einem Obstmesser bohrte sie ein Loch hinein. Dann öffnete sie eine der Ampullen und spritzte den Inhalt mit einem leichten Druck ihrer Finger in das Loch. Anschließend preßte sie ein Apfelstück in die Öffnung, ging zu dem Schwein hinunter und warf ihm den Apfel hin. Sie beobachtete das Tier so lange, bis es den Apfel grunzend verschlungen hatte. Dann sah sie auf die Armbanduhr und kehrte zu Raimondo Vallez zurück.

»Wir haben jetzt mehrere Stunden Zeit«, sagte er und holte ein Päckchen aus dem Kasten. »Ich werde Ihnen jetzt zeigen, womit Sie das Gift zum Tatort schmuggeln können.« Er öffnete das Päckchen und nahm einen der Tampons, wie ihn Frauen benutzen, heraus.

»Dieser Tampon ist genauso groß und hat die gleiche Funktion wie ein handelsüblicher. Der Unterschied ist nur . . .« Er drückte auf das obere und untere Ende, und der Tampon klappte in der Mitte auf. Ein kleiner Hohlraum wurde sichtbar. Raimondo Vallez nahm die leere Ampulle und steckte sie hinein. »Sie sehen, sie paßt genau in die Öffnung. Niemand wird einen dieser Gegenstände kontrollieren. Um es besonders echt wirken zu lassen, sollten Sie ihn vorher mit einer roten Flüssigkeit tränken. Am besten mit Blut.«

Gina Nicoletti betrachtete die Tampons. Eine ausgefallene Idee, aber gut, dachte sie.

»Nun, zufrieden?« fragte Raimondo Vallez.

»Sehr«, antwortete Gina Nicoletti und holte mehrere Päckchen Dollarnoten aus ihrer Tasche und schob sie ihm hin.

Raimondo Vallez beachtete sie nicht, sondern lud Gina Nicoletti zu einem Imbiß ein. Sie nahm an, denn sie wollte die Reaktion des Schweins abwarten.

Viereinhalb Stunden mußte Gina Nicoletti warten, dann sah sie, wie sich das Schwein plötzlich schüttelte und mit einem grunzenden Seufzer zusammenbrach.

»Lähmung des Nervensystems«, kommentierte Raimondo Vallez.

20

Die Vorbereitungen für das Gipfeltreffen liefen auf vollen Touren. In wenigen Wochen würde Michail Groschenko in Washington landen. Mehrere Konferenzen hatten zwischen Oberst Kustow und Jim Fox stattgefunden. Zusätzliche Sicherheitsforderungen waren gestellt und diskutiert worden.

Jim Fox arbeitete wie immer schnell und gründlich. Man konnte ihm nicht anmerken, unter welch seelischer Belastung er stand. Der Verrat von Informationen an den

Neger lastete schwer auf ihm. Es hatte seiner ganzen Selbstbeherrschung bedurft, als sein Chef ihn darüber informiert hatte, daß mit einem Attentat auf Michail Groschenko gerechnet werden mußte und daß das FBI die Ermittlungen aufgenommen hatte. Trotz eiserner Selbstkontrolle vermochte er ein Vibrieren in der Stimme nicht zu unterdrücken, als er sich erkundigte, worauf sich der Verdacht gründete. Erst als er von seinem Chef in die Lage eingewiesen worden war, vermochte er sich etwas zu entspannen. Trotzdem lebte er seitdem ständig in der Angst, entdeckt zu werden. In den letzten Tagen war jedoch eine Spur Hoffnung in ihm aufgekeimt, denn der Neger hatte sich nicht mehr gemeldet. Jim Fox hoffte inbrünstig, daß er seinen Plan aufgegeben habe. Um seine Angst zu betäuben, stürzte er sich mit Übereifer auf die Aufgabe, Michail Groschenko vor einem Anschlag zu schützen. Auf seine Initiative hin war die von Michail Groschenko gewünschte Besichtigung eines Industriebetriebes von Boston nach Huntsville, Alabama, verlegt worden. Seinen Vorschlag hatte er damit begründet, daß man Michail Groschenko in Huntsville wesentlich besser schützen könne als in der Millionenstadt Boston. Huntsville, mit dem kleinen Flughafen und dem geringen Flugaufkommen sowie den wenigen Zufahrtsstraßen, war leichter zu kontrollieren und zu überwachen. Die Wahrscheinlichkeit, einen Attentäter zu identifizieren und unschädlich zu machen, war hier ungleich größer als in Boston. Sein Vorschlag war akzeptiert und die Änderung der russischen Botschaft mitgeteilt worden. Als offizielle Begründung hatte man angegeben, daß sich der Rüstungskonzern PANTAX in Huntsville für den Industriebesuch anböte, da dieser zur Zeit an einem interessanten Raumfahrtprojekt arbeite. Außerdem befinde sich in Huntsville eines der drei NASA-Zentren, die der Präsident Michail Groschenko zeigen wollte. Ob die Begründung von den Russen geschluckt worden war, konnte er nicht mit hundertprozentiger Sicherheit feststellen. Oberst Kustow jedenfalls, mit dem er gestern die sich aus der Änderung ergebenden Sicherheitsmaßnahmen diskutiert hatte, ließ keine Anzeichen von Mißtrauen erkennen.

Auch im FBI war mit Hochdruck gearbeitet worden. Die Sondergruppe unter Leitung von Barbara Meriville war bis zu sechzehn Stunden am Tag im Einsatz, um eine Spur von Gina Nicoletti zu finden. Erschwert wurden die Nachforschungen dadurch, daß sie unter strenger Geheimhaltung durchgeführt werden mußten. Solange man nur einem, wenn auch begründeten, Verdacht nachjagte, sollte nichts an die Öffentlichkeit dringen. Schon gar nicht an die Presse. Die einzige Ausnahme war Tom Porter. Ihm hatte Mr. Perrish gezwungenermaßen die Genehmigung erteilt, an den Ermittlungen als Beobachter teilzunehmen. Dafür hatte sich die Washington Daily News verpflichten müssen, bis auf weiteres nicht über den Fall zu schreiben.

In Barbara Merivilles Büro versammelten sich wie jeden Freitag die Mitglieder der Sondereinsatzgruppe zu einer routinemäßigen Lagebesprechung. Auch Tom Porter war erschienen. Zwischen ihm und Barbara Meriville herrschte eine entspannte, lockere Atmosphäre. Beide hatten sich vor Tagen über ihr Verhältnis zueinander ausgesprochen. Sie waren übereinstimmend zu der Erkenntnis gelangt, daß ihnen ihr Beruf wichtiger war als eine persönliche Bindung. Sie hatten beschlossen, ihre Beziehung auf einer zwar engen, aber freundschaftlichen Basis fortzuführen.

Als alle Teilnehmer am Konferenztisch Platz genommen hatten, eröffnete Barbara Meriville die Lagebesprechung.

»Ihr wißt«, begann sie, »wir haben nur noch einige Wochen bis zum Gipfeltreffen, und bis jetzt wissen wir immer noch nicht, ob ein Attentat geplant ist oder ob wir einem Phantom nachjagen. Die Zeit ist unser größter Feind. Um diesen Wettlauf zu gewinnen, müssen wir alle zusammenarbeiten. Es darf nicht angehen, daß einer meint, er könne die Aufgabe allein bewältigen. Nur als Team können wir es schaffen.« Barbara Meriville sah Fred Washburn an. An seine Adresse waren die Worte gerichtet, denn er neigte, wie sich in den vergangenen Tagen gezeigt hatte, zu Alleingängen.

Fred Washburn bekam einen roten Kopf und wollte sich rechtfertigen, doch Barbara Meriville gebot ihm mit einer Handbewegung zu schweigen.

»Jetzt zur Sache«, sagte sie und wandte sich an Clovis Handle. »Clovis, wie weit bist du mit deinen Ermittlungen gekommen?«

Clovis Handle schlug sein Notizbuch auf und beugte sich vor. »Ich habe bis jetzt nicht feststellen können, ob Gina Nicoletti sich zum fraglichen Zeitpunkt, das heißt zum Zeitpunkt des Todes von Mike Steel, in den USA aufgehalten hat.«

»Willst du damit sagen, du hast bei der Einwanderungsbehörde nichts erfahren können?« wollte Barbara Meriville wissen.

»Richtig«, antwortete Clovis. »Ich war die ganze Zeit über bei der Einwanderungsbehörde. Man war dort sehr kooperativ und hat mir zwei Mann zur Unterstützung gegeben. Wir haben die Daten aller Ausländer überprüft, die in die Staaten eingereist sind, unabhängig davon, ob sie per Flugzeug oder mit dem Schiff kamen. Begonnen haben wir mit Steels Todestag, dem fünfundzwanzigsten Mai, und sind dann Tag für Tag zurückgegangen. Wir haben bis jetzt alle Personen überprüft, die bis einschließlich dreißigsten April in die Staaten eingereist sind. Das Ergebnis ist, wie ich schon gesagt habe, negativ. Gina Nicoletti hat während dieser Zeit die Staaten nicht betreten, soviel steht fest.« Clovis Handle lehnte sich zurück und sah Barbara Meriville an. »Wir werden weitersuchen. Zunächst überprüfen wir den April, dann den März. Weiter nach vorne zu gehen, halte ich nicht für sinnvoll.«

»Gut«, sagte Barbara Meriville, »belassen wir es erst einmal dabei, und hören wir uns an, was die anderen zu berichten haben. Wie sieht es bei dir aus, Bill?«

»Negativ. Ich hatte mich mit der kanadischen Einwanderungsbehörde in Verbindung gesetzt und bin nach der gleichen Methode vorgegangen wie Clovis. Bis heute morgen hatte man alle Daten bis zum zwölften Mai zurück überprüft. Eine Gina Nicoletti war nicht darunter.«

»Bist du sicher, daß die auch gründlich gearbeitet haben?« Es war Fred Washburn, der die Frage gestellt hatte.

Bill sah ihn mit einem nachsichtigen Lächeln an. »So sicher, wie man sein kann, wenn andere für einen die Arbeit tun. Aber Spaß beiseite! Ich glaube, wir können uns auf die Kanadier verlassen. Sie pflegen im allgemeinen sehr sorgfältig zu arbeiten. Vielleicht ein wenig langsam, dafür aber gründlich. Oder bist du anderer Ansicht?« Die letzten Worte waren an Clovis gerichtet.

Clovis Handel nickte zustimmend. »Ganz recht, Bill. Ich

hab' die gleichen Erfahrungen wie du gemacht. Wenn sie sagen, Gina Nicoletti ist nicht eingereist, dann stimmt das auch.«

»Okay, Bill, ich nehme an, ihr überprüft noch weiter«, sagte Barbara Meriville.

»Sicher, Barbara, wir gehen genauso weit zurück wie Clovis, bis Anfang März.«

»Gut. Nun zu dir, Fred.«

Fred Washburn setzte sich in Positur und blickte demonstrativ auf eine mit Schreibmaschine getippte Seite. Er war der einzige, der seinen Besprechungsbeitrag schriftlich fixiert hatte. Clovis stieß Bill mit dem Ellenbogen an. Beide grinsten.

»Ich hatte den Auftrag, mich mit den brasilianischen Behörden in Verbindung zu setzen und herauszufinden, ob sich die Gesuchte noch in Brasilien aufhält und wenn nicht, wohin sie gereist ist«, begann er formell. »Ich habe mich noch am selben Tag mit der brasilianischen Polizei in Verbindung gesetzt. Sie waren zunächst sehr zurückhaltend und wurden erst kooperativer, als ich ihnen versicherte, daß wir Gina Nicoletti wegen einer zivilrechtlichen Sache suchen. Das einzige, was sie bis jetzt festgestellt haben, ist, daß Gina Nicoletti am ersten Juni in Rio de Janeiro gelandet war. Aber das wissen wir ja bereits von Tom. Wo sie sich damals aufgehalten, das heißt gewohnt hat oder noch immer wohnt, haben sie bislang nicht ermitteln können.«

»Danach hat sie Brasilien nicht wieder verlassen?« fragte Clovis.

»Soweit man mir mitgeteilt hat, nein«, antwortete Fred Washburn, verstimmt über die Unterbrechung.

»Sie ist also immer noch in Brasilien«, stellte Clovis fest.

»So wurde mir gesagt.«

»Genau da liegt der Haken«, sagte Clovis zu Barbara Meriville. »Wir wissen nicht, wieweit wir der Aussage der Brasilianer trauen dürfen. Ich persönlich habe starke Zweifel an ihrer Sorgfalt. Nach meiner Auffassung kann die Nicoletti längst das Land verlassen haben, ohne daß die Behörden darüber informiert sind.«

»Schon möglich«, erwiderte Barbara Meriville, »aber hören wir uns erst einmal an, was Ruth zu berichten hat.«

»Bei mir sieht die Situation ähnlich aus wie bei den anderen. Wir haben weder in Los Angeles noch im Umfeld der Metropole eine Spur von Gina Nicoletti finden können. Bis jetzt wurde jedes Hotel und Motel von uns überprüft. Nichts. Bei den Leihwagenfirmen war es das gleiche. Für den Fall, daß Gina Nicoletti einen falschen Namen benutzt hat, haben wir in den Hotels und bei den Leihwagenfirmen ihr Bild herumgezeigt. Negativ. Niemand konnte sich an sie erinnern. Allerdings muß dazu gesagt werden, daß wir erst fünfzig Prozent der Autovermietungen überprüft haben. Soweit zu Gina Nicoletti. Jetzt zu Mike Steel. Ich hatte die Unterlagen von der Polizei in Pasadena angefordert und sie unseren Experten gezeigt. Sie kommen im wesentlichen zu dem gleichen Ergebnis wie die Polizei in Los Angeles. Allerdings räumen sie ein, daß die Verletzungen auch von einem Schlag mit einem stumpfen Gegenstand herrühren können. In diesem Fall hätte das Opfer bewußtlos in den Pool fallen und ertrinken können. Wie gesagt, es ist nur eine Möglichkeit, eine vage, aber nicht auszuschließen.« Ruth machte eine Pause, um den anderen Mitgliedern Gelegenheit zu einer Frage oder Bemerkung zu geben. Als sie nichts sagten, fuhr sie fort: »Bei den

Ermittlungen sind wir darauf gestoßen, daß Mike Steel ab und zu für den Industriellen Arthur McBain gearbeitet hat. Außerdem scheint er sowohl Kontakt zu dem Fotografen als auch der Schauspielerin, die in den Bergen tödlich verunglückt sind, gehabt zu haben.«

»Na und?« warf Bill Rander ein. Er konnte nicht verstehen, warum Ruth diesen Umstand erwähnte.

»Der Fotograf und die Schauspielerin waren beide in die Affäre um Senator Sullivan verwickelt«, erklärte Ruth. »Um genau zu sein, sie waren der Anlaß für seinen Rücktritt.«

Tom Porter hatte bei Ruths letzten Worten interessiert aufgehorcht. Sein scharfer Verstand hatte sofort die Möglichkeiten erkannt, die sich aus Ruths Ermittlungen ergeben konnten. Sie würden dem Fall eine neue Perspektive geben und sich zu einem interessanten Artikel verarbeiten lassen. Barbara Meriville sah Tom Porter mit gemischten Gefühlen zu, als er sich hastig Notizen machte. Bei seiner Intelligenz, seiner blühenden Phantasie und seinem Beruf konnte das nichts Gutes bedeuten. Sie sollte sich nicht geirrt haben. Sowie Ruth Patterson die Darstellung ihrer Ermittlungsergebnisse beendet hatte, rief Tom Porter:

»Das ist ja ein Hammer! Warum bin ich nicht früher darauf gekommen? Ich muß total vernagelt gewesen sein. Wenn ich Ruth richtig verstanden habe, dann hat«, Tom Porter überflog seine Aufzeichnungen, »dann hat sie gesagt, daß Mike Steel Verbindungen zu Arthur McBain, dem Präsidenten der UNIVEC, gehabt hat und den Fotografen und die Schauspielerin kannte, die beide im Fall des Senators Sullivan eine Schlüsselrolle gespielt haben. Wißt ihr, was das bedeuten kann?«

Barbara Meriville sagte nichts. Resigniert wartete sie auf das, was kommen mußte.

Tom Porters Augen blitzten, als er voller Eifer weitersprach: »Ich glaube, wir wissen jetzt, wer hinter dem Attentat steht und aus welchem Grunde es geplant wird.«

»Das ist zu hoch für mich. Kannst du dich vielleicht so ausdrücken, daß auch ein geistig Minderbemittelter wie ich dich verstehen kann?« fragte Bill Rander bissig. Er konnte Tom Porter nicht leiden. Vor allem ärgerte es ihn, in seinem Beisein über Ermittlungsergebnisse sprechen zu müssen.

Tom Porter ließ sich nicht irritieren. »Ist doch klar«, antwortete er. »Senator Sullivan wurde kompromittiert. Es war eine abgekartete Sache. Die beiden haben das im Auftrag von Mike Steel gemacht, der sie nach der Tat umgebracht hat, um keine Mitwisser zu haben. Und Mike Steel hat den Auftrag dazu von Arthur McBain erhalten.«

»Du spinnst!« Bill Rander sah Tom Porter geringschätzig an.

Tom Porter reagierte nicht auf die Bemerkung. »Ist doch sonnenklar, was man hier beabsichtigt. Für die Rüstungsindustrie würden Abrüstungsmaßnahmen in dem Umfang, wie sie von den Russen angestrebt werden, zu Verlusten in Milliardenhöhe führen. Es ist doch kein Wunder, daß sie sich dagegen wehren. Und das tun sie zweigleisig. Auf der einen Seite versuchen sie, die Senatoren zu ersetzen, die starke Verfechter einer Abrüstung sind, um dadurch eine Mehrheit im Senat gegen die Abrüstungsbemühungen zu finden. Auf der anderen Seite wollen sie den Urheber ihrer ganzen Misere ausschalten. Wenn Michail Groschenko ermordet wird, egal von wem, gibt es keine Abrüstung mehr. Darauf wette ich jede Summe.« Je länger Tom Porter sprach, desto klarer glaubte er die Hintergründe zu verstehen.

»Hirngespinste eines sensationsgeilen Journalisten«, sagte Bill Rander brutal. »Nach deiner Theorie müßte der Unfall von Senator Hexter demnach auch Mord gewesen sein.«

»Natürlich«, antwortete Tom Porter überzeugt.

»Unsinn, die Untersuchungen haben einwandfrei ergeben, daß es ein Unfall war. Es . . .«

Tom Porter unterbrach Bill Rander mit einer ungeduldigen Handbewegung. »Das heißt doch nichts, verdammt noch mal! Wie oft hat man schon Untersuchungsergebnisse falsch interpretiert. Denk doch nicht immer so stur wie ein Panzer. Sei mal etwas flexibel.«

Bill Rander fuhr wütend auf. Ihm lag eine beleidigende Entgegnung auf der Zunge.

»Das reicht«, sagte Barbara Meriville scharf, um den sich anbahnenden Streit im Keim zu ersticken. Bill war ein hervorragender Ermittlungsbeamter, aber er besaß nicht die geistigen Qualitäten Tom Porters und würde in einem Streit mit ihm unweigerlich den kürzeren ziehen. Außerdem waren ihr ähnliche Gedanken gekommen, wie Tom Porter sie ausgesprochen hatte. Um die Gemüter zu besänftigen, fuhr sie mit ruhiger Stimme fort: »Ich glaube, es hat augenblicklich wenig Sinn, über die Richtigkeit von Toms Theorie zu diskutieren. Betrachten wir lieber die Ergebnisse unserer Ermittlungen. Wenn ich sie zusammenfasse, muß ich feststellen: Keinerlei Anzeichen sprechen dafür, daß sich Gina Nicoletti im fraglichen Zeitraum in den Staaten aufgehalten hat. Das führt automatisch zu den

Fragen: Haben wir uns geirrt? Plant Gina Nicoletti wirklich ein Attentat auf Michail Groschenko? Sollten wir . . .«

»Oder, ist Gina Nicoletti unter falschem Namen in die Staaten eingereist?« warf Tom Porter, Barbara Meriville unterbrechend, ein. »Wenn sie die Qualitäten auf ihrem Gebiet besitzt, die ich ihr unterstelle, dann reist sie bestimmt unter einem falschen Namen. Alles andere wäre für sie viel zu riskant.«

Einen Augenblick lang herrschte Schweigen. Selbst Bill Rander mußte zugeben, daß Tom Porter recht haben konnte. Es war schließlich Clovis Handle, der das Schweigen brach.

»Das wäre eine schöne Scheiße«, sagte er und lachte humorlos auf. »Wir können doch nicht jeden Passagier, der kurz vor dem Tod von Mike Steel in die Staaten gekommen ist, überprüfen.«

»Unmöglich!« rief Bill. »Das sind Tausende – ach, was sag' ich, das sind Hunderttausende von Daten, die geprüft werden müßten. Unmöglich.«

»Ich weiß, wie wir den Umfang eingrenzen können«, sagte Tom Porter und fuhr, noch bevor jemand etwas sagen konnte, fort: »Gina Nicoletti ist eine reiche Frau. Sie wird, wenn sie fliegt, erster Klasse fliegen. Auf diesen Luxus wird sie auch nicht verzichten, wenn sie unter falschem Namen reist. Aber es gibt noch eine andere Möglichkeit, den Kreis zu begrenzen. Ihr wißt, ich war Gina Nicoletti nach Rio gefolgt und habe festgestellt, daß sie am sechsten Juni ihren Leihwagen am Flugplatz zurückgegeben hat. Danach habe ich jede Spur von ihr verloren. Was nun, wenn sie von Rio aus unter falschem Namen in die Staaten gereist ist, um das Attentat vorzubereiten?«

Barbara Meriville sah Tom Porter nachdenklich an. Sie konnte sich seinen Worten nicht verschließen. Sie hatten Sinn und ergaben zumindest einen Ansatzpunkt für weitere Nachforschungen.

»Ich glaube, du hast recht«, stimmte sie ihm zu. »Wir hätten diese Möglichkeit schon früher berücksichtigen sollen.«

»Auch das noch.« Clovis Handle sah Bill Rander vielsagend an. Er wußte, was jetzt kommen würde.

»Also«, fuhr Barbara Meriville fort, »jetzt bleibt uns nur die Ochsentour. Wir müssen alle Passagiere, die kurz vor Steels Tod und nach dem sechsten Juni in die Staaten eingereist sind, überprüfen. Wir beginnen mit den Flügen aus Brasilien und konzentrieren uns zunächst auf die Passagiere der ersten Klasse.« Sie machte eine kurze Pause.

»Ich werde noch vier Mann aus der Abteilung zu eurer Unterstützung abordnen. Darüber hinaus werde ich gleich zum Chef gehen und versuchen, auch aus den anderen Abteilungen Personal zu unserer Unterstützung zu bekommen. Habt ihr noch Fragen?«

Alle vier schüttelten den Kopf. Sie wußten genau, was zu tun war.

Während Barbara Meriville noch sprach, war Tom Porter ein Gedanke gekommen.

»Ich werde nach Rom fliegen«, sagte er zu Barbara Meriville. »Vielleicht kann ich dort schneller als ihr hier herausfinden, unter welchem Namen Gina Nicoletti in die Staaten gereist ist. Könntest du deine Kollegen von Interpol bitten, mich zu unterstützen?«

»Sicher, melde dich, wenn du Hilfe brauchst.«

Die Sitzung war beendet. Tom Porter fuhr zurück in die

Redaktion. Noch während er Bob Austin über die neue Lage unterrichtete, lief im Hauptquartier des FBI eine der größten und umfassendsten Fahndungen der letzten dreißig Jahre an.

21

Gina Nicoletti war zufrieden. Das Gift entsprach genau ihren Vorstellungen. Vier bis fünf Stunden würden reichen, um in Sicherheit zu gelangen.

»Sehr gut«, sagte sie. »Und jetzt, Senhor Vallez«, Gina Nicoletti blickte ihn kalt an, »und jetzt, Senhor, vergessen Sie, daß Sie mich jemals gesehen haben, sonst . . .« Sie beendete den Satz nicht. Er war auch so deutlich genug. Raimondo Vallez mußte die tödliche Warnung verstanden haben. Gina Nicoletti erhob sich und ging zu ihrem Auto. Sie stieg ein und verließ die Ranch in Richtung San Jose. Diesmal übernachtete sie jedoch nicht hier, sondern fuhr ohne Aufenthalt weiter nach São Paulo.

Die Abenddämmerung zog herauf, und es wurde dunkel. Gina Nicoletti hatte darauf gewartet. Noch eine halbe Stunde fuhr sie mit unverminderter Geschwindigkeit weiter. Dann, hinter einer Kurve, schaltete sie ihre Scheinwerfer aus und bog in den nächsten Feldweg ein. Sie ging zu Fuß zur Schnellstraße zurück und beobachtete die vorbeifahrenden Autos. Es waren um diese Zeit nicht viele. In ihrem fotografischen Gedächtnis speicherte sie Farbe und Typ der Wagen. Nach einiger Zeit fuhr sie weiter. Noch zweimal wiederholte sie den gleichen Vorgang. Als sie auch beim letztenmal kein Fahrzeug entdecken konnte, das sie schon einmal passiert hatte, war sie überzeugt, nicht verfolgt zu werden. Sie ging zu ihrem Wagen zurück und kleidete sich um. Wenig später setzte sie die Fahrt als Gina Nicoletti fort. Weit nach Mitternacht erreichte sie São Paulo. Noch in der Nacht gab sie den Leihwagen zurück und ließ sich von einem Taxi zum Flughafenhotel bringen. Den schläfrigen Portier beauftragte sie, ihr einen Flug erster Klasse nach Brasilia zu buchen und sie rechtzeitig zu wecken.

Während der nächsten Tage war sie damit beschäftigt, ihr Alibi weiter auszubauen. Nicht, daß sie glaubte, es wäre nötig, denn sie war davon überzeugt, niemand würde Gina Nicoletti, die erfolgreiche italienische Fotografin verdächtigen. Aber sie war gewohnt, jede, auch die unwahrscheinlichste, Möglichkeit einer Entdeckung in Betracht zu ziehen und rechtzeitig Schutzmaßnahmen vorzubereiten.

Acht Tage lang war sie mit ihrer Kamera in der Hauptstadt und ihrer Umgebung unterwegs. Am neunten Tag buchte sie einen Flug nach Manaos am Amazonas. Hier mietete sie sich einen Hubschrauber und durchstreifte damit das gewaltige Urwaldgebiet. Bevor sie nach Brasilia zurückkehrte, verwandelte sie sich in Robert E. Hyat. Ohne sich in der Hauptstadt Brasiliens länger als nötig aufzuhalten, flog sie nach Washington weiter. Die nächste Vorbereitungsphase des Attentats konnte beginnen.

Jim Fox stand am Fenster seines Büros im Weißen Haus und starrte auf den Park. Er sah die Blumen, die Büsche, den gepflegten Rasen und nahm doch nichts wahr. Es war spät. Seine Mitarbeiter waren längst nach Hause gegangen. Er war geblieben, weil er das Protokoll der letzten Koordinationsbesprechung über die Absicherung des Gipfeltreffens fertigstellen wollte. Aber er konnte sich nicht auf seine Arbeit konzentrieren. Nur ein Gedanke beherrschte ihn. Er hatte mit allen Mitteln versucht, ihn zu verdrängen – vergeblich. Moralische Bedenken hatten ihn gepackt, hatten ihn zurückschrecken lassen, und doch wußte er im Grunde seines Herzens, daß es keine Alternative gab. Er mußte handeln, wollte er nicht vollends untergehen.

Seit dem Tag, an dem ihn der Neger in seinem Apartment aufgesucht und erpreßt hatte, zermarterte er sich den Kopf, wie er sich aus dieser Lage befreien konnte. Einen Ausweg hatte er bislang nicht gefunden. Nur eins war ihm immer bewußter geworden, nämlich die Gefahr, die seine Freundin und auch die Farm für ihn darstellten. Hinzu kam, daß seine Freundin in den vergangenen Tagen immer unruhiger geworden war. Wiederholt hatte sie ihn zu Hause angerufen und gefragt, warum er sich nicht mehr melden würde. Er hatte sich herausgeredet, aber er wußte, das konnte keine Dauerlösung sein. Es blieb ihm nichts anderes übrig, als sich ihrer zu entledigen. Je schneller er es tat und je früher er alle Beweise seines abnormalen Liebeslebens vernichtete, desto sicherer konnte er sich fühlen. Dann blieb nur noch der Neger übrig.

Entschlossen drehte Jim Fox sich um, schob die Papiere zusammen und legte sie in seinen Panzerschrank. Ein seltsames Hochgefühl überkam ihn, als er nach Hause fuhr. Endlich war die Lethargie, die ihn seit dem Gespräch mit dem Neger erfüllt und seine Handlungsfähigkeit gelähmt hatte, von ihm gewichen.

Von einer Telefonzelle aus rief er seine Freundin an und sagte ihr, daß er hinauskommen würde und sie alles wie üblich vorbereiten sollte. In seinem Apartment nahm er sich gerade genug Zeit, um die Kleidung zu wechseln und einen großkalibrigen Colt aus dem Waffenschrank zu holen. Dann eilte er zu seinem Jeep und fuhr davon.

Als er auf der Farm eintraf, war es stockdunkel. Wie üblich parkte er seinen Jeep hinterm Haus. Noch bevor er auf die Klingel neben der Eingangstür drücken konnte, wurde sie geöffnet. Seine Freundin stand bereits in ihrem Lederkostüm in der Tür und lächelte ihn erfreut an. Jim Fox nahm sie in die Arme und zog, während er sie küßte, seinen Colt aus der Gesäßtasche. Zwei Schüsse bellten auf, und seine Freundin sackte mit durchschossenem Herzen zusammen. Er ließ den Colt fallen, hob die Tote auf und bettete sie auf einen Läufer in der Stube. Dann ging er in den Stall und nahm eine Schaufel von der Wand, um im Garten ein Grab auszuheben. Es war eine harte Arbeit, denn der Boden bestand aus feuchtem Lehm. Schon nach kurzer Zeit klebte ihm die Kleidung am Körper. Er kümmerte sich nicht darum, sondern schuftete, ohne sich eine Pause zu gönnen, weiter. Als die Grube tief genug war, ging er ins Haus, wickelte die Tote in den Läufer und trug sie zum Grab. Langsam ging er in die Knie, um die Leiche hineingleiten zu lassen.

Ein greller Blitz erleuchtete für Bruchteile von Sekunden die Szene. Jim Fox ließ die Leiche los. Panik erfaßte ihn. Er wollte flüchten, doch er konnte nichts sehen. Der Blitz hatte ihn geblendet.

Gina Nicoletti war vom Dulles International Airport zu ihrem Apartment nach Arlington gefahren und hatte eine Ruhepause eingelegt. Sie hatte noch Zeit, denn vor sechs Uhr abends konnte sie nichts unternehmen.

Das Klingeln des Reiseweckers auf ihrem Nachttisch schreckte sie hoch. Obwohl sie nur ein paar Stunden geschlafen hatte, fühlte sie sich ausgeruht und entspannt. Sie sprang auf und kleidete sich an. Für das Unternehmen am heutigen Abend legte sie die Maske des älteren Negers an. Nach einer Dreiviertelstunde war sie fertig.

Gegen sieben Uhr hatte sie ihren Beobachtungsposten bezogen. Von ihrem Platz aus konnte sie die Straße, die zu den Apartments, in denen Jim Fox wohnte, gut einsehen. Sie mußte lange warten. Erst kurz vor zehn Uhr sah sie ihn in seinem roten Porsche vorbeifahren. Gina Nicoletti wartete einige Augenblicke, dann startete sie ihr Auto und folgte ihm. Sie wollte ihn in seiner Wohnung überraschen, um von ihm Informationen über den letzten Stand des Besuchsprogramms und der Absicherungsmaßnahmen herauszupressen.

Gina Nicoletti wollte gerade aussteigen und auf sein Apartment zugehen, als sie Jim Fox in seinem Jeep aus der Garage kommen sah. Sofort rannte sie zu ihrem Auto zurück, sprang in den Wagen und raste hinterher. Nach kurzer Zeit hatte sie ihn eingeholt. In sicherem Abstand folgte sie ihm. Nach einigen Kilometern erkannte sie sein Ziel und blieb weiter zurück. Als sie auf die Schotterstraße zur Farm abbog, schaltete sie das Licht des Fahrzeugs aus. Es war stockfinster. Sie klebte förmlich mit dem Gesicht an der Windschutzscheibe, um den Fahrweg ausmachen zu können. Nur im Schneckentempo konnte sie Jim Fox folgen. Als sie endlich die Farm erreicht hatte, war von ihm nichts mehr zu sehen. Gina Nicoletti nahm für alle Fälle den stets griffbereiten Fotoapparat vom Beifahrersitz und schlich auf das Gebäude zu. Im Gegensatz zu den vorherigen Malen sah sie kein Licht durch die Fenster scheinen. Auch der Raum, in dem Jim Fox seine Liebesspiele abzuhalten pflegte, war dunkel. Plötzlich zuckte Gina Nicoletti zusammen. Ein schabendes Geräusch war an ihr Ohr gedrungen. Vorsichtig, sich im Schatten der Büsche haltend, schlich sie auf das Geräusch zu. Nur schemenhaft konnte sie sehen, wie eine Gestalt Erde aus einer Grube warf. Wer es war, vermochte sie nicht zu erkennen. Nach einiger Zeit hörte die Gestalt mit dem Graben auf und kletterte aus der Grube heraus. Flüchtig klopfte sie den gröbsten Dreck von sich ab und ging auf das Haus zu. Gina Nicoletti hatte gerade noch Zeit, sich tiefer in die Büsche zu drücken. Die Gestalt ging, ohne sie zu bemerken, keine drei Meter entfernt an ihr vorüber. Jetzt erkannte sie Jim Fox. Als er hinter dem Haus verschwunden war, huschte sie zu dem Platz, wo er gearbeitet hatte. Vor ihr lag eine rechteckige Grube. Wie ein Grab, dachte sie. Dann trat sie wieder zwischen die Büsche und wartete. Ihren Fotoapparat hielt sie schußbereit in der Hand.

Wenige Minuten später kam Jim Fox hinter dem Haus hervor. Er keuchte unter der Last, die er auf seinen Armen trug. Es war ein länglicher Gegenstand. Als er näher kam, erkannte Gina Nicoletti einen Haarschopf, der auf der einen und ein paar Frauenbeine, die auf der anderen Seite aus einem Läufer hingen. Mit einem Schlag wurde ihr die Bedeutung der Situation klar. Jim Fox wollte alles, was ihm gefährlich werden konnte, vernichten. Ein ironisches Grinsen lief über ihr Gesicht. »Das hättest du schon längst tun sollen, jetzt ist es zu spät«, murmelte sie und drückte auf den Auslöser. Es war der Moment, in dem Jim Fox die Leiche in die Grube gleiten lassen wollte.

Noch einmal drückte sie auf den Auslöser, dann trat Gina Nicoletti aus dem Schatten hervor.

»Lassen Sie sich nicht stören, Mister Fox«, sagte sie mit beißendem Spott. »Ich kann so lange warten, bis Sie alle Spuren beseitigt haben.«

Jim Fox stand wie gelähmt da. »Mein Gott«, stöhnte er.

Gina Nicoletti trat näher an ihn heran und hob die Kamera für eine weitere Aufnahme.

Jim Fox erwachte aus seiner Erstarrung. Er fühlte sich wie eine Ratte, die in die Enge getrieben war und nur noch den Ausweg sah, sich auf den Feind zu stürzen, egal, was auch passieren mochte. In dem Augenblick, in dem Gina Nicoletti die Kamera an die Augen hob und für einen Moment abgelenkt war, sprang er vor. Gina Nicoletti nahm es mehr im Unterbewußtsein als wissentlich wahr. Sie ließ die Kamera fallen und schnellte sich zur Seite. Zu spät. Der Anprall warf sie zu Boden. Aber sie kam zum Glück nicht unter Jim Fox zu liegen. Blitzschnell rollte sie sich zur Seite und sprang wie eine Feder auf. Aber auch Jim Fox stand bereits wieder und drang auf sie ein. Er tat es blindlings, voller Wut und Verzweiflung. Nur ein Gedanken beseelte ihn – diesen Bastard von Neger zu töten. Gina Nicoletti sah den Schlag seiner Faust kommen. Sie tauchte unter ihm hindurch. Mit ihrer Handkante traf sie ihn in die Nieren. Jim Fox schrie vor Schmerz auf. Wie ein Wilder schlug er um sich, doch er konnte die wieselflinke Gina Nicoletti nicht treffen. Immer wieder wich sie aus und schlug zu. Jeder Schlag von ihr saß. Jim Fox wand sich vor Schmerzen, aber er kämpfte weiter. Es war für ihn ein Kampf auf Leben und Tod. Auch Gina Nicolettis Atem ging stoßweise, aber sie blieb im Gegensatz zu ihrem Gegner kühl und berechnend. Immer wieder durchbrachen ihre Fuß- und Handkantenschläge die Deckung von Jim Fox. Seine Bewegungen wurden langsamer, unkontrollierter. Gina Nicoletti nutzte die Chance. Ein Schlag mit dem Fuß, und Jim Fox sackte aufstöhnend zusammen. Ihr rechter Fuß hatte ihn aus der Drehung heraus genau zwischen die Beine getroffen. Jammernd lag er am Boden und preßte die beiden Hände auf das schmerzende Geschlechtsteil. Jeden Augenblick erwartete er den tödlichen Schlag. Er wartete fast wie auf eine Erlösung darauf. Aber nichts geschah.

Gina Nicoletti stand vornübergebeugt und rang nach Atem. Ihre Hände und Füße schmerzten. Sie achtete nicht darauf. Sowie sie sich etwas erholt hatte, suchte sie nach ihrer Kamera und prüfte, ob sie beschädigt war. Sie hatte Glück. Alles funktionierte einwandfrei. Jetzt erst zog sie eine kleine Pistole hervor und richtete sie auf Jim Fox.

»Aufstehen!« befahl sie.

Jim Fox reagierte nicht.

»Aufstehen!« herrschte sie ihn noch einmal an. »Oder ich schieß' dir deinen Schwanz ab.«

Die Drohung wirkte. Stöhnend versuchte Jim Fox, auf die Beine zu kommen. Dreimal fiel er wieder zu Boden, bevor er vor Schmerz gekrümmt vor ihr stand.

»Ins Haus!«

Torkelnd schleppte er sich zur Farm. Gina Nicoletti folgte mit schußbereiter Pistole. Sie dirigierte Jim Fox ins Wohnzimmer und befahl ihm, sich in einen Sessel niederzusetzen. Sie selbst nahm ihm gegenüber auf der Couch Platz. Ruhig und gefühllos klang ihre Stimme, als sie zu sprechen begann.

»Sie hätten sich die ganze Mühe und auch die Schmerzen

sparen können. Mich interessieren Ihre Leidenschaften nur insoweit, als ich sie für meine Zwecke nutzen kann. Wenn ich meine Aufgabe erfüllt habe, sehen Sie mich nicht wieder. Es ist mir völlig gleichgültig, was für Erlebnisse Sie brauchen, um sich zu befriedigen. Ich will von Ihnen nur eins, und das sind Informationen. Informationen über den Besuch von Michail Groschenko und über die getroffenen Sicherheitsmaßnahmen. Wenn Sie mir die geben, werden Sie nach Abschluß meiner Pläne die Negative der Bilder bekommen. Haben Sie mich verstanden?«

Jim Fox nickte.

»Gut, dann fangen wir an. Hat sich am Besuchsprogramm gegenüber unserem letzten Gespräch etwas geändert?«

»Ja«, preßte Jim Fox, der noch immer unter starken Schmerzen litt, hervor.

»Was?«

»Der Besuch der Industrie ist von Boston nach Huntsville, Alabama, verlegt worden.«

»Warum?«

»Der Präsident will dem russischen Regierungschef neben der Industrie auch die NASA zeigen.« Trotz seiner Schmerzen hatte sich Jim Fox so weit in der Gewalt, daß er den wahren Grund nicht verriet.

»Welcher Industriebetrieb soll besichtigt werden?«

»Die PANTAX.«

»Ist bei der PANTAX ein Essen geplant?«

»Ja.«

»Wann?«

»Um zwölf Uhr mittags.«

»Wie wird das Essen gesichert?«

»Genau wie es für Boston vorgesehen war.«

Gina Nicoletti rief sich die geplanten Sicherheitsvorkehrungen für das Besuchsprogramm in Boston ins Gedächtnis zurück. Einen Augenblick überlegte sie, bevor sie fragte: »Die Kellner und Köche, woher kommen die? Werden sie aus Washington eingeflogen, oder ist das Personal aus Huntsville?«

»Es ist das Personal der PANTAX, das durch Kräfte aus Washington verstärkt wird.«

»Arbeiten sie genauso, wie es in Boston vorgesehen war? Ich meine in mehreren Schichten, von denen eine kurzfristig vor dem Essen ausgewählt wird?«

»Genauso. Nur haben wir in Huntsville lediglich zwei Schichten, unter denen ausgewählt wird.«

»Aus wieviel Mann besteht eine Schicht?«

»Sieben Köche, acht Hilfskräfte für die Küche, acht Mann Bedienung für Getränke und zehn Kellner für die Speisen.«

»Wann wird das Personal aus Washington eingeflogen, und wo werden sie untergebracht?«

»Sie kommen am Tag zuvor und werden im Motel La Quinta untergebracht.«

»Von wem wird festgelegt, welches Team zum Einsatz kommt?«

»Von mir. Ich gebe es an den für das Essen zuständigen Manager weiter, und der ruft das entsprechende Team ab.«

Gina Nicoletti schwieg und überdachte das Gehörte. Auf den ersten Blick hatte sich nichts Wesentliches geändert. Ihre bisherigen Planungen brauchten somit nur geringfügig korrigiert zu werden. Gut für ihr Vorhaben war, daß das Firmenteam durch Kräfte aus Washington ergänzt wurde.

Damit waren nicht alle Personen miteinander bekannt. Besonders günstig aber war, daß Jim Fox für die Auswahl des Teams verantwortlich war. Das würde die von ihr zu treffenden Vorbereitungen erheblich vereinfachen. Im Geiste ging sie ihr Vorhaben durch. Wichtig war jetzt nur noch eine Frage, und die würde ihr Jim Fox auch beantworten können.

»Wie wird das Personal kontrolliert?«

»Jede Person wird einzeln untersucht werden. Leibesvisitation. Etwas einzuschmuggeln, etwa eine Waffe oder gar Sprengstoff, ist unmöglich.«

Gina Nicoletti sah an seinem schadenfrohen Grinsen, daß Jim Fox sich wieder einigermaßen erholt hatte. Um ihn von unüberlegten Handlungen abzuhalten, richtete sie demonstrativ ihre Pistole auf seine Brust. Seine Worte hatten sie nicht beunruhigt. Sie hatte so etwas erwartet. Ohne auf sein hämisches Grinsen einzugehen, fuhr sie fort: »Und jetzt werden Sie mir eine Liste mit den Namen des Personals, das für das Essen bei PANTAX vorgesehen ist, besorgen. Und zwar will ich es nach den Bereichen Washington und Huntsville unterteilt haben. Die Aufstellung muß folgende Angaben enthalten: Name, Vorname, Alter, Anschrift. Haben Sie verstanden?« Ihre Stimme hatte den beiläufigen, geschäftsmäßigen Ton verloren. Kalt und befehlend hatte sie geklungen. Diese Frau lies keinen Zweifel daran, daß sie es ernst meinte.

»Ja«, antwortete Jim Fox.

»Gut, bis wann können Sie mir die Unterlagen beschaffen?« Gina Nicoletti sah, wie Jim Fox innerlich mit sich kämpfte. »Denken Sie an die Bilder von heute abend!« sagte sie drohend.

»Ich habe die Daten nicht«, antwortete Jim Fox widerspenstig.

»Dann besorgen Sie sie!« befahl Gina Nicoletti ungeduldig. »Ich will die Unterlagen in drei Tagen haben.«

»Unmöglich«, begehrte Jim Fox auf. »Ich muß sie mir erst beschaffen. Das dauert länger, wenn ich keinen Verdacht erregen will.«

»Wann also?«

»In einer Woche frühestens«, antwortete Jim Fox zögernd.

»Gut, in einer Woche melde ich mich wieder.« Dann fügte sie in freundlicherem Ton hinzu: »Denken Sie daran, daß mir Ihr Schicksal vollkommen gleichgültig ist. Wenn Sie tun, was ich von Ihnen verlange, werden Sie die Negative von mir zurückbekommen, und zwar alle.« Gina Nicoletti hatte die Bemerkung hinzugefügt, um Jim Fox zu zeigen, daß es für ihn einen Ausweg aus seiner derzeitigen Lage gab. Sie wollte ihn dadurch gefügig halten.

Sie erhob sich. »So, jetzt können Sie Ihr angefangenes Werk beenden.« Mit diesen Worten ging sie zur Tür.

Bereits am nächsten Tag befand sie sich wieder auf dem Weg nach Brasilien. Sie wollte die Zwangspause nutzen, um weiter an ihrer Fotoreportage zu arbeiten.

22

»Aber Bob, sehen Sie denn nicht die Perspektiven, die sich aus einer Verbindung zwischen Mike Steel und Arthur McBain ergeben?« fragte Tom Porter erregt. Seit einer

Stunde saß er schon im Büro seines Chefredakteurs und hatte leidenschaftlich seine Ideen, Befürchtungen und Schlußfolgerungen vorgetragen und Bob Austin beschworen, eine Artikelserie über die Zusammenhänge und Hintergründe schreiben zu dürfen.

Der Chefredakteur hatte aufmerksam zugehört. Nur selten hatte er Tom Porter durch Fragen unterbrochen. Toms Gedanken hatten auch ihn fasziniert. Trotzdem dämpfte er seinen Eifer. Er hatte die innen- und außenpolitische Brisanz, die in diesem Fall lag, und die Konsequenzen, die sich für die Zeitung ergeben konnten, wenn falsche Behauptungen aufgestellt wurden, klarer erkannt als sein bester Reporter. Darum sagte er, als Tom Porter seine Darstellung beendet hatte: »Natürlich sehe ich die Möglichkeiten, aber wir müssen noch weitere Nachforschungen anstellen, bevor wir mit so einer brandheißen Sache an die Öffentlichkeit treten. Zu viele Fragen sind noch offen.«

Tom Porter wollte ihn unterbrechen, aber Bob Austin winkte ab. »Du wirst dich ganz um Gina Nicoletti und das Attentat auf Groschenko kümmern. Auf die Hintergrundrecherchen werde ich Frank Hastings ansetzen.«

Wohl oder übel mußte sich Tom Porter mit Bob Austins Entscheidung zufriedengeben. Aber er war nicht allzu enttäuscht, denn Bob Austin hatte ihm mit seinen Worten eine Carte Blanche für seine weiteren Nachforschungen nach Gina Nicoletti gegeben. Damit konnte er, wie er es Barbara Meriville angekündigt hatte, nach Rom fliegen.

Zwei Ziele verfolgte er. Er wollte nachweisen, daß Gina Nicoletti sich tatsächlich in den Ländern aufgehalten hatte, in denen die politischen Morde verübt worden waren. Weiter wollte er herausfinden, wie und wann Gina Nicoletti in die Staaten gereist war. Er glaubte nicht, bei seinen Nachforschungen auf große Schwierigkeiten zu stoßen, denn er hatte sich im Detail überlegt, wie er vorgehen wollte. Insgeheim freute er sich schon über Barbara Merivilles Gesicht, wenn er ihr die Ergebnisse zeigen würde.

Um neun Uhr war Tom Porter in Rom gelandet. Um zehn Uhr hatte er Zoll- und Paßkontrolle hinter sich gebracht. Um Viertel vor elf Uhr war er in seinem Hotel angekommen, und bereits eine halbe Stunde später befand er sich frisch geduscht und rasiert auf dem Weg zum örtlichen Büro der Transworld Airlines.

Noch von seinem Hotel aus hatte er dort angerufen und um einen Gesprächstermin mit dem Leiter des römischen Büros der Fluggesellschaft gebeten. Die Dame, der er seinen Wunsch vorgetragen hatte, sagte in höflichem, aber bestimmtem Ton, dies wäre heute unmöglich. Erst als er durchblicken ließ, daß er von der Presse sei, änderte sie ihr Verhalten. »Können Sie bis halb zwölf Uhr hier sein?« hatte sie ihn gefragt und hinzugefügt, der Chef hätte dann bis zwölf Uhr Zeit für ihn. Tom Porter hatte versichert, er würde pünktlich sein. Dann hatte er bei der Rezeption angerufen und ein Taxi bestellt. Da er kein Italienisch sprach, hatte er den Portier gebeten, dem Taxifahrer zu sagen, daß er spätestens um fünf vor halb zwölf bei der Geschäftsstelle der Transworld Airlines sein mußte.

Jetzt bedauerte er die Bitte, denn der Taxifahrer raste durch die Straßen wie ein Rennfahrer. Mehrere Male hatte Tom Porter seine Augen geschlossen und auf den Zusammenstoß gewartet. Wie ein Wunder gelang es dem Taxifahrer immer wieder, in letzter Sekunde einen Unfall zu verhindern. Alle Versuche, den Fahrer zu einer weniger nervenaufreibenden Fahrweise zu bewegen, waren fehlgeschlagen. Alles, was Tom Porter für seine Bemühungen erntete, war ein freundliches Grinsen.

Vier Minuten vor halb zwölf hielten sie vor dem Büro der Transworld Airlines. Bleich, aber glücklich, dem Fahrer entrinnen zu können, krabbelte Tom Porter aus dem Taxi. Mit zitternden Fingern bezahlte er den Fahrpreis und legte noch ein großzügiges Trinkgeld dazu. Dann ging er erst einmal ein paar Schritte vor dem Büro auf und ab, um sich zu beruhigen.

Als er in den klimatisierten Empfangsraum trat, wurde er von einer dunklen Schönheit, die hinter einem Schreibtisch saß, angesprochen. »Sie wünschen?« fragte sie.

»Mein Name ist Porter, Tom Porter«, stellte er sich vor. »Ich habe für halb zwölf einen Termin bei Mister Pearson.«

»Einen Augenblick, bitte.« Sie griff zum Telefon und sprach einige Worte auf italienisch, die Tom Porter nicht verstand. Dann wandte sie sich wieder an ihn. »Sie werden bereits erwartet. Zimmer 201, zweiter Stock. Sie können den Fahrstuhl gleich hier um die Ecke nehmen.«

Tom Porter bedankte sich und fuhr in den zweiten Stock. Zimmer 201 lag am Ende des Ganges. Er klopfte und trat ein. Eine Dame mittleren Alters hatte die Kopfhörer eines Diktiergerätes in den Ohren und hämmerte auf einer Schreibmaschine. Als Tom Porter eintrat, nahm sie die Kopfhörer ab und fragte: »Mister Porter?«

»Ja.«

»Sie können gleich durchgehen, Sie werden schon erwartet.« Die Sekretärin wies auf eine Tür, die hinter ihr lag.

Er ging zu der angedeuteten Tür. »Tom Porter von der Washington Daily News«, stellte er sich vor.

Ein kleiner rundlicher Herr, Tom Porter schätzte ihn auf Mitte Fünfzig, stand hinter seinem Schreibtisch auf und kam mit ausgestreckter Hand auf ihn zu. »Sind Sie der Tom Porter, der immer über Terrorismus schreibt?« fragte er an Stelle einer Begrüßung.

»Ja, das ist mein Spezialgebiet.«

Der kleine Herr sah ihn strahlend an. »Ich freue mich, Sie persönlich kennenzulernen. Ich habe alle Ihre Artikel gelesen.« Erfreut schüttelte Jack Pearson Tom Porter die Hand. »Bitte nehmen Sie Platz.« Er führte Tom Porter zu einer Sitzgruppe und fragte: »Darf ich Ihnen etwas zu trinken anbieten? Einen Kaffee vielleicht oder einen Cognac oder etwas Orangensaft?«

»Einen Kaffee würde ich gerne nehmen«, antwortete Tom Porter.

Jack Pearson erhob sich und bestellte bei der Sekretärin im Vorzimmer zwei Espresso.

Während sie auf den Kaffee warteten, fragte Jack Pearson: »Herr Porter, Sie sagten meiner Sekretärin am Telefon, daß Sie mich dringend sprechen müßten. Darf ich erfahren, worum es sich handelt?« Entschuldigend fügte er hinzu: »Es tut mir leid, daß ich drängen muß, aber ich habe um zwölf Uhr einen Termin. Sie verstehen das, nicht wahr?«

»Selbstverständlich, Mister Pearson.«

»Nennen Sie mich Jack«, bat Jack Pearson.

»Danke! Also, Jack, ich habe ein Problem. Ich versuche, die Hintergründe zu einem Fall aufzuklären, an dem möglicherweise eine internationale terroristische Vereinigung beteiligt war.« Tom Porter hatte den Hinweis auf den internationalen Terrorismus nur gebracht, weil er hoffte, dadurch am ehesten die Unterstützung von Jack Pearson über sein Vorhaben zu erhalten. Er hatte sich nicht geirrt. Jack Pearson beugte sich vor und sah ihn interessiert an. Mit gedämpfter Stimme, so, als befürchtete er, daß jemand mithören könnte, fuhr Tom Porter fort: »Im Rahmen meiner Ermittlungen versuche ich herauszufinden, ob eine bestimmte Person zu bestimmten Zeiten in bestimmte Länder geflogen ist. Um das herauszubekommen, müßte ich die Passagierlisten einsehen. Können Sie mir dabei helfen?« Tom Porter hatte sich absichtlich vage ausgedrückt. Einerseits wollte er Jack Pearson nicht mehr Informationen geben als unbedingt nötig, und andererseits hoffte er, Jacks Interesse noch stärker zu wecken, wenn er sein Vorhaben mit dem Flair des Geheimnisvollen umgab.

»Darf man wissen, worum es sich handelt?« wollte Jack Pearson wissen. Er sprach ebenfalls mit gedämpfter Stimme. Tom Porter lehnte sich vor und sah Jack Pearson mit Verschwörermiene an. Nach einer kleinen Kunstpause sagte er: »Eigentlich nicht. Alles läuft unter strengster Geheimhaltung. Ich kann nur so viel sagen, daß es sich um eine Sache von höchster nationaler Bedeutung handeln könnte.« Er ließ die Worte auf Jack Pearson wirken, bevor er fragte: »Kann ich mit Ihrer Unterstützung rechnen, Jack?«

Jack Pearson besann sich nicht lange. »Selbstverständlich, Tom«, sagte er.

Tom Porter lehnte sich erleichtert zurück. »Vielen Dank, Jack! Wenn alles gutgeht, werde ich in meinem Artikel erwähnen, wie hervorragend Sie mich unterstützt haben.«

Tom Porter sah, wie Jack Pearsons Augen freudig glänzten. Dann kam ihm ein Gedanke, und er fragte: »Tauschen eigentlich die Fluggesellschaften untereinander Passagierdaten aus?«

»In bestimmten Fällen schon. Warum?«

»Es wäre möglich, daß ich auch die Passagierlisten anderer Fluggesellschaften einsehen müßte, wenn ich hier nichts finden sollte. Könnten Sie mir dabei helfen?« Als er sah, wie ihn Jack Pearson befremdet anblickte, fügte er schnell hinzu: »Wegen der Geheimhaltung, Sie verstehen? Wenn die Nachfragen von Ihnen kommen, würden sie kein unnötiges Aufsehen erregen.«

Jack Pearson überlegte einen Augenblick, dann antwortete er: »In Ordnung. Wir werden es versuchen.«

Die Sekretärin streckte ihren Kopf zur Tür herein. »Herr Pearson, denken Sie daran, daß Sie um zwölf einen Termin haben.«

Jack Pearson sah auf seine Armbanduhr. »Tut mir leid, Tom, aber ich muß gehen. Luigi wird sich Ihres Problems annehmen. Er ist unser Spezialist für alles, was mit Computern und Daten zu tun hat.« Noch während Jack Pearson gesprochen hatte, war er zum Telefon gegangen und hatte eine Nummer gewählt. »Luigi, komm bitte sofort zu mir«, sagte er in die Sprechmuschel. Nur wenig später klopfte es an der Tür, und ein schlanker Italiener trat ein.

»Luigi, das ist Mister Porter von der Washington Daily News. Er sucht bestimmte Daten. Ich möchte, daß du ihm dabei hilfst.«

Luigi sah Tom Porter mit einem offenen, interessierten Blick an. Tom Porter reichte ihm die Hand.

»Ich heiße Tom«, sagte er. Der Italiener machte einen sympathischen Eindruck auf ihn. Nachdem Tom Porter sich noch einmal bei Jack Pearson für die Hilfsbereitschaft bedankt hatte, verließ er mit Luigi das Büro.

Luigis Arbeitsplatz lag im Keller. Es war ein kleiner, bis unter die Decke mit Unterlagen aller Art vollgestopfter Raum. Der einzige freie Platz war ein kleiner Tisch, auf dem ein Computer stand. Luigi grinste, als er Tom Porters Blick sah.

»Mein Reich«, sagte Luigi stolz und deutete auf die überfüllten Regale. »Aber jetzt besorg' ich Ihnen erst einmal eine Sitzgelegenheit. Bin gleich zurück.«

Als er mit einem Stuhl wiederkam, sagte Tom Porter: »Ich habe Hunger und brauche was Vernünftiges zu trinken. Kennst du ein brauchbares Lokal in der Nähe? Ich lad' dich ein.«

»Si, es gibt hier eins, gleich um die Ecke. Klein, aber gut. Nichts für Touristen.«

»Na, dann komm!«

Das Essen war einfach, aber gut und reichlich, ganz so, wie Tom Porter es liebte. Während der Mahlzeit unterhielten sie sich über alles mögliche, nur nicht über das, was Tom Porter interessierte. Erst als der Kaffee vor ihnen stand, kam Tom Porter auf sein Problem zu sprechen. Luigi hörte aufmerksam zu.

Als sie eine Stunde später wieder in Luigis Büro waren, gab Tom Porter ihm die Liste mit den Zeiten, an denen Gina Nicoletti nicht in Rom gewesen war.

»Am besten, du fängst mit dem Datum an, das ich in der ersten Spalte aufgeführt habe. Wenn du unter diesem Datum nichts findest, dann gehst du schrittweise jeweils um einen Tag nach vorn und zurück. Beginnen sollten wir mit diesem Jahr«, schlug Tom Porter vor.

Luigi sah sich die Liste an und nickte. »Okay, Tom, das meiste müßte ich über Computer abfragen können. Erst wenn wir in die zurückliegenden Jahre kommen, müssen wir in den Passagierlisten selbst nachschlagen. Wenn du willst, dann könntest du das machen, während ich mich um die Computerdaten kümmere.«

»Gute Idee«, stimmte Tom Porter erfreut zu. So brauchte er wenigstens nicht herumzusitzen und Luigi bei der Arbeit zuzusehen.

Luigi zeigte Tom Porter, wo die Passagierlisten abgelegt waren, und schaltete dann seinen Computer an. Den ganzen Nachmittag arbeiteten beide konzentriert. Nur für eine kurze Kaffeepause unterbrachen sie die Suche.

Gegen sechs Uhr abends lehnte sich Luigi in seinem Stuhl zurück und rieb sich die Augen. »Nichts«, sagte er zu Tom Porter und zuckte bedauernd die Schultern. »Ich habe alles überprüft. Bis zu plus/minus zwei Wochen bin ich gegangen. Nichts. Ich bin sicher, sie ist nicht mit der TWA geflogen.«

»Ich hab' auch nichts gefunden – jedenfalls bis jetzt«, antwortete Tom Porter enttäuscht. »Ich glaube, wir können die Suche einstellen. Jetzt bleibt uns nichts anderes übrig, als bei den anderen Fluggesellschaften nachzuforschen.«

Luigi nickte zustimmend. »Hast du eine Idee, bei wem wir anfangen sollen?«

Tom Porter schüttelte den Kopf. »Nee, eine Gesellschaft ist so gut wie die andere. Beginnen wir mit der nächstgrößten. Welche ist das hier?«

Luigi antwortete nicht, sondern sah Tom Porter nachdenklich an.

»Ist was?« wollte Tom Porter wissen.

»Mir ist da so ein Gedanke gekommen«, sagte Luigi zögernd. »Die Nicoletti ist doch Italienerin, nicht wahr?«

»Sicher«, bestätigte Tom Porter.

»Dann sollten wir uns zuerst an die Alitalia wenden.«

»Warum?«

»Ich könnte mir vorstellen, daß sie als Italienerin mit einer italienischen Fluggesellschaft geflogen ist. Es ist doch meistens so, daß man sich bei der Fluggesellschaft des eigenen Landes am wohlsten und sichersten fühlt. Du bist doch auch mit einer amerikanischen Gesellschaft geflogen, oder nicht?«

»Natürlich, du hast recht, Luigi«, stimmte Tom Porter zu. »Können wir sie heute noch erreichen?«

Luigi sah auf seine Armbanduhr. »Ausgeschlossen, Tom, die haben längst Feierabend. Ich werde mich morgen als erstes mit ihnen in Verbindung setzen.«

»Okay, wann machen wir morgen weiter?«

»Du kannst dir Zeit lassen«, antwortete Luigi. »Hierbei kannst du mir doch nicht helfen. Komm gegen Mittag.«

Widerstrebend stimmte Tom Porter zu. Zwar sträubte sich alles in ihm, die kostbare Zeit ungenutzt verstreichen zu lassen, aber er sah ein, daß Luigi recht hatte.

Als er am nächsten Tag kurz vor Mittag in Luigis Büro trat, begrüßte dieser ihn fröhlich. »Ich glaube, wir haben Glück gehabt. Ich hatte den richtigen Riecher. Soweit ich bis jetzt feststellen konnte, ist die Nicoletti immer mit der Alitalia geflogen. Fünf Abflugtermine habe ich schon bestätigt bekommen. Die restlichen Daten will man überprüfen und mir bis morgen abend durchgeben.« Stolz hielt er Tom Porter einen Zettel hin.

Tom Porter las:

31. Mai	Rio de Janeiro
12. Mai	Rio de Janeiro
13. April	Frankfurt
9. April	Zürich
29. Dezember	London

Enttäuscht betrachtete er den Zettel. Nach diesen Flugdaten war Gina Nicoletti weder in Zaire gewesen, als das Flugzeug mit ihm und dem Innenminister an Bord explodierte, noch in den USA, als Mike Steel ermordet wurde. Sollte er sich etwa geirrt haben? Er konnte und wollte es nicht glauben. Schließlich schob er entschlossen seine Zweifel zur Seite. Noch gab es Hoffnung. Erst wenn auch die anderen Abflugdaten vorlagen, konnte man mehr sagen. Er gab Luigi die Telefonnummer seines Hotels und bat ihn, sofort anzurufen, sobald er die restlichen Daten hatte.

Das Warten auf Luigis Anruf zerrte sehr an seinen Nerven. Sosehr er sich auch bemühte, keine voreiligen Schlüsse zu ziehen, seine Gedanken kehrten immer wieder zu den Flugdaten zurück. Nachmittags um vier Uhr kam endlich der ersehnte Anruf.

»Tom, ich habe jetzt alle Angaben«, sagte Luigi am Telefon.

»Und? Wohin ist sie geflogen?« fragte Tom Porter gespannt.

Luigi las die Zielflughäfen vor. Es war ein Wechsel zwischen London, Paris, Frankfurt und Rio de Janeiro.

»Scheiße!« fluchte Tom Porter. Er war enttäuscht.

»Ist was falsch?« wollte Luigi wissen.

»Nein, keine Sorge«, beruhigte ihn Tom Porter, »du hast

deine Sache ausgezeichnet gemacht. Vielen Dank! Ich komme gleich rüber und hole mir die Liste ab.«

Während der Fahrt zur Geschäftsstelle der TWA kamen Tom Porter nun doch ernste Zweifel, ob sein Verdacht richtig gewesen war. Gina Nicoletti war in keinem Fall in Perioden, in denen prominente Persönlichkeiten ermordet worden waren, von Rom aus in einen der betreffenden Staaten geflogen. Er mußte an den Aufwand denken, den das FBI aufgrund seines Verdachts zur Zeit trieb, um Gina Nicolettis Spur zu finden. Was sollte er tun? Sollte er Barbara Meriville anrufen und ihr sagen, daß alles blinder Alarm gewesen war?

Immer wieder starrte er an diesem Abend auf die Liste, als würde er dort eine Lösung finden. Wären da nicht die Bücher über Michail Groschenko gewesen, die er bei Mike Steel gefunden hatte, er hätte zum Telefon gegriffen und Barbara Meriville angerufen. Eine Möglichkeit, daß sein Verdacht richtig war, gab es noch. Gina Nicoletti konnte, statt von Rom aus, von einem der anderen Flughäfen in die Länder, in denen die Morde verübt worden waren, geflogen sein. Es blieb ihm also nichts anderes übrig, als nach Paris, Frankfurt und London zu fliegen, um dort weiter nach ihrer Spur zu suchen.

Gleich zu Bürobeginn fuhr Tom Porter noch einmal zur Geschäftsstelle der TWA. Mit überschwenglichen Worten bedankte er sich bei Jack Pearson für die Unterstützung. Gleichzeitig bat er darum, daß er ihm auch bei seinen weiteren Ermittlungen helfen möge. Jack Pearson versprach ihm, sofort seine Kollegen in Frankfurt, Paris und London anzurufen.

Er hatte Wort gehalten. Als Tom Porter sich in der

Geschäftsstelle der TWA in Paris meldete, wurde er entgegenkommend behandelt. Das Wort Terrorismus öffnete ihm jede Tür. Zu oft schon hatten die Fluggesellschaften unter dieser modernen Geißel gelitten, als daß sie nicht jedem geholfen hätten, der versuchte, dieses Übel zu bekämpfen. Tagsüber saß Tom Porter in der Geschäftsstelle der TWA und überprüfte die Passagierlisten. Abends durchstreifte er die Stadt, um herauszufinden, in welchem Hotel Gina Nicoletti gewohnt hatte. Von Tag zu Tag wurde Tom Porter deprimierter. Weder die Fluggesellschaften noch er selbst konnten auch nur die geringste Spur von Gina Nicoletti finden. Es war wie verhext. Gina Nicoletti schien sich in Paris in Luft aufgelöst zu haben.

So wie in Paris erging es ihm auch in Frankfurt und London. Nach vierzehn Tagen nutzlosen Nachforschens entschloß er sich, nach Washington zurückzufliegen.

23

»Mister Porter«, kündigte die Sekretärin an.

Tom Porter hatte sich nach seiner Rückkehr aus Europa gerade genug Zeit genommen, um sich in der Redaktion zurückzumelden, und war dann zum FBI gefahren. Er wollte Barbara Meriville so schnell wie möglich über seine erfolglosen Nachforschungen in Europa informieren. Gleichzeitig interessierte es ihn aber auch brennend, zu welchen Ergebnissen das FBI gekommen war. Er hoffte – es war mehr ein Wunschdenken –, daß man hier mehr Erfolg gehabt hatte. Die Zeit lief ihnen davon, denn schließlich waren es nur noch knapp drei Wochen bis zum Gipfeltreffen. Als er jetzt ins Dienstzimmer trat, sah ihm Barbara Meriville fröhlich entgegen.

»Hallo, Tom, zurück von deiner Europarundreise?« begrüßte sie ihn.

»Wie du siehst«, antwortete er ernst. Von seiner sonst allgegenwärtigen, ihr so manches Mal auf die Nerven gefallenen Fröhlichkeit war nichts zu spüren. Er machte einen niedergeschlagenen Eindruck. Barbara Meriville konnte es nicht übersehen.

»Mein Gott, Tom, was ist denn mit dir los? Du machst ja ein Gesicht, als hättest du an der Börse verloren. Was ist passiert?« fragte Barbara Meriville und sah ihn besorgt an.

Tom Porter zog einen Stuhl heran und setzte sich. Ein klägliches Lächeln umspielte seine Lippen, als er antwortete: »Mein Besuch in Europa war ein einziger Reinfall. Ich habe nichts herausbekommen. Nichts! Rein gar nichts. Es war zum Verzweifeln. Ich konnte Gina Nicolettis Spur immer nur bis Paris, Frankfurt oder London verfolgen. Dort habe ich sie jedesmal verloren. Es war, als wenn sie sich in Luft aufgelöst hätte. Ich kam mir vor, als würde ich einem Phantom nachjagen.« Tom Porter machte eine Pause, bevor er weitersprach. »Langsam bekomme ich Zweifel, ob mein Verdacht nicht doch ein Irrtum war. Vielleicht hattest du mit deiner Skepsis von Anfang an recht. Vielleicht ist meine Phantasie doch mit mir durchgegangen.« Er sah Barbara Meriville mit einem hilflosen Lächeln an. »Du hast ja immer gesagt, ich spinne.«

Barbara Meriville musterte ihn prüfend. »Du scheinst tatsächlich zu meinen, was du sagst«, stellte sie verwundert fest.

»Leider«, gab Tom Porter kleinlaut zu. »Ich finde sonst keine Erklärung dafür, daß wir, trotz aller unserer Bemühungen, keine Spur von Gina Nicoletti finden können. Oder habt ihr was entdeckt?«

Barbara Meriville schüttelte den Kopf. »Nein, wir haben nichts gefunden. Aber nun hör mir mal gut zu! Im Gegensatz zu dir glaube ich daran, daß Gina Nicoletti unser Mann ist – unsere Frau«, verbesserte sie sich.

»Du tust was?« fragte Tom Porter verblüfft. Er wollte nicht glauben, daß die skeptische Barbara Meriville ihre Meinung so völlig geändert hatte.

»Du hast ganz richtig gehört, Tom, ich glaube daran, daß wir mit einem Attentat rechnen müssen und daß Gina Nicoletti die Attentäterin sein wird.« Als sie Tom Porters fassungsloses Gesicht sah, fuhr sie lächelnd fort: »Ich will dir auch sagen, warum. Erstens habe ich deine Argumente noch einmal gründlich durchdacht und bin zur Überzeugung gekommen, daß dein Verdacht richtig ist. Allerdings halte ich die Annahme, wir hätten es mit einer Wiederauflage des javanischen Geheimbundes zu tun, für Quatsch. Der zweite Grund, der meine Zweifel restlos ausgeräumt hat, ist Gina Nicoletti selbst. Ich meine, daß wir nicht feststellen können, wo sie sich aufhält. Sie ist, wie du so richtig gesagt hast, ein Phantom.«

Tom Porter starrte Gina Nicoletti mit offenem Mund an. Er war verwirrt, und das geschah bei ihm höchst selten. Alles, was bei ihm dazu geführt hatte, an seinen eigenen Annahmen zu zweifeln, hatte bei Barbara Meriville das Gegenteil bewirkt.

Barbara Meriville sah den ungläubigen Ausdruck in seinem Gesicht und sagte deshalb: »Denk doch nach, Tom!

Gerade weil wir keine Spur von ihr finden, ist sie höchst verdächtig. Niemand verschwindet so spurlos von der Bildfläche wie Gina Nicoletti, es sei denn, er tut es absichtlich.«

»Ich glaube, du hast recht. Ich muß ein Brett vor dem Kopf gehabt haben«, sagte er kläglich, aber in seinen Augen war wieder ein verschmitztes Lächeln zu sehen.

»Und ein Tuch vor den Augen«, ergänzte Barbara Meriville. »Weißt du, ich habe von Anfang an von deinen Bemühungen, drüben etwas zu finden, nichts gehalten.«

»Ich hätte ja auch mehr Glück haben können«, verteidigte sich Tom Porter. »Und überhaupt, warum hast du mich nicht davon abgehalten, wenn du so überzeugt davon warst?«

Barbara Meriville lachte. »Das fragst du doch wohl nicht im Ernst? Eher kann man einem Muli Rechnen beibringen, als dir einen deiner plötzlichen Einfälle auszureden. Du . . .«

Ein lautes Klopfen an der Tür unterbrach sie. »Ja!« rief Barbara Meriville, ungehalten über die Störung.

Fred Washburn streckte seinen Kopf zur Tür herein. »Entschuldige, daß ich störe, Barbara, aber ich habe etwas Wichtiges für dich.«

Er konnte seine Erregung nur mühsam unter Kontrolle halten.

»Und?« fragte Barbara Meriville.

Fred Washburn trat ins Zimmer, nickte Tom Porter zu und sagte: »Ich habe einen Anruf von der brasilianischen Polizei bekommen – Gina Nicoletti ist in Brasilien.«

Tom Porter und Barbara Meriville sahen einander sprachlos an. Barbara Meriville faßte sich als erste.

»Erzähle!« befahl sie.

Fred Washburn blickte auf den Zettel in seiner Hand. »Sie haben mir telefonisch mitgeteilt, daß sich Gina Nicoletti in der Hauptstadt Brasiliens im Hilton aufhält. Das war alles.«

Auch Tom Porter war aus seiner Erstarrung aufgewacht und aufgesprungen. »Ich flieg' nach Brasilia, und zwar sofort!« rief er spontan. »Diesmal soll sie mir nicht entkommen.«

»Halt, nicht so schnell!« rief Barbara Meriville dem hinausstürmenden Tom Porter nach.

Tom Porter drehte sich an der Tür um. »Was ist?«

»Ruf mich sofort an, wenn du sie gefunden hast. Ich schicke einen Beamten runter, sobald ich die Genehmigung bekommen habe«, sagte Barbara Meriville und wandte sich dann an Fred Washburn.

»Fred«, sagte sie, »wie heißt der Beamte, mit dem du gesprochen hast?«

Fred Washburn blickte auf seinen Zettel. »Captain Preraira, Dezernat III im Polizeipräsidium Brasilia.«

»Gut, Tom, wende dich an ihn, wenn du Hilfe brauchst. Wir werden ihn verständigen, daß du kommst.«

»Mach' ich«, versicherte Tom Porter. Er eilte aus dem Büro, kam jedoch wenigen Augenblicke später noch einmal zurück. Auf Barbara Merivilles erstaunt fragenden Blick sagte er: »Könntest du mir einen Gefallen tun und für mich einen Platz nach Brasilia reservieren? Ich glaube, heute abend geht noch eine Maschine der Pan Am von New York. Ich ruf' dich von zu Hause an, ob die Reservierung geklappt hat.«

»Wird erledigt, Tom. Viel Erfolg, und vergiß nicht, mich sofort anzurufen.«

»Mach' ich, bis bald.«

Tom Porter raste im wahrsten Sinne des Wortes nach Hause. Hier stopfte er schnell das Notwendigste in seinen Flight Bag und rief Barbara Meriville an. Sie war sofort am Apparat.

»Wenn du dich beeilst, kannst du es noch schaffen«, sagte sie. »Dein Flug geht um achtzehn Uhr zwanzig vom National Airport. American Airlines Flug 534 nach New York. Flugticket liegt am Schalter. Dein Anschlußflug ist Delta Airlines 101 vom Kennedy Airport«, gab ihm Barbara Meriville im Telegrammstil durch.

Tom Porter sah auf die Uhr. Noch fünfzig Minuten bis zum Abflug. Er hastete nach unten. Das Taxi, das er telefonisch angefordert hatte, war schon vorgefahren.

»Zum National, schnell«, wies er den Fahrer an.

Mit quietschenden Reifen hielt das Taxi vor dem Abfertigungsgebäude. Im Laufschritt stürmte er zum Schalter der American Airlines und von da zu Gate 23. Sowie er die Maschine betreten hatte, wurde die Bordtür geschlossen. Durchgeschwitzt ließ er sich in den Sitz fallen. Er hatte es buchstäblich in letzter Minute geschafft.

Die Tri-Star der Delta Airlines von New York nach Brasilia war nur zur Hälfte besetzt, und Tom Porter konnte seine Beine ausstrecken. Er war dafür dankbar, denn die Aktivitäten der letzten Stunden hatten ihn ziemlich erschöpft. Erst der Flug von London nach Washington, dann in die Redaktion, rüber zum FBI, zurück in die Wohnung, zum Flughafen, Flug nach New York, mit dem Taxi zum Kennedy Airport, dann im Galopp in die Maschine nach Brasilia, und das alles an einem Tag. Eine wahrhaft stolze Leistung.

Fast den gesamten Flug über schlief er. Diese erzwungene Ruhepause tat ihm gut. Als die Tri-Star der Delta Airlines in Brasilia landete, fühlte er sich wieder frisch und munter.

Sein erster Weg führte ihn zum Hilton. Zu dieser frühen Morgenstunde hoffte er, Gina Nicoletti noch im Hotel anzutreffen. Am Empfang wandte er sich an einen der Angestellten.

»Ich möchte Senhora Nicoletti sprechen. Auf welchem Zimmer wohnt sie?« fragte er.

Der Angestellte sah in seiner Liste nach. »Ich bedaure, Senhor, aber Senhora Nicoletti wohnt nicht hier.«

»Das ist unmöglich, sie muß hier wohnen«, beharrte Tom Porter, »würden Sie bitte noch einmal nachsehen.«

Der Angestellte verzog keine Miene und blätterte noch einmal die Unterlagen durch. »Tut mir leid, Senhor, aber bei uns wohnt niemand mit diesem Namen.« Tom Porter mußte ein derart erstauntes Gesicht gemacht haben, daß der Angestellte fragte: »Wissen Sie denn bestimmt, daß die Dame bei uns abgestiegen sein soll?«

»Hundertprozentig. Ich bin mit ihr hier verabredet«, log Tom Porter.

»Vielleicht ist sie bereits abgereist.«

»Würden Sie das bitte prüfen«, bat Tom Porter und schob eine Fünfdollarnote über den Tisch. Der Angestellte ließ sie mit flinken Fingern in seiner Tasche verschwinden und ging in das hinter ihm liegende Büro. Nach ein paar Minuten kam er wieder.

»Senhora Nicoletti hat tatsächlich hier gewohnt, aber sie ist bereits vor über einer Woche abgereist«, gab er bereitwillig Auskunft.

Tom Porter knurrte einen Fluch. Sollte wieder alles vergeblich gewesen sein? Noch einmal wandte er sich an den Angestellten. »Hat sie vielleicht gesagt, wohin sie von hier aus wollte?«

»Nein, Senhor, das können wir Ihnen leider nicht sagen.«

Niedergeschlagen verließ Tom Porter das Hotel. Er rief eines der bereitstehenden Taxis herbei und ließ sich zu einem weniger teuren Hotel bringen. Von seinem Zimmer aus versuchte er das FBI anzurufen. Er hatte Pech. Alle Leitungen in die Staaten waren belegt. Nachdem er zehnmal versucht hatte durchzukommen, gab er es auf und ging zum Empfang hinunter.

»Kann ich hier ein Telegramm aufgeben, oder muß ich zum Hauptpostamt?« fragte er das junge Mädchen, das ihm den Zimmerschlüssel gegeben hatte.

»Sie können es auch hier aufgeben. Wir leiten es für Sie weiter«, antwortete sie und schob ihm einen Telegrammblock hinüber.

Tom Porter zog einen Kugelschreiber aus der Tasche und schrieb dann:

Barbara Meriville, FBI.

Pennsylvania Avenue, Washington D.C., USA

Gesuchte nicht angetroffen. Ist vor acht Tagen abgereist. Reiseziel noch unbekannt. Lage wie in Europa. Bleibe hier und suche weiter. Tom.

Er schob das Formular über den Tisch. »In Ordnung?« fragte er.

Das Mädchen blickte auf das Formular. Als sie FBI las, sah sie Tom Porter ehrfurchtsvoll an und antwortete: »Ja, Senhor, das Telegramm wird sofort weitergeleitet.«

Tom Porter bedankte sich und ging auf sein Zimmer. Hier legte er sich aufs Bett und dachte nach. Nach zwei Stunden sprang er auf. Er hatte eine Idee. Eine Idee, wie er Gina Nicoletti vielleicht auf die Spur kommen konnte. Sie beruhte auf etlichen Annahmen. Aber immerhin, es war eine Möglichkeit. Voraussetzung war allerdings, daß Captain Preraira von der brasilianischen Polizei bereit war, ihm zu helfen.

Entschlossen griff er zum Telefon und ließ sich mit dem Polizeioffizier verbinden. Tom Porter nannte seinen Namen und wollte den Grund seines Besuches erklären.

»Nicht nötig, Senhor Porter«, unterbrach ihn Captain Preraira, »Sie wurden mir bereits vom FBI angekündigt. Womit können wir Ihnen helfen?«

»Wäre es möglich, daß ich Sie persönlich sprechen könnte, Captain?« fragte Tom Porter anstelle einer Antwort. Er wollte seinen Wunsch nicht am Telefon besprechen.

»Selbstverständlich, Senhor Porter. Paßt Ihnen zwei Uhr heute nachmittag?«

»Ja, Captain, vielen Dank, ich werde pünktlich da sein.«

»Gut, melden Sie sich bei der Wache.«

Fünf Minuten vor zwei betrat Tom Porter das wuchtige Gebäude, in dem das Polizeipräsidium untergebracht war, und meldete sich bei der Wache. Der Wachhabende war von seinem Kommen informiert und beauftragte einen Posten, Tom Porter zu Captain Preraira zu eskortieren.

Als er wenig später in das Büro des Captains trat, erhob sich ein kleiner stämmiger Mann in Uniform hinter einem Schreibtisch und kam auf ihn zu. Zwei dunkle, intelligent blickende Augen musterten ihn abschätzend. Die Prüfung schien positiv ausgefallen zu sein, denn er begrüßte Tom Porter herzlich und führte ihn zu einer Sesselgruppe.

»Es tut mir aufrichtig leid, aber ich habe nur sehr wenig Zeit«, entschuldigte sich Captain Preraira, während sie sich setzten. »Wir müssen deshalb sofort zur Sache kommen. Wie kann ich Ihnen helfen?«

Tom Porter konnte dies nur recht sein. Ohne Umschweife wies er Captain Preraira in die Lage ein, sagte ihm allerdings nicht, daß Gina Nicoletti wegen eines möglichen Attentats auf den russischen Ministerpräsidenten gesucht wurde. Captain Preraira hörte aufmerksam zu. Zum Schluß faßte Tom Porter das Gesagte noch einmal zusammen.

»Sehen Sie, Captain«, sagte er, »wir glauben, daß Gina Nicoletti unter falschem Namen in die Staaten eingereist ist. Ich möchte deshalb alle Namen der Passagiere überprüfen, die von Brasilien aus nach Amerika geflogen sind. Dazu brauche ich die Passagierlisten aller Fluggesellschaften für die Flüge am einundzwanzigsten und zweiundzwanzigsten Mai von Rio de Janeiro in die USA und die vom einunddreißigsten Juli und ersten August von Brasilia in die Staaten. Wäre das möglich?«

Captain Preraira dachte eine Weile nach. Dann sagte er: »Sicher. Ich werde es veranlassen.« Er ging zum Telefon und gab die Anweisung. Tom Porter konnte nur einige Worte verstehen, da der Captain portugiesisch gesprochen hatte. Bevor er den Telefonhörer auflegte, fragte er Tom Porter: »Wohin möchten Sie die Listen haben?«

»Ins San Christobal, ich wohne dort.«

»Man wird sie Ihnen dorthin bringen. Und nun muß ich Sie bitten, mich zu entschuldigen.«

Tom Porter bedankte sich überschwenglich für die Unterstützung und ließ sich von einem Beamten zum Eingang zurückbringen. Zufrieden fuhr er ins Hotel zurück. Jetzt blieb ihm nichts anderes übrig, als auf die Listen zu warten und zu hoffen, daß seine Annahme richtig gewesen war.

Drei Tage dauerte es, bis die Kopien der Passagierlisten vorlagen. Sofort ging er an die Arbeit. Name für Name wurde überprüft. Er verglich die Passagiere, die von Brasilia aus in die Staaten gereist waren, mit denen, die von Rio de Janeiro aus geflogen waren. Er ging davon aus, daß Gina Nicoletti bei ihren Flügen immer den gleichen falschen Namen benutzt hatte. Es war eine Eingebung, mehr nicht. Gina Nicoletti brauchte nur ihren Namen gewechselt zu haben oder zu einem anderen Termin in die Staaten geflogen zu sein, und schon waren alle seine Bemühungen vergeblich. Tom Porter verdrängte diese Gedanken, die ihn von der stumpfsinnigen Arbeit abzulenken begannen.

Achtundvierzig Stunden arbeitete er ohne Unterbrechung. Essen und Getränke ließ er sich aufs Zimmer bringen. Literweise kippte er schwarzen Kaffee in sich hinein, um wach zu bleiben. Er prüfte, verglich, blätterte zurück und fing wieder von vorne an. Endlich stand er mit rotgeränderten Augen und lahmem Kreuz, aber mit triumphierendem Blick auf. Er hatte gefunden, wonach er gesucht hatte. Müde ging er zum Empfang hinunter.

»Geben Sie mir bitte ein Telegrammformular«, bat er.

Er adressierte es an Barbara Meriville und schrieb:

Gina Nicoletti reist wahrscheinlich als Robert E. Hyat und ist am einunddreißigsten von Brasilia nach Washington geflogen und am einundzwanzigsten Mai von Rio nach New York. Näheres später. Komme zurück. Tom.

Er schob den Block zurück und ging nach oben. Ohne sich auszuziehen, fiel er aufs Bett. Minuten später war er eingeschlafen.

Heftiges Trommeln an der Tür weckte ihn. Langsam kam er zu sich. Das Trommeln an der Tür ließ nicht nach.

»Senhor Porter, wachen Sie auf!« rief jemand.

Benommen stand er auf, wankte zur Tür und öffnete sie. Der Portier stand davor.

»Mensch, haben Sie aber einen Schlaf«, sagte er, »eine halbe Stunde versuche ich schon, Sie wach zu bekommen. Eine Senhora Meriville aus Washington ruft gleich noch einmal an. Sie hat es schon dreimal versucht.«

Tom Porter rieb sich die Augen, um wach zu werden. Es half nicht viel. Die Augenlider fielen ihm immer wieder zu. Zum Glück klingelte das Telefon, bevor er erneut eingeschlafen war. Schlaftrunken nahm er den Hörer ab. Barbara Meriville war am Apparat. Sie hatte das Telegramm erhalten und wollte wissen, wie er auf den Namen Robert E. Hyat gekommen war. Tom Porter erläuterte ihr seine Überlegungen und Schlußfolgerungen. Dann legte er auf und war sofort wieder eingeschlafen.

24

»Haben Sie die Liste?« fragte die Stimme, die Jim Fox über alles haßte.

»Ja.« Bereits seit vier Tagen lag sie bei ihm zu Hause. Entgegen seinen Befürchtungen hatte es keine Schwierigkeiten gegeben, sie zu beschaffen.

»Ich will sie haben«, sagte Gina Nicoletti. »Warten Sie Punkt neun Uhr heute abend bei der Telefonzelle in dem kleinen Shopping-Center an der Einfahrt zu ihrer Wohnanlage. Ich werde Sie anrufen und Ihnen weitere Instruktionen geben.« Bevor Jim Fox etwas einwenden konnte, legte sie auf.

Diesmal wollte Gina Nicoletti ihn nicht in seiner Wohnung überraschen. Das war ihr zu gefährlich. Da sie Jim Fox gesagt hatte, sie würde die Angaben in einer Wochen abholen, hatte er genügend Zeit gehabt, sich auf den Besuch vorzubereiten und Maßnahmen zu ergreifen, die ihr gefährlich werden konnten. Um jeder Gefahr aus dem Weg zu gehen, würde sie ihm die notwendigen Anweisungen per Telefon von einem öffentlichen Fernsprecher aus geben.

Gina Nicoletti war am Mittag von Brasilien kommend in Washington gelandet. Vom Flughafen aus war sie zu ihrem Apartment nach Arlington gefahren. Hier hatte sie nach einer kurzen Pause die Maske des älteren Negers angelegt. Dann war sie zu dem kleinen Shopping-Center in der Nähe seiner Wohnung gefahren und hatte auf ihn gewartet. Fünf Minuten nachdem er in seinem roten Porsche vorbeigefahren war, hatte sie bei ihm angerufen. Nun saß sie in der Imbißstube bei einem Kaffee und beobachtete das Gelände des Shopping-Centers.

Wenige Minuten vor neun fuhr Jim Fox auf den Parkplatz und parkte neben der Telefonzelle. Er öffnete die Fahrertür, um das Klingeln des Telefons besser hören zu können. Gina Nicoletti erhob sich und ging zu dem Telefon, das in der Nähe der Toiletten an der Wand hing. Sie wählte die Nummer, die sie sich auf einem kleinen Zettel notiert hatte. Durch das Fenster sah sie, wie Jim Fox in die Telefonzelle ging und den Hörer abnahm. Gleich darauf hörte sie seine Stimme.

»Gehen Sie zur Telefonzelle neben der Reinigung!« befahl sie und hängte ein. Sie wollte absolut sichergehen, daß ihr Gespräch nicht abgehört wurde. Gina Nicoletti sah von ihrem Platz, wie Jim Fox die Telefonzelle verließ und zur Reinigung ging. Er tat es zielstrebig und sah sich nicht um. Sie ließ ihn ein paar Minuten neben dem Telefon warten, bevor sie anrief. »Haben Sie die Listen bei sich?« fragte sie, nachdem er sich gemeldet hatte.

»Ja«, antwortete Jim Fox.

»Dann fahren Sie jetzt zu Ihrer Farm. Sie hören dort von mir.« Gina Nicoletti war sicher, daß Jim Fox, selbst wenn er sie verraten hätte, niemandem von der Existenz der Farm erzählt haben würde und sie deshalb dort vor unliebsamen Überraschungen sicher war.

Sowie sie den Hörer eingehängt hatte, verließ sie den Schnellimbiß und ging zu ihrem Auto. Sie stieg gerade ein, als Jim Fox vom Parkplatz auf die Straße einbog. Langsam folgte sie ihm. Einige Kilometer vor der Abzweigung, die zur Farm führte, überholte sie Jim Fox und bog wenig später in die Schotterstraße ein.

Gina Nicoletti hatte gerade ihren Wagen hinter dem Haus abgestellt, als sie auch schon sein Auto hörte. Sie wartete, bis er vor das Farmhaus gefahren und ausgestiegen war. In Erinnerung an ihr letztes Treffen hielt sie sicherheitshalber eine Pistole in der Hand, als sie hinter dem Gebäude hervortrat.

»Geben Sie mir die Liste!« befahl sie kurz.

Jim Fox langte hinter sich in sein Auto. Gina Nicoletti

beobachtete ihn aufmerksam. Aber Jim Fox hatte nur eine schmale Faltmappe in der Hand, als er sich wieder zu ihr wandte. Wortlos hielt er sie ihr hin. Mit der freien Hand griff sie danach, während die Pistole in ihrer Rechten ohne zu schwanken auf sein Herz gerichtet blieb. Gina Nicoletti ging zur Sicherheit ein paar Schritte zurück, bevor sie den Ordner aufschlug. Er enthielt nur zwei Blätter. Sie waren eng mit Schreibmaschine beschrieben und enthielten Namen, Alter, Beruf und Anschriften von etlichen Personen. Gina Nicoletti nickte zufrieden. Sie hatte die Informationen, die sie als letztes für die Ausführung ihres Planes brauchte.

»Sind das alle Namen?« wollte sie wissen.

»Ja.«

»Hat sich seit unserem letzten Gespräch eine Änderung zum Besuchsablauf oder den Sicherheitsmaßnahmen ergeben?« Gina Nicoletti blickte Jim Fox bei der letzten Frage scharf in die Augen. Aber sein Blick flackerte nicht, als er einsilbig antwortete: »Ja.«

»Und was?«

»Das Essen findet im Hilton statt, und als Bedienungspersonal wird das Personal des Hotels genommen. Wir wählen auch nicht mehr zwischen Schichten aus, sondern geben der Hotelleitung kurz vorher die Namen der Leute durch, die als Bedienung eingesetzt werden sollen.«

»Die Angaben auf der Liste, auf wen beziehen die sich?« wollte Gina Nicoletti wissen.

»Auf das Hotelpersonal.«

Gina Nicoletti überflog die Anschriften. Anhand der Postleitzahlen erkannte sie, daß sie alle in Huntsville oder Umgebung lagen.

»In Ordnung«, sagte sie und fuhr fort: »Ich werde Sie von heute ab jeden Abend um zehn Uhr anrufen und mich nach dem Stand der Vorbereitungen des Besuches erkundigen. Ich rate Ihnen, informieren Sie mich über alles, was an Änderungen oder Unvorhergesehenem auftritt. Sollte ich feststellen, daß Sie mir falsche oder unvollständige Informationen geben, werde ich die Fotos unverzüglich der Presse zuleiten.« Gina Nicoletti machte eine Pause und fügte warnend hinzu: »Sie können sich wohl denken, daß Sie nicht die einzige Quelle sind, über die ich das Material beziehe. Also seien Sie vorsichtig.«

Obwohl sie die Worte in beiläufigem Ton gesprochen hatte, war Jim Fox klar, daß sie ihre Drohung ernst meinte. Eine kalte Wut erfaßte ihn. Wut darüber, daß er diesem Nigger ausgeliefert war. Seine Hände zitterten vor Zorn. Er ballte sie zur Faust. In seinen Augen funkelte Mordgier, und er hätte sich auf Gina Nicoletti gestürzt, wenn ihn nicht die Pistole in ihrer Hand in Schach gehalten hätte, so aber schrie er nur: »Sie werden Ihr Vorhaben niemals ausführen! Das FBI kennt Ihren Plan.« Kaum hatte er die Worte ausgestoßen, da verfluchte er sich auch schon selbst wegen seiner Unbeherrschtheit. Um keinen Preis hatte er dem Nigger diese Information geben wollen.

Gina Nicoletti stand wie zur Salzsäule erstarrt da. Panik erfaßte sie. Doch schon Sekunden später hatte sie sich wieder in der Gewalt. »Was sagen Sie?« fuhr sie ihn an.

Jim Fox schwieg.

»Wenn Sie nicht augenblicklich sprechen, schieße ich.« Kalt und schneidend klang ihre Stimme.

Jim Fox starrte sie nur mit haßerfüllten Augen an und schwieg weiter.

»Gut, Sie haben es nicht anders gewollt.«

Jim Fox sah, wie sie langsam den Finger am Abzug krümmte. Innerhalb von Sekundenbruchteilen schlug sein Haß in Todesangst um. »Halt«, schrie er, »halt!«

Gina Nicoletti entspannte ihren Finger. Das ganze Manöver hatte nur dazu gedient, seinen Widerstand zu brechen. Nie hätte sie zu diesem Zeitpunkt auf ihn geschossen. Noch brauchte sie seine Mitwirkung an ihrem Plan. Aber sie hatte mit seiner Angst, mit seiner Feigheit vor dem Tod gerechnet, und ihre Rechnung war aufgegangen.

»Also los, reden Sie!« herrschte sie ihn an.

Schweißperlen standen auf der Stirn von Jim Fox, als er mit brüchiger Stimme antwortete: »Man weiß, daß ein Attentat auf Michail Groschenko geplant ist.«

»Was heißt man?«

»Alle, das FBI, wir, einfach alle Dienststellen, die für die Absicherung des Besuchs verantwortlich sind.«

»Weiß man, wer das Attentat plant?« fragte Gina Nicoletti und versuchte, ihre Stimme so gleichgültig wie möglich klingen zu lassen.

»Ja.«

»Wer ist es.«

»Eine italienische Fotografin. Sie heißt Gina Nicoletti«, antwortete Jim Fox mit noch immer zitternder Stimme.

Gina Nicoletti war, als hätte sich ein Eisblock auf ihr Herz gepreßt. Es bedurfte einer fast übermenschlichen Willensanstrengung, um das plötzlich aufwallende Angstgefühl zu unterdrücken und sich unter Kontrolle zu halten. Es dauerte ein paar Sekunden, bevor sie ihrer Stimme wieder sicher war und wie beiläufig fragen konnte: »Wer ist diese Nicoletti? Wieso verdächtigt man sie?«

Jim Fox schluckte, zögerte, doch dann begann er zu berichten, was Barbara Meriville bei der letzten Sicherheitsbesprechung vorgetragen hatte.

Wie gebannt hörte Gina Nicoletti zu. Erst als sie merkte, wie wenig bekannt war, entspannte sie sich. Aber jetzt war es wichtiger denn je, in enger Verbindung mit Jim Fox zu bleiben. Um ihn gefügig zu machen, erinnerte sie ihn erneut daran, daß er die Negative zu den Bildern bekommen würde, sowie sie ihre Mission erfüllt hatte. Bis vor wenigen Augenblicken war dies auch ihre Absicht gewesen. Doch jetzt, da man sie entdeckt hatte, konnte sie es sich nicht mehr leisten. In dem Augenblick, in dem sie Jim Fox nicht mehr brauchte, würde sie ihn töten. Ihn und Herbert Landowski. Alle, mit denen sie zusammengearbeitet hatte, mußten verschwinden. Das galt auch für Raimondo Vallez.

Die ganze Rückfahrt über kreisten ihre Gedanken nur um ein Thema. Was sollte sie tun? Sollte sie den Auftrag aufgeben, den Vorschuß auf das Honorar zurückzahlen? Sie brauchte das Geld ja nicht. Oder sollte sie nach Brasilien zurückfliegen und ihr Alibi weiter ausbauen? Es wäre sicher das Sinnvollste. Aber war es das wirklich? Bestand nicht die Gefahr, daß jetzt, da ihr richtiger Name mit dem Attentat in Verbindung gebracht wurde, man in ihrer Vergangenheit nachforschen würde? Und bestand dann nicht die Möglichkeit, daß irgendwo und irgendwann eine Verbindung zwischen ihr und den Morden hergestellt werden konnte?

Noch bevor sie ihr Apartment erreicht hatte, war ihr klar, sie mußte sich eine neue Identität aufbauen, mußte Gina Nicoletti sterben lassen. Verschollen am Amazonas, ja, das wäre eine Möglichkeit. Aber wenn sie diesen Weg gehen mußte, dann brauchte sie die Millionen, die sie für den Auftrag erhalten würde, denn an ihr eigenes Geld würde sie nicht mehr herankommen.

Gina Nicoletti hatte sich entschieden. Sie verdrängte alle Gedanken an ihre Entdeckung und begann mit kalter Präzision die letzte Phase ihres Planes vorzubereiten. Als erstes verwandelte sie sich in Sharon Fremont. Dann packte sie ihre Sachen zusammen und reinigte anschließend die Wohnung. Sie nahm sich dazu Zeit, denn nirgends durften Fingerabdrücke zurückbleiben, die darauf hindeuten würden, daß Robert E. Hyat in Wirklichkeit Gina Nicoletti war. Zum Schluß lud sie ihr Gepäck in den Wagen und wischte auch hier alles, was sie angefaßt haben konnte, sorgfältig ab. Dann streifte sie sich Handschuhe über und fuhr zum Flughafen. Hier gab sie den Leihwagen ab und buchte einen Flug nach Chicago.

In Chicago nahm sie sich in der Nähe des Flughafens ein Hotel. Dem Boy, der ihr Gepäck aufs Zimmer gebracht hatte, gab sie reichlich Trinkgeld.

»Ich benötige ein Branchenverzeichnis von Chicago. Kannst du mir eins besorgen?« fragte sie.

»Selbstverständlich, Ma'am«, antwortete der Boy, »ich bin gleich zurück.«

Wenig später klopfte es an ihre Zimmertür, und der Boy brachte das Branchenverzeichnis. Sie reichte ihm zwei Dollar, die er erfreut einsteckte. Nachdem er die Tür hinter sich geschlossen hatte, setzte sich Gina Nicoletti aufs Bett und holte aus ihrer Handtasche Papier und einen Kugelschreiber. Dann suchte sie im Branchenverzeichnis nach Gebrauchtwagenhändlern für Wohnmobile und schrieb sich einige Adressen heraus. Anschließend bestellte sie ein Taxi und fuhr die notierten Anschriften ab. Beim dritten Händler hatte sie Glück. Sie fand ein Wohnmobil, das sich für ihre Zwecke eignete. Nach einigem Feilschen kaufte sie das Fahrzeug und beauftragte den Händler, es auf den Namen Sharon Fremont anzumelden und dafür zu sorgen, daß es am kommenden Abend aufgetankt und ausgerüstet bereitstand. Der Händler versprach, alles zu erledigen.

Gina Nicoletti ließ sich ins Hotel zurückbringen. Sie hatte die Mühe auf sich genommen, das Wohnmobil in Chicago zu kaufen, weil auf ihren Papieren eine Chicagoer Adresse eingetragen war. Dadurch wurden beim Kauf und bei der Anmeldung unnötige Fragen vermieden.

Am nächsten Abend kurz vor fünf Uhr ließ sich Gina Nicoletti wieder zu dem Händler fahren. Das Wohnmobil stand aufgetankt und ausgerüstet bereit. Gina Nicoletti zahlte den Wagen mit Travellerschecks. Sie wurden vom Händler anstandslos akzeptiert. Dann fuhr sie mit dem Wagen zum Hotel, lud ihr Gepäck ein und verließ Chicago in Richtung Huntsville.

Zwei Tage brauchte sie für die knapp tausend Kilometer. Ihr Quartier schlug sie in einem Erholungspark etwa fünfunddreißig Kilometer südlich von Huntsville auf. Sie war absichtlich nicht auf einen Campingplatz in Huntsville gefahren, weil sie befürchtete, daß das FBI auf der Suche nach ihr alle Hotels, Apartments und auch die Campingplätze in der Stadt überprüfen könnte. Hier, in dem großen Freizeitpark, war sie nur einer von vielen Touristen.

Nachdem sie sich eingerichtet hatte, war ihre nächste Aufgabe, sich ein Auto zu beschaffen, um in ihren Operationen beweglicher zu sein. Sie hatte darauf verzichtet, einen Wagen in Chicago zu kaufen, weil sie vermeiden wollte, mit einem Chicagoer Nummernschild durch Huntsville zu fahren. Die Gefahr, damit aufzufallen, war zu groß. Was sie brauchte, war ein Fahrzeug mit einem Kennzeichen, das zum Einzugsbereich von Huntsville gehörte und somit nicht beachtet würde. Sie kaufte sich deshalb ein Auto in einer kleinen Stadt fünfzig Kilometer von Huntsville entfernt. Nun konnte die Suche nach einem geeigneten Opfer beginnen.

In den kommenden Tagen war Gina Nicoletti von frühmorgens bis zum späten Abend in Huntsville unterwegs. In unterschiedlichen Verkleidungen stand sie mit ihrem Wagen in verschiedenen Wohngebieten und kontrollierte jede Person auf der Liste von Jim Fox. Von jedem, der für ihre Zwecke in Frage kommen konnte, machte sie Aufnahmen.

Ihre Mahlzeiten nahm sie ausschließlich im Restaurant des Hilton ein. Schon bald kannte sie jeden Mann und jede Frau, die hier beschäftigt waren. Am Ende der Woche hatte sie sich entschieden. Ihr Opfer würde die Managerin des Restaurants sein. Der Aufgabenbereich dieser Frau schien sich geradezu ideal für ihre Zwecke zu eignen. In den Stoßzeiten pendelte sie zwischen Küche und Gastraum hin und her.

Es gab aber noch einen weiteren Grund, warum Gina Nicoletti sie ausgewählt hatte. Erstens war sie eine Frau, und das enthob Gina Nicoletti der ihr seit langem Sorge bereitenden Verkleidungsprobleme. Zweitens war die Managerin etwa so alt wie sie, hatte eine schlanke Figur und war nur wenig kleiner als sie selbst. Einen Nachteil, der Gina Nicoletti noch Probleme machen würde, gab es allerdings. Die Managerin sprach mit starkem Alabamaakzent, der nur schwer zu imitieren war. Zum Glück war sie nicht allzu redselig.

Von nun an konzentrierte Gina Nicoletti ihre ganze Aufmerksamkeit auf diese Frau. Ob sie zur Arbeit fuhr, von der Arbeit kam, zum Einkaufen ging oder eine Tanzbar besuchte, immer folgte ihr Gina Nicoletti wie ein Schatten. Sie studierte alles – wie sie ging, wie sie ihre Arme bewegte, sich die Haare aus der Stirn strich, ihren Kopf hielt, sich anzog. Jede Kleinigkeit speicherte sie in ihrem fotografischen Gedächtnis. Wann immer sich eine Gelegenheit bot, fotografierte Gina Nicoletti sie. Die Filme entwickelte sie im Bad ihres Wohnmobils.

Gina Nicoletti nutzte jede freie Minute, um zu üben, wie Helen Parker zu gehen, zu sprechen, zu essen. Zum Schluß machte sie sich an die schwierige Aufgabe, ihr Gesicht durch Make-up und andere Hilfsmittel so zu verändern, daß sie Helen Parker zum Verwechseln ähnlich sah. Es bedurfte vieler Versuche, bevor Gina Nicoletti mit ihrem Spiegelbild zufrieden war.

Tagsüber trainierte Gina Nicoletti, Helen Parker zu kopieren. Nachts erkundete sie die Örtlichkeiten. Dreimal brach sie in den Restaurationstrakt des Hotels ein. Es war ein Kinderspiel, denn er wurde nur durch eine Tür mit einem einfachen Schloß gesichert. Nur die Vorratsräume waren mit Stahltüren verschlossen, aber dafür interessierte sie sich nicht. Von jedem Raum einschließlich der Küche fertigte sie Skizzen an, die sie studierte und sich einprägte.

Der letzte Schritt ihres Vorbereitungsprogramms war die Ausarbeitung des Fluchtplans.

Ein paar Tage vor dem Besuch des russischen Ministerpräsidenten hatte sie ihre Vorbereitungen abgeschlossen. Noch einmal rief sie Jim Fox zur festgelegten Zeit an.

»Ich wünsche, daß Helen Parker mit eingeteilt wird!« befahl sie.

»War sowieso vorgesehen«, antwortete Jim Fox.

»Um so besser. Wie ist der Stand der Ermittlungen in Sachen Gina Nicoletti?« wollte sie wissen.

»Man weiß, daß sie unter dem Namen Robert E. Hyat in die Staaten eingereist ist.«

»Ist das alles?«

»Ja.«

Gina Nicoletti hängte ein. Das Ermittlungsergebnis beunruhigte sie nicht. Sollten sie doch Robert E. Hyat nachjagen, spätestens in Washington würden sie seine Spur verlieren. Ihrem Vorhaben konnte es nicht mehr schaden. Ihrer Sache völlig sicher, wartete sie auf den Tag, an dem sie zuschlagen wollte.

25

Noch während sich Tom Porter in Brasilia befand, lief die Großfahndung nach Robert E. Hyat an. Gesucht wurde er offiziell wegen Mordes an dem Privatdetektiv Mike Steel. Auf die Einschaltung von Fernsehen, Rundfunk und Presse wurde verzichtet, um Gina Nicoletti nicht zu alarmieren. Die Fahndungsunterlagen waren mehr als dürftig. Da über Robert E. Hyat keine Personenbeschreibung vorlag, war der einzige Anhaltspunkt für die Nachforschungen der Name.

Nach drei Tagen erhielt Barbara Meriville den ersten Hinweis, daß sie auf der richtigen Spur waren. Angehörige des FBI hatten entdeckt, daß ein Robert E. Hyat sich zum Zeitpunkt des Todes von Mike Steel in Los Angeles aufgehalten hatte.

Sowohl vom Portier des Hotels, in dem er übernachtet hatte, als auch von der Leihwagenfirma, über die er einen Mietwagen ausgeliehen hatte, lagen übereinstimmende Personenbeschreibungen vor.

Jetzt war auch Barbara Meriville davon überzeugt: Robert E. Hyat und Gina Nicoletti waren identisch. Diese Ansicht wurde wenig später erhärtet, als feststand, daß der Führerschein gefälscht war.

Fünf Tage später erhielt Barbara Meriville von Bill Rander die Meldung, ein Robert E. Hyat, auf den die Personenbeschreibung paßte, sei einen Tag nach dem Tod von Mike Steel nach London geflogen. Sofort ließ sie sich mit Scotland Yard verbinden und bat um Amtshilfe.

Barbara Meriville hatte gerade den Hörer aufgelegt, als ihr Telefon klingelte.

»Meriville«, meldete sie sich kurz.

»Hier Clovis. Barbara, wir haben Hyats Wohnung gefunden. Jedenfalls glauben wir es. Die Personenbeschreibung, die uns die Managerin der Apartments gegeben hat, stimmt mit der aus Los Angeles überein.«

»Wo?«

»Potomac River Apartments, 23107 Southside Park in Arlington. Ich befinde mich mit zwei Beamten im Büro der Managerin.«

Barbara Meriville kontrollierte ihre Dienstwaffe, nahm einen Zettel vom Schreibtisch und eilte aus dem Büro.

»Rufen Sie Tom Porter an und sagen Sie ihm, ich bin in 23107 Southside Park. Wir haben wahrscheinlich Nicolettis Wohnung gefunden. Wenn er kann, soll er rauskommen!« rief sie ihrer Sekretärin zu.

Als sie eine halbe Stunde später vor dem Verwaltungsbüro der Potomac River Apartments stoppte, kam Clovis aus dem Haus und hielt ihr die Wagentür auf.

»Robert E. Hyat ist nicht in seinem Apartment«, meldete er. »Wir haben es schon überprüft. Es sieht so aus, als wäre er uns zuvorgekommen. Die Wohnung ist bis auf die Möbel ausgeräumt. Ich hab' Hank und Jerry als Wache dort zurückgelassen.«

»Hast du die Spurensicherung angefordert?«

»Schon geschehen, aber ich glaube nicht, daß die etwas finden. Die Wohnung sieht aus, als wäre sie gründlich gesäubert worden.«

»Mist!« schimpfte Barbara Meriville. Dann unterdrückte sie ihre Enttäuschung: »Ob sie Verdacht geschöpft hat?«

»Sieht fast so aus.«

»Und was sagt die Managerin, kann sie uns weiterhelfen?«

»Nein, die weiß so gut wie nichts. Sie hat Hyat außer bei der Anmeldung kaum gesehen.«

»Ich will mit ihr sprechen.«

»Okay, komm mit!«

Clovis führte Barbara Meriville ins Büro. Eine Frau Mitte Fünfzig blickte sie reserviert an. Es war ihr deutlich anzusehen, wie unangenehm ihr der Besuch von Polizei in dem luxuriösen Apartmentkomplex war.

»Das ist Mrs. Sandy Wiggs, die Managerin der Potomac River Apartments«, stellte Clovis vor.

»Guten Tag, Mrs. Wiggs«, begrüßte Barbara Meriville die Frau und lächelte sie freundlich an, »ich bin Barbara Meriville vom FBI. Es tut mir leid, daß wir hier so einfallen müssen, aber es geht nicht anders. Sandy Wiggs' Miene wurde freundlicher. Barbara Merivilles höfliches Auftreten, das so ganz im Gegensatz zu Clovis' herrischem Benehmen stand, hatte seine Wirkung nicht verfehlt.

»Selbstverständlich verstehe ich das«, sagte sie entgegenkommend, »wenn ich Ihnen helfen kann, werde ich es gerne tun.«

»Am besten, Sie erzählen Mrs. Meriville noch einmal, was Sie mir gesagt haben«, forderte Clovis sie barsch auf.

Sandy Wiggs blickte Clovis giftig an. »Das können Sie doch tun. Mehr als ich Ihnen gesagt habe, weiß ich nicht.«

Barbara Meriville sah Clovis kopfschüttelnd an und sagte, bevor er antworten konnte: »Es wäre mir lieb, wenn Sie Ihre Aussage noch einmal wiederholen würden. So sind wir sicher, daß wir nichts falsch verstanden haben. – Aber bitte setzen Sie sich doch wieder.«

Mrs. Wiggs nahm dankbar Platz. »Viel weiß ich wirklich nicht. Mister Hyat hat am neunten Juni eine Dreizimmerwohnung gemietet. Die Kaution und die Miete für vier Monate hat er im voraus bezahlt. Sonst kann ich Ihnen wirklich nichts sagen. Ich habe ihn fast nie gesehen.«

»Und Sie wissen nicht, wann er ausgezogen ist?«

»Nein, ich hatte keine Ahnung, bis der Beamte hier«, sie zeigte auf Clovis, »es mir vorhin gesagt hat. Solange unsere Mieter die Miete bezahlen, kümmern wir uns nicht um sie«, fügte sie hinzu.

»Hat Mister Hyat die ganze Zeit hier gewohnt, oder war er zwischendurch auch mal auf Reisen?«

»Ich kann Ihnen das nicht genau sagen, aber ich glaube, er war auch mal verreist. Aber wie gesagt, genau weiß ich das nicht.« Sandy Wiggs hob bedauernd die Schultern.

»Ist Ihnen sonst etwas aufgefallen? Hat er sich mal mit Ihnen unterhalten? Gesagt, was er hier macht?«

»Nein, außer bei der Anmeldung habe ich nicht mit ihm gesprochen.«

»Ist Ihnen an Mister Hyat etwas aufgefallen? Wirkte er sehr männlich, ich meine hatte er ausgeprägte männliche Gesichtszüge, oder hatte er einen starken Bartwuchs?«

Mrs. Wiggs zog ihre Stirn in Falten und dachte nach. »Nein«, sagte sie zögernd, »er war ein so netter junger Mann. Sehr höflich und freundlich.«

»Und seine Sprache? Ist Ihnen daran etwas aufgefallen? Hatte er einen bestimmten Dialekt oder einen Akzent?«

Wieder dachte Mrs. Wiggs nach. »Ja, so etwas Fremdes war schon in seiner Stimme. Es könnte ein Akzent gewesen sein. Ich kann aber nicht sagen, was für einer.«

»Könnte es so geklungen haben, als wenn ein Italiener englisch sprechen würde?«

Sandy Wiggs' Augen leuchteten auf. »Ja, richtig, jetzt, da Sie das sagen, fällt es mir wieder ein. Ja, er sprach mit einem italienischen Akzent. Nicht stark, aber man konnte es heraushören«, antwortete Mrs. Wiggs eifrig.

Barbara Meriville befragte die Managerin noch weiter, aber mehr war aus Mrs. Wiggs nicht herauszubekommen. Deshalb sagte sie: »Gut, das wäre erst einmal alles. Vielen Dank, Mrs. Wiggs.« Dann wandte sie sich an Clovis.

»Ich will mir jetzt die Wohnung ansehen, wo ist sie?«

»Gleich hier in Block D, im ersten Stock, Wohnung 103«, sagte Clovis und zeigte auf den zweiten Block an der rechten Seite. »Ich begleite dich.«

Sie wollten gerade die Straße überqueren, als zwei Wagen dicht hintereinander die Auffahrt heraufgerast kamen. Im ersten Fahrzeug saßen die Männer der Spurensicherung. Im roten Sportwagen, der dichtauf folgte, erkannten sie Tom Porter.

Mit quietschenden Bremsen hielt Tom Porter neben ihr »Hallo, Babs, danke für die Info. Heiße Spur?«

»Möglich. Es scheint so, als wenn Gina Nicoletti hier gewohnt hat.«

»Gewohnt hat? Heißt das, sie ist nicht mehr hier?«

»Ja, sie scheint uns zuvorgekommen zu sein und ist ausgezogen. Ich glaube . . .«

Sie wurde von Mrs. Wiggs unterbrochen, die im Türrahmen ihres Büros stand und rief: »Mrs. Meriville, Sie werden am Telefon verlangt!«

»Entschuldige mich«, sagte Barbara Meriville zu Tom, drehte sich um und ging ins Büro. Ein paar Minuten später kam sie wieder heraus. »Ich muß zurück. Unser Big Boß will mich sprechen.«

»Was, John Dillward, der Chef des FBI?«

»Genau.«

»Na, dann viel Spaß.« Tom Porter wußte, wie wenig beliebt der Chef bei seinen Leuten war.

Barbara Meriville öffnete ihre Handtasche und holte den Zettel heraus, den sie von ihrem Schreibtisch genommen hatte. »Hier, Tom, ich hab' was für dich.« Sie reichte ihm den Zettel. »Du hast doch immer so viel Phantasie, überleg dir mal, warum die Nicoletti so oft in Brasilien war. Auf dem Zettel findest du die Daten, an denen Gina Nicoletti sich in Brasilien aufhielt. Wir haben sie gestern von der brasilianischen Polizei bekommen.«

Tom Porter griff nach dem Blatt Papier und las, während Barbara Meriville zu ihrem Auto eilte:

20. Mai: Flug von Rom nach Rio de Janeiro als Gina Nicoletti

21. Mai: Flug von Rio de Janeiro nach New York als Robert E. Hyat

1. Juni: Flug von Rom nach Rio de Janeiro als Gina Nicoletti

6. Juni: Flug von Rio de Janeiro nach Atlanta als Robert E. Hyat

1. Juli: Flug von New York nach São Paulo als Robert E. Hyat

11. Juli: Flug von São Paulo nach Brasilia als Robert E. Hyat

19. Juli: Flug von Brasilia nach Manaos als Gina Nicoletti

23. Juli: Flug von Manaos nach Brasilia als Robert E. Hyat

24. Juli: Flug von Brasilia nach Washington als Robert E. Hyat

31. Juli: Flug von Brasilia nach Washington als Robert E. Hyat

Während Tom Porter noch verblüfft auf den Zettel starrte, befand sich Barbara Meriville bereits auf dem Weg zum FBI. Von ihrer Sekretärin wurde sie voller Ungeduld erwartet. »Sie sollen sich sofort bei Mister Perrish melden. Er will mit Ihnen zum Chef gehen«, sagte sie aufgeregt.

Barbara Meriville ging in ihr Büro, öffnete den Panzerschrank und zog einen Aktenordner heraus, auf dem mit breiten, roten Buchstaben »Geheim« aufgedruckt war. Mit dem Ordner unter dem Arm machte sie sich auf den Weg zu Mr. Perrish. Als Barbara Meriville eintrat, erhob er sich erleichtert und sagte: »Gut, daß Sie gekommen sind. Mister Dillward erwartet uns schon ungeduldig. Das Präsidialamt hat angerufen. Er muß gleich zum Präsidenten. Vorher will er den neuesten Stand der Ermittlungen wissen. Hat sich etwas Neues ergeben?«

Auf dem Weg in den obersten Stock, wo der Leiter des FBI sein geräumiges Büro hatte, das Allerheiligste, wie es die Beamten nannten, wies Barbara Meriville ihren Vorgesetzten in die neue Lageentwicklung ein. Als sie das Vorzimmer betraten, drückte John Dillwards persönliche Sekretärin auf einen Knopf der Intercom-Anlage und sagte: »Mister Perrish und Mrs. Meriville sind da, Sir.«

»Na endlich!« dröhnte es aus dem Lautsprecher. »Soll'n reinkommen.« Die Sekretärin öffnete die dickgepolsterte Tür und hielt sie für die beiden hohen Beamten auf. Sie betraten ein ganz in Mahagoni gehaltenes Büro. Es war so groß, daß Barbara Merivilles Dienstzimmer mindestens sechsmal hineingepaßt hätte. Hinter einem überdimensionalen Schreibtisch saß ein großer hagerer Mann. Mit seiner ausgeprägten knochigen Nase, dem schmalen Gesicht und den tiefliegenden Augen sah er aus wie ein Adler, der sich gerade auf seine Beute stürzen will.

Als die Tür aufging, sah er von einer Akte, die er offensichtlich studiert hatte, auf und rief ungeduldig: »Verdammt noch mal, wo haben Sie gesteckt, Barbara? Ich habe nur noch fünfzehn Minuten Zeit.«

»Ich war in Arlington, Sir. Ermittlungen in Sachen Attentat auf Groschenko«, antwortete Barbara Meriville ruhig. Sie ließ sich durch die bissige Art des Leiters des FBI nicht ins Bockshorn jagen.

John Dillward winkte ungeduldig ab. »Geben Sie mir einen Überblick über den derzeitigen Stand der Ermittlungen. Ich muß dem Präsidenten in einer Stunde hierüber vortragen. Ich will wissen:

1. Stand der Ermittlungen.
2. Wie soll das Attentat erfolgen?
3. Wer steckt hinter dem Attentat?
4. Welche Absicherungsmaßnahmen sind zusätzlich getroffen worden?

Nur die Fakten. Keine Beschönigungen oder Entschuldigungen. Los, fangen Sie an!« befahl er.

Gelassen schlug Barbara Meriville den Aktenordner auf. Sie war auf solche Kurzbriefings vorbereitet.

»Zu eins«, begann sie. »Die Großfahndung nach Robert E. Hyat läuft weiter. Alle Fluggesellschaften, Hotels, Motels, Apartmentkomplexe, Autohändler und Leihwagenfirmen werden überprüft. Der Schwerpunkt der Ermittlungen liegt dabei auf den Städten, die Groschenko besuchen wird. Die Fahndung war bisher ohne Ergebnis. Heute haben wir das Quartier von Robert E. Hyat in Washington entdeckt. Leider scheint er bereits ausgezogen zu sein.

Zu zwei. Wir wissen noch nicht, wie das Attentat ausgeführt werden soll, und müssen uns deshalb auf alle möglichen Formen vorbereiten.

Zu drei. Wir sind in der Frage, wer hinter den Anschlägen stecken könnte, noch keinen Schritt weitergekommen. Der einzige Anhaltspunkt, den wir haben, deutet auf Kreise der amerikanischen Rüstungsindustrie hin.«

Hier griff John Dillward zum erstenmal ein, in dem er befahl: »Ich wünsche, daß dieser Verdacht strengstens geheimgehalten wird. Sollte hierüber irgend etwas nach außen dringen, müssen wir mit ernsten politischen Konsequenzen rechnen. Haben Sie mich verstanden?«

»Jawohl, Sir, allerdings weiß Tom Porter von der Washington Daily News von diesem Verdacht. Um genau zu sein, er stammt von ihm.«

John Dillward blickte ungehalten auf und sagte nach ein paar Augenblicken: »Ich werde mit dem Herausgeber sprechen. Es darf hierüber im nationalen Interesse nichts veröffentlicht werden. Weiter!«

»Zu vier. Wir haben sehr umfassende Sicherheitsmaßnahmen ergriffen. Alle Straßenzüge, durch die der Konvoi mit Groschenko fahren wird, werden schärfstens überwacht. Die Straßen werden durch Sicherheitskräfte, Polizei und Militär abgesperrt. Unter den Zuschauern befinden sich Sicherungsbeamte und Polizisten in Zivil. Scharfschützen werden auf den Dächern und den Gebäuden postiert. Es wird nicht ein Fenster geben, das nicht von uns überwacht wird. Hubschrauber werden den Konvoi begleiten. Alle eingesetzten Kräfte können per Funk über eine Zentrale gesteuert werden. Nach dem gleichen Verfahren wie bei der Fahrtstrecke werden auch die Bereiche, in denen Groschenko öffentlich auftritt, überwacht und gesichert. Wie Sie wissen, wurde der Besuch bei der Industrie extra nach Huntsville verlegt, weil wir diese Stadt am besten absichern können. Seit drei Tagen werden hier von einer speziellen Task-Force der Flughafen, die Motels, Hotels, Leihwagenfirmen usw. überwacht. Für das Essen, das die PANTAX gibt, wurde das Hilton Hotel in der Innenstadt ausgewählt. Es bietet die beste Möglichkeit für eine hermetische Abschirmung. Das Bedienungspersonal, Köche, Kellner etc. wird vor Betreten des Restaurants gründlichst untersucht. Das Einschmuggeln von Waffen oder Sprengstoff ist unmöglich. Das Hotel selbst ist seit gestern für die Öffentlichkeit gesperrt. Unsere Männer sind zur Zeit dabei, jeden Quadratmillimeter des Gebäudes zu untersuchen.« Barbara Meriville schob ihre Unterlagen zusammen und wartete auf Fragen.

John Dillward überdachte das Gehörte für einen Augenblick und sah dann Barbara Meriville mit seinen stechenden Augen durchdringend an. »Ich will, daß diese Nicoletti endlich gefaßt wird, und zwar vor dem Beginn des Besuchs des russischen Ministerpräsidenten.« Er schlug mit der flachen Hand auf den Tisch. »Zum Teufel, wir haben nur noch drei Tage Zeit bis zum Gipfeltreffen. Es wird doch wohl möglich sein, die Person zu finden, schließlich verfügen wir über den größten und bestausgerüsteten Polizeiapparat der Welt. Finden Sie mir die Nicoletti, egal wieviel Personal sie dafür einsetzen müssen.« Die letzten Worte hatte er an Mr. Perrish gerichtet.

»Sir, wir tun bereits . . .«

Barbara Meriville konnte ihren Protest nicht aussprechen. Sie wurde von ihrem Vorgesetzten rigoros unterbrochen.

»Sir, wir werden alle notwendigen Maßnahmen einleiten«, versicherte er und schob Barbara Meriville unauffällig, aber nachdrücklich zur Tür.

Wutentbrannt stürmte sie wenig später in ihr Arbeitszimmer. Sie haßte diese Kriecherei vor dem Chef. Die Bemerkung ihres Vorgesetzten, es sei unsinnig, mit dem Chef zu streiten, weil es zu nichts führte, hatte sie, anstatt sie zu beschwichtigen, nur noch mehr in Wut versetzt.

Auf ihrem Schreibtisch lag eine Notiz. »Bitte sofort Clovis anrufen, wichtig«, las sie. Das Wort wichtig war zweimal rot unterstrichen. Barbara Meriville wählte Clovis' Nummer. Er meldete sich sofort.

»Was gibt's?« fragte sie kurz angebunden.

»Ich habe eben eine Meldung aus Huntsville bekommen. Ein Robert E. Hyat ist dort entdeckt worden.«

26

Tom Porter hatte die Potomac River Apartments kurz nach Barbara Meriville verlassen. Er war dort nur so lange geblieben, bis feststand, daß Robert E. Hyat ausgezogen war. Jetzt saß Tom Porter schon seit geraumer Zeit an seinem Schreibtisch und starrte auf den Zettel, den Barbara Meriville ihm gegeben hatte. Immer wieder las er die Angaben über Gina Nicolettis Aufenthalte in Brasilien. Aber sosehr er sich auch bemühte, er konnte keine Erklärung für ihre häufigen Reisen finden. Am meisten irritierte ihn, daß sie teils unter ihrem richtigen Namen, teils als Robert E. Hyat gereist war. Der große Bürosaal war inzwischen fast leer geworden. Nur die Nachtschicht belegte einige Schreibtische. Es war herrlich ruhig. Gerade richtig, um nachzudenken. Trotzdem fand er keine Lösung. Schließlich steckte er den Zettel in die Tasche, stand auf und ging in die Kantine. Hier kaufte er eine Flasche Bourbon-Whisky und machte sich, die Flasche wohlverborgen in einer Tüte, auf den Weg ins Archiv.

Max hockte wie üblich über dem Stapel von Zeitungsartikeln. Als er die Tür aufgehen hörte, blickte er auf.

»Nanu, Tom, was führt dich denn um diese Zeit hier herunter?« Max sah ihn mit seinen kleinen Schweinsäuglein fröhlich an. »Wenn ich dich so ansehe, dann hast du bestimmt etwas auf dem Herzen. Spuck es aus, Tom. Mal sehn, ob ich dir helfen kann.«

Tom Porter grinste. »Du hast wie immer recht, Max. Ich brauch' tatsächlich deine Hilfe. Und damit dein Gedächtnis auch gut arbeitet, habe ich das richtige Schmiermittel mitgebracht.« Tom Porter stellte die Tüte mit der Flasche Bourbon auf den Schreibtisch. »Du hast doch sicher Gläser?« Max streifte die Tüte ein Stück nach unten, bis er den Inhalt erkennen konnte. Seine Augen leuchteten auf. »Bei so einem Anblick laufen meine Gehirnwindungen auf Hochtouren.« Aus der untersten Schublade seines Schreibtischs holte er zwei Gläser.

Tom Porter öffnete die Flasche und goß die Gläser halbvoll. »Na dann, prost!« Beide nahmen einen langen Zug.

»Also, Tom, was willst du wissen?«

Tom Porter holte den Zettel aus der Tasche und reichte ihn Max. »Ich glaube, daß Gina Nicoletti ein Attentat auf Michail Groschenko plant.« Max pfiff durch die Zähne. »Ich möchte nun wissen, was jemand, der ein Attentat in den Staaten plant, immer wieder in Brasilien will. Bei den vielen Besuchen muß das irgendeine Bedeutung haben.«

»Hm«, brummte Max und nahm den Zettel. Für eine Weile herrschte Schweigen. Dann blickte Max auf. »Vielleicht arbeitet sie dort. Macht 'ne Fotoreportage oder so etwas«, sagte er zögernd.

»Habe ich auch schon gedacht. Aber ich glaub' nicht daran. Wenn sie sich nur als Gina Nicoletti in Brasilien aufgehalten hätte, würde ich sagen, du hast recht, aber sie war auch als Robert E. Hyat dort, und das macht keinen Sinn. Ich glaube deshalb, ihre Reisen müssen mit dem Attentat in direktem Zusammenhang stehen.«

»Möglich.« Max zuckte mit den Schultern. Wieder schwiegen beide, bis Max fragte: »Weißt du eigentlich Näheres über das Attentat?«

»Nein, Max, ich tappe völlig im dunkeln. Das FBI übrigens auch. Wir haben nicht den kleinsten Hinweis, wie sie es durchführen will und wo sie zuschlagen wird. Es ist zum Verücktwerden.« Max nippte nachdenklich an seinem Whisky. »Die Nicoletti ist doch eine Frau?« Es war weniger eine Frage, als eine Feststellung. Trotzdem antwortete Tom Porter. »Sicher, sie ist eine Frau.«

»Dann könnten wir doch Sprengkörper und Schußwaffen ausschließen. Das sind keine typisch weiblichen Waffen.«

»Glaub' ich nicht. Die Nicoletti ist eine Expertin auf ihrem Gebiet. Ich bin sicher, sie arbeitet mit allen Mitteln. Denk an den Flugzeugabsturz, bei dem ich fast ums Leben gekommen bin. Da hat sie Sprengstoff verwendet.«

»Schon möglich, trotzdem sind das keine Waffen für 'ne Frau«, beharrte Max auf seiner Meinung. »Wenn du mich fragst, ich würde auf Gift tippen.«

»Gift?« fragte Tom Porter ungläubig.

»Sicher, ist doch 'ne typisch weibliche Waffe.« Nach kurzem Nachdenken fügte er hinzu: »Das würde auch erklären, warum sie so oft nach Brasilien geflogen ist.«

»Wieso?«

»Kannst dich wohl nicht mehr erinnern – war ja auch vor einiger Zeit –, aber Brasilien war früher der reinste Umschlagplatz für so Zeug. Ich erinnere mich da an so eine Geschichte . . .«

»Was für eine Geschichte?«

»Sofort, ich muß erst meine Zunge ölen. Schenk noch mal ein!« Tom Porter schenkte ungeduldig nach.

»Danke, Tom. Also hör zu. Es war ein Fall, der damals durch die Presse ging. Ein hoher politischer Beamter der mexikanischen Regierung war bei einem Empfang ermordet worden. Ich weiß nicht mehr, ob es der Außenminister oder sogar der Präsident war – na, auf jeden Fall hatte man ihn mit Gift ermordet. Seine ehemalige Geliebte hatte einen der Köche bestochen, und der hatte dem Essen Gift beigemischt. Und rate mal, wo sie das Gift herhatte?«

»Brasilien?«

»Genau.«

Tom Porter starrte Max an. »Mensch, Max, du könntest recht haben.«

»Es wäre zumindest eine Erklärung für die vielen Flüge nach Brasilien.«

»Sicher, Max, sie könnte sich dort Gift besorgt haben. Vielleicht mußte es erst angefertigt werden, wer weiß, auf was für'n Teufelszeug sie aus war. Vielleicht hat sie die Giftbeschaffung und die Arbeit an einer Fotoreportage miteinander verbunden. Das würde ihr Auftreten unter ihrem richtigen Namen erklären. Max, du hast den Jackpot gewonnen.« Tom Porter schlug ihm begeistert auf die Schultern. »Trink den Rest auf unsere Gesundheit. Ich muß dringend weg!« rief er, während er zum Ausgang eilte.

Als er an seinem Schreibtisch angekommen war, wählte er Barbara Merivilles Telefonnummer. In ihrem Apartment nahm niemand ab. Er versuchte es beim FBI und hatte Glück. Nach kurzem Klingeln meldete sie sich.

»Babs, ich glaube, ich weiß, wie das Attentat durchgeführt werden soll«, sprudelte er in den Hörer.

»Wie?« Tom Porter konnte hören, wie Barbara Meriville vor Überraschung die Luft einsog.

»Gift, Babs, Gift!« rief er. »Gina Nicoletti hat es sich in Brasilien beschafft. Deshalb die vielen Flüge dorthin.« Dann begann er zu erklären, wie er zu diesem Schluß gekommen war. Barbara Meriville hörte schweigend zu. Trotz aller professionellen Skepsis mußte sie zugeben, daß sein Gedanke etwas Bestechendes hatte. Es würde die Möglichkeiten für einen Anschlag stark einengen. Gift, das konnte nur während der Essen verabreicht werden. Aber es war eben nur eine Vermutung und kein Beweis, deshalb sagte sie nach einigem Zögern: »Ein interessanter Gedanke. Du könntest recht haben, Tom.«

»Was heißt hier, könnte recht haben? So muß es sein. Ist doch klar, Babs«, erwiderte Tom Porter beschwörend.

»Schon möglich, aber wir dürfen unsere Nachforschungen nicht auf eine bloße Vermutung hin nur auf diese eine Möglichkeit konzentrieren. Aber mal unabhängig davon, wie denkst du, würde sie versuchen, Groschenko das Gift beizubringen?«

»Im Essen oder in Getränken.«

»So schlau bin ich selbst. Ich mein, wo und wann?«

»Nun, ich glaube, es könnte nur bei einem der Bankette passieren. Nur dort hätte sie die Möglichkeit, sich einzuschmuggeln und in einem unbeobachteten Augenblick das Gift den Speisen, die für Groschenko bestimmt sind, beizugeben. In dem Wirrwarr, der entstehen würde, hätte sie sogar eine Chance zu entkommen.«

Barbara Meriville dachte daran, daß Robert E. Hyat in Huntsville entdeckt worden war. Sie sagte es Tom Porter.

»Mensch, Babs«, rief er spontan, »das ist doch der

Beweis! Sie wird es in Huntsville versuchen. Ich fliege hin. Du auch?« Trotz des Ernstes der Lage mußte Barbara Meriville über Tom Porters Spontanität lachen. »Nein«, sagte sie, »ich habe leider nicht die Freiheiten, die du hast. Ich leite die Nachforschungen von hier aus. Wir dürfen uns nicht ausschließlich auf Huntsville konzentrieren. Aber Bill Rander und Ruth Patterson sind bereits auf dem Weg dorthin.«

»Schade«, sagte Tom Porter mit ehrlichem Bedauern in der Stimme. Er konnte mit Bill Rander nur schwer zusammenarbeiten. Es klang fast ein wenig trotzig, als er hinzufügte: »Ich fliege auf jeden Fall und hoffe, daß Bill dort kooperativer ist als hier.«

»Tu das, und viel Glück!« Barbara Meriville legte auf.

Am nächsten Morgen nahm Tom Porter die erste Maschine nach Huntsville. Überall standen schwerbewaffnete Polizisten. Die Passagiere wurden in einen Warteraum geführt, den sie erst nach einer eingehenden Personen- und Gepäckkontrolle verlassen durften. Am Ausgang wurde er von Allen Benson, einem Reporter der Washington Daily News, empfangen. Benson hatte den Auftrag, über den Besuch des russischen Ministerpräsidenten in Huntsville zu berichten. »Na, hat man dich nicht verhaftet?« begrüßte ihn Benson scherzend.

»Ganz schöner Aufwand, den die hier treiben«, antwortete Tom Porter.

»Machen sie schon seit ein paar Tagen. Führt zu allen möglichen Spekulationen. Hast du eine Ahnung, warum so ein Zirkus veranstaltet wird?«

Tom Porter ging nicht auf die Frage ein. »Hast du mir ein Zimmer besorgt?« wollte er wissen.

»Kannst du vergessen. Alles belegt. Auch ich mußte mir schon ein Apartment mieten. Du kannst bei mir wohnen. Ich hab' ein Zimmer frei.«

»Gut, ich will mir nur einen Leihwagen holen.«

Sobald Tom Porter seinen Mietwagen übernommen hatte, brachte Allen Benson ihn zu seinem Apartment. Tom Porter stellte nur sein Gepäck in das Zimmer und verabschiedete sich wieder. Er wollte zu Bill Rander, um zu erfahren, ob man Gina Nicoletti schon entdeckt hatte. Er fand ihn im Polizeipräsidium, wo er zusammen mit Ruth sein Hauptquartier aufgeschlagen hatte.

Als Tom Porter das Büro betrat, stöhnte Bill Rander: »Nein – Hat man vor dir denn nicht einen Tag Ruhe.«

Tom Porter grinste: »Hi, Bill, hätte nicht gedacht, daß du dich so über meinen Besuch freust.«

»Du treibst dich wohl auch überall herum«, knurrte Bill Rander.

»Muß ich, Bill, muß ich, damit verdiene ich ja meine Brötchen.«

»Na, diesmal bist du umsonst hierhergekommen. Die Aktion ist schon vorüber, wenn du Hyat meinst«, sagte Bill Rander schadenfroh.

»Wieso?«

»Wir haben Hyat gefunden.«

»Und?«

»War der Falsche.«

»Pech!«

»Du sagst es. Aber er war nur ein Geschäftsmann, der beim Kernkraftwerk in Decatur zu tun hatte. Klein, dick, glatzköpfig. Konnte beim besten Willen nicht die Nicoletti sein. Wäre auch zu schön gewesen.«

»Und jetzt?«

»Müssen wir halt weitersuchen. Barbara Meriville hat uns übrigens mitgeteilt, daß die Möglichkeit besteht, der Anschlag könnte beim Essen mit Hilfe von Gift ausgeführt werden. Soweit ich sie verstanden habe, kam der Gedanke von dir. Was brachte dich auf diese Idee?«

Tom Porter erzählte ihm das gleiche, was er schon Barbara Meriville gesagt hatte. Bill Rander hörte skeptisch zu. Als Tom Porter geendet hatte, erwiderte er, und der Zweifel in seiner Stimme war nicht zu überhören: »Na schön, kann sein, kann auch nicht sein. Auf jeden Fall hat sie hier in Huntsville keine Chance. Wir haben alles unter Kontrolle. Ins Hilton kommt nicht einmal eine Maus unkontrolliert hinein. Und das Hotelpersonal«, Bill Rander zeigte auf eine Liste mit Namen und Anschriften, die an einer Pinnwand hing, »ist auf Herz und Nieren geprüft worden. Ich würde mich direkt freuen, wenn sie es versuchen würde, aber ich glaube nicht, daß sie hier in Huntsville oder Umgebung ist.«

Tom Porter war an die Pinnwand getreten und las die Angaben durch. Warum er das tat, konnte er nicht sagen. Vielleicht, weil er Bill Rander nicht zeigen wollte, daß er dessen Selbstsicherheit und Selbstgefälligkeit nicht verstehen konnte. Als er Bill Randers letzte Worte hörte, drehte er sich um und fragte: »Warum?«

»Wir haben Huntsville von oben bis unten durchkämmt. Jeden Winkel haben wir uns angesehen. Das Ergebnis: nicht eine Spur von Gina Nicoletti. Ich wette ein Monatsgehalt, sie ist nicht hier.«

Den Nachmittag verbrachte Tom Porter damit, kreuz und quer durch Huntsville zu fahren. Ein sinnloses Unterfangen. Das wußte er, aber er hoffte, ihm fiele so vielleicht ein, wo Gina Nicoletti sich versteckt haben könnte. Am Abend zog er durch die Nachtlokale der Stadt, aber außer einem Kater brachte das auch nichts.

Am folgenden Morgen weckte ihn frischer Kaffeeduft. Stöhnend stand er auf und hielt seinen Kopf unter kaltes Wasser. Etwas klarer im Gehirn schlurfte er in die Küche. Allen Benson war schon angezogen und hatte ein richtiges amerikanisches Frühstück zubereitet. Als er das verkaterte Gesicht seines Gastes sah, konnte er sich ein Lachen nicht verkneifen. Während des Frühstücks unterhielt ihn Allen Benson mit den Problemen, die er gehabt hatte, in Huntsville eine Unterkunft zu finden. »Wir Reporter sollten von unseren Zeitungen Wohnmobile gestellt bekommen, dann würde diese ewige Zimmersucherei wegfallen und wir hätten mehr Zeit für die Arbeit«, hatte er gesagt. Noch eine Zeitlang erläuterte er die Vorzüge, die so ein Gefährt haben würde. Tom Porter hörte nur mit halbem Ohr hin.

Erst später, als Tom Porter geduscht und das Aspirin gewirkt hatte, fielen ihm Allen Bensons Bemerkungen wieder ein. Ein Gedanke schoß ihm durch den Kopf. Plötzlich glaubte er zu wissen, wo Gina Nicoletti sich versteckt haben konnte. Er eilte nach draußen und sprang in seinen Wagen. Bill Rander verständigte er nicht.

Bei der örtlichen Vertretung des amerikanischen Automobilclubs beschaffte er sich einen Campingführer für Nordalabama. Campingplatz für Campingplatz suchte er auf und forschte nach allen Personen, die hier in den letzten vierzehn Tagen eingetroffen waren. Er fing mit den Plätzen in Huntsville an und ging dann in immer größer werdenden Kreisen nach außen. Es war eine zeitraubende

Arbeit. Als er am Abend gegen acht Uhr endlich nach Hause kam, war er hundemüde. Er ging zum Kühlschrank, holte ein Bier heraus und ließ sich in einen Sessel fallen. Wenige Minuten später war er eingeschlafen.

Fernsehgeräusche weckten ihn. Allen Benson war nach Hause gekommen und hatte das Gerät eingeschaltet. Es wurde eine Zusammenfassung über den ersten Tag des Gipfeltreffens zwischen dem amerikanischen Präsidenten und Michail Groschenko gesendet. Tom Porter war zu müde, um aufmerksam zuzuhören.

Am nächsten Tag war Tom Porter wieder früh auf und setzte die Überprüfung der Campingplätze fort. Er kam nur noch langsam voran, denn die Fahrzeiten zwischen den einzelnen Plätzen wurden immer größer. Es war bereits kurz vor sechs Uhr abends, als er vor das Büro des Lake-Side-Campingplatzes fuhr, etwa eine Stunde Fahrzeit südlich von Huntsville in einem romantischen Freizeitpark.

Eine Frau mittleren Alters sah ihn freundlich an, als er in den Raum trat, der als Anmeldung diente.

Tom Porter lächelte die Frau charmant an. »Guten Tag«, grüßte er, »ich bin von der Washington Daily News und schreibe für meine Zeitung einen Artikel über die besten Campingplätze in Alabama. Ihr Platz wurde mir besonders empfohlen«, sagte er, wie schon so viele Male zuvor, und hielt der Frau seinen Presseausweis hin. »Ich würde mir gerne Ihren Platz ansehen.« Tom Porter sah, wie die Augen der Frau vor Freude glänzten.

»Aber sicher. Sehen Sie sich alles an«, beeilte sie sich zu antworten. »Wenn ich Ihnen behilflich sein kann, dann sagen Sie es mir. Ich führe Sie auch gerne herum.«

»Das wäre sehr nett«, antwortete Tom Porter.

»Sofort.« Die Frau stand auf und stellte ein Schild ins Fenster. »Bin gleich zurück«, las Tom Porter.

Während der Rundfahrt erkundigte er sich über alle Fakten, die man für einen Bericht benötigen würde. Immer wieder lobte er die Sauberkeit der Anlage, die Ordnung und die gute Führung. Der Frau schwoll der Busen vor Stolz. Es dauerte nicht lange, dann hatte er sie so weit, daß sie ihm jede Frage ohne Argwohn beantwortete. Behutsam brachte Tom Porter das Gespräch auf die Gäste.

»Haben Sie eigentlich mehr Dauercamper oder Durchreisende?« wollte er wissen.

»Die Masse sind schon Dauercamper«, versicherte die Besitzerin des Platzes. »Aber wir halten zwanzig Prozent für Gäste frei.«

»Jetzt zur Ferienzeit sind es doch sicher nur Familien mit Kindern, die hier Station machen?«

»Die meisten schon, aber wir haben auch Pärchen hier. Sie können sich gar nicht vorstellen, wie viele Brautpaare ihre Flitterwochen im Wohnmobil verbringen.«

»Und Einzelreisende, gibt's die bei Ihnen auch?«

»Kaum, das heißt, augenblicklich haben wir jemanden hier. Eine Dame. Sie kam vor ein paar Tagen aus Chicago.«

»Ist das nicht ungewöhnlich? Ich meine eine Frau, die ganz allein mit einem Wohnwagen herumreist und in einem Ferienpark ihren Urlaub verbringt?«

»Ja, ungewöhnlich ist das schon. Aber ich glaube nicht, daß sie hier ihren Urlaub verbringt.«

»Wieso?«

»Sie ist meistens unterwegs. Fährt in der Frühe weg und kommt erst abends wieder. Oft fährt sie auch dann noch einmal weg. Sie scheint jemanden hier in der Gegend zu kennen, denn sie fährt immer einen blauen Chevrolet Classic mit einer Nummer aus Scotsboro.«

»Hoffentlich nimmt sie einem Urlauber nicht einen guten Stellplatz weg«, bemerkte Tom Porter scheinheilig.

»Kann man nicht sagen. Sie steht übrigens ganz in der Nähe. Ich fahr' mal vorbei.«

Tom Porter merkte sich die Platznummer und ließ sich zur Anmeldung zurückbringen. »Vielen Dank für die Tour durch Ihre wunderschöne Anlage«, sagte er zu der strahlenden Besitzerin. »Ich fahr' noch mal alleine ein bißchen rum, ich darf doch?«

»Tun Sie das. Lassen Sie sich nur Zeit.«

Tom Porter ging zu seinem Auto und fuhr zurück zu dem Wohnmobil, das der einsamen Dame gehörte. Wenn überhaupt, dann war sie auf diesem Platz die einzige, die als Gina Nicoletti in Frage kommen konnte. Aber durch die Bemerkung der Besitzerin, daß die Frau ein Auto mit Scotsboroer Kennzeichen fuhr, schien diese Vermutung nicht mehr zu stimmen. Trotzdem stieg Tom Porter aus und ging zum Wohnmobil. Es sah aus wie hundert andere auch. Tom Porter versuchte, durch die Fenster in das Wageninnere zu sehen. Das ging nicht. Tom Porter ging nach hinten und prüfte die Zulassungsnummer. Sie schien echt zu sein. Er notierte sie auf einem Stück Papier und fuhr dann mit seinem Auto zur Telefonzelle, die er bei den Waschräumen gesehen hatte.

Ruth Patterson meldete sich.

»Hier Tom Porter«, sagte er. »Ruth, könntest du mir einen Gefallen tun? Ich hab' hier eine Kennzeichennummer. Würdest du sie bitte für mich überprüfen. Es könnte wichtig sein.«

»Was ist denn los?«

»Sag' ich dir, wenn ich mehr über die Nummer weiß, aber es könnte mit Gina Nicoletti zusammenhängen.«

»Okay, gib mir die Nummer!«

Tom Porter las ihr die Nummer vor und fügte hinzu: »Laß auch gleich die Besitzerin überprüfen.«

»Ist gut. Wo bist du?«

»Ich ruf' wieder an und geb' dir durch, wo ich zu erreichen bin.«

Nachdem Tom Porter den Telefonhörer eingehängt hatte, fuhr er zu einem Drive-in-Restaurant, das er auf der Herfahrt gesehen hatte. Es lag nur wenige hundert Meter von der Einfahrt des Campingplatzes entfernt. Er konnte von hier aus die Straße zum Platz gut überwachen. Von der Kellnerin ließ er sich die Telefonnummer des Restaurants aufschreiben und gab sie Ruth durch.

Nach zwei Stunden kam die Kellnerin an seinen Tisch. »Mister Porter?«

»Ja.«

»Ein Telefongespräch für Sie.« Sie zeigte auf den Apparat neben der Kasse.

»Porter«, meldete er sich.

»Hier Ruth«, antwortete Ruth Patterson. »Ich habe alles überprüft. Die Nummer ist echt, aber die Adresse, die angegeben wurde, ist falsch.« Tom Porters Augen leuchteten vor Freude auf. »Dann«, sagte er triumphierend, »weiß ich, wo Gina Nicoletti sich aufhält.«

»Was?« Ruth Patterson schrie die Frage förmlich in die Sprechmuschel. Mit knappen Worten berichtete Tom Porter ihr, wie er zu dieser Vermutung kam.

»Wir kommen raus. Unternimm nichts auf eigene Faust!«

Tom Porter fuhr zum Campingplatz zurück. Er parkte seinen Wagen so, daß er von dem Wohnmobil aus nicht gesehen werden konnte, und beobachtete den Stellplatz.

Eine Dreiviertelstunde verging. Dann hörte er mehrere Autos heranrasen. Die Wagen stoppten in der Nähe des Wohnmobils. Männer sprangen heraus und rannten mit schußbereiten Waffen auf das Fahrzeug zu. Alles ging blitzschnell und ohne daß Befehle gerufen worden wären. Die Fenster und die Tür des Fahrzeuges wurden mit starken Lampen angestrahlt. Niemand konnte aus dem Wagen heraussehen, ohne von dem Licht geblendet zu werden.

Tom Porter war aus seinem Versteck hervorgetreten und zu Bill Rander und Ruth Patterson gegangen. »Seit ich den Wagen beobachte, ist alles ruhig«, sagte er.

Bill Rander nickte. »Geht zur Seite!« befahl er. Dann trat er von der Seite her an die Tür und klopfte. »FBI – machen Sie auf!«

Niemand rührte sich. Kein Geräusch war zu hören.

»Aufmachen, FBI«, wiederholte er.

Nichts.

»Öffnen!« befahl er.

Wenige Sekunden später sprang die Tür auf. Zwei Beamte schnellten mit schußbereiten Colts hinein. Gleich darauf erschien einer von ihnen an der Tür. »Leer«, meldete er.

»Durchsuchen!« befahl Bill Rander. Er wandte sich an zwei neben ihm stehende Beamte. »Geht zur Anmeldung und vernehmt die Besitzerin. Wenn Sharon Fremont kommen sollte, verhaftet sie.« Die beiden Beamten gingen zu ihrem Wagen, während Bill Rander und Ruth Patterson sich das Wohnmobil von innen ansahen. Tom Porter folgte ihnen. Alles sah aufgeräumt aus. Die Kleidungsstücke lagen ordentlich gestapelt in den Hängeschränken. Die Beamten durchsuchten sie. Aber außer, daß es sich zur Hälfte um Männer- und zur anderen Hälfte um Damenkleidung handelte, fanden sie nichts. Unter der Sitzbank entdeckte Ruth Patterson zwei Koffer und eine Umhängetasche. Die Gepäckstücke waren offensichtlich leer. Trotzdem untersuchte Ruth Patterson sie.

Plötzlich rief sie: »Seht mal her!« Bill Rander und Tom Porter beugten sich über ihre Schulter. Ruth Patterson hatte mit einem Messer das Futter aufgetrennt. Ein Geheimfach war zu sehen. Mit der Klinge eines Messers brach sie es auf. Vier Pässe fielen heraus. Bill Rander griff danach.

»Gina Nicoletti, geboren dritter März 1949 in Rom«, las er.

Minuten später lief die Fahndung nach Gina Nicoletti, alias Sharon Fremont, alias Robert E. Hyat und dem blauen Chevrolet Classic mit dem Scotsboroer Kennzeichen an.

27

Noch einmal ging Helen Parker an den Tischreihen entlang und prüfte, ob auch jeder Platz vorschriftsmäßig gedeckt war, das Porzellan keine Wasserflecke hatte, die Kristallgläser funkelten und das Silberbesteck glänzte. Ein Sicherheitsbeamter überwachte jede ihrer Bewegungen. Helen Parker machte ihre Aufgabe gründlich, aber ihre Gedanken waren nicht bei der Sache. Sie dachte an den Mann, den sie vor einigen Tagen im Green Frog kennengelernt hatte. Der Green Frog war ein intimes Nachtlokal, in dem man sich bei gedämpfter Musik zum Tanz traf. Es war Helen Parkers Stammlokal. Sie besuchte es immer, wenn sie einsam war, und das kam oft vor. Noch nie aber hatte sie einen so freundlichen, charmanten und zuvorkommenden Herrn kennengelernt wie am Wochenende. Und sie fühlte, ihre Empfindungen wurden erwidert.

Helen Parker beeilte sich, mit ihrer Arbeit fertig zu werden, denn sie wollte trotz der späten Stunde noch in den Green Frog, um den Herrn, der sich Harry nannte, zu treffen. Sie hoffte, daß er auf sie wartete.

Endlich war sie fertig. Sie winkte den Sicherheitsbeamten zu und beeilte sich, nach Hause zu kommen. Auf dem Weg zu ihrem Auto passierte sie mehrere Kontrollen. Bei jeder wurde ihr Sicherheitsausweis überprüft, und die Beamten verglichen die Daten mit den Angaben auf ihrem Führerschein. Zu Hause zog sie sich um und fuhr in den Green Frog. Mit klopfendem Herzen betrat sie den mit gedämpftem Licht beleuchteten Saal. Suchend glitt ihr Blick über die etwa zwanzig Tische. Freude durchfuhr sie. Er war da. Ganz hinten, an einem der Tische, die an der Wand standen, saß er. Sie ging auf ihn zu. Als er sie kommen sah, erhob er sich und begrüßte sie lächelnd. Galant rückte er ihr den Stuhl zurecht.

Es wurde ein wunderbarer Abend. Sie plauderten, tanzten und hielten sich bei den Händen. Helen Parker vergaß die Menschen um sich herum. Sie sah nur noch ihn. Als die Kapelle ihren letzten Tanz gespielt hatte, fragte sie ihn, ob er nicht mit ihr nach Hause kommen wollte. Sie war glücklich, als er einwilligte. Helen Parker schloß ihr Apartment auf und bat ihren Gast einzutreten. Sie freute sich, daß er ihr Wohnzimmer mit anerkennendem Blick musterte. Sie beugte sich zu ihm hinüber und küßte ihn zärtlich. Bevor er sie umarmen konnte, löste sie sich und huschte ins Schlafzimmer. Wenig später kam sie in einem duftigen Negligé zurück. Ihr Gast hatte zwei Cocktails gemischt und reichte ihr einen. Helen Parker trank ihm mit liebevollem Lächeln zu. Dann wandte sie sich ab, um eine Schallplatte mit romantischer Musik aufzulegen.

Gina Nicoletti hatte die Zeit, die sie bis zum Tag des Attentats warten mußte, dazu genutzt, um sich zu entspannen und alles verdächtige Material zu vernichten. Die Ausrüstung für ihre provisorische Dunkelkammer hatte sie zusammen mit den Fotografien in einen Koffer gelegt. Um sicherzugehen, hatte sie ein paar Steine mit dazugepackt und mit dem Brotmesser mehrere Löcher in die Wände des Koffers gestoßen. Bei einer ihrer nächtlichen Fahrten nach Huntsville hatte sie den Koffer von einer Brücke aus in den See geworfen. Er war sofort im grünlichen Wasser versunken.

Die Abende verbrachte sie im Green Frog. Wann immer sich die Gelegenheit ergab, nahm sie Helen Parkers Stimme auf. Um dies unauffällig tun zu können, war sie dazu übergegangen, Pfeife zu rauchen. Deshalb fiel es nicht auf, daß sie eine Art Handtasche mit sich führte, in der sie Pfeifen, Tabak und sonstige für das Pfeifenrauchen notwendigen Utensilien aufbewahrte. Der Tabaksbeutel war in zwei Hälften geteilt. Nur die eine Hälfte war mit Tabak gefüllt. In der zweiten befand sich ein Diktiergerät mit einem empfindlichen Mikrofon. Es erfüllte seine Aufgabe hervorragend und erlaubte ihr, tagsüber die Nachahmung von Helen Parkers Stimme zu üben.

Am Tag vor dem Besuch des russischen Ministerpräsidenten packte sie am frühen Nachmittag alle Sachen, die sie für ihre Verwandlung in Helen Parker benötigte, in einen Koffer. Sie verstaute ihn im Kofferraum ihres Autos und verkleidete sich als Mann, wie sie es auch an den Abenden zuvor getan hatte.

Noch einmal fuhr sie alle Straßen ab, die sie als Fluchtweg vorgesehen hatte. Sie kannte die Strecke auswendig. Und doch wollte sie sichergehen, daß nicht eine Straße im letzten Moment aufgrund einer neu errichteten Baustelle gesperrt war. Abends fuhr sie in den Green Frog und wartete auf Helen Parker. Sie mußte lange warten. Erst kurz nach elf Uhr betrat sie den Saal.

Gina Nicoletti gab sich charmant, witzig, fürsorglich. Gezielt steuerte sie mit ihrem ganzen Verhalten darauf hin, von Helen Parker an diesem Abend nach Hause eingeladen zu werden. Ihr Plan ging auf. Helen Parker lud sie ein.

Sie sah und fühlte, wie ihr Opfer vor Liebe und Zärtlichkeit überströmte. Das war ihr nur recht, denn so konnte sie ihren Plan ohne Schwierigkeiten ausführen. Als Helen Parker sich ahnungslos in ihrem duftigen Negligé umwandte, um den Plattenspieler zu bedienen, sprang sie mit einem Satz vor und schlug ihr blitzschnell mit der Handkante ins Genick. Mit abgewinkeltem Kopf sackte Helen Parker wie ein Stein zu Boden. Sie war auf der Stelle tot.

Ohne die geringste Gefühlsregung packte Gina Nicoletti die Tote bei den Füßen und schleifte sie in ein Zimmer, das offensichtlich als Gästezimmer diente. Anschließend holte sie den Koffer aus dem Auto und ging schlafen.

Früh am Morgen begann sie mit ihrer Verwandlung in Helen Parker. Ab und zu ging sie ins Gästezimmer und verglich ihr Spiegelbild mit Helen Parkers starren Zügen. Drei Stunden lang arbeitete sie konzentriert und mit größter Sorgfalt. Als sie fertig war, blickte ihr eine Helen Parker aus dem Spiegel entgegen, die selbst einen nahen Bekannten täuschen konnte. Als letztes nahm sie die Giftampullen, schob sie, wie es ihr Raimondo Vallez gezeigt hatte, in den Tampon und führte ihn ein.

Inzwischen war es acht Uhr geworden. Sie hatte noch eine halbe Stunde Zeit. Sie schaltete den Nachrichtenkanal im Fernsehen ein. Das Programm befaßte sich ausschließlich mit dem Besuch des amerikanischen Präsidenten und seines Gastes, Michail Groschenko, in Huntsville. Eine Aufzeichnung über die Ankunft der beiden mächtigsten Männer der Welt und ihre Fahrt zur PANTAX wurde gebracht. Sie hörte kaum hin. Das einzige, was sie interessierte, war, ob das Besuchsprogramm nach Zeitplan verlief, und das schien der Fall zu sein.

Um halb neun verließ sie das Apartment und ging zu Helen Parkers Auto. Auf der Fahrt zum Hotel begegnete sie mehreren Streifenwagen der Polizei. Sie fuhr die Strecke, die Helen Parker jeden Morgen auf ihrem Weg zum Hilton genommen hatte, und hielt sich dabei genau an die Geschwindigkeitsbegrenzung. Die Zufahrten zum Hotel waren hermetisch abgesperrt. Zwei Polizeistreifen hatten ihre Wagen so geparkt, daß sie nur im Slalom passiert werden konnten. Ein Beamter forderte sie mit einem Handzeichen auf zu halten, während der zweite mit einer Maschinenpistole im Anschlag die Sperre sicherte.

»Wo woll'n Sie hin?« fragte der Polizist.

»Ich muß zum Hilton. Ich arbeite dort«, antwortete Gina Nicoletti.

»Wie heißen Sie?«

»Helen Parker.«

Der Beamte sah auf einer Liste nach. »Ihren Führerschein und Sicherheitsausweis, bitte.«

Gina Nicoletti reichte dem Polizisten die beiden Ausweise, die sie in Helen Parkers Handtasche gefunden hatte. Gründlich überprüfte der Polizist die Papiere und verglich die Bilder mit ihrem Gesicht. Schließlich gab er sie ihr zurück.

»In Ordnung, Sie können weiterfahren.«

Bevor Gina Nicoletti auf den Parkplatz, der für die Angestellten des Hotel reserviert war, einbiegen konnte, wurde sie noch einmal überprüft. Diesmal mußte sie aussteigen. Das Auto wurde auf Waffen und Sprengstoff untersucht. Als die Polizisten ihr den Weg freigaben, fuhr sie auf den Parkplatz, den Helen Parker immer benutzte. Sie hatte sich den Platz gemerkt, denn sie wollte nicht, daß ihr Plan in letzter Minute an einer Kleinigkeit scheiterte.

Gina Nicoletti betrat das Hotel durch einen Seiteneingang. Zwei Sicherheitsbeamte in Zivil standen im Flur und wiesen sie an, in ein Zimmer zu treten, an dessen Tür ein Schild mit der Aufschrift »Personenkontrolle« hing. Sie öffnete die Tür und trat ein. Der Raum war durch tragbare Trennwände in mehrere Abteilungen unterteilt. Ein Beamter an der Tür kontrollierte erneut ihre Ausweise. Als er sich überzeugt hatte, daß sie wirklich Helen Parker war, erhielt sie einen neuen, einen roten Sicherheitsausweis ausgehändigt. Ihre Papiere behielt er bei sich. Mit der Hand deutete er auf das erste Abteil.

»Gehen Sie dort hinein«, wies er sie an.

Gina Nicoletti folgte ihrer Anweisung. Sie wurde von einer Sicherheitsbeamtin in Empfang genommen. Zwei andere standen wartend am Eingang. Alle waren bewaffnet.

Die Beamtin führte sie bis zum Ende einer Holzbank.

»Ziehen Sie sich aus. Ganz!« befahl sie.

Schweigend streifte Gina Nicoletti ihre Kleidung ab. Die Beamtin beobachtete aufmerksam jeden Handgriff. Als Gina Nicoletti völlig nackt vor ihr stand, sagte sie: »Sie können Ihre Unterwäsche wieder anziehen. Dann ziehen sie diese Sachen an.« Die Beamtin wies auf einen Stapel Kleidungsstücke, der an der gegenüberliegenden Wand auf einer Bank lag. »Danach können Sie an Ihren Arbeitsplatz gehen.« Wortlos ging Gina Nicoletti hinüber und zog sich an. Wenn sie auch keine Anzeichen von Unruhe zeigte, so war sie doch innerlich erleichtert, daß sie diese Kontrolle so einfach überstanden hatte. Ein gutes Zeichen für den Rest des Planes, dachte sie, während sie zu den Wirtschaftsräumen des Restaurants ging. Hier waren die Köche und das Hilfspersonal bereits mit der Vorbereitung des Essens beschäftigt. Sie wurden dabei von Sicherheitsbeamten überwacht. Gina Nicoletti verhielt sich, wie es die Managerin des Restaurants getan hatte. Das bereitete ihr keine Probleme. Nicht ohne Grund hatte sie Helen Parker durch geschickte und unverfängliche Fragen immer wieder dazu gebracht, über ihre Arbeit zu sprechen.

Von der Küche ging Gina Nicoletti in den Speisesaal, tat, als wenn sie die Gedecke überprüfen würde. Dann ging sie zur Bar. Mike, der Barkeeper, war mit wütendem Gesicht dabei, Flaschen in die Regale einzuordnen.

»Diese verfluchten Hunde haben mir über Nacht alle Flaschen ausgetauscht. Und ich hatte mir gestern schon alles hergerichtet. Ich wünschte, die ganze Scheiße wäre schon vorüber«, fluchte er.

Gina Nicoletti nickte zustimmend. »Ja, Mike, diese vielen Kontrollen sind schon eine arge Last«, antwortete sie und fügte hinzu: »Wenn die Cocktails serviert werden, möchte ich die, die für unseren Präsidenten und Groschenko bestimmt sind, sehen, bevor sie hineingetragen werden.«

»In Ordnung, Ma'am.«

Gina Nicoletti sah auf die Uhr. Es wurde Zeit, daß sie sich auf ihre Aufgabe vorbereitete. Sie ging zu den Toiletten. Wie überall, saß auch hier eine Sicherheitsbeamtin. Gina Nicoletti ging in eine der Kabinen. Sie entnahm den Tampon, preßte ihn an den Enden zusammen und zog die Ampullen heraus. Vorsichtig klemmte sie beide zwischen Zähne und Wange. Dann spülte sie und verließ die Kabine. Unter dem prüfenden Blick der Sicherheitsbeamtin ging sie zur Tür. Auf dem Gang nahm sie die Ampullen aus dem Mund und ließ sie in die Tasche ihrer Uniform gleiten.

Kurz vor zwölf kam Bewegung in den Vorraum zum Speisesaal. Das Vorauskommando war eingetroffen. Der Protokollchef der PANTAX kam mit eiligen Schritten auf Gina Nicoletti zu.

»Wir haben eine Änderung«, sagte er hastig.

Gina Nicoletti blieb gelassen. »Welche?« fragte sie.

»Der russische Ministerpräsident will vor dem Essen noch mit dem Präsidenten der PANTAX sprechen. Sorgen Sie dafür, daß die Cocktails im Blauen Salon serviert werden.«

»Geht in Ordnung. Wann kommen die Herren?«

»Sie müssen in zehn Minuten hier sein«, antwortete er und hastete davon. Gina Nicoletti informierte den Oberkellner und ging dann zur Bar. Jede ihrer Bewegungen wirkte ruhig und selbstsicher. Und doch spürte sie eine unbekannte Unruhe. Sie konnte sich nicht erklären, woher sie kam, denn bis jetzt war alles problemlos gelaufen, und in wenigen Minuten würde sie ihren Auftrag ausgeführt haben. Vielleicht liegt es nur daran, daß ich mein Amulett nicht trage, versuchte sie sich zu beruhigen. Nur schweren Herzens hatte sie sich dazu entschlossen, es nicht umzulegen. Jim Fox hatte ihr ja mitgeteilt, wie gründlich alle Bediensteten kontrolliert werden würden, und Gina Nicoletti wollte verhindern, durch das seltsame Schmuckstück Aufmerksamkeit zu erregen. Stimmen aus der Richtung des Eingangs waren zu hören. Gina Nicoletti sah auf die Uhr. Der Präsident mußte mit seinem Besucher gekommen sein. Gleich darauf betraten die beiden für den Blauen Salon abgestellten Kellner die Bar.

»Einen Orangensaft, einen Wodka-Bitter-Lemon und einen Martini«, bestellte der ältere der beiden beim Barkeeper.

»Welcher ist für Groschenko und welcher für unseren Präsidenten?« fragte Gina Nicoletti. In ihrer rechten Hand hielt sie die Ampulle mit dem tödlichen Gift.

»Der Präsident trinkt Orangensaft. Der Wodka ist für den Russen«, antwortete der Kellner.

Als die Getränke von Mike über die Bar geschoben wurden, tat Gina Nicoletti, als prüfe sie sie. Ein kurzer Druck mit dem Daumen, und das Gift spritzte in den Wodka-Bitter-Lemon. Niemand hatte es bemerkt. Nicht umsonst hatte sie es Hunderte von Malen geübt. Mit der linken Hand nahm sie die Getränke und reichte sie den Kellnern. Wortlos drehten diese sich um und gingen in Richtung Blauer Salon davon. Gina Nicoletti atmete auf.

Bis in den späten Abend hatten die FBI-Beamten und die Polizei alle Hotels und Motels sowie die Campingplätze in Huntsville und Umgebung kontrolliert. Eine Sharon Fremont oder eine Person, auf die ihre Personenbeschreibung passen konnte, war nirgends abgestiegen. Auch die Fahndung nach dem blauen Chevrolet Classic mit der Scotsboroer Zulassungsnummer blieb erfolglos. Die ganze Nacht über liefen die Nachforschungen mit unverminderter Intensität weiter.

Kurz nach Mitternacht war Barbara Meriville in Huntsville gelandet und hatte die Leitung der Fahndung selbst übernommen.

Tom Porter hatte sich mehrere Stunden lang im Hauptquartier des FBI aufgehalten. Erst als abzusehen war, daß Gina Nicoletti nicht gefunden werden würde, war er nach Hause gefahren. Er legte sich ins Bett, aber er konnte keinen Schlaf finden. Die Frage, wo Gina Nicoletti stecken mochte, ließ ihn nicht zur Ruhe kommen. Erst gegen Morgen fiel er in einen unruhigen Dämmerschlaf.

Gegen neun Uhr wachte er am nächsten Morgen auf. Als er sah, wie spät es war, sprang er aus dem Bett und lief zum Telefon. Als er das Hauptquartier des FBI an der Strippe hatte, fragte er nach Barbara Meriville. Sie war nicht da, Ruth Patterson hatte vorübergehend die Leitung in der Zentrale übernommen.

»Was Neues?« fragte Tom Porter voller Hoffnung.

»Nichts«, antwortete Ruth Patterson, »von Gina Nicoletti fehlt jede Spur.«

»Und?«

»Was und?« Ruths Stimme klang aggressiv. Tom Porter spürte förmlich, wie sie sich bemühte, ruhig zu bleiben, aber der Streß der vergangenen Tage holte sie ein.

»Würden Sie bitte Barbara Meriville ausrichten, sie möchte mich anrufen. Sie kann mich unter der Nummer 833 7564 erreichen.«

»Werd' ich ihr ausrichten.«

Tom Porter schaltete den Fernseher ein. Der Besuch von Michail Groschenko bei der PANTAX wurde live übertragen. Tom Porter hörte, was der Fernsehsprecher sagte, aber er konnte sich nicht darauf konzentrieren. Er ging in der Wohnung auf und ab, versuchte an seinen Artikeln zu arbeiten, aber nichts lenkte ihn von der Frage ab: Wo steckt Gina Nicoletti?

Als Barbara Meriville kurz nach elf immer noch nicht angerufen hatte, hielt er es nicht mehr im Apartment aus und fuhr zum Hauptquartier des FBI. Auf dem Parkplatz merkte er, daß er seinen Sicherheitsausweis im Apartment vergessen hatte. Ärgerlich drehte er um.

Als Tom Porter in die Apartmentanlage einfuhr, standen nur noch wenige Autos auf den Parkplätzen. Ein blauer Wagen, der vor dem letzten Wohnblock geparkt war, fiel ihm auf. Neugierig fuhr er hin. Es war ein Chevrolet Classic. Tom Porter sah das Nummernschild. Kein Zweifel – es war die gesuchte Nummer.

Einige Sekunden lang saß er starr da. Dann kam Leben in ihn. Er erinnerte sich an die Liste mit den Namen der Hotelangestellten, die er an der Pinnwand im FBI-Hauptquartier gesehen hatte. Er gab Gas. Mit qietschenden Reifen wendete er und raste zur Einfahrt zurück. Vor dem Büro des Managers stoppte er und sprang heraus. Der Manager der Apartmentanlage sah ihn erstaunt an.

»In welchem Apartment wohnt Helen Parker?« rief er von der Tür aus. Der Manager kaute bedächtig am Stiel seiner Pfeife und sah Tom Porter verständnislos an.

»Mein Gott, machen Sie schon! Es ist wichtig. Es geht hier um Leben und Tod!« schrie Tom Porter ihn an.

Bedächtig ging der Manager zu einem Aktenschrank und zog einen Ordner heraus.

»Nun machen Sie schon!« drängte Tom Porter.

Der Manager hatte inzwischen gefunden, wonach er suchte. »Nummer 16 C«, sagte er zu Tom Porter.

»Wo liegt das Apartment?«

»Letzter Block, links.«

»Los, Mann, kommen Sie. Nehmen Sie Ihren Hauptschlüssel mit. Ich glaube, es ist etwas Furchtbares passiert!« rief Tom Porter.

Der Manager griff nach dem Schlüssel. »Was ist denn los?«

»Erzähl' ich Ihnen später.« Tom Porter ergriff den Mann beim Arm und drängte ihn zu seinem Auto. Vor dem Apartment 16 C hielt er an. Es lag im Erdgeschoß. »Kommen Sie!« forderte er den Manager auf, sprang aus dem Wagen und rannte auf die Tür zu. Mit beiden Fäusten trommelte er dagegen.

»Aufmachen! Machen Sie auf!« schrie er.

Keine Antwort.

»Los, öffnen Sie die Tür!« forderte er den Manager auf.

»Ja, aber . . .«

»Nun machen Sie schon!« befahl er.

Der Manager sperrte die Tür mit seinem Hauptschlüssel auf. Tom Porter stürzte hinein, blickte sich im Wohnzimmer um, rannte durch die übrigen Räume. An der Tür zum Gästezimmer blieb er wie angewurzelt stehen. Entsetzt starrte er auf den Leichnam von Helen Parker. Er riß sich von dem schrecklichen Anblick los und lief zum Telefon. Hastig wählte er die Nummer vom Hauptquartier des FBI.

»Ist Mrs. Meriville da?« fragte er, nachdem sich eine männliche Stimme gemeldet hatte.

»Wer spricht?« fragte die Stimme.

»Tom Porter von der Washington Daily News!« rief er in den Apparat. »Und nun verbinden Sie mich. Es ist dringend.«

Gleich darauf hörte er Barbara Merivilles Stimme. »Was gibt's, Tom?« fragte sie.

»Gina Nicoletti hat sich als Helen Parker verkleidet und dürfte im Hotel sein. Ich habe eben Helen Parkers Leiche gefunden.«

»Danke«, war alles, was Barbara Meriville sagte.

Tom Porter legte den Hörer auf die Gabel. »Warten Sie hier!« rief er dem Manager zu und stürmte aus dem Zimmer. Er sprang in sein Auto und raste in Richtung Hilton davon.

Einige Augenblicke blieb Gina Nicoletti noch an der Bar, dann ging sie zur Tür, die auf den Gang hinausführte. Es war an der Zeit, sich zurückzuziehen. Sie würde Übelkeit vorschützen und das Hotel verlassen. Gerade wollte sie die Tür öffnen, als sie von der anderen Seite aufgestoßen wurde. Einer der Kellner, die im Blauen Salon servierten, trat herein. Auf seinem Tablett standen drei Gläser. Sie waren unberührt. Für den Bruchteil einer Sekunde stand sie wie erstarrt da, dann bezwang sie ihre Bestürzung und fragte: »Was ist mit den Getränken?«

»Die Herren haben es sich anders überlegt. Anscheinend hat sie der Präsident der PANTAX überredet, einen typischen Drink der Südstaaten zu probieren, und jetzt wollen sie Southern Comfort haben«, antwortete der Kellner.

Gina Nicoletti nickte und suchte in der Tasche der Uniform nach der zweiten Giftampulle.

Plötzlich hörte sie Türenschlagen und Füße, die den Gang entlangrannten. Sie kamen schnell näher. Gina Nicoletti blickte hoch. Die Tür auf der anderen Seite wurde aufgestoßen.

»Da ist sie!« rief jemand.

Gina Nicolettis Hand fuhr aus der Tasche. Mit einem Satz war sie an der Tür, durch die eben der Kellner eingetreten war. Sie stieß sie auf und raste den Gang hinunter.

Barbara Meriville drehte sich um. »Gina Nicoletti ist im Hotel. Sie hat sich als Helen Parker verkleidet«, sagte sie so ruhig und kontrolliert wie möglich.

Bill Rander starrte sie wie elektrisiert an.

»Frage nach, Bill, wo sie sich augenblicklich aufhält. Sag allen, sie sollen nichts unternehmen, bis wir da sind. Alarmiere Ruth.«

Barbara Meriville nahm ihren Revolver aus der Handtasche, während Bill Rander über die FBI-eigene Leitung sprach.

»Sie ist zur Zeit an der Bar.«

»Los, Bill, kommen Sie!«

Beide stürmten durch die Empfangshalle, stießen die Schwingtür auf und rannten in Richtung Bar. Bill Rander erreichte sie als erster. Mit der Schulter stieß er die Tür auf und schnellte in den Raum. Mit einem Blick hatte er die Situation erfaßt. »Da ist sie!« rief er Barbara Meriville zu und schnellte vorwärts. Als sie auf den Gang stürzten, sahen sie gerade noch, wie Gina Nicoletti hinter einer der Türen an der rechten Seite verschwand. Bill Rander flitzte hinterher und warf sich gegen die Tür, doch Gina Nicoletti hatte noch Zeit gefunden, sie abzusperren. Er hob seinen Colt, um das Schloß aufzuschießen.

»Halt! Nicht schießen!« stieß Barbara Meriville keuchend hervor. »Ich will keinen unnötigen Lärm.«

Bill Rander nickte. Er wußte, es bestand keine Gefahr. Gina Nicoletti konnte keine Waffe bei sich haben, und entkommen konnte sie aus dem Raum auch nicht. Er langte in die Hosentasche und holte den Hauptschlüssel heraus. Im selben Augenblick hörten sie, wie etwas splitternd zerbarst. »Sie versucht, durch das Fenster zu entkommen!« rief er und hatte fast im gleichen Moment das Schloß geöffnet. Als sie in den Raum drangen, war von Gina Nicoletti nichts mehr zu sehen. Sie stürzten zum eingeschlagenen Fenster. Etwa fünfzig Meter vor ihnen sahen sie Gina Nicoletti im Zickzack über den Rasen spurten. Bill Rander wollte durch das Fenster hechten, als kurz hintereinander drei Gewehrschüsse fielen. Wie ein Kaninchen überschlug sich Gina Nicoletti und blieb leblos liegen.

Nachwort

Tom Porters Artikelserie über die Aufdeckung des Attentats und die Entlarvung von Gina Nicoletti war eine Sensation. Sein Name war eine Zeitlang in aller Munde.

Die Nachforschungen über die Hintergründe und Hintermänner des Attentats wurden, als sich herauszustellen schien, daß alle Spuren zur amerikanischen Rüstungsindustrie führten, von höchster politischer Stelle unterbunden. Nationale politische Interessen hatten Vorrang vor der Gerechtigkeit.

Auch Arthur McBain hatte sein Ziel nicht erreichen können. Entgegen seiner Überzeugung war es ihm nicht gelungen, die frei gewordenen Senatorenposten mit Männern besetzen zu lassen, die die Interessen der Rüstungsindustrie vertraten. Die Parteiführung hatte sich strikt geweigert, Kandidaten für die Nachwahl aufzustellen, die gegen eine allgemeine Abrüstung Stellung beziehen würden. Die Sehnsucht der Bevölkerung nach Entspannung und einem Leben in Frieden und Sicherheit war so groß und stark, daß es sich die Parteien nicht erlauben konnten, sie zu mißachten.

Herbert Landowski war von seinem Europaurlaub nicht in die Staaten zurückgekehrt. Auf der Flucht vor Gina Nicoletti war er über Paris, Istanbul, Hongkong nach Australien geflüchtet. Als er in Sydney von Gina Nicolettis Tod las, löste er seine Geschäfte in den USA auf und ließ seine Familie nachkommen.

Jim Fox hatte Gina Nicolettis Tod nur um eine Woche überlebt. Volltrunken war er gegen einen Brückenpfeiler gerast.